Aschenbrenner | Der Schneevogel

ÜBER DEN AUTOR

Fritz Aschenbrenner, geb. 1955 in Waldsassen/Oberpfalz, kann auf zahlreiche Veröffentlichungen von Lyrik und Prosa in Zeitungen, Zeitschriften, Jahrbüchern und Anthologien im In- und Ausland zurückblicken. Zudem ist er Preisträger in mehreren Literaturwettbewerben im In- und Ausland. 2020 erschien im August von Goethe Literaturverlag in Offenbach a. M. der Märchenroman ›Der Rabenturm‹ und 2024 im public book media verlag in Offenbach a. M. die Abenteuer-Erzählung ›Der auf den Bären zurennt‹.

FRITZ ASCHENBRENNER

Der Schneevogel

Ein Märchenroman

Die Bibliografische Information der Deutschen Nationalbibliothek

Die Deutsche Nationalbibliothek verzeichnet diese Publikation in der Deutschen Nationalbibliografie; detaillierte bibliografische Daten sind im Internet über www.d-nb.de abrufbar.

Einbandabbildung: © serhii, stock.adobe.com/de
Verlag: BoD · Books on Demand GmbH, In de Tarpen 42,
22848 Norderstedt, bod@bod.de
Druck: Libri Plureos GmbH, Friedensallee 273, 22763 Hamburg
© 2025 Fritz Aschenbrenner
ISBN: 978-3-7693-2264-4

1. Kapitel

Inmitten eines Gebirges, dessen bewaldete Berge die Menschen in den Tälern und durchkommende Reisende dazu einluden, zu ihren Gipfeln hinaufzuwandern, um ihre Blicke weithin über die grünen Wogen des Gebirges schweifen zu lassen, stand in einer kleinen Stadt eine Glashütte. Da es in dem Städtchen ansonsten nicht viele Arbeitsmöglichkeiten gab, arbeiteten dort viele Einwohner. Aber auch Bauersleute aus den umliegenden Dörfern und Einödhöfen verdienten sich in der Glashütte ihr tägliches Brot, denn der Boden in dem Gebirge war steinig und karg und brachte gerade das hervor, was man für sich und seine Familie unbedingt zum Leben benötigte.

Der Besitzer der Glashütte war ein Mensch, der nicht genug kriegen konnte, weshalb er Tag für Tag große Mengen an Glas herstellen ließ. Da dies an seine Arbeitskräfte hohe Anforderungen stellte, beschäftigte er von den vielen Menschen, die bei ihm um Arbeit nachfragten, nur die Kräftigsten und Klügsten und setzte jene, die die geforderte Leistung nicht mehr erbringen konnten oder fehlerhaft gearbeitet hatten, auf die Straße, ohne Rücksicht darauf, dass er dadurch ganze Familien in arge Not stürzte.

Da seine Arbeitskräfte Höchstleistungen erbrachten, gingen seine Geschäfte gut, so dass er sich für einen wohlhabenden Mann halten konnte. Das war aber nicht immer so gewesen, denn es verhielt sich nicht so, dass er als Sohn eines Fabriksbesitzers aufgewachsen war und am Ende die Glashütte geerbt hatte, sondern so, dass er als junger Mann in der Welt umhergezogen war und sich mit Gelegenheitsarbeiten gerade so über Wasser hatte halten können, bis er schließlich unverhofft zu einem Schatz von unvorstellbarem Wert gekommen war, mit dem er sich schließlich die Glashütte aufgebaut hatte.

Dies hatte sich folgendermaßen zugetragen: Eines Tages durchquerte er einen düsteren Wald, und da zwischen den hoch aufragenden Fichten kein einziges Kräutlein oder Gräslein in freundlichem Grün zu ihm heraufflachte, weil die Erde aus zahlreichen Höhlen, die Tiere in den Waldboden gegraben haben mochten, überall verstreut umherlag und alles Grün bedeckte, kein einziges Vöglein hier zwitscherte und die Fichten ihm ihre dürren Äste wie zum Kampf bereite Degenfechter entgegenhielten, war ihm arg beklommen zumute.

Auf einmal drangen aus einer der Höhlen Geräusche an sein Ohr, die sich anhörten, als ob sich ein Dachs, der sich mit der Zeit einen dicken Wanst angefressen hatte, unter Ächzen und Stöhnen durch die zu eng gewordene Höhle zwängen würde, und da er das Tier durch seinen Anblick nicht zum Rückzug veranlassen wollte, verbarg er sich hinter einer Fichte und lugte neugierig hervor.

Wie erstaunt war er, als er ein kleines Männlein aus der Höhle kommen sah, das einen Sack hinter sich herschleifte.

Nachdem das Männlein, dem struppige Haare, ein dichter Bart, ein Fellkittel, der um den Bauch herum mit einem Strick zusammengehalten wurde, und die nackten, mit Erde beschmierten Arme und Beine ein wildes Aussehen verliehen, ein wenig verschnauft und sich den Schweiß von der Stirn gewischt hatte, packte es den Sack erneut und schleifte ihn Meter für Meter über den Waldboden, bis es erschöpft innehalten musste, worüber es derart in Wut geriet, dass es wilde Flüche ausstieß und dabei fortwährend um den Sack herumhüpfte und mit den Füßen nach ihm trat.

Der junge Mann fand das Gebaren des Männleins überaus komisch, so dass er hellauf lachen musste, und da er dadurch seine Anwesenheit verriet und es daher keinen Sinn mehr machte, sich zu verstecken, trat er hinter der Fichte hervor.

Als ihn das Männlein gewahrte, blickte es ihn giftig an und mit einem Male kam er sich dem Männlein gegenüber nicht mehr groß und stark vor, sondern klein und schwach, weshalb er augenblicklich aufhörte zu lachen und das Männlein achtungsvoll anblickte.

Sich seiner Überlegenheit offenbar bewusst, stellte sich das Männlein breitbeinig hin und stemmte die Arme in die Hüften, bevor es ihm befahl, den Sack aufzuheben und ihm damit zu folgen.

Der junge Mann lud sich ohne ein Wort des Widerspruchs den Sack auf den Rücken, und so gingen sie durch den finsteren Wald dahin, bis sie schließlich an eine Höhle gelangten, deren Eingang mit einem Gitter aus Dornenzweigen versperrt war.

Vorsichtig fasste das Männlein das Gitter an, nahm es beiseite und wies den jungen Mann an, den Sack in die Höhle zu tragen. Als dieser die Höhle betrat und die vielen glitzernden Diamanten sah, die darin aufgehäuft waren, riss er vor Staunen die Augen auf.

Der Welt entrückt, stand er eine Weile regungslos da und betrachtete voller Entzücken die glitzernde Pracht, bis ihn das Männlein durch einen Faustschlag in die Kniekehle in die Wirklichkeit zurückholte.

»Worauf wartest du denn? Schütte gefälligst die Diamanten auf den Haufen!«, sagte es mit zorniger Stimme, worauf er unverzüglich gehorchte.

Als dies getan war, sagte das Männlein zu ihm: »Ich kann mir denken, dass du wissen willst, wie wir zu diesem Reichtum gekommen sind. Na, dann werde ich es dir mal erzählen. Setz dich aber hin! Ich will nämlich nicht dauernd zu dir aufschauen und mir damit Nackenschmerzen einhandeln.«

Der junge Mann legte den zusammengefalteten Sack als Kissen auf den Boden, bevor er sich niedersetzte und, gespannt auf die Geschichte, die er gleich zu hören bekommen würde, erwartungsvoll in die Augen des Männleins blickte.

»Na, dann will ich dich mal nicht länger auf die Folter spannen und dir die Geschichte erzählen, die zu der Zeit beginnt, wo wir Erdmännlein noch nicht nach Diamanten gegraben haben, weil wir noch gar nicht wussten, dass es welche gibt. Damals waren wir vollauf zufrieden damit, Höhlen in die

9

Erde zu graben, bis wir auf unterirdische Felshöhlen stießen, die wir uns wohnlich einrichteten. Wir sammelten Beeren, Pilze und Kräuter, erlegten Wild und verteilten andere alltägliche Arbeiten unter uns auf. Und so freuten wir uns unseres Lebens und feierten in Sommernächten bei Mondschein auf Waldlichtungen und im Winter in unseren Höhlen fröhliche Feste, wobei wir uns an süßem Beerenwein gütlich taten.

Das änderte sich jedoch schlagartig, als einer von uns beim Pilzesammeln die Spitze eines Diamanten aus dem Waldboden ragen sah und sich sogleich daranmachte, den Diamanten auszugraben. Und da er nicht nur den einen Diamanten zutage förderte, sondern noch einen zweiten und einen dritten, und daher glaubte, in der Erde noch mehr Diamanten finden zu können, fuhr er fort zu graben. Immer tiefer drang er in die Erde vor und immer mehr Diamanten förderte er zutage, bis er schließlich auf eine Wasserader stieß und Wasser in die Höhle drang. Und da er nicht jämmerlich ertrinken wollte, machte er sich so schnell wie möglich davon.

Er war kaum aus der Höhle heraus, als auch schon das Wasser nachkam und den Waldboden überflutete, und da es ihm im Nu über die Knöchel reichte und immer weiter stieg, nahm er schnell noch eine Handvoll Diamanten und rannte nach Hause.

Nachdem er uns die Diamanten gezeigt und uns erzählt hatte, wie er dazu gekommen war, wären wir am liebsten sofort losgezogen. Da es aber schon dunkelte, verschoben wir dies auf den nächsten Tag.

In aller Herrgottsfrühe begaben wir uns zu besagter Stelle, wo sich mittlerweile ein Teich gebildet hatte und auf dem Fleck, wo er die Diamanten auf den Waldboden gelegt hatte, Blumen mit langen, dornigen Stielen emporgewachsen waren, deren kugelförmige Blüten aus einer Vielzahl von dünnen, graublauen Röhrenblüten zusammengesetzt waren.

Wir sahen auf den ersten Blick, dass diese Blumen dazu imstande waren, alle Lebewesen, die sich in ihrer Nähe befanden, zu vernichten, denn eine direkt neben ihnen stehende junge Buche hatte all ihre Blätter verloren und alle in einem Umkreis von zehn Metern stehenden Fichten all ihre Nadeln. Die junge Buche hatte sogar noch verzweifelt versucht, den verderblichen Kräften der Blumen zu entrinnen, denn sie hatte ihren Stamm und ihre Äste von den Blumen abgewandt, und wenn es ihr möglich gewesen wäre, hätte sie wohl ihre Wurzeln aus dem Erdreich gezogen und wäre davongerannt.

Diese Blumen wollten wir uns zunutze machen, denn da die Gier nach Diamanten in uns erwacht war und wir uns deshalb vorgenommen hatten, alle Diamanten, die sich in der Erde befanden, zutage zu fördern, der Geist des Waldes dies aber nicht zulassen würde, brauchten wir einen Zauber gegen ihn, so dass er uns nicht in die Quere kommen konnte.

Allerdings brauchten wir auch einen Kahn, um die Blumen holen zu können, und so blieb uns nichts anderes übrig, als einen zu bauen. Mit diesem Kahn fuhren dann einige von uns zu den Blumen und schnitten ein paar von ihnen ab, und da ein jeder von ihnen einen Diamanten dabeihatte, geschah ihnen nichts, außer dass ihnen die Dornen der Blumen in die Finger stachen. Die Kraft der Blumen rührte nämlich von den Diamanten her, die auf dem Waldboden lagen, so dass die Blumen einem nichts anhaben konnten, wenn man einen Diamanten bei sich hatte.

Als sie schließlich wieder am Ufer anlangten, zupfte sich jeder aus einer Blütenkugel eine Einzelblüte heraus und aß sie. Dann warfen sie uns die Diamanten zu und einige von uns nahmen die Diamanten und zupften sich aus der Blütenkugel eine Einzelblüte heraus und aßen sie, bevor sie die Diamanten an die anderen weitergaben, damit auch sie die Blüten unbeschadet entgegennehmen konnten.

Nachdem wir die Blüten gegessen hatten, hielten wir uns für unbesiegbar und fürchteten uns vor nichts und niemandem mehr. Nicht einmal ein Riese hätte uns auch nur ein Haar krümmen können.

Das wäre aber nicht immer so gewesen, denn die Wirkung der Blüten hält nur dreiunddreißig Tage an. Wir müssen jedoch dem Geist des Waldes immer überlegen sein, denn sonst würde er uns ein für alle Mal verbieten, den Waldboden nach Diamanten umzugraben. Er würde unseren Kahn zerstören und nicht zulassen, dass wir einen neuen bauen. Und so kamen wir nicht umhin, uns neue Blüten zu holen, bevor dreiunddreißig Tage um waren, und da gerade Vollmond war, als wir die Blüten das erste Mal holten, holen wir sie uns seither bei jedem Vollmond.

Wir verwenden aber nicht nur die Blüten der Blumen, sondern auch die Stiele. Die eignen sich nämlich bestens, um Diebe fernzuhalten, weil nur wir dazu in der Lage sind, sie anzufassen, und jeder andere einen brennenden Schmerz verspüren und schnell wieder zurückweichen würde. Und so machen wir Gitter daraus, mit denen wir unsere Höhlen verschließen.

Da die Blumen für uns von großem Nutzen sind, kümmern wir uns darum, dass sie immer gut gedeihen, indem wir am Ende eines jeden Tages einen Sack voll Diamanten dort verstreuen, wo sie wachsen. Täten wir das nicht, so würden sie über Nacht eingehen. Sie gedeihen nur so lange, wie die ans Tageslicht gebrachten Diamanten das eingefangene Sonnenlicht an sie abgeben. Im morastigen Wasser wäre das nicht möglich, und nach zwei Nächten ist das Sonnenlicht verbraucht. Es wäre ein großes Verhängnis für uns, wenn die Blumen eingehen würden und wir ihre Zauberkräfte nicht mehr nutzen könnten, weil dann der Geist des Waldes uns wieder überlegen wäre und uns davon abhalten würde, Diamanten auszugraben.

Dazu wird es aber nie kommen, denn schließlich wissen wir ja, was wir tun müssen, damit die Blumen gut gedeihen.

Als der Geist des Waldes zu der bitteren Erkenntnis gelangt war, dass er uns nicht mehr überlegen war und uns daher nicht daran hindern konnte, den Waldboden umzugraben, ist er sogleich mit allen hier lebenden Tieren fortgezogen in einen anderen Teil des Waldes, um nicht dabei zusehen zu müssen, wie wir ein Kraut ums andere mit Erde zuwerfen. Nur ab und zu kommt er noch hierher, um mit den Fichten zu reden. Traurig blickt er dann auf den verwüsteten Waldboden und denkt wahrscheinlich wehmütig an die Zeit zurück, als er sich hier herinnen noch am Anblick hellgrüner Moospolster, vielfach gefiederter Farnwedel, bunt blühender Blumen und Kräuter und reichlich Früchte tragender Beerensträucher erfreuen konnte.

Uns hingegen lässt es vollkommen kalt, dass auf dem Waldboden nichts mehr wächst, denn davon, dass es um uns herum schön ist, können wir uns nichts kaufen, während wir uns mit unseren Diamanten die ganze Welt kaufen könnten, wenn wir wollten«, erzählte das Erdmännlein.

»Wenn ihr euch mit euren Diamanten die ganze Welt kaufen könnt, dann habt ihr doch Diamanten zur Genüge. Dann habt ihr es doch gar nicht mehr nötig, weiterhin nach Diamanten zu graben, denn schließlich könnt ihr euch nicht mehr kaufen als die ganze Welt«, warf der junge Mann ein.

»Das denkst du! Wenn wir auch so viele Diamanten haben, dass wir dafür die ganze Welt kaufen könnten, so können wir dennoch nicht damit aufhören, nach weiteren zu graben. Denn wenn wir dies täten, dann könnten ja andere kommen und weitergraben. Wenn die dann mehr Diamanten zutage fördern würden als wir, dann wären sie reicher als wir. Wir wollen aber nicht, dass irgendjemand reicher ist als wir. Also müssen wir so lange weitergraben, bis wir alle Diamanten aus der Erde geholt haben. Nur wenn sich kein einziger Diamant mehr in der Erde befindet, können wir uns sicher sein, dass wir die Reichsten sind auf der ganzen Welt und dass es niemandem möglich ist, jemals reicher zu werden als wir«, belehrte ihn das Erdmännlein eines Besseren.

»Ach so! Na, dann grabt nur recht fleißig, damit ihr bald alle Diamanten aus der Erde geholt habt«, sagte der junge

Mann darauf.

»Das machen wir auch! Und du wirst uns bei unserer Arbeit helfen, indem du die vollen Säcke hierher trägst und die Diamanten zu den anderen schüttest, und zwar so lange, bis wir den letzten aus der Erde geholt haben. Und da du dir während dieser Zeit wie ein Sklave vorkommen wirst und dir deshalb der Gedanke an Flucht kommen wird, werden wir dich die Nächte über in eine Höhle sperren, die wir mit einem Gitter aus den Stielen der Zauberblumen verschließen werden.

Wenn wir dann alle Diamanten aus der Erde geholt haben, dann bekommst du von uns für jeden Tag, den du für uns gearbeitet hast, einen Diamanten zum Lohn. Wenn du also recht fleißig bist, dann ist bald alle Arbeit getan und du kannst als reicher Mann zu deinesgleichen zurückkehren«, sagte das Erdmännlein bestimmt.

Dem jungen Mann missfiel es ganz und gar, dass er für die Erdmännlein würde arbeiten müssen, denn es konnte ja noch wer weiß wie lange dauern, bis sie alle Diamanten aus der Erde geholt hatten und er seinen Anteil erhalten würde, so dass er am liebsten auf der Stelle diesen unseligen Ort verlassen hätte. Allerdings wusste er, dass ihm das Erdmännlein überlegen war, und so musste er sich ihm fügen.

Von da an gingen der junge Mann und das Erdmännlein den ganzen Tag durch den Wald und jedes Mal, wenn ein Erdmännlein mit einem Sack voll Diamanten aus einer Erdhöhle kam und sie laut rufend zu sich heranwinkte, gingen sie zu ihm und der junge Mann nahm den Sack auf seinen Rücken. Gemeinsam gingen sie dann zu der Höhle, in der die Diamanten lagerten, und das Erdmännlein nahm das Gitter vom Eingang weg und folgte dem jungen Mann in die Höhle. Nachdem der junge Mann den Sack ausgeleert hatte, verließen sie die Höhle wieder und das Erdmännlein verschloss den Eingang.

Am Ende des Tages nahm der junge Mann dann einen Sack voll Diamanten und ging mit dem Erdmännlein zu dem

Teich, in dem die Zauberblumen wuchsen. Dort lud er den Sack in das Boot und das Erdmännlein ruderte zu den Blumen und streute die Diamanten zwischen sie.

Während der junge Mann all das tat, was von ihm verlangt wurde, war stets das Erdmännlein bei ihm und ließ ihn nicht aus den Augen, damit es ihn zurechtweisen konnte, wenn er es wagen sollte, einen Diamanten an sich zu nehmen, denn damit hätte er bei Nacht das Gitter vor dem Eingang der Höhle, in der er die Nächte verbrachte, wegnehmen und zu den Zauberblumen gelangen können. Er hätte deren Blüten essen in aller Ruhe in die Diamantenhöhle gehen, sich die Taschen voll machen und verschwinden können.

Die Erdmännlein wussten aber, dass sie sich nicht darauf verlassen konnten, dass das Erdmännlein den jungen Mann ständig im Blick behalten konnte; irgendeine Gelegenheit konnte sich für ihn immer ergeben, sich einen Diamanten aus dem Sack zu nehmen. Daher entschieden sie, während der Nacht vor der Höhle, in der der junge Mann schlief, abwechselnd Wache zu halten, damit er nicht entfliehen könnte, falls es ihm tatsächlich gelungen sein sollte, einen Diamanten an sich zu bringen.

Tag für Tag zählte der junge Mann die mit Diamanten gefüllten Säcke, die er zur Höhle tragen musste, darauf wartend, dass es irgendwann einmal zu Ende wäre. Doch es verging Tag um Tag, ohne dass die Säcke, die er zur Höhle tragen musste, weniger geworden wären, so dass er sich mit der Aussicht vertraut machen musste, dass es noch lange dauern würde, bis die Erdmännlein alle Diamanten aus der Erde geholt hätten. Also sann er nach der Arbeit, als er in seiner Höhle mit sich allein war, darüber nach, wie er aus seiner Gefangenschaft entfliehen könnte, wohlwissend, dass es nicht so einfach sein würde, denn schließlich wurde er ja von ihnen rund um die Uhr scharf bewacht.

Und so dauerte es auch bis tief in die Nacht hinein, bis er

sich einen Plan für seine Flucht zurechtgelegt hatte.

Als er am darauffolgenden Tag mit dem Erdmännlein zum Teich kam, sagte er zu ihm: »Also, ich kann euch einfach nicht begreifen. Für was hortet ihr denn eigentlich die vielen Diamanten, wenn ihr euch doch nichts dafür kauft? Wenn ihr euch für eure Diamanten nichts kauft, dann sind sie ja ohne jeglichen Wert für euch. Wenn du dir einen Sack voll Diamanten nehmen und damit in die Welt hinausziehen würdest, dann könntest du mit ihnen riesige Ländereien erstehen und als König über sie herrschen, könntest dir einen prunkvollen Palast bauen lassen, in dem du ein luxuriöses Leben führen und dich von einer Dienerschar von vorn bis hinten bedienen lassen könntest. Du könntest von den besten Soldaten aus aller Herren Ländern eine riesige Armee aufstellen. Die würde dann an deinem Geburtstag dir zu Ehren eine prachtvolle Parade abhalten, und du als ihr Oberbefehlshaber bräuchtest nur mit dem Finger zu schnippen und sie würde fremde Länder für dich erobern, so dass dein Reich immer größer werden würde, bis du schließlich der mächtigste Herrscher wärst, den die Welt je gesehen hätte.

Aber du ziehst es ja offenbar vor, in einer muffigen Höhle tief drinnen im finsteren Wald zu hausen und dich den ganzen Tag dafür abzuplagen, dass der Diamantenhaufen in eurer Höhle immer größer wird.

Falls du aber doch lieber ein mächtiger Herrscher sein möchtest, so könnte ich dir sagen, wie du es anfangen müsstest.«

»So? Na, dann lass mal hören!«, sagte das Erdmännlein darauf, indem es den jungen Mann neugierig anblickte.

»Nun, so will ich es dir sagen. Zunächst einmal müsstest du einen Tag, bevor du die Blüten für alle Erdmännlein holst, dafür sorgen, dass die Zauberblumen über Nacht eingehen, indem du keine Diamanten zwischen sie streust. Zu den Blumen müsstest du aber trotzdem rudern. Du müsstest dir nämlich so viele Blüten nehmen, wie du für dein Leben brauchst.

Die würden zwar mit der Zeit trocknen, aber das würde ja wohl weiter nichts ausmachen, denn gewiss behalten die Blüten auch in getrocknetem Zustand ihre Zauberkraft. Eine von den Blüten müsstest du dann gleich essen, während du die anderen in einen Sack tun und irgendwo verstecken müsstest.

Am anderen Tag müsstest du dann von den Zauberblumen diejenigen Blüten abnehmen, die für die übrigen Erdmännlein bestimmt sind. Die Blumen würden zwar schon eingegangen sein und sich deshalb dem Wasser zuneigen, ihre Blüten würden aber immer noch frisch aussehen, so dass die anderen Erdmännlein nie auf den Gedanken kämen, dass die Blüten, die sie essen, keine Zauberkraft mehr besitzen.

An dem Tag, an dem bei den anderen Erdmännlein die Zauberkraft der Blüte aufhören würde zu wirken, müsstest du die Blüten holen, die du versteckt hast, und mit mir zur Höhle gehen. Dort würde ich einen Sack bis obenhin mit Diamanten vollpacken und dann würden wir in die Welt hinausziehen, um sie zu erobern. Du müsstest mir aber einen Diamanten geben, denn schließlich müsste ich immer einen bei mir haben, da du die Zauberblumen bei dir haben würdest und ich elendiglich zu Grunde ginge, wenn ich einmal den Sack mit den Diamanten absetzen und sonst keinen Diamanten bei mir haben würde.

Wenn wir dann unserer Wege ziehen würden, bräuchten wir keine Angst davor zu haben, dass uns die anderen Erdmännlein gefangen nehmen und zurückbringen könnten, denn die würden erst am Abend merken, dass wir uns davongemacht haben, so dass sie erst am anderen Morgen die Verfolgung aufnehmen könnten. Wenn sie uns am nächsten Tag tatsächlich aufspüren sollten, dann könnten sie uns nichts anhaben, weil die Zauberkraft der Blume bei ihnen nicht mehr wirken würde.

Es würde also ganz leicht für uns sein, von hier weg zu kommen und draußen in der Welt unser Glück zu machen, du als mächtiger Herrscher eines riesigen Imperiums und ich als dein persönlicher Berater«, erklärte der junge Mann.

»Nun, wenn wir schon die Gelegenheit haben, draußen in der Welt unser Glück zu machen, dann sollten wir sie auch nutzen. Ziehen wir also hinaus in die Welt, um sie zu erobern«, sagte das Erdmännlein darauf.

Wie der junge Mann gesagt hatte, war es dem Erdmännlein ein Leichtes, all das zu tun, was erforderlich war, um aus dem Wald wegziehen zu können, ohne von den anderen Erdmännlein weiter behelligt zu werden. Und so zog es am Nachmittag jenes Tages, an dem bei den anderen Erdmännlein die Zauberkraft der Blüte aufhören würde zu wirken, einen Sack von Zauberblüten mit sich tragend, gemeinsam mit dem jungen Mann, der einen bis obenhin mit Diamanten gefüllten Sack trug, frohgemut in die Welt hinaus, um sie zu erobern.

Als sie unterwegs waren, beschleunigte der junge Mann immer wieder mal seine Schritte, so dass sich das Erdmännlein gezwungen sah, ebenfalls eine schnellere Gangart einzuschlagen, um nicht hinter dem jungen Mann zurückzubleiben. Da es ihm aber mit seinen kurzen Beinchen beim besten Willen nicht möglich war, so schnell zu gehen wie der junge Mann, wurde der Abstand zu ihm zusehends größer. Wenn der junge Mann sah, dass sich das Erdmännlein ein gutes Stück Weges hinter ihm befand, blieb er stehen und wartete, bis das Erdmännlein keuchend und schnaufend bei ihm ankam.

Als sie sich am Abend auf einer Waldwiese niederließen, um dort die Nacht zu verbringen, war das Erdmännlein von der anstrengenden Wanderung rechtschaffen müde, so dass es sich, gleich nachdem es den letzten Bissen von den mitgenommenen Vorräten hinuntergeschluckt hatte, sein Lager herrichtete und sich darauf niederfallen ließ, um auf der Stelle in einen tiefen Schlaf zu fallen, aus dem es nicht einmal das Geschmetter der Trompeten von Jericho und das damit verbundene Getöse der einstürzenden Mauern hätten entreißen können.

Wie nun der junge Mann sah, dass das Erdmännlein schlief wie ein Stein, zog er ihm den Sack mit den Zauberblüten, den es als Kissen benutzte, unterm Kopf weg, schüttete die Blüten in das Lagerfeuer, das sie entfacht hatten, tat Gras und Kräuter in den Sack und legte ihn dem Erdmännlein wieder unter den Kopf. Sodann nahm er den Sack mit den Diamanten und stahl sich davon, und da es noch nicht vollends dunkel war, konnte er noch ein gutes Stück gehen, bevor er sich schließlich auch zur Nachtruhe niederlegte.

Am nächsten Tag machte er sich in aller Herrgottsfrühe auf den Weg, und da er weit und breit nichts von dem Erdmännlein sah, war er sich sicher, dass es ihn nicht mehr einholen konnte.

Gegen Abend kam er in ein Städtchen, und da es ihm hier gefiel, kam er mit sich überein, sich in diesem Städtchen niederzulassen und eine Glashütte zu errichten.

Als bei den anderen Erdmännchen die Zauberkraft der Blüte nicht mehr wirkte und der Geist des Waldes merkte, dass er ihnen wieder überlegen war, kam er in den Wald gezogen und gebot den Erdmännlein, die vielen Höhlen, die sie gegraben hatten, um Diamanten zutage zu fördern, wieder zuzuschütten, damit sich der Waldboden mit der Zeit wieder mit Grün bedecken konnte. Und da ihn nichts mehr daran erinnern sollte, dass hier im Wald nach Diamanten gegraben und dabei die Natur zerstört worden war, ließ er auch noch die Höhle einstürzen, in der die Erdmännlein ihre Diamanten horteten.

Als er nach einiger Zeit auf einem seiner Streifzüge durch den Wald sah, dass aus dem Waldboden frisches Grün hervorbrach, fing er vor lauter Freunde laut zu singen an und der Wind trug seinen Freudengesang weithin über die Wipfel der Bäume; und all die Tiere, die mit dem Geist des Waldes aus diesem Teil des Waldes fortgezogen waren, hörten seinen Freudengesang und kehrten voller Freude in ihre alten Gefilde zurück.

2. Kapitel

Der Besitzer der Glashütte hatte einen Sohn, Gregor mit Namen, dem er jeden Wunsch erfüllte. Da Gregor stets bekam, was er wollte, und sich darum vorkam wie im Schlaraffenland, wo ihm die gebratenen Tauben geradewegs in den Mund flögen, dachte er nicht einmal im Traum daran, dass er jemals schwer dafür arbeiten müsste, um das erlangen zu können, was er begehrte. Darum richtete er seinen Blick nur auf das, was schön war und ihm gefiel, während er das, was hässlich war und ihm nicht gefiel, keines Blickes würdigte, und wenn sein Blick dennoch auf etwas fiel, was hässlich war, weil es sich zufällig auf dem Weg befand, den er gerade entlangging, so machte er einen großen Bogen darum oder vernichtete es, so wie er es mit den Brennnesseln, die anders als die Blumen nicht schön anzusehen waren und keine süßen Düfte verströmten und deshalb ohne Nutzen für ihn waren, zu tun pflegte, indem er sie mit einem Stock niederhieb.

Ebenso, wie es für ihn selbstverständlich war, dass er bekam, was er haben wollte, ohne dass er etwas dafür hätte tun müssen, war es für ihn selbstverständlich, dass er zu Freunden kam, ohne dass er sie erst hätte gewinnen müssen, denn viele Leute, die in der Glashütte seines Vaters arbeiteten, hielten ihre Kinder dazu an, sich bei dem Sohn des Herrn Direktors lieb Kind zu machen, weil sie sich davon versprachen, dass sie die Gunst des Herrn Direktors gewinnen würden und deshalb immer ihren Arbeitsplatz behalten sowie bei anstehenden Beförderungen den Vorzug erhalten würden, so dass er ständig von Knaben umgeben war, die katzbuckelnd um ihn herumscharschwänzelten.

Dadurch, dass die Knaben sich ihm gegenüber unterwürfig verhielten, wurde ihm bewusst, dass er weit über ihnen stand, was zur Folge hatte, dass er hochmütig auf sie herabblickte, und da es ihm gefiel, weit über ihnen zu stehen und von oben auf sie herabzublicken, verlangte er von ihnen, die niedrigsten und entwürdigendsten Dienste für ihn zu leisten, und alle taten, was er von ihnen verlangte, denn sie befürchteten, dass er seinen Vater dazu veranlassen würde, ihren Vater zu entlassen, wenn sie ihm nicht gehorchten.

Unter den Knaben war aber einer, Johannes mit Namen, dem es gegen den Strich ging, sich vor Gregor erniedrigen zu müssen. Daher drängte er sich auch nicht vor, um mit Gregor schönzutun und ihm sorgsam jedes Stäubchen von der Kleidung zu entfernen, sondern tat nur dann etwas für ihn, wenn er es von ihm verlangte. Am allerliebsten wäre es ihm aber gewesen, wenn er ihm die Freundschaft hätte aufkündigen können, doch war das leider nicht möglich, denn sein Vater wollte, dass er zum Freundeskreis des Fabrikantensohnes gehörte, weil er sich davon versprach, Leiter der Betriebsbuchhaltung werden zu können.

Es war in der Vorweihnachtszeit, als Gregor seine Gefährten dazu aufforderte, mit ihm in den Wald zu gehen, denn der erste Schnee war gefallen und die Landschaft war von einer weichen, weißen Decke behutsam zugedeckt, welche die Menschen auf Weihnachten einstimmte, weil sie ebenso hell glitzerte und in Ruhe und Frieden dalag wie die festlich geschmückten Wohnstuben, und er wollte diese zauberhafte Weihnachtsstimmung im verschneiten Winterwald in sich aufnehmen.

Wie nun die Knaben im Wald dahingingen und sich beim Anblick der mit Schnee überworfenen Fichten auf Weihnachten freuten, kamen sie an einen Bach, doch da der Steg, der über den Bach führte, im Lauf der Zeit morsch geworden und schließlich eingestürzt war, konnten sie den Bach nicht überqueren.

»Das macht weiter nichts! Gehen wir halt durch den Bach und einer von euch trägt mich hinüber«, sagte Gregor und sogleich erklärten sich einige von den Knaben bereit, ihn über den Bach zu tragen.

»Wenn ihr unbedingt nasse Füße bekommen wollt, dann müsst ihr halt durch das Wasser waten. Ich gehe jedenfalls nicht mit, denn ich will keine nassen Füße bekommen«, warf Johannes ein.

»Ach was, das Wasser ist doch nur einige Zentimeter hoch. Das reicht einem doch nur bis zu den Knöcheln. Wie sollte man denn da nasse Füße bekommen?«, stieß Gregor ärgerlich hervor.

»Wenn aber der Grund des Baches weich ist, dann würden wir einsinken und das Wasser würde uns in die Schuhe laufen, wobei derjenige von uns, der dich hinübertragen müsste, besonders tief einsinken würde«, gab Johannes zu bedenken.

»Das wirst du dann gleich sehen, ob man einsinkt oder nicht. Du wirst mich nämlich hinübertragen«, sagte Gregor und grinste hämisch.

»Also, wenn jetzt Sommer wäre, dann würde ich dich schon hinübertragen, denn da würde es weiter nichts ausmachen, wenn ich nasse Füße bekommen würde. Da aber jetzt Winter ist, traue ich mich nicht, denn ich müsste befürchten, krank zu werden, und das will ich auf gar keinen Fall«, entgegnete Johannes mit verdrießlicher Miene.

»Hört euch nur diesen Weichling an. Macht sich Sorgen um seine Gesundheit, nur weil er ein paar Schritte durch einen seichten Bach gehen muss. Du solltest dir lieber Sorgen um den Arbeitsplatz deines Vaters machen, denn wenn du mich jetzt nicht augenblicklich über den Bach trägst, dann sage ich meinem Vater, dass er deinen Vater hochkantig rausschmeißen soll«, sagte Gregor verächtlich und einige Knaben lachten spöttisch dazu.

Als Johannes hörte, welches Leid Gregor über seine Familie bringen wollte, verfinsterte sich seine Miene. »Du bildest dir wohl ein, weil du mehr bist als wir, kannst du mit uns machen, was du willst. Du behandelst uns ja wie Sklaven, die keine Rechte haben und sich alles gefallen lassen müssen. Die schwersten und erniedrigendsten Arbeiten lässt du uns verrichten und nimmst keinerlei Rücksicht darauf, dass wir dabei unsere Würde und unsere Selbstachtung verlieren und unsere Gesundheit Schaden nehmen könnte. Mit mir machst du das aber nicht mehr, denn von nun an will ich nichts mehr mit dir zu tun haben, du Sklaventreiber, du dreckiger«, schimpfte er. Dann biss er vor Wut die Zähne zusammen, packte Gregor bei der Jacke und stieß ihn zu Boden.

Im nächsten Moment fielen einige von den Knaben über ihn her und schlugen wild auf ihn ein, bis Gregor rief: »Hört auf! Ich will doch nicht, dass ihr ihn zu Tode prügelt!«

Die Knaben ließen ab von ihm und wandten sich Gregor zu, der zu ihnen sagte: »Wir gehen jetzt nach Hause, denn nach dem, was eben vorgefallen ist, habe ich keine Lust mehr dazu, unseren Spaziergang fortzusetzen.«

Und einen gehässigen Blick auf Johannes werfend, der gerade dabei war, sich mühsam hochzurappeln, sagte er: »Den nehmen wir nicht mit. Der soll sehen, wie er alleine nach Hause kommt.«

Er wandte sich um und trat den Heimweg an und die anderen Knaben folgten ihm auf dem Fuße.

Auf ihrem Weg durch den Wald hatten die Knaben soeben eine Wegbiegung hinter sich gelassen, als sie auf dem höchsten Punkt des vor ihnen ansteigenden Weges eine hünenhafte Mannsgestalt gewahrten, die starr und unbeweglich dastand wie ein fest in der Erde verwurzelter Baum. Ein banges Gefühl beschlich die Jungen, so dass sie sich ihr mit zaghaften Schritten näherten.

Beim Anblick aus der Nähe steigerte sich ihre Beklommenheit noch. Der Hüne hatte ein derbes und wildes Aussehen in seinem aus allerlei Rauwerk zusammengesetzten Mantel. Unter dem grünen, breitkrempigen Schlapphut, in dem eine Bussardfeder steckte, quoll langes, schlohweißes Haar hervor, das in einen bis zum Gürtel hinabreichenden Bart mündete.

In seiner rechten Hand hielt er einen knorrigen Ast, den er als Stab benutzte. Furchtsam blickten die Jungen zu ihm auf, als er mit dröhnender Stimme zu sprechen begann:

»Ich bin der Geist des Waldes. In meiner Obhut befinden sich sämtliche Pflanzen und Tiere, und da alle in meinem Wald lebenden Tiere mit ihren jeweiligen Artgenossen in Frieden zusammenzuleben pflegen, hat es mir gar nicht gefallen, dass ihr einem Artgenossen von euch Leid zugefügt habt. Müsst ihr denn unbedingt meinen Wald aufsuchen, um übereinander herzufallen? Könnt ihr denn eure schmutzigen Händel nicht in eurer Stadt austragen? Wenn man dort die Dächer von den Häusern wegnähme, dann würde es gewaltig zum Himmel stinken, denn verborgen in euren Häusern brütet ihr Menschen darüber nach, welche Gemeinheiten ihr euren Mitmenschen antun und ihnen das Leben schwer machen könnt, damit sie schlechter dastehen als ihr und ihr von euch sagen könnt, dass ihr mehr seid als sie.

Dass ihr Menschen euch gegenseitig bekämpft, liegt daran, dass ihr nur dann selbstbewusst sein könnt, wenn ihr stark seid, stärker wie andere Menschen, und um stärker sein zu können wie andere Menschen, müsst ihr sie besiegen.

Wenn dies durch Leistung im Beruf oder in sportlichen Wettbewerben, in denen nach festen Regeln um den Sieg gekämpft wird, geschieht, ohne seinen Gegnern ein Leid anzutun oder ihnen Schaden zufügen zu wollen, dann ist nichts dagegen einzuwenden und man kann solche Menschen, die nur auf diese Weise siegen wollen, als gute Menschen bezeichnen.«

Immer noch blickten die Jungen angstvoll zu ihm auf; keiner von ihnen wagte es, den Geist des Waldes zu unterbrechen.

»Es gibt aber auch Menschen, die sich als Sieger fühlen, wenn sie anderen Menschen Leid angetan haben, sei es, weil sie begierig darauf sind, so oft wie möglich zu siegen und deshalb keine Art des Siegens auslassen wollen, oder sei es, weil sie unfähig sind, Leistungen im Beruf oder in sportlichen Wettbewerben zu erbringen. Und so wird schlecht über andere geredet, werden Ladendiebstähle begangen, werden Sachen anderer Leute zerstört, werden Häuser angezündet, werden Tiere gequält und werden schlimmstenfalls andere Menschen umgebracht.

Unter diesen bösartigen, moralisch verkommenen Menschen sind sogar solche zu finden, die in ihrer blinden Gier nach möglichst vielen Siegen selbst davor nicht zurückschrecken, auch den Menschen, mit denen sie zusammenleben, Leid anzutun, und so tyrannisieren Familienväter ihre Familien, misshandeln Väter ihre Kinder und gebärden sich Ehemänner herrisch und gebieterisch ihren Ehefrauen gegenüber oder schlagen sie sogar.

Sie sehen es als richtig an, auch den Menschen, mit denen sie zusammenleben, Leid anzutun, denn in ihrer blinden und hysterischen Gier nach möglichst vielen Siegen möchten sie durchwegs sämtliche Möglichkeiten des Siegens ausnutzen.

Eigentlich müssten sie es aber als falsch ansehen, da sie dadurch den Hass ihrer Opfer auf sich ziehen und befürchten müssen, dass sich jene an ihnen rächen. Dem schenken sie aber keinerlei Beachtung, denn sie wähnen sich in dem Glauben, dass die von ihnen Gepeinigten sie als die Stärkeren ansehen, die übermächtig über ihnen stehen, so dass sie ihnen nicht aufrecht mit breiter Brust entgegentreten können, sondern klein und schwach vor ihnen kriechen müssen und es hinnehmen müssen, von ihnen gepeinigt und erniedrigt zu werden, und dass sie als ängstliche und mutlose Schwächlinge und Feiglinge nicht im Mindesten dazu fähig sind, ihnen etwas anzutun.

Da befinden sie sich aber im Irrtum, denn wenn die Gepeinigten ihr Martyrium auch über einen längeren Zeitraum hinweg tapfer und geduldig ertragen haben und weit davon entfernt waren, Rachepläne gegen ihre Peiniger zu schmieden, so ist doch irgendwann der Punkt erreicht, wo sie nicht mehr gewillt sind, die ihnen zugefügten Peinigungen noch länger zu ertragen, und in ihrer Notlage keinen anderen Ausweg mehr sehen, als sich ihres Peinigers zu entledigen.

Folglich ist es ein großes Wagnis und eine große Dummheit, wenn ein böswilliger Mensch ein oder mehrere Familienmitglieder drangsaliert und peinigt, und manch einer von denen, die den Drang verspüren, anderen Menschen etwas anzutun, um sich als Sieger fühlen zu können, erkennt das auch und scheut davor zurück, seinen Familienmitgliedern etwas anzutun, und scheut auch davor zurück, als Einzelner einem ihm vollkommen fremden Menschen etwas anzutun, weil er befürchten muss, dass der sich heftig zur Wehr setzt. Stattdessen rottet er sich mit anderen zusammen und gemeinsam fallen sie über Einzelne oder einige Wenige her, die Minderheiten wie anderen Rassen oder anderen Religionen angehören oder Außenseiter sind, die nicht der Norm entsprechen, und im sicheren Gefühl der Überlegenheit brauchen sie keine Gegenwehr zu befürchten. Ebenso wie sie tun sich Schüler zusammen, um eigenartige Einzelgänger und Sonderlinge in ihrer Klasse zu drangsalieren und zu schikanieren, und verbünden sich einige Arbeitskollegen in einer Firma, um gegen einen schwach erscheinenden Mitarbeiter zu intrigieren und dessen Arbeit zu sabotieren.

Gemeinhin nennen die Leute solche Menschen, die über Menschen einer anderen Rasse herfallen, Rassisten. Diese Bezeichnung ist aber nicht richtig, denn diese sogenannten Rassisten greifen nicht deshalb Menschen aus anderen Rassen an, weil sie diese nicht mögen und sich an ihnen stören, sondern einzig und allein deshalb, weil sie auf der Suche nach Menschen sind, die sie angreifen können, ohne auf heftige Gegenwehr zu stoßen, und da kommen ihnen solche Menschen, die Minderheiten angehören, gerade recht.

An all dem sieht man, dass ihr Menschen unbedingt Feinde braucht, die ihr besiegen könnt, damit ihr euch für stark halten und selbstbewusst fühlen könnt. Selbstbewusstsein müsst ihr nämlich unbedingt haben, weil es die Voraussetzung dafür ist, dass ihr anderen Menschen gegenüber souverän auftreten und dabei so freundlich, so charmant, so geistreich, so humorvoll, so mitfühlend, so warmherzig wie irgend möglich sein könnt und es euch dadurch ein Leichtes ist, die Sympathien euerer Mitmenschen zu gewinnen.

Wer aber kein Selbstbewusstsein hat, der zweifelt an sich und befürchtet bei allem, was er tut, zu versagen, weshalb er es nicht vermag, souverän vor seine Mitmenschen hinzutreten, sondern eine jammervolle Erscheinung abgibt. Er muss sich eingestehen, dass er nicht imstande ist, die Achtung und die Liebe seiner Mitmenschen zu gewinnen, und das quält ihn und treibt ihn zur Verzweiflung, was zur Folge hat, dass er entweder psychisch krank wird oder krampfhaft versucht, das fehlende Selbstbewusstsein zu erlangen, indem er anderen Menschen Leid antut und dabei nicht wählerisch ist, ob es sich dabei um Fremde oder Familienangehörige handelt.

Angesichts dieser Tatsachen kommt man unweigerlich auf den Gedanken, dass in der menschlichen Gesellschaft das Kriegsrecht gilt. Komischerweise ist das aber kaum wahrzunehmen, denn wenn die Menschen auch kriegerisch sind, so ist ihnen doch viel mehr daran gelegen, von ihren Mitmenschen geachtet und geliebt zu werden und gut mit ihnen auszukommen. Und so gehen sie vor den Augen der Öffentlichkeit höflich und freundlich mit ihren Mitmenschen um und achten darauf, sich ja nicht ihren Unmut zuzuziehen, während sie ihre kriegerischen Handlungen gegen diejenigen, die sie sich als Feinde auserkoren haben, im Verborgenen und im Dunkeln ausüben.

In eurer Stadt könnt ihr euch von mir aus Leid zufügen, so viel ihr wollt. In meinem Wald will ich das aber nicht haben. Wenn da Menschen ihren Mitmenschen etwas antun, dann werden sie von mir bestraft«, sagte der Geist des Waldes mit lauter Stimme, indem er finster auf die Jungen herabblickte.

Endlich löste sich einer von ihnen aus seiner Starre, trat einen kleinen Schritt vor und sagte trotzig: »Es wäre ungerecht von Ihnen, wenn Sie uns bestrafen würden. Wir haben zwar Johannes verprügelt, haben das aber nur deswegen getan, weil es Gregor so gewollt hat. Wir müssen nämlich alles tun, was Gregor von uns verlangt, denn wenn wir uns weigern, wird Gregor seinem Vater sagen, dass er unsere Väter entlassen soll.

Zu den Weisungen, die er uns erteilt hat, gehört auch, dass wir jeden verprügeln müssen, der es wagt, ihn anzugreifen, und da Johannes ihn zu Boden gestoßen hat, ist uns nichts anderes übrig geblieben, als ihn zu verprügeln«, sagte einer der Knaben zum Geist des Waldes und sah ihn nach den letzten Worten betrübt an.

Der Geist des Waldes blickte nicht länger finster drein, denn er sah ein, dass die Knaben sich in einer Zwangslage befunden hatten und nicht anders konnten, als Johannes zu verprügeln.

»Nun, wenn das so ist, dann will ich mal nicht so sein und Gnade vor Recht ergehen lassen. Das gilt aber nur für diesmal. Solltet ihr wieder einmal zu mehreren über einen Einzelnen herfallen, sei es in meinem Wald oder irgendwo anders, so würdet ihr mir nicht mehr ungestraft davonkommen. Dann würde von dem Augenblick an, wo ihr eure abscheuliche Tat begeht, ein Zauber in Kraft treten, der bewirken würde, dass alles, was aus meinem Wald stammt und euch bis dahin Nutzen gebracht hat, sich gegen euch wendet. Da würden euch dann Heidelbeerkompott und Preiselbeeren sauer wie Essig und Pilze bitter wie Galle vorkommen, würden euch Schranktüren gegen den Kopf fliegen, wenn ihr sie öffnet, würden die Schubfächer eurer Nachtschränkchen erst dann herausgehen, wenn ihr mit aller Gewalt daran zerrt, so dass ihr zusammen mit ihnen auf dem Fußboden landen würdet. Euch würden die Spielsteine von euren Brettspielen ins Gesicht springen und die Würfel vom Tisch rollen und sich unterm Schrank verstecken und so weiter und so fort«, sagte der Geist des Waldes mit ruhiger Stimme zu den Knaben.

Und zu Gregor hingewandt sagte er: »Da du ganz allein schuld daran bist, dass deine Gefährten Johannes verprügelt haben, hättest du es eigentlich verdient, von mir bestraft zu werden. Doch will ich es mit dir genauso halten wie mit deinen Gefährten und Gnade vor Recht ergehen lassen. Dass du mir aber nie mehr deine Gefährten dazu zwingst, anderen etwas anzutun oder sonst etwas zu tun, was ihnen widerstrebt, indem du ihnen damit drohst, dass du deinen Vater dazu bringst, ihre Väter zu entlassen. Du weißt ja, welche Strafe dich erwartet, falls du es trotzdem tun solltest.«

»Wenn Sie meinen, Sie können mich einschüchtern, indem Sie mir damit drohen, dass sich alles, was aus Ihrem Wald stammt, gegen mich wendet, dann täuschen Sie sich aber gewaltig. Schließlich bin ich als Kind reicher Eltern nicht darauf angewiesen, Beeren zu essen, die in Ihrem Wald wachsen, weil mir meine Eltern Früchte wie Ananas, Bananen, Pfirsiche, Mangos und Feigen kaufen können, die allesamt unter südlicher Sonne reifen und darum besonders süß und wohlschmeckend sind. Unsere Möbel können mir auch nichts anhaben, denn die sind allesamt aus wertvollen Hölzern angefertigt, die in Ihrem Wald gar nicht wachsen.

Fällt mir doch nicht im Traum ein, dass ich damit aufhöre, Macht über meine Gefährten auszuüben, denn wenn ich das täte, dann würden sie mich ja nicht mehr ernst nehmen und mir nicht mehr gehorchen, so dass ich nicht mehr wäre als sie. Ich will aber mehr sein als sie. Wenn ich als Sohn eines Unternehmers Macht über sie habe, dann nutze ich das auch aus«, sagte Gregor ärgerlich.

»Ich sehe schon, du gehörst zu jenen Menschen, die nur sich selbst lieben und die anderen nicht. Menschen, die nicht nur sich selbst lieben, sondern auch die anderen, weil sie das Leben lieben und das auch von allen anderen Menschen annehmen, wollen dagegen nicht mehr sein und nicht mehr haben als die anderen. Ihnen liegt daran, dass auch die anderen zu etwas kommen und etwas werden und nicht nur sie, und so sind sie ihnen friedlich gesinnt und kämen nie auf den Gedanken, ihnen etwas anzutun. Und wenn es jemandem schlecht geht, dann haben sie Mitleid mit ihm und helfen ihm. Sie sind also für ihre Mitmenschen von Nutzen und somit gute Menschen, während jene, die nur sich selbst lieben, ohne jeglichen Nutzen für ihre Mitmenschen und somit schlechte Menschen sind.

Da du ein schlechter Mensch bist und es auch bleiben willst, anstatt ein guter Mensch zu werden, werde ich dich bestrafen: Ich werde dich in einen Schneevogel verwandeln. Als solcher bist du dazu verdammt, ruhelos in der Welt umherzufliegen und über Außenseitern, Versagern, Verlierern, Lebensuntüchtigen und gescheiterten Existenzen deine Kreise zu ziehen, wobei jenen eine von dir ausgehende Kälte ins Herz dringt, so dass sie vom Tod dahingerafft werden.

Ihr Tod hat aber auch für dich böse Folgen, denn sobald du einem deiner Opfer den Tod gebracht hast, verspürst du einen heftigen Schmerz in deinem Herzen, der davon herrührt, dass sich ein Stück deines Herzens in Schnee verwandelt. Dadurch wird dir klar gemacht, dass man sich selbst schadet, wenn man jemandem etwas antut, weil man ständig darauf gefasst sein muss, dass jener, dem man etwas angetan hat, einem ebenfalls etwas antut und man daher nicht mehr in Frieden leben kann.

Sobald du den Schmerz in deinem Herzen spürst, hörst du auf, über deinem Opfer zu kreisen, und lässt dich irgendwo nieder, wo du augenblicklich einschläfst und zu träumen beginnst. In deinem Traum erfährst du dann, wie es jenem Menschen, den du zu Tode gebracht hast, im Leben ergangen ist, wobei du die Sorgen und Ängste, die Mutlosigkeit, Bekümmernis und Verzweiflung, die er empfunden hat, nun selbst empfindest und genauso wie er sehnlichst einen Menschen herbeiwünschst, der dir dabei hilft, mit deinen Problemen fertig zu werden, so dass du zu der Erkenntnis gelangst, dass es die Menschen im Leben leichter haben würden, wenn sie sich bei der Bewältigung ihrer Probleme gegenseitig helfen würden.

Wenn dann dein Traum zu Ende ist, wachst du auf und erhebst dich alsbald in die Lüfte, um deinem nächsten Opfer entgegenzufliegen. So bringst du einen Nichtsnutz nach dem anderen zur Strecke, so dass dein Herz Stück für Stück zu Schnee wird. Wenn dann dein Herz ganz zu Schnee geworden ist, dann fällst du tot zur Erde hernieder, wo du als Häufchen Schnee liegen bleibst.

Deswegen brauchst du dich aber noch lange nicht verloren zu geben. Wenn sich nämlich bei einem deiner Opfer ein Mensch einfindet, der sich nicht nur voller Mitgefühl zu dem Toten herabbeugt, sondern auch eine tiefe Trauer für ihn empfindet, so wie er sie für einen geliebten, nahestehenden Menschen empfinden würde, dann wirst du von meinem Fluch erlöst und erlangst wieder deine menschliche Gestalt. Vielleicht hast du ja Glück und es findet sich tatsächlich ein solcher Mensch ein«, sprach der Geist des Waldes zu Gregor, um dann mit seinem Stab sachte Gregors Kopf zu berühren und den Knaben in einen Schneevogel zu verwandeln.

Als sich die Verwandlung vollzogen hatte und anstelle des Knaben ein weißer Raubvogel im Schnee stand, hob der Geist des Waldes seinen Stab ruckartig in die Höhe und stieß einen lauten Schrei aus, woraufhin sich der Schneevogel laut kreischend in die Lüfte erhob.

Der Geist des Waldes und die Knaben schauten ihm nach und verfolgten, wie er sich über die Wipfel der Bäume hinweghob und immer höher in die Lüfte stieg.

Als er schließlich nicht mehr zu sehen war, sagte der Geist des Waldes zu den Knaben: »So, und jetzt gehen wir zu Johannes und kümmern uns um ihn. Dem tut gewiss alles weh, so wie ihr ihn vermöbelt habt.«

Mit weit ausholenden Schritten machte er sich auf den Weg und die Knaben folgten ihm auf dem Fuße.

Als sie Johannes trafen, sagte der Geist des Waldes zu ihm: »Deiner Leidensmiene nach zu urteilen, geht es dir gar nicht gut. Aber dir kann geholfen werden.«

Er holte ein Büschel getrockneter Kräuter aus seinem Mantel hervor und hielt sie ihm hin, indem er sagte: »Du brauchst nur an diesem Kräuterbüschel zu riechen und schon hast du keine Schmerzen mehr.«

»Wenn Sie meinen. Schaden wird es ja wohl nicht, wenn ich mal daran rieche«, brachte Johannes mit schmerzlicher Miene hervor und roch an dem Kräuterbüschel. Kaum hatte er das getan, erhellte sich seine Miene, denn mit einem Male hatte er tatsächlich keine Schmerzen mehr.

»Ja gibt's denn das! Ich habe ja tatsächlich keine Schmerzen mehr«, rief er erfreut aus.

Und zum Geist des Waldes sagte er lächelnd: »Haben Sie schönen Dank dafür, dass Sie mich von meinen Schmerzen befreit haben.«

»Aber das war doch selbstverständlich. Wenn ich schon über Heilkräuter verfüge, mit denen es mir möglich ist, auf dem schnellsten Weg Schmerzen wegzubringen, dann wende ich sie auch an, wenn ich jemanden sehe, der Schmerzen hat.

Allerdings kommt es höchst selten vor, dass ich Menschen von ihren Schmerzen befreie, denn von den Menschen, die im Lauf der Zeit meinen Wald aufsuchen, ziehen sich nur einige wenige Verletzungen zu. Ich habe die Kräuter auch nicht dafür gesammelt, um kranke und verletzte Menschen heilen zu können. Ich habe sie dafür gesammelt, um die kranken und verletzten Tiere einer jeglichen Tierart zu heilen, deren Bestand zusehends abnimmt, so dass es bald wieder so viele Tiere von jeder Tierart gibt, wie es geben muss, und somit das natürliche Gleichgewicht wiederhergestellt ost.

Ich würde aber auch gerne all die vielen kranken und verletzten Menschen heilen, die in eurer Stadt leben. Da ich mich dazu aber in eure Stadt begeben müsste, meinen Wald aber nicht verlassen kann, weil ich mit allem, was hier lebt, wächst und gedeiht, untrennbar verbunden bin, kann ich das leider nicht.

Gewiss würdest du auch gerne kranke und verletzte Menschen heilen, allein schon deswegen, weil du dann keine Angst mehr vor Krankheiten und Verletzungen zu haben brauchtest und deine Eltern, Geschwister, Freunde und Bekannten auch nicht. Du bräuchtest aber ein Kräuterbüschel dazu. Da man jedoch nicht nur alle möglichen Kräuter dazu braucht, um ein solches anzufertigen, sondern auch der Zauberkunst mächtig sein muss, gebe ich dir das da. Ich habe nämlich noch mehr davon«, sagte der Geist des Waldes und hielt Johannes freundlich lächelnd das Kräuterbüschel hin.

Johannes nahm das Kräuterbüschel und bedankte sich dafür beim Geist des Waldes, der sich nun den anderen Knaben zuwandte und zu ihnen sprach: »Und was euch betrifft, so habe ich euch ja klipp und klar gesagt, was euch blüht, wenn ihr euch noch mal unterstehen solltet, zu mehreren über einen Einzelnen herzufallen. Dass ihr mir das ja nicht vergesst!«

Sodann wandte er sich ab von ihnen und ging auf einige Fichtenbäumchen zu, die am Wegrand dicht beieinander standen.

Kaum war er mit den Bäumchen in Berührung gekommen, war von ihm nichts mehr zu sehen.

Die Knaben gingen nun mit gesenkten Köpfen zaghaft zu Johannes und einer von ihnen beteuerte mit schuldbewusster Miene, dass es ihnen unsagbar leid tat, ihn geschlagen zu haben, sie dies aber tun mussten, weil sonst Gregor seinen Vater doch veranlasst hätte, ihre Väter zu entlassen.

Johannes konnte das nachvollziehen, und so fiel es ihm nicht schwer, ihnen zu verzeihen.

Da Johannes ihnen nichts nachtrug und wieder gut mit ihnen war und sie ihn deshalb wieder als ihren Kameraden betrachten konnten, löste sich ihre Befangenheit ihm gegenüber, und so sagten sie freudestrahlend freundliche Worte zu ihm und gaben ihm dabei so manchen freundschaftlichen Klaps, scherzten lachend mit ihm und erzählten ihm schließlich in allen Einzelheiten, was sie alles mit dem Geist des Waldes erlebt hatten und wie jener Gregor in einen Schneevogel verwandelt hatte.

Als sie geendet hatten, meinte Johannes, dass Gregor vom Geist des Waldes zu Recht bestraft worden war. Die anderen Knaben sahen das genauso und hatten daher nichts weiter dazu zu sagen. Sie mochten auch keine neue Unterhaltung beginnen, und so machten sie sich auf den Heimweg. Schweigend gingen sie durch den Wald und gaben sich ihren Gedanken hin. So dachte manch einer von ihnen, dass es ein großes Unglück sei, wenn man in einen Schneevogel verwandelt werden würde, da man sich nicht wohl in seiner Haut fühlen könne, wenn man einsam in der Welt umherfliegen und unter Schmerzen Menschen vernichten müsse, und die einzige Hoffnung, an die man sich klammern könne, die sei, irgendwann einmal erlöst zu werden, und deshalb Gregor, dem dies Unglück widerfahren war, zu bedauern sei, sie dagegen froh sein konnten, dass ihnen dieses Unglück nicht widerfahren war. Andere dachten voller Freude daran, dass sie sich jetzt, wo Gregor ihnen nicht mehr vorschrieb, was sie zu tun und zu lassen hatten, frei fühlen und bei ihren künftigen Spielen und Unternehmungen fröhlicher und ausgelassener würden sein können als jemals zuvor. Andere wiederum dachten beim Anblick des verschneiten Winterwaldes, wie schön es doch wäre, wenn sich die Landschaft auch zu Weihnachten in ein weißes Kleid hüllen würde.

An all das hätte Johannes wohl auch gedacht, wenn er nicht ein Kräuterbüschel besessen hätte, mit dem man Kranke heilen konnte, denn es war für ihn etwas so Wunderbares, es zu besitzen, dass er sich riesig darüber freute und sich vorstellte, wie er damit seine Eltern, Geschwister, Verwandten, Freunde und Bekannten, aber auch ihm völlig unbekannte Menschen heilen würde, wenn sie krank wären oder sich verletzt hätten, und sie ihm dafür unendlich dankbar sein und die Kunde von seinen Heilkünsten verbreiten würden und er schließlich landauf, landab von den Leuten als großer Wunderheiler bestaunt werden und bei ihnen hoch in Achtung stehen würde.

Als sie aus dem Wald herauskamen und über die Flur auf die Stadt zugingen, fing es an zu schneien. In großen Flocken kam der Schnee vom Himmel herab und hüllte nach und nach Sträucher, Büsche und Bäume, die auf der Flur standen, noch dicker ein als vordem. Von einer weichen Schneedecke behutsam zugedeckt, würden jene dann den ganzen Winter über schlummern und von der überschwenglichen Lebensfreude im Frühjahr träumen, bis schließlich die warme Frühlingssonne die Schneedecke von ihnen nehmen und sie wecken würde und sie voller Freude erkannten, dass ihr Traum Wirklichkeit geworden war.

3. Kapitel

Es war schon stockdunkle Nacht, als der Schneevogel, schneebedeckte Fluren und Wälder hinter sich lassend, einer großen Stadt entgegenflog, deren unzählige Lichter ihm schon von Weitem ins Auge stachen.

Er flog schon eine Weile über den Häusern der Stadt dahin, als er mit einem Male aufhörte, mit den Flügeln zu schlagen und hoch in den Lüften zu stehen kam.

Er wusste nur zu gut, dass dies nichts anderes bedeuten konnte, als dass sich unten in den Straßen der Stadt ein Mensch befand, den er vernichten musste, und so blickte er mit seinen scharfen Raubvogelaugen neugierig nach unten.

Dort schoben gerade zwei Männer einen Betrunkenen zur Tür eines Wirtshauses hinaus und gaben ihm noch einen kräftigen Schubs mit auf den Heimweg, und da der Betrunkene gar zu sehr dem edlen Gerstensaft und auch einigen Schnäpsen zugesprochen hatte, hatte er seinen Körper nicht mehr unter Kontrolle, und so torkelte er noch ein paar Schritte dahin, um dann zu Boden zu fallen. Das fanden die beiden anderen Männer so komisch, dass sie lauthals zu lachen anfingen.

Der Betrunkene hatte sich gerade wieder mühsam aufgerappelt, als der Schneevogel anfing, über ihm seine Kreise zu ziehen. Im selben Moment fasste sich der Betrunkene mit schmerzverzerrtem Gesicht an die Brust und fiel dann tot zu Boden.

Als die beiden anderen Männer den Betrunkenen zu Boden stürzen sahen, bekamen sie einen gehörigen Schrecken und hörten augenblicklich mit dem Lachen auf. Im nächsten Moment waren sie bei dem Betrunkenen, beugten sich voller Mitgefühl zu ihm herab und fühlten ihm den Puls. Als sie feststellten, dass er tatsächlich nicht mehr am Leben war, gingen sie wieder ins Wirtshaus und machten den Wirt mit der Tatsache vertraut, dass ein Toter vor seinem Wirtshaus lag, damit jener alles Nötige veranlassen konnte, ihn fortzuschaffen.

Die beiden Männer bedauerten es zwar, dass ihr Zechkumpan verstorben war, doch ging ihnen sein Tod nicht so
nahe, dass sie um ihn getrauert hätten, denn er war für sie nur
ein gelegentlicher Zechkumpan gewesen und kein ihnen nahe
stehender Mensch, und so schwebte der Schneevogel nicht auf
den Gehsteig hernieder, um sich in einen Menschen zurückzuverwandeln, sondern flog mit Schmerzen in der Brust auf
den Schneefang eines Hausdaches.

Kaum hatte er sich niedergelassen, machte er die Augen zu
und begann zu träumen.

In seinem Traum war er aber nicht er selbst, sondern jener
Mann, den er zu Tode gebracht hatte. Der war als junger
Mann von einer Geschäftsreise nicht nach Hause zu seinen Eltern zurückgekehrt, sondern hatte einen alten Kräutersammler aufgesucht, um mit ihm zusammenzuleben und ihm bei
den Arbeiten, die er zu verrichten hatte, hilfreich zur Hand
zu gehen. Denn er mochte nicht länger Juniorchef einer Möbelschreinerei sein, weil er sich als solcher ständig den Kopf
darüber zerbrechen musste, welche Maßnahmen zu ergreifen
waren, um auf dem Markt erfolgreich sein und sich gegen die
Konkurrenz durchsetzen zu können, ohne dass ihm viel Zeit
geblieben wäre, sich von seiner Kräfte raubenden und Ner-
ven aufreibenden Tätigkeit erholen zu können, er aber nicht
unablässig arbeiten wollte, um immer reicher zu werden, sondern nur so viel, dass er gerade so viel Geld verdiente, wie
er benötigte, um sich in der dadurch gewonnenen Zeit in die
Natur zu begeben.

Er hielt sich gern in der Natur auf, konnte er sich dort doch
von der Hetze des Lebenskampfes erholen, da fernab von der
Zivilisation die Gesetze der Menschen keine Gültigkeit hatten und die Gesetze der Natur, waren sie auch angesichts der
Tatsache, dass die Tiere, um Nahrung zu erhalten, dazu gezwungen waren, Jagd aufeinander zu machen, noch so hart

und grausam, für ihn nicht galten, weil ihm die in Wald und Flur lebenden Tiere nichts anhaben konnten.

Befand er sich in der Natur, so bedrückte es ihn überhaupt nicht, dass sich die Tiere rings um ihn her gegenseitig jagten und auffraßen, denn er nahm es als unabänderlich hin, dass es nicht nur solche Tiere gab, die sich von Pflanzen ernährten, sondern auch solche, die sich von anderen Tieren ernährten und daher sowohl dem Mäuslein, das sich vor den Fängen eines Habichts gerade noch in seinen Bau hatte retten können, als auch dem Habicht, der ein Mäuslein erwischt hatte, das Leben vergönnte, und so schlenderte er leichten Mutes durch Wald und Flur und ergötzte sich an der Schönheit der Natur, wobei er immer wieder mal stehen blieb, um eine Ansicht, die ihm besonders gut gefiel, mit Bleistift und Buntstiften auf einem Blatt Papier festzuhalten oder Stimmungen, Eindrücke und Gedanken zu Papier zu bringen.

Bei einem seiner Streifzüge durch die Natur traf dann Florian Wagenknecht, wie der junge Mann hieß, den alten Kräutersammler und kam mit ihm ins Gespräch. Im Laufe dieses Gesprächs klagte der alte Mann darüber, dass mit zunehmendem Alter seine Kräfte nachließen und es ihm deshalb immer schwerer fiel, seine Arbeit zu verrichten.

Als Florian dies hörte, sah er die Gelegenheit für gekommen, aus seinem goldenen Käfig auszubrechen und ein neues Leben zu beginnen, das anders als sein bisheriges Leben frei von Erfolgsdruck und Erfolgszwang war, und so sagte er zu dem alten Mann, dass er gern mit ihm zusammenleben und gemeinsam mit ihm alle Arbeiten, die so anfielen, verrichten würde.

Der alte Mann war einverstanden damit, denn mit jemand zusammenzuleben und gemeinsam mit ihm alle Arbeit zu verrichten, war ihm natürlich lieber, als allein zu leben und alle Arbeit allein verrichten zu müssen, und da er zu feiern pflegte, wenn ihm etwas Gutes widerfahren war, lud er Florian auf ein paar Gläschen selbst gebrannten Himbeergeist zu sich nach Hause ein.

Florian hätte sich zwar erst später bei dem alten Kräutersammler einquartieren wollen und jetzt seine Wanderung fortsetzen wollen, doch war es für ihn selbstverständlich, der Einladung des alten Kräutersammlers nachzukommen, denn da er mit ihm zusammenleben wollte, betrachtete er ihn als einen Kameraden und einem Kameraden musste er natürlich zeigen, dass er ihn mochte und gern mit ihm zusammen war. Und da es sich seiner Meinung nach für einen guten Kameraden ziemte, seinem Kameraden hilfreich zur Hand zu gehen, wenn jenem die Arbeit schwerfiel, nahm er den Sack mit den Wurzeln, die der alte Kräutersammler ausgegraben hatte, und den Spaten, mit dem er sie ausgegraben hatte. Dann ging er mit dem alten Kräutersammler zu dessen Anwesen, das sich unweit eines Dorfes am Fuße eines bewaldeten Berges befand, der zusammen mit anderen Bergen und Hügeln eine grüne Bergkette bildete.

Als die beiden Männer bei Bier und Himbeergeist gemütlich in der guten Stube beisammensaßen und miteinander plauderten, sagte Florian zu dem alten Kräutersammler, dass er erst dann zu ihm kommen könne, wenn er sich wieder einmal auf eine längere Geschäftsreise begeben müsste, da er auf eine längere Geschäftsreise viel Reisegepäck mitnehmen würde und deshalb seine Eltern nie darauf kommen würden, dass er alles Lebensnotwendige in seine Reisetasche gepackt hätte und von seiner Reise nicht mehr zurückkehren würde, denn da er sich mit seinen Eltern herumstreiten müsste, wenn sie erführen, dass er sie verlassen wollte, wolle er von ihnen weggehen, ohne dass sie es bemerkten.

Einige Zeit darauf zog Florian bei dem alten Kräutersammler ein und er bereute es in der Folgezeit nicht, dass er ein neues Leben begonnen hatte, gefiel es ihm doch weitaus besser als sein bisheriges. Denn anders als jene machthungrigen und geldgierigen Menschen, die sich rastlos auf einer immerwährenden Jagd nach Ruhm, Macht und Reichtum befanden und dabei Schaden an Leib und Seele nahmen, pflegten er und der alte Kräutersammler in aller Ruhe Kräuter, Beeren und Wurzeln in Wald und Flur zu sammeln und in ihrem Garten zu ernten, heilkräftige Teemischungen aus den getrockneten Kräutern und Wurzeln zusammenzustellen, die gesammelten Beeren sowie in ihrem Garten geerntetes Obst zu Weinen vergären zu lassen, Schnaps zu brennen, aus Schnäpsen, Beeren, Kräutern und Wurzeln Liköre herzustellen, ihre Erzeugnisse in den umliegenden Dörfern und in den weiter entfernten Kleinstädten zu verkaufen sowie die Arbeit in ihrem Haushalt zu verrichten, ohne dass sie von sich verlangt hätten, in einer gewissen Zeit recht viel zu leisten; und da sie es für gewöhnlich so hielten, dass sie am Abend und am Wochenende keinen Finger krumm machten, sondern sich von der Arbeit erholten, kam auch das Freizeitvergnügen nicht zu kurz, das für ihn darin bestand, schöne Ansichten in der Natur in Bildern festzuhalten, Stimmungen, Eindrücke und Gedanken aufzuschreiben, hie und da eines der vielen Bücher zu lesen, die der alte Kräutersammler besaß, mit ihm bei Bier und Schnaps beisammen zu sitzen und, je nach Laune, einander heitere Geschichten zu erzählen oder sich in ernsthaften Gesprächen über Gott und die Welt zu ergehen sowie sich mit ihm ins nahegelegene Dorf zu begeben, um sich im Wirtshaus mit den Bauern zu unterhalten oder mit ihnen Karten zu spielen.

Als Florian an einem Samstag im Wald herumstreifte, um sich an der Schönheit der Natur zu erfreuen, wehte ihm auf einmal ein lieblicher Gesang an die Ohren. Aufs höchste entzückt blieb er augenblicklich stehen, um ihm andächtig zu lauschen. Wie wenn ein Windhauch die feinen, dünnen Blätter aus Glas eines von der Zimmerdecke hängenden Mobiles leicht bewegte und jene, sich leicht berührend, feine, helle Töne erklingen ließen, so dünkte ihn dieser wunderschöne Gesang, und da seiner Meinung nach nur ein schönes Mädchen so eine reine, helle Stimme haben konnte und er es unbedingt kennen lernen wollte, ging er dem Gesang nach.

Nachdem er eine Weile durch den Wald gegangen war, kam er an einen Teich, an dessen Ufer teils der Wald heranreichte. Hier konnten sich seine Augen an weit mehr Grün erfreuen als davor, wo nur Fichten und Föhren beieinander standen, denn hier gab es auch noch Birken und Erlen sowie Holunderbüsche, Himbeersträucher und Farnkraut, teils mit Gras, Schachtelhalmen und Binsen dicht bewachsene Flecken und Streifen. Auf dieser Seite des Teiches hätte er leicht zum Ufer gelangen können, weil das Gelände durch den Wald bis zum Ufer hin eben war. Auf der gegenüberliegenden Seite des Teiches wäre ihm das viel schwerer gefallen, denn von einer höher gelegenen bewaldeten Ebene fiel ein Hang jählings bis zum Ufer hin ab. Auf diesem Hang erstreckte sich gleich über dem Wasserspiegel auf der linken Seite eine mehrere Meter hohe Felswand, ragte auf der rechten Seite auf halber Höhe eine zerklüftete Felszinne empor und befanden sich überall sonst mehr oder weniger große Felsblöcke und Steine, zwischen denen stämmige Fichten und Buchen standen. Als Samen vom Wind an den Hang hingeweht, hatten sie trotz des kargen, steinigen Bodens den Kampf ums Dasein aufgenommen und waren im Lauf der Zeit zu stattlicher Höhe herangewachsen; ihre Wurzeln waren so lange über Steine dahingekrochen, bis sie auf fruchtbare Erde gestoßen waren, in die sie hatten eindringen können.

Zwischen einer Birke und einem Holunderbusch stehend ließ er den Blick über einen größeren, mit Binsen, Schachtelhalmen und Gras bewachsenen Flecken über das Ufer schweifen, denn der wunderliebliche Gesang schien ihm von dorther zu kommen. Zu seiner Verwunderung war aber am Ufer niemand zu sehen, woraus er schloss, dass das Geschöpf, das da gar so lieblich sang, viel kleiner als ein Mensch war, und da er dieses Geschöpf aus nächster Nähe betrachten wollte, ging er, vorsichtig einen Schritt vor den anderen setzend, zum Ufer hin.

Als er bis auf wenige Schritte herangekommen war, sah er am Ufer eine Wasserjungfrau, die auf einem bemoosten Stein saß und mit anmutigen Bewegungen ihr langes, goldenes Haar kämmte, während sie ihre helle Stimme erklingen ließ. Die Wasserjungfrau war so groß, wie eine Forelle lang war, hatte einen Fischschwanz, der mit blauen und grünen Schuppen besetzt war, die in der Sonne glitzerten wie Saphire und Smaragde, und hatte auf ihrem Schoß einen hauchdünnen weißen Schleier liegen, dessen Enden zu beiden Seiten des Steines herabhingen.

Die Wasserjungfrau bemerkte nicht, dass Florian sie beobachtete, denn sie hatte ihr Gesicht dem Teich zugewandt, und da Florian sie in aller Ruhe betrachten wollte und vollkommen regungslos verharrte, um sie nicht zu erschrecken, verriet er sich auch durch keine Bewegung.

Voller Wohlgefallen ließ Florian seinen Blick auf dem holden Geschöpf ruhen und lauschte voller Entzücken seinem wunderschönen Gesang, und dabei war ihm so leicht ums Herz, dass er alles in einem rosigen Licht sah und darüber ganz vergaß, dass es nicht nur Schönes und Erfreuliches auf der Welt gab, sondern auch Hässliches und Bedrückendes.

Es dauerte aber gar nicht lange, da wurde ihm schmerzlich bewusst, dass es keine heile Welt gab, in der man nur Schönes zu sehen bekam und einem nur Gutes widerfuhr, sondern dass überall auf der Welt Gefahren lauerten und Unheil drohte. Seinen Blick unverwandt auf die Wasserjungfrau gerichtet, nahm er nämlich mit einem Mal aus dem Augenwinkel weiter rechts von ihm eine Bewegung im Kraut wahr, worüber er zutiefst bestürzt war, denn offensichtlich schlich sich irgendein Tier an die Wasserjungfrau heran. Hatte er sich vor wenigen Augenblicken noch in einem friedvollen Paradies gewähnt, in dem einem keinerlei Gefahr drohte und man daher leichten Mutes einherwandeln konnte, um sich in aller Muße an allem Schönen zu erfreuen, so wähnte er sich jetzt in einer gefahrvollen Wildnis, in der man Gefahr lief, von wilden Tieren gefangen und gefressen zu werden, wovon er selbst zwar nicht betroffen war, weil ihm die in der Natur lebenden Tiere nichts anhaben konnten, wohl aber die zierliche Wasserjungfrau, deren Wohlergehen ihm am Herzen lag, weil sie ihm Freude bereitet hatte, weshalb er sich vornahm, die drohende Gefahr von ihr abzuwenden und auch sogleich hierfür notwendige Maßnahmen ergriff, indem er, mit bangen Blicken die Bewegungen im Kraut verfolgend, seine Jacke auszog, die er wie ein Netz über das Untier werfen wollte, wenn es der Wasserjungfrau zu nahe kommen sollte.

Als nun das Untier, das sich als eine riesige Wasserratte entpuppte, nur mehr eine geringe Entfernung bis zur Wasserjungfrau zurückzulegen hatte, sprang er hinzu und warf sich, seine Jacke mit beiden Händen vor sich her haltend, auf die Wasserratte. Allerdings erwischte er sie nicht, weil sie, flink wie sie war, schon unter der Jacke hindurchgeschlüpft war, bevor jene auf dem Boden ankam, woraufhin Florian herumwirbelte, um erneut zu versuchen, die Wasserratte zu fangen, die indessen der Wasserjungfrau den Schleier von den Hüften gerissen hatte und sich soeben aus dem Staub machen wollte, als Florian sie unter seiner Jacke begrub und sogleich mit der Faust auf sie einschlug.

Da aber die Wasserratte ihr Leben so teuer wie möglich verkaufen wollte und sich daher unter der Jacke heftig hin und her bewegte, traf er nur ihre Schwanzspitze, was zwar äußerst schmerzhaft für sie war, sie aber nicht bewegungsunfähig machte, so dass sie nichts davon abhalten konnte, unter der Jacke hindurchzuschlüpfen und das Weite zu suchen.

Nachdem Florian die Wasserratte in die Flucht geschlagen hatte, stand er auf und hob seine Jacke vom Boden auf. Dabei sah er, dass unter seiner Jacke der Schleier der Wasserjungfrau lag, denn den hatte die Wasserratte aus ihrem Maul fallen lassen, als sie Florians Faustschlag auf ihrer Schwanzspitze gespürt und einen Schmerzenslaut ausgestoßen hatte. Nachdem er seine Jacke wieder angezogen hatte, hob er den Schleier auf und reichte ihn der Wasserjungfrau.

Lächelnd nahm die Wasserjungfrau den Schleier entgegen. Dann blickte sie Florian mit hellen Augen an und sagte zu ihm: »Ich bin dir unendlich dankbar dafür, dass du verhindert hast, dass die grässliche Wasserratte mit meinem Schleier enteilen konnte, denn wenn mir mein Schleier abhanden gekommen wäre, hätte ich nicht mehr zum Grund des Teiches hinabtauchen können, wo ich zusammen mit anderen Wasserjungfrauen und Wassermännern in einem Palast wohne. Ohne den Schleier hätte ich auch gar nicht erst vom Grund des Teiches an die Wasseroberfläche gelangen können. Allerdings ist uns der Schleier nur dann beim Auf- und Abtauchen von Nutzen, wenn wir ihn vor dem Auftauchen am Stengel einer Teichrose reiben und vor dem Abtauchen etwas Blütenstaub von einer Teichrosenblüte darauf geben, denn dadurch werden auf ihn die Kräfte übertragen, durch die die Teichrose fähig ist, sowohl unter Wasser als auch an der Luft zu leben.

Wir tauchen oft herauf, denn wir lieben es, gemächlich an der Wasseroberfläche herumzuschwimmen und dabei ein Schwätzchen miteinander zu halten, ein Lied zu singen oder in aller Muße die Kräuter, Blumen und Bäume am Ufer des Teiches zu betrachten und zuweilen auf der Stelle zu verharren, um den über dem Wasser tanzenden Mücken, den im Sonnenlicht wie Edelsteine glitzernden Libellen und den von Teichrosenblüte zu Teichrosenblüte flatternden Schmetterlingen zuzusehen. Mit einem Schmetterling, der sich auf einem Teichrosenblatt ein wenig ausruht, nachdem er sich am süßen Nektar einer Teichrosenblüte gelabt hat, mit einem Frosch, der träge am Ufer sitzt, nachdem er sich eine fette Fliege hat schmecken lassen, mit einer Waldmaus, die zum Trinken ans Wasser gekommen ist oder mit einem Singvogel, der sich im seichten Wasser gebadet hat, plaudern wir auch gern über alles, was es am Ufer und im Wald Neues gibt.

Wenn wir uns an der Wasseroberfläche aufhalten, bleiben wir immer nur im Wasser und begeben uns nie ans Ufer, denn an Land gefällt es uns nicht, weil wir uns mit unseren Fisch-schwänzen dort nicht so gut bewegen können wie im Wasser, und doch begibt sich jede Wasserjungfrau im Sommer mehrmals an Land. Wir Wasserjungfrauen müssen nämlich das Sonnenlicht in unser Haar einkämmen und das können wir nur am Ufer. So lässt sich jede von uns hier nieder und kämmt sich so lange das Sonnenlicht ins Haar, wie sie dazu braucht, unsere schönsten Weisen zu singen. Wenn sie die letzte Weise gesungen hat, taucht sie wieder hinab zu unserem am Grund des Teiches errichteten Palast, der aus Schilfhalmen gewunden und außen ganz mit Algen überzogen ist, und begibt sich in eines der zweihundertundzweiundzwanzig Gemächer, in dem sie sich so lange aufhält, bis die hell schimmernde Innen-seite einer an der Decke angebrachten Muschelschale das Sonnenlicht aus ihrem Haar aufgenommen hat und somit dafür gesorgt ist, dass es in dem Gemach vierhundertvierundvierzig Tage lang hell ist.

Als ich mich heute ans Ufer begeben habe und mich hier niedergelassen habe, habe ich mir nicht wie sonst meinen Schleier um die Hüften geschlungen und ihn fest verknotet, sondern ihn mir nur lose über den Schoß gelegt. Dabei kam ich mir keineswegs leichtsinnig vor, denn da keines der hier lebenden Tiere mit dem Schleier etwas anfangen kann, hielt ich es für vollkommen ausgeschlossen, dass mir eines meiner Schleier rauben könnte. Allerdings habe ich nicht bedacht, dass es die Wasserratte darauf abgesehen haben könnte, dass ich keinen Schleier mehr habe, denn ohne ihn könnte ich nicht mehr ins Wasser zurück und müsste am Ufer bleiben und sie würde mir dann zu verstehen geben, dass mir nichts anderes übrig bliebe, als mich mit ihr in ihren Bau zu ihrem Jungen zu begeben, weil sie mir ansonsten meinen Schleier nicht zurückgeben würde. In ihrem Bau müsste ich dann ih-rem Jungen, der sich durch einen Dorn eine Verletzung am Bein zugezogen hat und deshalb den Bau nicht verlassen kann, Lieder vorsingen und Geschichten erzählen, um ihm die Zeit zu vertreiben, und zwar müsste ich das so lange tun, bis sein Bein wieder heil wäre.

Solange das Bein der jungen Wasserratte nicht wieder heil ist, werden wir Wasserjungfrauen wohl unseren Schleier wie unseren Augapfel hüten müssen. Allerdings wäre uns dies erspart geblieben, wenn sich eine von uns freiwillig mit der Wasserratte in ihren Bau begeben hätte. Die Wasserratte ist nämlich an einige von uns herangetreten und hat sie darum gebeten, ihrem kranken Jungen so lange Gesellschaft zu leisten, bis es wieder gesund wäre, und hatte ihnen versprochen, ihnen die Zeit in ihrem Bau so angenehm wie möglich zu machen und ihnen als Speisen die süßesten und saftigsten Heidelbeeren und Walderdbeeren und den zartesten Sauerklee zu reichen. Es mochte aber keine von uns mit ihr in ihre muffige, dunkle Erdhöhle mitkommen und da hat sich die Wasserratte eben überlegt, dass sie eine von uns dazu zwingen muss. Wenn du nicht zufällig zur rechten Zeit am rechten Ort gewesen wärst, dann wäre ich diejenige gewesen, die mit ihr in ihren Bau hätte mitkommen müssen.

Zum Dank dafür, dass du mich durch dein beherztes Eingreifen davor bewahrt hast, sollst du auch etwas von mir bekommen.«

Die Wasserjungfrau riss sich eine grüne und eine blaue Schuppe aus ihrem Fischschwanz, was ihr weiter nichts ausmachte, weil das nicht schmerzhafter für sie war, als wenn sie sich zwei Haare ausgerissen hätte. Diese beiden Schuppen hielt sie Florian hin, indem sie sagte: »Hier, nimm diese beiden Schuppen!«

Florian hielt ihr seine Hand hin und sie legte die beiden Schuppen darauf. Dann sagte sie zu ihm: »Mit der grünen Schuppe kannst du allen Wassern trotzen. Wenn du die bei dir hast, dann kann dir kein Wasser etwas anhaben, selbst wenn es noch so entfesselt und wild aufbrausend sein sollte, so dass du selbst in den Stromschnellen eines reißenden Flusses oder in der aufgewühlten See, in der hohe Wellen über dir zusammenschlagen, nicht untergehen kannst.

Mit der blauen Schuppe hingegen kannst du Wasser finden. Wenn du die in die Mitte deiner Handfläche legst, dann rutscht sie in diejenige Richtung, in der sich eine unterirdische Wasserader befindet. In diese Richtung musst du dann so lange gehen, bis die Schuppe auf deiner Handfläche auf und ab hüpft. Du brauchst dann nur noch mit der Schuppe den Erdboden zu berühren und schon bahnt sich die unterirdische Wasserader einen Weg durch Gestein und Erdreich nach oben und entspringt als Quelle der Erde.

Die beiden Schuppen können dir also in deinem Leben von großem Nutzen sein. Bewahre sie daher gut!«

»Das werde ich machen. Hab auch vielen Dank dafür!«, erwiderte Florian mit einem strahlenden Lächeln.

»So, und nun muss ich noch eine Weile das Sonnenlicht in mein Haar einkämmen. Ich hatte nämlich bis zu dem Zeitpunkt, wo mir die Wasserratte meinen Schleier raubte, noch nicht alle Lieder gesungen«, sagte die Wasserjungfrau, indem sie sich ihren Schleier um die Hüften schlang und ihn fest verknotete.

»Dann tu nur, was du zu tun hast! Ich passe derweilen auf, dass dir die Wasserratte nicht zu nahe kommt, denn die könnte ja erneut versuchen, dir deinen Schleier zu rauben. Sie würde dir deinen Schleier zwar nicht wegnehmen können, doch würde sie dich gehörig erschrecken, wenn sie einen Zipfel von deinem Schleier packen und daran zerren würde«, sagte Florian.

»Das ist überaus nett von dir, dass du darauf achtgeben willst. Zum Dank dafür werde ich auch ganz besonders schön singen«, sagte die Wasserjungfrau. Dann stimmte sie ein Lied an und begann ihr Haar zu kämmen und Florian lauschte entzückt.

Nachdem die Wasserjungfrau einige Lieder gesungen hatte, verstummte sie und sagte zu Florian: »So, nun habe ich genug Sonnenlicht in mein Haar eingekämmt. Nun kann ich hinabtauchen und dafür sorgen, dass es in meinem Gemach für vierhundertvierundvierzig Tage hell ist. Also, dann sage ich dir Lebwohl und wünsche dir, dass es dir immer gut geht und dass dir die beiden Schuppen in deinem Leben von Nutzen sind!«

»Lebwohl und lass es dir allezeit gut ergehen«, erwiderte Florian, während er lächelnd seine Hand zum Gruß hob.

Sie erwiderte sein Lächeln und winkte ihm zu. Dann drehte sie sich um und sprang ins Wasser.

Florian blickte versonnen auf das durch den Sprung der Wasserjungfrau aufgerührte Wasser und stellte sich lebhaft vor, wie sie hinabtauchte zum Grund des Teiches und sich in den Palast begab, in dem sie zusammen mit den anderen Wasserjungfrauen und Wassermännern wohnte. Dann ließ er den Blick noch einmal voller Wohlgefallen über den Wasserspiegel schweifen, über die darauf hingebreiteten Flecken von Entengrütze und die blühenden Teichrosen, den bis zum gegenüberliegenden Ufer abfallenden Hang und die Bäume und Felsen, um sich schließlich auf den Heimweg zu machen.

Als er dem alten Kräutersammler erzählte, was er erlebt hatte, und ihm die beiden Schuppen zeigte, meinte dieser, dass diese beiden Schuppen kostbare Gaben seien, die er sorgsam verwahrt immer bei sich haben sollte, da es jederzeit vorkommen könne, dass er Wasser finden oder sich vor Wasser schützen müsse.

Florian, der eigentlich die beiden Schuppen im Haus hatte aufbewahren wollen, um sie immer dann hervorzuholen, wenn er sie brauchen würde, sagte sich, dass er es wohl besser so machen sollte, wie es ihm der alte Kräutersammler gesagt hatte, und so gab er die beiden Schuppen in ein leeres Salbendöschen, gab das Salbendöschen in ein Lederbeutelchen und hängte es sich von nun an jeden Morgen den Hals, um es am Abend wieder abzunehmen.

Als er eines Tages im Wald unterwegs war, um Kräuter zu

sammeln, und plötzlich der Himmel alle seine Schleusen öffnete, so dass ein sintflutartiger Regen herniederstürzte, war er froh darüber, dass er sich dazu entschlossen hatte, die beiden Schuppen den ganzen Tag über bei sich zu tragen, denn die Regentropfen, die auf ihn herabstürzten, prallten in einiger Entfernung von ihm zurück, als befände er sich unter einem Glassturz.

Schon etliche Tage hatte Florian das Beutelchen mit den beiden Schuppen tagsüber um den Hals getragen und es am Abend wieder abgenommen, bevor er zu Bett gegangen war, als er eines Nachts aufwachte und feststellte, dass sein Mund ganz trocken war vor lauter Durst, woraufhin er aufstand und in die Küche ging, um sich etwas zum Trinken zu machen. Zur gleichen Zeit wachte auch der alte Kräutersammler mit trockener Kehle auf und dachte ebenso wie Florian daran, sich in der Küche etwas zum Trinken zu machen, und so stand er auf und griff nach der Lampe, um Licht zu machen. Seine Hände griffen aber ins Leere, denn am Abend davor hatte er die Lampe, nachdem er mit Florian ein paar feuchtfröhliche Stunden verbracht hatte und nach dem Genuss von zu viel Hagebuttenwein nicht mehr ganz klar im Kopf war, beim Ausziehen des Hemdes vom Nachttischchen gefegt, und so musste er im Dunkeln zur Tür gehen, die er geschlossen wähnte. Dem war aber nicht so, denn am vorhergehenden Abend hatte er, berauscht wie er war, ganz darauf vergessen, die Tür hinter sich zuzumachen.

Als der alte Kräutersammler schließlich mit dem Fuß gegen die halb offene Tür stieß und jene mit einem lauten Knall ins Schloss fiel, riss Florian in der Küche vor lauter Schreck den mit Wasser und Himbeersaft gefüllten Krug, den er soeben an die Lippen gesetzt hatte, mit einem jähen Ruck nach oben, so dass sich der Saft über sein Hemd und seine Hose ergoss, und da er von dem verschütteten Saft wohl kaum nass geworden wäre, wenn er die grüne Schuppe bei sich gehabt hätte, hängte er sich von nun an das Beutelchen mit den beiden Schuppen auch dann um den Hals, wenn er des Nachts aufstand, um sich etwas zum Trinken zu machen.

Florian lebte schon einige Jahre mit dem alten Kräutersammler zusammen, als es wieder einmal Sommer wurde, und es schien, dass es ein besonders schöner Sommer werden würde, da Tag für Tag die Sonne schien, worüber sich die Leute natürlich freuten, denn es war ihnen weitaus lieber, wenn die Sonne vom blauen Himmel lachte und es hell und warm war, als wenn der Himmel von Regenwolken verhangen und es düster und kühl war.

Als aber einige Wochen vergangen waren, ohne dass es bis dahin auch nur ein einziges Mal geregnet hätte, freuten sie sich kein bisschen mehr darüber, dass die Sonne schien, denn sie mussten befürchten, dass das Wasser knapp und alles, was auf den Feldern wuchs, verdorren würde, wenn es nicht bald regnete.

Florian nahm den Umstand, dass es einfach nicht regnen wollte, zum Anlass, dem alten Kräutersammler den Vorschlag zu unterbreiten, dass sie doch von Dorf zu Dorf ziehen könnten, um mit Hilfe der blauen Schuppe für die Bauern Wasser zu suchen. Dabei könnten sie sich eine goldene Nase verdienen, ohne allzu viel dafür tun zu müssen, denn sie müssten ja nur so lange auf einem Stück Land umhergehen, bis sie die blaue Schuppe zu einer Wasserader geführt hätte. Wenn sie dann im Laufe des Tages eine Wasserader gefunden hätten, dann könnten sie sich für den Rest des Tages auf die faule Haut legen und den Herrgott einen guten Mann sein lassen, denn sie würden für das Auffinden einer Wasserader so viel Lohn verlangen, dass sie sich nach vollendetem Tagwerk in ein Wirtshaus begeben und so viel essen und saufen könnten, wie sie nur wollten.

Der alte Kräutersammler stimmte Florians Vorschlag begeistert zu und meinte, dass sie gleich am nächsten Morgen losziehen könnten. Florian hatte nichts dagegen einzuwenden, und so machten sie sich sogleich daran, ihre Rucksäcke mit Butterbroten, Wurst, Käse und gekochten Eiern, einigen Flaschen Apfelwein, Stachelbeerwein und Bier vollzupacken, denn da sie sich erst dann ins Wirtshaus würden begeben und nach Herzenslust würden essen und trinken können, wenn sie ihren ersten Lohn für das Auffinden einer Wasserader erhalten hätten, mussten sie etwas zum Essen und Trinken mitnehmen.

Am nächsten Morgen zogen sie dann los und sie brauchten gar nicht weit zu gehen, um als Wassersucher tätig werden zu können, denn ihr Weg führte sie geradewegs ins nahegelegene Dorf, wo sie gleich den erstbesten Bauernhof ansteuerten und dem Bauern anboten, Wasser für ihn zu suchen. Wie nicht anders erwartet, nahm der Bauer ihr Angebot mit Freuden an, und so gingen sie wenig später mit ihm und einigen seiner Knechte, die Gräben ziehen und dadurch ein ganzes Stück Land bewässern sollten, sobald das Wasser aus der Erde sprudeln würde, über seine Felder. Dort fand Florian mit Hilfe der blauen Schuppe bald drei Wasseradern, die er als Quellen aus der Erde sprudeln ließ, indem er mit der blauen Schuppe die Erde berührte, und da er dafür so viel Lohn erhielt, dass er und der alte Kräutersammler sogleich ins Wirtshaus hätten gehen können und so viel hätten essen und trinken können, bis sie nichts mehr hineingebracht hätten, hätte er für den Rest des Tages keinen Finger mehr rühren müssen.

Da er aber zum Auffinden der drei Wasseradern nicht einmal zwei Stunden gebraucht hatte, war er der Meinung, dass es noch zu früh sei, um Feierabend zu machen, denn schließlich konnten sie nicht schon am Vormittag ins Wirtshaus gehen und dort bis in die Nacht hinein herumhocken, und so gingen sie gleich zum nächsten Bauern und auch der nahm sie als Wassersucher in seine Dienste.

Als sie auch für ihn fündig geworden waren und sahen, dass es kurz vor Mittag war, ließen sie sich unter einem schattigen Baum nieder und stillten ihren Hunger und ihren Durst mit all den guten Sachen, die sie als Wegzehrung mitgenommen hatten. Am Nachmittag waren sie dann noch für zwei weitere Bauern als Wassersucher tätig, bevor sie in bester Laune das Wirtshaus aufsuchten und nach Herzenslust aßen und tranken.

Als sie nach drei Tagen für alle Bauern des Dorfes Wasser gefunden hatten, zogen sie weiter von Dorf zu Dorf, bis sie an den großen Strom kamen. Gemächlich schlenderten sie am Ufer des Stromes entlang und blieben ab und zu mal stehen, um den Lastkähnen zuzuschauen, die von der großen Stadt herkamen und fremden Ländern entgegenfuhren oder aus fernen Ländern kamen und zur großen Stadt hinfuhren.

Eigentlich führte sie ihr Weg ja gar nicht am Ufer des Stromes entlang, denn das nächste Dorf lag ein gutes Stück abseits des Stroms, und auch das Dorf, in dem sie zuletzt für die Bauern Wasser gesucht hatten, lag ein gutes Stück vom Strom entfernt. Da sie ihn aber hatten sehen wollen, waren sie vom Dorf aus geradewegs zum Strom gegangen, um in aller Ruhe an seinem Ufer entlang zu gehen, bis dorthin, wo in gleicher Höhe das nächste Dorf lag. Dort wollten sie sich bei den Bauern wieder als Wassersucher verdingen und nach getaner Arbeit weiterziehen bis zur großen Stadt, deren Türme sie schon von Weitem gesehen hatten, als sie von einem Berg aus ihren Blick über die sich an das Mittelgebirge anschließende Ebene hatten schweifen lassen, durch die der Strom zog.

In der großen Stadt wollten sie sich einige Tage lang aufhalten und während dieser Zeit in aller Muße in der Altstadt umhergehen, den gotischen Dom und andere historische Bauwerke betrachten und natürlich auch fleißig einkehren und sich auftischen lassen, was immer Küche und Keller zu bieten hatten.

Danach wollten sie wieder auf dem Land als Wassersucher tätig sein.

Sie standen gerade am Ufer des Stromes und schwärmten beim Anblick eines stromabwärts fahrenden Lastkahnes davon, dass jener auf seiner Weiterfahrt an Bergen vorüberkommen werde, auf denen trutzige Burgen standen, an grünen Weinbergen, zu deren Füßen sich Dörfer und kleine Städte bis hin zum Ufer des Stromes drängten, an dichten Auwäldern, die einer Vielfalt an Tieren Lebensraum boten, an großen Städten mit prachtvollen Häusern, Kirchen, Domen und Schlössern und an fruchtbaren Ebenen, und dass man somit viel zu sehen bekäme, wenn man zur Schiffsbesatzung gehören würde – als ihnen auf einmal von weiter stromaufwärts her die Hilfeschreie eines Kindes an die Ohren drangen. Sie fuhren herum und blickten sich bange an, und da es Florian als seine Pflicht ansah, einem Menschen, der sich in Not befand, zu helfen, rannte er in die Richtung, aus der die Schreie kamen, und stürzte sich, als er einen auf dem Strom treibenden Jungen gewahrte, in die Fluten. Mit kraftvollen Bewegungen schwamm er dem Jungen entgegen, und da er die grüne Schuppe bei sich trug und es daher die Wellen, Strudel und Wirbel des Stromes nicht vermochten, ihn aufzuhalten oder gar in die Tiefe zu ziehen, kam er zügig voran, und so brauchte er nicht allzu lange, um bei dem Jungen anzulangen, ihn zu bergen und mit ihm zum Ufer zurückzuschwimmen.

Nachdem Florian und der Junge sich ans Ufer begeben hatten, sagte Florian zu dem Jungen, indem er ihn ernst anblickte: »Junge, du hast vielleicht Glück gehabt, dass ich gerade zufällig dahergekommen bin und deine Schreie gehört habe, denn wenn ich dich nicht gerettet hätte, denn wärst du so lange auf dem Strom dahingetrieben, bis dich ein Strudel in die Tiefe gezogen hätte und du jämmerlich ertrunken wärst.«

»Ja, es wäre wohl aus mit mir gewesen, wenn Sie nicht da gewesen wären«, sagte der Junge leise, indem er ernst und nachdenklich dreinblickte.

Dann blickte er Florian dankbar an und sagte mit einem leisen Lächeln zu ihm: »Ich bedanke mich auch recht herzlich dafür, dass Sie mir das Leben gerettet haben.«

»Schon gut, mein Junge. War doch selbstverständlich. Schließlich hängst du doch genauso am Leben wie ich. Umso mehr freut es mich, weil du ein lieber und netter Junge bist«, antwortete Florian freundlich. »Aber sag einmal«, fuhr er fort, indem er ihn verwundert anblickte. »Wie hat es eigentlich dazu kommen können, dass du in den Strom gefallen bist? Haben dir denn deine Eltern nicht gesagt, dass du nicht an den Strom gehen sollst, weil du hineinfallen und ertrinken kannst?«

»Das haben sie mir schon gesagt. Ich bin bisher auch noch nie zum Strom gegangen. Ich wollte auch heute nicht hin. Ich wollte durch Wiesen und Gehölze streifen, die weitab vom Strom liegen. Das Schicksal hat es aber anders gewollt, denn wie ich meinen Streifzug gemacht habe, bin ich, ohne dass ich es gemerkt hätte, immer näher zum Strom hingekommen, bis ich schließlich an seinem Ufer gestanden bin. Wahrscheinlich hat mich das Schicksal dort hingeführt, weil es mit Ihnen vorgehabt hat, dass Sie ein Lebensretter werden«, gab der Junge zurück.

»So, so! Das Schicksal hat dich also zum Strom geführt. Wie hat denn das Schicksal das gemacht?«, fragte Florian schmunzelnd.

»Nun, das Schicksal hat mir eingegeben, dass ich einen längeren Streifzug unternehmen soll, und so bin ich denn so lange umhergezogen, bis ich an eine bunte Blumenwiese gekommen bin, auf der vielerlei Schmetterlinge von einer Blume zur anderen gegaukelt sind. Pfauenaugen, Zitronenfalter, Kaisermäntel, Füchse und Admiräle sind da umhergeflattert. Da bin ich dann eine ganze Weile herumgestanden und habe den Flug der Schmetterlinge verfolgt.

Dann hat das Schicksal erneut eingegriffen, und zwar hat es mir einen Schillerfalter gesandt. Wie der zu einer Hornkleeblüte hingeflogen ist und sich darauf niedergelassen hat, bin ich langsam zu ihm hingegangen, denn da ich bis dahin noch keinen Schillerfalter gesehen hatte, wollte ich ihn aus allernächster Nähe betrachten. Wie ich mich ihm aber bis auf einige wenige Schritte genähert hatte, ist er auf einmal davongeflogen und hat sich auf einer anderen Blume niedergelassen, und so habe ich mich erneut an ihn herangeschlichen. Aber wieder ist er davongeflogen, noch bevor ich ihn erreicht hatte, und immer wieder ist er davongeflogen und immer wieder habe ich mich an ihn herangeschlichen, und als er in ein Gehölz geflogen ist, bin ich auch hineingegangen. In dem Gehölz bin ich dann an ein Weidenröschen herangeschlichen, auf das sich der Schillerfalter gesetzt hatte, und da der Schillerfalter längst davongeflogen war und sich auf ein Blatt von einem Faulbaum gesetzt hatte, wie ich zu dem Weidenröschen hingekommen bin, bin ich zu dem Faulbaum hingegangen. Von dem Faulbaum aus habe ich dann dem davonfliegenden Schillerfalter nachgesehen. Dabei habe ich aber nicht nur den Schillerfalter gesehen. Zwischen Kräutern, Buschwerk und Baumstämmen habe ich auch das Wasser des Stromes gesehen, der hinter dem Gehölz vorübergezogen ist. Wie ich dann gesehen habe, dass sich der Schillerfalter am Stamm einer Erle niedergelassen hat, die am Ufer des Stromes gestanden hat, bin ich zu ihm hingeschlichen. Allerdings habe ich ihn nicht aus allernächster Nähe betrachten können, weil die Erle über dem Strom schräg in die Luft ragte und der Schillerfalter etwa drei Meter von der Wurzel entfernt auf dem Stamm saß. Da ich ihn aber unbedingt aus allernächster Nähe betrachten wollte, bin ich zu ihm hinaufgekraxelt. Dabei bin ich dann mit dem linken Fuß auf der rissigen Rinde der Erle ausgerutscht und in den Strom gefallen.

Dazu wäre es wohl auch gekommen, wenn ich beim Kraxeln besser aufgepasst hätte, denn so wie das Schicksal es will, so kommt es, und das Schicksal hat es eben so gewollt, dass Sie ihr Leben lang stolz darauf sein können, einem Menschen das Leben gerettet zu haben. Das Schicksal hat es also gut mit Ihnen gemeint, als es mich in den Strom hat fallen lassen«, erzählte der Junge.

»Ja wenn das so ist, dann muss ich ja dir und dem Schicksal mein Leben lang dankbar sein«, sagte Florian lächelnd.

Dann blickte er zum alten Kräutersammler hin, der gerade daherkam.

»Ah, da kommt ja mein Kamerad«, rief er aus.

Der Junge wandte sich dem alten Kräutersammler zu.

»Junge, da hast du aber Glück gehabt, dass ich einen Kameraden bei mir habe, der jung und kräftig ist, denn ich mit meinen alten, morschen Knochen hätte dich nicht den Fluten entreißen können. Wenn ich dich hätte retten müssen, dann hätte ich genauso gut einen Sack Kartoffeln in den Strom schmeißen können, denn ich wäre genauso schnell untergegangen, wie ein Sack Kartoffeln untergegangen wäre«, sagte er lachend zu dem Jungen. »Du bist doch gewiss aus dem Dorf da vorn«, fuhr er mit ernster Miene fort, indem er mit dem Kopf in Richtung des Dorfes deutete, das weiter stromaufwärts lag. »Dann gehen wir mit dir mit. Wir wollen nämlich auch dorthin, weil wir für die dort lebenden Bauern Wasser suchen wollen.«

Also brachen sie auf.

Als sie vor dem Hoftor des Bauernhofes angekommen waren, wo der Junge zu Hause war, sagte der alte Kräutersammler lächelnd zu dem Jungen, indem er ihm freundschaftlich die linke Hand auf die Schulter legte und ihm aufmunternd zunickte: »Junge, wir gehen jetzt mit dir hinein zu deinen Eltern und du sagst ihnen, dass du zwei Wassersucher aufgegabelt hast. Wenn wir dann Wasser gefunden haben, bekommst du von deinen Eltern zur Belohnung dafür, dass du dafür gesorgt hast, am Sonntag, wenn ihr bei Kaffee und Kuchen beisammensitzt, das größte Stück Kuchen. Also, dann gehen wir mal hinein.«

Als sie in den Hof traten, kam gerade eine junge Frau aus dem Haus. Als die sie gewahrte, verharrte sie sogleich auf der Stelle und blickte sie fragend an.

»Das sind Wassersucher. Die habe ich hergebracht, damit sie auf unseren Feldern nach Wasser suchen«, erklärte ihr der Junge.

»Ja, wir sind Wassersucher. Wir suchen aber nicht nur Wasser, wir finden es auch. In vielen Dörfern sind wir schon gewesen und haben den dort ansässigen Bauern angeboten, für sie Wasser zu suchen, und für alle, die unsere Dienste in Anspruch genommen haben, haben wir Wasser gefunden«, bekräftige Florian.

»Nun, wenn Sie so gute Wassersucher sind, dann lassen wir Sie natürlich gerne für uns Wasser suchen. Kommen Sie nur mit herein in die gute Stube! Da können Sie dann mit meinem Vater aushandeln, wie viel Lohn er Ihnen zu geben hat, wenn Sie Wasser gefunden haben«, sagte die junge Frau lächelnd zu den beiden Männern.

Dann wandte sie sich um und ging ins Haus und Florian und der alte Kräutersammler folgten ihr nach.

Nachdem Florian und der alte Kräutersammler mit dem Bauern handelseinig geworden waren, gingen sie mit ihm und einigen seiner Knechte hinaus zu seinen Feldern und auch der Junge ging mit, denn er war begierig darauf, zu erfahren, wie das Wassersuchen so vor sich ging, und wollte deshalb den beiden Wassersuchern bei der Ausübung ihrer Tätigkeit zuschauen.

Auf den Feldern seines Vaters bekam der Junge dann zu sehen, wie Florian mit Hilfe der blauen Schuppe fünf Wasseradern fand und jene als Quellen aus der Erde sprudeln ließ.

Als die fünfte Quelle aus der Erde sprudelte und die blaue Schuppe auf Florians Hand auf keine weitere Wasserader mehr hinwies, so dass es für ihn nichts mehr zu tun gab, wies der Bauer seine Knechte an, von den Quellen aus Gräben zu ziehen und dadurch das Wasser gleichmäßig über die Felder zu verteilen. Dann ging er mit seinem Sohn und den beiden Wassersuchern zu seinem Bauernhof zurück.

Dort begab er sich mit den beiden Wassersuchern in die

Wohnstube und gab ihnen den vereinbarten Lohn. Die beiden Wassersucher nahmen das Geld dankend entgegen und verabschiedeten sich von ihm.

Als sie aus dem Haus in den Hof hinaus traten, fiel Florians Blick auf die Tochter es Bauern, die ihre Schritte soeben zum Garten hinlenkte, und da er an dem hübschen Mädchen Gefallen gefunden hatte, sagte er zu dem alten Kräutersammler, dass er die schöne Bauerntochter näher kennen lernen wolle, weswegen er schon mal ins Wirtshaus gehen und dort auf ihn warten solle, und gab ihm etwas Geld.

Dem alten Kräutersammler war es einerlei, ob er allein oder zusammen mit Florian im Wirtshaus hockte, und so steckte er das Geld ein und ging zum Hoftor hinaus, während Florian in den Garten ging, wo die junge Frau gerade dabei war, Unkraut zu jäten.

Als die junge Frau Florian gewahrte, erhob sie sich augenblicklich von ihrer Arbeit und blickte ihn fragend an, woraufhin ihr Florian sein schönstes Lächeln zeigte und sie mit freundlicher Stimme fragte, ob er ihr bei der Arbeit behilflich sein könne.

Die junge Frau war damit einverstanden, und so ging ihr Florian beim Unkrautjäten fleißig zur Hand und plauderte dabei über dieses und jenes mit ihr.

Als sie mit dem Unkrautjäten fertig waren, fragte Florian die junge Frau, ob sie nicht Lust hätte, am Abend ein wenig mit ihm spazieren zu gehen und anschließend im Wirtshaus mit ihm zu Abend zu essen.

Die junge Frau gab darauf zur Antwort, dass sie nicht am heutigen Dienstagabend mit ihm auszugehen gedenke, sondern erst am Freitagabend, denn bis dahin hätte er sich schon für mehrere Bauern des Dorfes als Wassersucher betätigt und würde daher bei der gesamten Dorfbevölkerung als berühmter Wassersucher in hohem Ansehen stehen, so dass es sich für sie als Tochter vom zweitreichsten Bauern des Dorfes geziemen würde, mit ihm auszugehen. Am heutigen Abend aber, wo er erst für einige wenige Bauern des Dorfes Wasser gesucht hätte und es sich deshalb noch nicht im ganzen Dorf herumgesprochen hätte, dass er ein berühmter Wassersucher sei, wäre es ihr peinlich, sich mit ihm im Dorf blicken zu lassen, da die Leute, denen sie begegnen würden, gewiss denken würden, dass sie sich mit irgendeinem dahergelaufenen Landstreicher eingelassen habe. Am Freitagabend würde sie aber auch nur dann mit ihm ausgehen, wenn er schön angezogen sei und sauber und gepflegt aussehe.

Als Florian vernahm, dass die junge Frau tatsächlich mit ihm ausgehen wollte, war er außer sich vor Freude und hielt sich schier für den glücklichsten Menschen der Welt, und im Überschwang seiner Gefühle sagte er großsprecherisch zu der jungen Frau, dass sie am Freitagabend nichts anderes vermeinen würde, als dass ein Fürst oder Baron mit ihr ausgehen wolle, wenn er bei ihr erscheinen würde, so fein herausgeputzt würde er sein. Und da er sich sogleich wieder ans Wassersuchen machen und dabei schneller gehen würde als sonst, würden ihn bis Freitagabend sämtliche Dorfbewohner als berühmten Wassersucher verehren und bewundern, so dass sie sich getrost überall im Dorf mit ihm sehen lassen könne. Sodann verabschiedete er sich von ihr und ging, von Tatendrang erfüllt, geschwind aus dem Hof und die Bauerntochter sah ihm lächelnd nach.

Bald darauf waren Florian und der alte Kräutersammler wieder als Wassersucher unterwegs, aber nicht nur bis zum späten Nachmittag, so wie bisher, sondern bis zum Einbruch der Dunkelheit, denn jede Gelegenheit, die sich ihm bot, um bis zum Freitagabend für möglichst viele Bauern Wasser zu finden, wollte Florian nutzen, und auch an den nächsten beiden Tagen waren sie als Wassersucher unterwegs, so dass sie bis zum Donnerstagabend für viele Bauern des Dorfes Wasser gefunden hatten.

Am Freitagmorgen begaben sie sich in die große Stadt, wo sich Florian feine Kleider und feine Schuhe kaufte und sich in einem Frisiersalon rasieren und frisieren ließ. Als er dann am Abend der hübschen Bauerntochter gegenübertrat, war er ebenso erfreut von ihrem Anblick wie sie von seinem, denn ebenso wie er sich für sie schön gemacht hatte, hatte sie sich für ihn schön gemacht, und so befanden sie sich in der besten Laune, als sie zum Hoftor hinaustraten, um in der lauen Abendluft einen Spaziergang zu machen.

Während des Spazierganges, der sie zum Dorf hinaus in die Flur führte, und auch während ihres Aufenthaltes im Wirtshaus, wo sie zu Abend aßen, kam nie Langeweile auf zwischen ihnen, denn sie fanden es schön, dass sie beisammen waren, unterhielten sich lebhaft miteinander und lachten viel dabei.

Nachdem Florian die hübsche Bauerntochter vom Wirtshaus aus bis vors Hoftor heim begleitet hatte, sagte er zu ihr, dass ihm der Abend mit ihr sehr gefallen hatte und er daher auch den nächsten Abend gern mit ihr verbringen würde, und da sie ebenso dachte wie er, vereinbarte sie mit ihm, sich am nächsten Abend wieder mit ihm zu treffen, und so verbrachten sie auch den nächsten Abend miteinander und auch die nachfolgenden. Dabei kamen sie sich immer näher, bis sie sich schließlich so sehr liebten, dass sie immer füreinander da sein wollten, und deshalb beschlossen, so bald wie möglich zu heiraten.

Florian war sich im Klaren darüber, dass es dem alten Kräutersammler weh ums Herz werden würde, wenn er ihm eröffnen würde, dass er zu heiraten gedachte, denn jener würde dadurch ja einen Gefährten verlieren, der ihm bisher bei der Bewältigung all der Arbeiten hilfreich zur Hand gegangen war und ihm deshalb lieb und wert war, und so machte er ihn schonend und behutsam und Rücksicht auf seine Gefühle nehmend mit der Tatsache vertraut, dass er vom Tag seiner Hochzeit an nicht mehr mit ihm zusammenleben würde, indem er zunächst zu ihm sagte, dass sie sich eine Zeitlang in der großen Stadt herumtreiben müssten, um jemanden zu finden, der statt seiner mit ihm zusammenleben wolle, und ihm dann, als er ihn fragte, warum sie dies tun müssten, den Grund hierfür nannte.

Da es der alte Kräutersammler als Selbstverständlichkeit ansah, dass einem Mann die Frau, die er über alles liebte, mehr bedeutete als sein bester Freund, und es keineswegs als schweren Schicksalsschlag empfand, dass Florian ihn verlassen wollte, zumal er zusammen mit ihm einen neuen Gefährten für ihn ausfindig machen würde, reagierte er nicht enttäuscht, sondern mit Verständnis und Freundlichkeit, was Florian hocherfreut zur Kenntnis nahm.

Als Florian und der alte Kräutersammler schließlich für alle Bauern des Dorfes Wasser gefunden hatten, begaben sie sich in die große Stadt, um sich dort auf die Suche nach einem neuen Gefährten für den alten Kräutersammler zu machen. Den ganzen Tag lang bis spät in die Nacht hinein sprachen sie gemächlich durch die Gassen und über die Plätze der Stadt dahinschlendernde, untätig auf Ruhebänken unter schattigen Bäumen sitzende und in Kneipen gemütlich beim Bier versammelte Männer an und unterhielten sich mit ihnen, und wenn sie sie näher kennen gelernt hatten und vertraut mit ihnen umgingen, fragten sie sie, ob sie nicht mit dem alten Kräutersammler zu dessen Anwesen ziehen wollten, um dort mit ihm zu leben und zu arbeiten. Doch erhielten sie durch die Bank abschlägige Antworten und als sie danach fragten, warum sie sich nicht mit dem alten Kräutersammler zusammentun mochten, führte man ihnen die verschiedensten Gründe hierfür an. So bekamen sie zu hören, dass man lieber für Geld arbeiten wolle als nur für Unterkunft und Verpflegung, dass man lieber in der Stadt als auf dem Lande leben wolle, weil in der Stadt viel mehr los sei als auf dem Land und dass man einmal eine Familie gründen und deshalb nicht mit einem Mann zusammenleben wolle.

Auch am nächsten Tag war ihnen bei ihrer Suche kein Erfolg beschieden. Doch sie ließen sich davon nicht entmutigen, sondern setzten am darauf folgenden Tag unverdrossen ihre

Suche fort.

Nachdem sie den ganzen Tag lang vergeblich nach einem neuen Gefährten für den alten Kräutersammler gesucht hatten, gingen sie am Abend in eine Kneipe und setzten sich zu einem Mann mittleren Alters, der ganz allein an einem Tisch saß. Als sie beim Wirt für sich ein Bier und ein Zwetschgenwasser bestellten, bestellten sie auch für den an ihrem Tisch sitzenden Mann ein Zwetschgenwasser, denn sie wollten näher bekannt mit ihm werden, und wenig später sahen sie, dass auch er das wollte. Als sie nämlich mit dem Schnapsglas auf ihr aller Wohl anstießen, stellte er sich ihnen als Christoph vor und unterhielt sich dann in einem kameradschaftlichen Umgangston mit ihnen, wobei er ihnen erzählte, dass er vor Jahren zusammen mit seiner Frau ein Gasthaus pachtete, das die reinste Goldgrube war, weil es zugleich die Kantine einer nahegelegenen Fabrik war und all die Arbeiter, die sich in der Mittagspause nicht nach Hause begaben, bei ihnen zu Mittag aßen.

Da sie Geld wie Heu hatten, konnten sie sich alle ihre Wünsche erfüllen. So suchten sie die feinsten Restaurants auf, um sich dem Genuss der erlesensten Speisen und der edelsten Weine und Branntweine hinzugeben, luden Freunde und Bekannte zu sich nach Hause ein, um mit ihnen ausgelassen zu feiern, und reisten in den sonnigen Süden, um sich malerische Landschaften und prachtvolle Städte anzusehen.

Mit dem Leben in Saus und Braus war es aber vorbei, als die Fabrik verkrachte und somit auch keine Kantine mehr gebraucht wurde. Seiner Frau behagte es gar nicht, dass sie auf einmal auf all das verzichten musste, was ihr bisher das Leben verschönert hatte, und so verließ sie ihn und lebte fortan mit einem Mann zusammen, der über genügend Geld verfügte, um ihr ihre Wünsche erfüllen zu können.

Als seine Frau fort war, führte Christoph das Gasthaus alleine weiter. Als aber eines Tages ein paar Häuser weiter ein neues Gasthaus aufmachte, das viel schöner eingerichtet war als seines und ihm dadurch seine Gäste abspenstig machte, so dass der auf keinen grünen Zweig mehr kam, mochte er das Gasthaus nicht länger weiterführen und stieg deshalb aus dem Pachtvertrag aus, und da er kein anderes Gasthaus fand, das er hätte pachten können, nahm er in einem Gasthaus eine Stelle als Kellner an.

Da dieses Gasthaus zumeist bis auf den letzten Platz besetzt war, musste er den ganzen Tag über zwischen Küche und Schanktisch und dem Gastzimmer hin- und herhasten und den Gästen die bestellten Speisen und Getränke bringen, ohne dass er sich dazwischen auch nur einmal die kleinste Ruhepause hätte gönnen können, und weil diese Arbeit an den Kräften zehrte und auf Kosten der Gesundheit ging, würde er den Kellnerberuf sofort an den Nagel hängen, wenn er eine Arbeit bekäme, bei der es geruhsamer zugehen würde.

Als Florian und der alte Kräutersammler dann auch noch hörten, dass Christoph keine Familie hatte, sagten sie sich, dass es ihm eigentlich gefallen müsste, mit dem alten Kräutersammler zusammenzuleben und zusammenzuarbeiten, und in der Tat stimmte Christoph freudig zu, als sie ihn fragten, ob er der neue Gefährte des alten Kräutersammlers werden wolle.

Am nächsten Morgen machten sich Florian und der alte Kräutersammler auf den Weg ins Dorf, während Christoph noch in der Stadt blieb, denn er musste erst noch seine Arbeit und sein möbliertes Mansardenzimmer kündigen, bevor er die Stadt verlassen konnte.

Als Christoph schließlich alle Brücken hinter sich abgebrochen hatte, nahm er seine Habseligkeiten und zog aufs Land, wo er sich wie vor ihm Florian und der alte Kräutersammler im Wirtshaus einquartierte.

Bald darauf wurde Hochzeit gehalten, wobei der alte Kräutersammler und sein neuer Gefährte Christoph ebenso wie alle anderen Hochzeitsgäste reichlich von den dargebotenen Speisen und Getränken genossen. Vor allem am Bier taten sie sich gütlich, im Gegensatz zu Florian, der sich beim Genuss von alkoholischen Getränken sehr zurückhielt, weil ihn seine frisch angetraute Ehefrau dazu angehalten hatte, damit sich die Leute nicht die Mäuler darüber zerreißen würden, dass die Tochter vom zweitreichsten Bauern des Dorfes einen Trunkenbold zum Manne genommen hätte.

Am Tag nach der Hochzeitsfeier verabschiedeten sich der alte Kräutersammler und Christoph von Florian, und obwohl sich Florian aus freien Stücken dazu entschieden hatte, nicht mehr mit dem alten Kräutersammler zusammenzuleben, fiel ihm der Abschied von ihm nicht leicht, denn er mochte den brummigen, humorvollen, kauzigen Alten, mit dem er sich stets gut vertragen hatte und viel Spaß gehabt hatte. Deshalb stand ihm das Wasser in den Augen, als sie sich zum Abschied herzlich umarmten und sich gegenseitig das Beste für die Zukunft wünschten, und da er nicht wollte, dass es ein Abschied für immer war, versprach er ihm, ihn einmal auf seinem Anwesen zu besuchen, und sagte ihm, dass er auf seinem Bauernhof jederzeit ein gern gesehener Gast sei.

Als nach der Hochzeit bei den Eheleuten der Alltag einkehrte, hielt sich Florian angesichts der Tatsache, dass er nicht nur nach Feierabend mit seiner Ehefrau zusammen sein konnte, sondern auch während des Tages bei der Arbeit, für den glücklichsten Ehemann von der Welt, denn was hätte sich ein Ehemann, dem seine Frau über alles ging, mehr wünschen können, als mit ihr den ganzen Tag zusammen zu sein.

Da seine Frau für ihn das Wichtigste im Leben war, zählten nurmehr diejenigen Dinge für ihn, die ihm und seiner Frau von Nutzen waren oder ihnen Freude bereiteten, damit sie glücklich und zufrieden miteinander leben konnten, weshalb er er auch die härtesten Arbeiten gern ausführte. Alle anderen Dinge hingegen rückten in den Hintergrund, selbst die, die sonst für ihn von Wichtigkeit gewesen waren, wie das beschauliche Spaziergehen durch Wald und Flur, das Malen von schönen Ansichten in der Natur, das Verfassen von Gedichten und das lustige Zechen in gemütlicher Runde, weshalb er seiner Frau auch ohne Weiteres versprach, weder zu Hause noch im Dorfwirtshaus Alkohol zu trinken, um ihr Ansehen in Ehren zu halten.

Mit niemandem auf der Welt hätte Florian tauschen mögen, so glücklich war er, und er dachte, dass er sein Leben lang an der Seite seiner Frau würde glücklich sein und nichts dieses Glück würde trüben können.

Eines Tages aber kam ihm dieses Glück mit einem Male nicht mehr ganz so groß vor, wie es ihm bisher vorgekommen war. Das lag daran, dass seine Frau zu ihm sagte, sie habe das unbestimmte Gefühl, im Dorf gebe es Gerede, dass es um ihren Hof nicht mehr zum Besten bestellt sei, seit er auf den Hof eingeheiratet hatte, da er ein dahergelaufener Herumtreiber sei, der außer Wassersuchen nichts anderes könne und daher auch nicht imstande sei, harte Bauernarbeit zu leisten.

Aber sie würden ihnen schon zeigen, wie gut es um ihren Hof bestellt sei, denn von nun an würden sie mehr arbeiten als bisher, um die reichste Bauernfamilie des Dorfes zu werden, und wenn sie auf dem Feld arbeiten würden und ihre Nachbarn gleich auf dem Feld nebenan, dann würden sie besonders flink und eifrig arbeiten und er müsste dabei der Flinkeste und Eifrigste von ihnen sein, um ihnen vor Augen zu führen, dass er sehr wohl harte Bauernarbeit leisten könne.

Als er dies hörte, fiel er aus allen Wolken, denn wie schon als Juniorchef in der Möbelschreinerei seiner Eltern war er auch als Bauer nicht davon angetan, dass er immer mehr und immer härter würde arbeiten müssen, weil die Menschen, für die er arbeitete, nie genug kriegten und immer reicher werden wollten.

Da er aber seine Frau über alles liebte und sich deshalb nicht gegen sie stellen mochte, ließ er ihr ihren Willen und dachte bei sich, dass es schon nicht so schlimm werden würde, dass er und seine Frau vor lauter Arbeit keine Zeit mehr füreinander hätten und dass sie wohl nur so lange mehr arbeiten müssten, bis sie es geschafft hätten, die reichste Bauernfamilie des Dorfes zu sein.

In der Folgezeit bürdeten sie sich dadurch, dass sie von anderen Bauern weiteres Land erwarben, einen Haufen Arbeit auf und Florian trug seinen Teil bei, wenngleich es ihm auch nicht sonderlich behagte, dass sie vom frühen Morgen bis in den späten Abend hinein arbeiteten und selbst dann noch nicht Feierabend war, da sie beim Abendessen und auch noch lange Zeit danach beratschlagten, was sie unternehmen konnten, um noch reicher zu werden.

Die Liebe zu seiner Frau war für Florian der einzige Grund, warum er alle Mühen und Plagen, die die viele Arbeit, die sie sich aufgehalst hatten, mit sich brachte, geduldig ertrug. Daher hätte seine Frau gut daran getan, ihn Tag für Tag bei jeder Gelegenheit, die sich ihr bot, mit ihrer Schönheit, ihrem Liebreiz und ihrer Liebenswürdigkeit zu betören, auf dass er nicht aufhören würde, sie zu lieben und zu begehren. Da sie sich aber vorgenommen hatte, nicht eher zu ruhen, als bis sie die reichste Bauernfamilie des Dorfes wären, verwandte sie all ihre Kraft und all ihre Zeit nur auf dieses Ziel und kam dabei Florian mehr und mehr wie eine gefühllose Geschäftsfrau vor und keinesfalls wie eine liebreizende, begehrenswerte Frau, und so war es kein Wunder, dass er sie mit der Zeit immer weniger liebte.

Im gleichen Maße, wie die Liebe zu seiner Frau abnahm, nahm das Verlangen zu, all den Freizeitvergnügungen nachzugehen, denen er vordem voller Freude nachgegangen war. Allerdings ließ die viele Arbeit das nicht zu, weshalb er darüber nachsann, wie er es anstellen konnte, etwas Freizeit zu erhalten, und schließlich darauf kam, dass er doch nur Schmerzen oder Krankheit vorzuschützen brauchte, um sich vor der Arbeit drücken zu können. So jammerte er denn ab und zu mal während der Arbeit über Schmerzen im Kreuz, in den Beinen, in den Armen oder sonst irgendwo, um dadurch zu erkennen zu geben, dass er die Arbeit abbrechen und nach Hause gehen müsste.

Auf dem Heimweg schlenderte er dann gemächlich dahin und betrachtete in aller Muße die Schönheit der Natur zu Seiten des durch die Flur führenden Weges und in den Gärten der dörflichen Gehöfte und dabei hüpfte ihm das Herz voller Freude im Leib, so dass er sich in bester Laune befand, wenn er zu Hause ankam. Dort machte er es sich dann im Garten oder in der guten Stube bequem und stellte Betrachtungen über das Leben und die Menschen an, verfasste Gedichte, hielt idyllische Ansichten, die er im Garten gewahrte, mit dem Bleistift auf einem Blatt Papier fest oder las in einem Buch.

Er hätte sich zwar auch gerne dem Genuss von Bier, Wein, Schnaps und Likör hingegeben, doch war ihm das leider nicht möglich, weil ihm das Geld dazu fehlte, denn trotz seines Versprechens, keinen Alkohol mehr zu trinken, traute ihm seine Frau zu, dass er bei Gelegenheit alkoholische Getränke kaufen würde, um sie irgendwo heimlich zu trinken, oder ins Wirtshaus gehen würde, um mit anderen lustigen Zechern gemütlich beisammenzusitzen und nach Herzenslust zu trinken, und gab ihm daher kein Geld.

Eines Tages aber, als sie während der Arbeit im Rübenfeld von einem heftig einsetzenden Platzregen überrascht wurden und alle außer ihm im Nu bis auf die Haut durchnässt waren, kam ihm eine Idee. Er verkündete, dass es für sie von großem Nutzen wäre, wenn jedes Familienmitglied eine grüne Schuppe besäße, weil sie dann selbst bei heftigem Regen auf dem Feld arbeiten könnten, weshalb er zum Wasserfräulein gehen wolle, um sich von ihm für jedes Familienmitglied eine grüne Schuppe zu erbitten.

Seine Familienangehörigen stimmten ihm zu, und so zog Florian am nächsten Morgen frohgemut zum Hoftor hinaus. Er dachte aber nicht im Traum daran, das Wasserfräulein aufzusuchen und sich von ihm grüne Schuppen zu erbitten. Vielmehr stand ihm der Sinn danach, in einem Wirtshaus ordentlich zu zechen, und zwar in einem Wirtshaus, in dem er niemanden treffen würde, den er kannte, und so machte er sich auf den Weg in die große Stadt.

Als er dort ankam, suchte er gleich das nächstbeste Wirtshaus auf und setzte sich an einen Tisch, an dem schon einige Gäste saßen. Dann bestellte er sich beim Wirt ein Bier und einen Obstler und fing mit den anderen Gästen ein Gespräch an.

Nachdem er sich eine Weile mit ihnen unterhalten hatte, bot er ihnen an, mit ihnen zu wetten, dass er nicht nass werden würde, wenn sie ihr Bier über ihn gießen würden, und da jene das schlichtweg für unmöglich hielten, gingen sie ohne Bedenken das Wagnis ein, mit hohen Geldbeträgen gegen ihn zu wetten. So ging denn einer von ihnen mit einem Glas Bier in der Hand zu Florian hin und goss es ihm über den Kopf, um im nächsten Moment ebenso wie alle anderen, die gegen Florian gewettet hatten, erstaunt die Augen aufzureißen, denn wider Erwarten rann das Bier nicht über Florians Gesicht herab, sondern floss ein Stück über seinem Haupt seitwärts in alle Richtungen und rann dann in einigem Abstand von ihm zum Fußboden herab, als säße er unter einem Glassturz. Sie wollten es aber nicht wahrhaben, dass sie nicht dazu imstande waren, Florian nass zu machen, und so schüttete ihm einer von ihnen den Inhalt seines Glases mit einer schnellen Bewegung gegen die Brust, mit dem Erfolg, dass nicht Florian nass wurde, sondern er selbst, weil das Bier von Florians unsichtbarem Schutzschild zu ihm zurückspritzte. Davon unbeeindruckt, ging ein anderer zu Florian hin und berührte mit dem Glasrand dessen Kopf und neigte dann das Glas zum Leeren, denn er glaubte, Florian auf diese Weise nass machen zu können. Zu seiner Verwunderung blieb aber das Bier im Glas, anstatt herauszulaufen und sich über Florians Kopf zu ergießen.

Nachdem sie dreimal vergeblich versucht hatten, Florian nass zu machen, gaben sie sich geschlagen und händigten Florian anstandslos den bei der Wette verlorenen Geldbetrag aus.

Zufrieden steckte Florian das Geld ein und bestellte beim Wirt eine Runde Obstler, die er den ihm unterlegenen Wettgegnern zum Trost für die erlittene Wettniederlage spendierte. Seine Wettgegner nahmen den Schnaps gerne an und stießen mit ihm auf seinen Wettsieg an. Als sie dann ihr Glas geleert und mit einem Schluck Bier nachgespült hatten, sagten sie zu ihm, dass sie keine Erklärung dafür hätten, warum sie ihn nicht hatten nass machen können, und deshalb gern von ihm gewusst hätten, wie er das fertiggebracht hatte.

Florian kam ihrem Wunsch gern nach, erwähnte aber mit keinem Sterbenswörtchen, dass er eine grüne und eine blaue Schuppe besaß und welche Bewandtnis es mit diesen beiden Schuppen auf sich hatte, denn er befürchtete, dass jemand, der davon wusste, dass er zwei wunderwirksame Schuppe besaß, auf den Gedanken kommen könnte, ihn zu überfallen und ihm die Schuppen zu rauben. Stattdessen erzählte er ihnen, dass er einmal an einem Weiher entlangging und am Ufer einen Karpfen liegen sah, der natürlich wieder ins Wasser zurückspringen wollte und deshalb heftig mit der Schwanzflosse schlug. Aus eigener Kraft schaffte er das aber nicht, und so hob er ihn auf und warf ihn ins Wasser. Kaum aber war der Karpfen im Weiher gelandet, tauchte auf einmal ein Wassermann bis zum Ansatz seines Fischschwanzes aus dem Wasser auf. Der sagte zu ihm, dass er der Herr des Weihers sei und als solcher diejenigen Menschen, die zu seinem Weiher kamen, zu prüfen pflegte, ob sie sich voller Mitgefühl einem in seinem Weiher lebenden Tier, das in Not geraten war, zuwenden würden, und da er die Prüfung bestanden hatte, wolle er ihn belohnen. Daraufhin bespritzte er ihn mit Wasser und sagte zu ihm, dass er dadurch sein Leben lang vor Wasser geschützt sei, und um ihm vor Augen zu führen, dass seine Worte der Wahrheit entsprachen, bespritzte er ihn ein weiteres Mal und in der Tat wirkte der Zauber, mit dem er ihn belegt hatte, denn die auf ihn zufliegenden Wassertropfen prallten von einem sich in einigem Abstand von seinem Körper befindlichen unsichtbaren Schutzschild ab.

Florian saß noch eine ganze Weile mit ihnen zusammen und leerte mit ihnen so manches Glas, bevor er sich von ihnen verabschiedete und das Wirtshaus verließ.

Eine Zeitlang schlenderte er durch die Gassen der Altstadt und betrachtete in aller Muße die schönen Häuser und den mannigfachen Zierrat an ihnen. Dann kehrte er erneut ein, denn sein knurrender Magen sagte ihm, dass es Zeit fürs Abendessen war.

Als er den letzten Bissen von den heißen Würsteln mit Senf, die er sich bestellt hatte, mit einem Schluck Bier hinuntergespült hatte, saß er noch eine Weile in der Gaststube und trank in aller Ruhe einige Glas Bier, und da niemand bei ihm am Tisch saß, mit dem er sich hätte unterhalten können, beobachtete er die Männer, die am Nebentisch saßen, und hörte ihrer Unterhaltung zu, was ihm ein ebensolches Vergnügen bereitete, wie wenn er sich mit jemandem unterhalten hätte, da die Witze und lustigen Geschichten, die sie sich einander erzählten, ihn in eine heitere Stimmung versetzten.

Als er dann seine Zeche bezahlte, fragte er den Wirt, ob man bei ihm übernachten könne, und da dies der Fall war, nahm er sich ein Zimmer für die Nacht.

Den nächsten Tag verbrachte er ebenso wie den vorhergehenden Tag mit Trinken und Spazierengehen und die darauf folgenden auch.

Nach ein paar Tagen aber hatte er das süße Leben satt bis obenhin, denn er sah den Sinn des Lebens nicht darin, über einen längeren Zeitraum hinweg nichts zu arbeiten und stattdessen zu faulenzen, sondern darin, sich all das, was man zum Leben so brauchte, zu erarbeiten und nur dann und wann mal zu faulenzen und das Leben zu genießen, aber auch nur dann, wenn man mit seiner Arbeitsleistung zufrieden sein konnte.

Es stand ihm aber auch nicht der Sinn danach, immer nur zu arbeiten, weil man immer reicher werden wollte, und so hatte er auch keine rechte Lust dazu, nach Hause zurückzukehren, entschied sich dann aber doch dafür, denn er glaubte, dass er auch die allerhärtesten Arbeiten verrichten würde, wenn er sich ungeachtet dessen, dass die anderen nur arbeiteten, um immer reicher zu werden, sagen würde, dass er selbst es für ein gutes Leben tue. Jedes Mal, wenn er Schweinebraten mit Klößen und Sauerkraut oder andere Leckerbissen vorgesetzt bekommen würde, konnte er daran denken, dass er es seiner Arbeit zu verdanken hatte, dass er gut essen konnte.

So machte er sich denn auf den Weg nach Hause. Als er dort ankam, sagte er zu seinen Familienangehörigen, dass es ihm leider nicht möglich war, grüne Schuppen zu besorgen, weil er zu dem Teich, in dem das Wasserfräulein lebte, nicht hingefunden hätte. Er wollte sich aber nicht allzu lange mit der Suche nach dem Teich aufhalten, denn er war sich im Klaren darüber, dass er ihnen mehr nützen würde, wenn er daheim auf dem Hof arbeitete, als wenn er noch recht lange umherirren und letztendlich doch nicht zum Teich finden würde, und so habe er sich schnurstracks auf den Heimweg gemacht, und da er nun wieder daheim sei, wolle er gleich wieder kräftig mit anpacken.

Als er wieder mit seinen Familienangehörigen auf dem Bauernhof zusammenlebte und gemeinsam mit ihnen alle Arbeiten bewältige, die auf dem Hof und auf den Feldern anfielen, redete er sich ein, dass es nur zu seinem Besten war, wenn er vom frühen Morgen bis in den späten Abend hinein hart arbeitete, weil er durch seiner Hände Fleiß dafür sorgte, dass er essen und trinken konnte, so viel er nur wollte, wenn er Hunger und Durst hatte, und dass er neue Kleidung kaufen konnte, wenn die alte verschlissen war, so dass er auch die allerhärtesten Arbeiten mit Freuden verrichtete.

Allerdings war seine Freude an der Arbeit auch wieder nicht so groß, als dass er auf seine Freizeitvergnügungen hätte verzichten wollen, und so schützte er nach wie vor während der Arbeit hin und wieder mal Schmerzen oder Unwohlsein vor, um nach Hause gehen zu können.

Woche für Woche hielt er es so, dass er einige Tage arbeitete und einen Tag seinen Freizeitvergnügungen nachging und
er war zufrieden dabei. Als aber die harte Arbeit zunehmend
an seinen Kräften zehrte, wurde er immer unzufriedener.
Dennoch biss er tapfer die Zähne zusammen. Als aber seine
Kräfte schließlich so weit verbraucht waren, dass er bereits am
Nachmittag erschöpft war, ging ihm die Lust an der Arbeit
vollends verloren, und er fasste den Entschluss, sich wieder
einmal für einige Tage in die Stadt zu begeben, um sich dort
von den Strapazen der Arbeit zu erholen und neue Kräfte zu
sammeln.

So leitete er denn alles in die Wege, um sich in die Stadt begeben zu können, indem er während der Arbeit über heftige
Schmerzen in der Schulter klagte und deshalb den Heimweg
antrat, am nächsten Morgen zwar mit der Arbeit begann, nach
kurzer Zeit aber wieder wegen seiner schmerzenden Schulter
aufhörte und sich abermals nach Hause begab und schließlich
am Abend zu seinen Familienangehörigen nach ihrer Heim-
kehr von der Arbeit sagte, dass es wohl längere Zeit dauern
würde, bis seine Schulter wieder heil war, er aber nicht untätig zu Hause herumsitzen, sondern etwas Nützliches für sie
machen wolle und sich daher erneut auf die Suche nach dem
Teich mit dem darin lebenden Wasserfräulein machen werde,
um sich von jenem grüne Schuppen für die ganze Familie zu
erbitten.

Seinen Familienangehörigen war es recht, und so machte er sich gleich am darauffolgenden Tag auf den Weg in die
Stadt. Als er dort ankam, suchte er ein Wirtshaus nach dem
anderen auf, bis er schließlich mit so vielen Gästen gewettet
hatte, dass sie ihn nicht nass machen könnten, dass er genügend Geld beieinander hatte, um sich seinen Aufenthalt in
der Stadt leisten zu können. Für den Rest des Tages hielt er
sich dann in einem Wirtshaus auf und gab einiges von seinem
Wettgewinn für Speis und Trank aus.

Den nächsten Tag brachte er damit zu, dass er abwechselnd

in der Stadt spazieren ging und sich in aller Muße all das betrachtete, was ihm sehenswert erschien, und in einigen Wirtshäusern nach Herzenslust aß und tank. Genauso verbrachte er die darauffolgenden Tage, bis schließlich der Tag kam, an dem er keine Freude mehr am Müßiggang und am süßen Leben hatte und stattdessen Lust dazu verspürte, Arbeiten zu verrichten, die im Laufe des Tages in einem Haushalt oder auf einem Bauernhof so anfielen, und dadurch für seinen Lebensunterhalt zu sorgen. Ihm war bewusst geworden, dass er seine verloren gegangenen Kräfte zurückgewonnen hatte und wieder imstande war, daheim auf dem Bauernhof selbst die allerhärteste Arbeit zu verrichten.

Allerdings mochte sich bei ihm keine so rechte Freude einstellen, als er daran dachte, dass er bald wieder zu Hause sein würde, denn er wusste nur zu gut, dass die harte Arbeit mit der Zeit abermals an seinen Kräften zehren und schließlich zur Qual werden würde, und so sagte er sich, dass er gut daran täte, darüber nachzudenken, ob es nicht noch eine andere Möglichkeit gäbe, als nach Hause auf den Bauernhof zurückzukehren.

Nach längerem Überlegen entschloss er sich dann, von nun an als Zauberkünstler für seinen Lebensunterhalt zu sorgen und nicht mehr als Bauer.

So zog er denn von Stadt zu Stadt und trat als Zauberkünstler auf, als der er, angetan mit einem weißen Gewand, Zauberkunststücke mit gefärbtem Wasser vorführte. Zu Beginn seiner Vorstellung ließ er sich von einigen Zuschauern mit Eimern gefärbten Wassers vollschütten, mit dem Erfolg, dass nicht sein weißes Gewand gefärbt wurde, sondern die Kleidung jener, die ihn vollgeschüttet hatten, weil das Wasser von seinem unsichtbaren Schutzschild zurückgespritzt war. Als Nächstes ließ er sich über den einen nach vorn ausgestreckten Arm gelb gefärbtes Wasser und über den anderen blaues Wasser gießen, so dass von seinen Händen, wo das Wasser von beiden Armen zusammenlief, grün gefärbtes Wasser zu

Boden floss, tauchte danach ein weißes Kaninchen in eine mit lila gefärbtem Wasser angefüllte Wanne und färbte es dadurch lila, während sein Gewand weiß blieb, wenn er sich selbst in die Wanne setzte und wieder herausstieg, und ließ schließlich aus mehreren Eimern Wasser in verschiedenen Farben über sich gießen, welches in allen Regenbogenfarben an seinem unsichtbaren Schutzschild herunterrann.

Mit diesen Zauberkunststücken verblüffte er die Zuschauer, und da sie anderen Leuten von seinen Zauberkunststücken erzählten und sich die Kunde davon schnell weiterverbreitete, kamen in jeder Stadt viele Zuschauer zu seinen Vorstellungen, so dass er zu viel Geld kam.

Von diesem Geld gab er aber nicht alles aus, sondern sparte einen Teil davon, und wenn er sich genug Geld zusammengespart hatte, begab er sich in die große Stadt und gab sich dort eine Zeitlang den Genüssen des Lebens hin.

Nachdem er sich wieder einmal in die große Stadt begeben und sich in einem Wirtshaus einquartiert hatte, sah er voller Freude dem nächsten Tag entgegen, denn da wollte er einen ausgedehnten Stadtbummel machen.

Umso größer war seine Enttäuschung, als er am nächsten Morgen aufstand und sah, dass es wie aus Kübeln schüttete, doch fand er sich schließlich damit ab, dass er seinen Stadtbummel nicht machen konnte und stattdessen den ganzen Tag im Wirtshaus verbringen musste. Als er dann ein Bier nach dem anderen trinkend Stunde um Stunde in der Gaststube zubrachte, ohne dass auch nur ein einziger Gast hereingekommen wäre und sich zu ihm gesetzt hätte, wurde ihm schließlich die Zeit zu lang, so dass er sich mit einem Male einsam und verlassen vorkam.

Dieses Gefühl verstärkte sich noch, als er sah, wie sich ein Mann und eine Frau, die hereingekommen waren und an einem Tisch Platz genommen hatten, liebevoll anblickten und sich anlächelten, während sie sich miteinander unterhielten, und da es ihm gar nicht gefiel, einsam und allein auf der Welt zu sein, nahm er sich vor, sich Freunde und eine Lebensgefährtin zu suchen.

Von da an zeigte er sich jenen Männern gegenüber, mit denen er Freundschaft schließen wollte, von seiner besten Seite und machte jenen Frauen, deren Herz er gewinnen wollte, den Hof, und wenn er den Eindruck hatte, dass sie ihn mochten, so fragte er sie, ob sie sich nicht irgendwo mit ihm treffen wollten.

Aber so oft er jemanden um ein Treffen bat, wurde ihm seine Bitte abgeschlagen, wobei er zu hören bekam, dass man entweder zur Zeit vor Arbeit kaum verschnaufen könne und daher keine Zeit habe, um sich mit ihm zu treffen, oder dass man schon in festen Händen sei und sich darum nicht mit ihm einlassen könne.

Allerdings war das, was er zu hören bekam, nicht wahr, sondern erfunden. Jene Menschen, mit denen er wegen seiner Auftritte als Zauberkünstler zu tun hatte, gaben sich nämlich nicht deshalb mit ihm ab, weil sie näher bekannt mit ihm werden wollten, sondern deshalb, weil sie entweder an der Seite eines berühmten Zauberkünstlers gesehen werden wollten oder von seinen Einnahmen zu profitieren hofften.

Er hatte aber nicht die leiseste Ahnung davon, sondern befand sich in dem Glauben, dass er bedauerlicherweise immer wieder solche Menschen näher kennen lernen wollte, denen, aus welchen Gründen auch immer, nicht der Sinn danach stand, mit irgendwem eine Beziehung einzugehen, und dass er deshalb seine Suche nach Freunden und nach einer Lebensgefährtin so lange fortsetzen musste, bis er mit solchen Menschen zusammentreffen würde, die dazu geneigt waren, mit ihm eine Beziehung einzugehen.

Nachdem ihm wieder einmal eine Frau, an der er Gefallen gefunden hatte, zu verstehen gegeben hatte, dass sie sich zu ihrem Bedauern nicht mit ihm einlassen könne, begab er sich auf dem schnellsten Wege ins nächstbeste Wirtshaus, um mit Hilfe der aufmunternden Wirkung des Alkohols die Enttäuschung über den neuerlichen Fehlschlag zu überwinden.

Als er dann im Wirtshaus, ganz allein an einem Tisch sitzend, beim Wirt ein Bier und einen Schnaps bestellte und sah, wie sich an den anderen Tischen Menschen, die einander mochten, lachend miteinander unterhielten, dachte er voller Wehmut daran, wie er und der alte Kräutersammler damals im Wirtshaus oder daheim behaglich beisammensaßen und, vom Alkohol in lustige Stimmung versetzt, miteinander plauderten, und wie liebevoll er und seine Frau früher miteinander umgingen, bevor sie auf den Gedanken kam, dass sie unbedingt die reichste Bauernfamilie des Dorfes werden und darum mit allen ihnen zur Verfügung stehenden Mitteln auf dieses Ziel hinarbeiten mussten.

Seine schlechte Laune hielt aber nur so lange an, wie er auf die bestellten Getränke wartete, denn kaum dass er ein Bier und einen Schnaps getrunken hatte, bekam er durch die aufmunternde Wirkung des Alkohols neuen Mut, der zunehmend größer wurde, je mehr Bier und Schnaps er trank, bis er schließlich so groß war, dass er trotz der bisherigen Fehlschläge bei der Suche nach einer Lebensgefährtin fest daran glaubte, irgendwann doch noch Erfolg zu haben.

Da er es dem Alkohol zu verdanken hatte, dass er jetzt guter Dinge war, nachdem er sich kurz davor noch in schlechter Stimmung befunden hatte, gedachte er, ihn fortan als sein Lebenselixier recht oft zu sich zu nehmen, um immer gut gelaunt zu sein und schlechte Laune erst gar nicht aufkommen zu lassen.

So trank er denn von nun an Tag für Tag Alkohol, meistens gerade mal so viel, dass er zwar heiter und vergnügt war, aber seine fünf Sinne noch beieinander hatte, mitunter aber auch so viel, dass er einen in der Krone hatte, bis schließlich jener Wintertag kam, an dem er in trunkenem Zustand von zwei Zechkumpanen aus einem Wirtshaus geführt wurde und der Schneevogel hoch über ihm seine todbringenden Kreise zog.

Mit dem Augenblick, wo Florian zu Boden stürzte und sein Leben aushauchte, ging der Traum des Schneevogels zu Ende, so dass er aufwachte und wieder er selbst war.

Die Tatsache, dass er im Traum ein anderer Mensch war, regte ihn dazu an, sich in Gedanken mit diesem Menschen zu befassen. Und obschon er solche Menschen achtete, die es dadurch zu etwas gebracht hatten, dass sie entschlossen und mutig gegen andere Menschen in den Kampf getreten waren, um als Sieger über ihnen zu stehen, und obwohl er auch sich selbst, als er noch ein Mensch war, geachtet hatte, wenn er einen anderen Menschen im Kampf besiegt hatte, sah er nicht verächtlich auf Florian herab, dem es widerstrebte, gegen andere Menschen zu kämpfen, betrachtete ihn nicht als einen Feigling und Schwächling, was er zweifellos getan hätte, wenn Florian als Sieger über anderen Menschen hätte stehen mögen, aber nicht den Mut dazu aufgebracht hätte, gegen sie in den Kampf zu treten, weil er sich für zu schwach hielt, um sie besiegen zu können. Da aber Florian nur deswegen nicht gegen andere Menschen in den Kampf ging, weil er in Frieden mit ihnen zusammenleben wollte, hatte er keinen Grund dazu.

4. Kapitel

Mittlerweile war es Tag geworden, so dass der Schneevogel die Türme der Stadt, die zuvor das Dunkel der Nacht verschlungen hatte, über den Dächern in den Himmel ragen sah, und da der Tag des Herrn war, hörte er die Glocken vom Dom und von den anderen Kirchen läuten, welche die Leute zur heiligen Messe riefen.

Die Glocken hatten kaum angefangen zu läuten, als der Schneevogel ein heftiges Zucken in seinen Flügeln verspürte und sich auch schon in die Luft emporschwang, um dem Dom entgegenzufliegen.

Als er dem Dom so nahe gekommen war, dass er das Portal im Blickfeld hatte, sah er dort mit seinen scharfen Raubvogelaugen einen jungen Mann sitzen, der die Leute, die an ihm vorbei in den Dom gingen, um eine milde Gabe bat, indem er sie mit flehendem Blick ansah und ihnen seine schwarze Schirmmütze entgegenhielt. Und da jene an seinem ungekämmten schwarzen Haar, das auf seine Schultern herabfiel, an den Stoppeln seines spärlichen Bartwuchses, an seiner abgetragenen hellbraunen Jacke und an seiner fleckigen, dicken grauen Wolldecke, die er über seine angewinkelten Beine gelegt hatte, sahen, dass er ein armer, bemitleidenswerter Mensch war, und sie sich für keine guten Christen gehalten hätten, wenn sie einerseits im Dom ihren Gott geehrt hätten, andererseits aber einem armen, bemitleidenswerten Menschen nicht geholfen hätten, warfen sie Münzen in seine Mütze.

Nachdem der Schneevogel das letzte Stück bis zum Dom zurückgelegt hatte, fing er sogleich an, über der Vorderseite des Domes mit den beiden Türmen einen weiten Kreis zu ziehen. Im selben Moment verspürte der vor dem Domportal hockende junge Bettler heftige Schmerzen in seiner Brust, was ihn in Angst und Schrecken versetzte, und so saß er wie zu Stein erstarrt und mit weit aufgerissenen Augen, die angstvoll ins Leere starrten, da, bis er schließlich seinen Geist aufgab und ihm sein Haupt auf die Brust und seine Hand sowie die Mütze mit dem erbettelten Geld auf den Boden herabfiel.

Eine Frau, die sich gerade in Begleitung ihres Mannes dem Portal näherte, rief erschrocken aus: »Was ist denn mit dem Mann? Der wird doch jetzt nicht vor unseren Augen gestorben sein?«

»Der ist doch nicht gestorben. Den hat nur von einem Augenblick zum anderen der Schlaf übermannt, weil er zu viel Schnaps getrunken hat. Das kennt man ja von diesen Brüdern, dass sie den ganzen Tag trinken und schon am frühen Morgen damit anfangen. Aber wenn es dich beruhigt, kann ich ja mal nachschauen, ob er noch lebt«, sagte der Ehemann, um seine Frau zu beruhigen.

Als er dem jungen Mann am Hals den Puls fühlte, sah er, dass es sich tatsächlich so verhielt, wie seine Frau befürchtet hatte, denn der junge Mann war zweifellos nicht mehr am Leben.

Er wollte das aber für sich behalten, denn er befürchtete, dass seine Frau einen gehörigen Schrecken bekommen würde, wenn sie den Mann da vor ihren Augen für einen Toten halten müsste, und sich von diesem Schrecken nicht so schnell erholen würde, und so wandte er sich, ohne das ernste und betrübte Gesicht zu machen, das er gemacht hatte, nachdem er festgestellt hatte, dass der junge Mann tot war, seiner Frau zu und sagte: »Ich habe deutlich seinen Puls fühlen können. Er schläft nur, und schlafen kann er so lange, wie er will, denn da ihn seine warme Kleidung und seine Decke warm halten und es heute auch nicht so kalt ist, kann er keinen Schaden nehmen. Wir brauchen uns also nicht um ihn zu kümmern und können zur heiligen Messe gehen.«

Nachdem sie in den Dom gegangen waren, kamen noch andere Gottesdienstbesucher an dem Toten vorüber, und da diese nicht gesehen hatten, dass ihm jählings der Kopf auf die Brust und der Arm auf den Boden herabgefallen war, vermuteten sie, dass er sich wohl in einem Zustand tiefster Niedergeschlagenheit befand und deswegen mutlos den Kopf hängen ließ. Deshalb erachteten sie es für nötig, ihm zu helfen, was sie dadurch taten, dass sie Münzen in seine Mütze warfen.

Danach ging eine Weile niemand mehr in den Dom, bis ein Mann, dem es am alten, schäbigen tannengrünen Lodenmantel, an der schlichten weinroten Wollmütze und am wild wuchernden dunkelblonden Rauschebart deutlich anzusehen war, dass er zu jenen bedauernswerten Menschen gehörte, die außer dem, was sie am Leibe trugen, nichts besaßen, gemächlich zu dem toten jungen Mann hintrottete, eine Flasche Schnaps aus seinem Ranzen nahm, diese öffnete und dem jungen Mann hinhielt, indem er sagte: »Dir scheint es ja heute nicht besonders gut zu gehen. Na, dann nimm mal einen ordentlichen Schluck aus der Pulle! Dann geht es dir gleich wieder besser.«

Da der junge Mann auf seine Worte hin weder den Blick zu ihm hob noch ein einziges Wort hervorbrachte, legte er, nachdem er die Flasche auf den Boden gestellt hatte, beide Hände an seine Wangen und hob seinen Kopf zu sich empor, um sein Gesicht in Augenschein zu nehmen und dabei festzustellen, dass er sternhagelvoll war und seinen Rausch ausschlief. Wider Erwarten blickte er aber nicht in das Gesicht eines Schlafenden mit geschlossenen Augen, sondern in das Gesicht eines Toten mit starren, vor Entsetzen weit aufgerissenen Augen, worüber er so sehr erschrak, dass er augenblicklich den Kopf losließ und ihn wieder auf die Brust herabfallen ließ.

Eine Weile starrte er entgeistert auf den Toten, bevor er einmal tief durchatmete und in seinen Bart brummte: »Auf diesen Schrecken muss ich erst mal einen zur Brust nehmen.«

Er griff nach der Flasche, führte sie zum Mund und nahm einen kräftigen Schluck.

Nachdem er die Flasche wieder in seinen Ranzen getan hatte, wandte er sich dem Toten zu und sagte: »Ich finde, dass es nur recht und billig ist, dass du mir für den Schreck, den du mir eingejagt hast, Schmerzensgeld zahlst. Da du das aber nicht mehr kannst, nehme ich mir das Geld aus deiner Mütze. Du kannst ja ohnehin nichts mehr damit anfangen.«

Nachdem er das Geld aus der Mütze genommen hatte und es in seinen Manteltaschen hatte verschwinden lassen, richtete er seinen Blick auf den Toten und sagte, die Hand zum Gruß erhoben, in kameradschaftlichem Ton: »Mach's gut, Kamerad, wo immer du jetzt auch bist! Und hab vielen Dank für das Geld!«

Dann wandte er sich ab von ihm und trollte sich.

Da nun niemand mehr zu dem Toten hinging und keiner von denen, die zu ihm hingegangen waren und festgestellt hatten, dass er nicht mehr am Leben war, traurig über seinen Tod war und um ihn geweint hatte, kam es auch diesmal nicht dazu, dass der Schneevogel von seinem Fluch erlöst wurde, so dass er mit noch heftigeren Schmerzen, als er sie von dem Augenblick an verspürt hatte, wo er das erste Mal einen Menschen zu Tode gebracht hatte, zu einer Fensternische des Domes herabflog. Kaum hatte er sich darin niedergelassen, fiel er in einen tiefen Schlaf und begann zu träumen.

Sein Traum begann damit, dass ein sich vor einem Haus befindliches Mädchen mit einer großen Tasche in der linken Hand soeben mit der rechten die Gartenpforte öffnen wollte, als ein junger Mann auf dem Gehsteig daherkam und lächelnd zu ihr sagte: »Heute muss ein Glückstag für mich sein, da mich das schönste Mädchen, das ich je erblickt habe, aufsuchen will. Ich wohne nämlich hier, musst du wissen. In welcher Angelegenheit kommst du denn zu uns?«

Das Mädchen, das sich, kaum, dass er zu reden begonnen hatte, ihm zugewandt hatte, erwiderte sein Lächeln, weil sie sich über die netten Worte freute und ihr der hübsche junge Mann gefiel.

»Nun, ich komme zu dir, um dich zu fragen, ob du Heftpflaster, Schnürsenkel, Nähgarn, Taschentücher oder Streichhölzer brauchst. Diese Sachen und noch allerhand anderen Kleinkram, den man im Leben so braucht, habe ich nämlich in meiner Tasche da drin. Damit gehe ich von Haus zu Haus und frage die Leute, ob sie etwas davon brauchen. Aber nicht, dass du denkst, dass ich immer hausieren gehe. Ich mach' das nur ab und zu, als Nebenberuf sozusagen. Hauptberuflich bin ich Kunstreiterin beim Zirkus. Als solche bin ich in einigen Vorstellungen zu bewundern, die unser Zirkus derzeit in eurer Stadt gibt. Als Kunstreiterin aufzutreten ist aber nicht das Einzige, was ich für unseren Zirkus zu leisten habe. Ich muss auch noch andere Arbeiten verrichten, die im Zirkus so anfallen. Jeder von uns muss das, weil wir es uns als kleiner Zirkus nicht leisten können, so viele Arbeitskräfte zu beschäftigen, wie wir eigentlich brauchen würden. Zu diesen Arbeiten, die jeder von uns zusätzlich verrichten muss, gehört auch das Hausieren. Durch das Hausieren nehmen wir das Geld ein, das wir benötigen, um während der Wintermonate, wo wir keine Vorstellungen geben, für unseren Lebensunterhalt und das Futter für unsere Tiere aufkommen zu können. Von dem Geld, das wir durch unsere Vorstellungen einnehmen, können wir nämlich nichts für den Winter zurücklegen. Das brauchen wir während der Zeit, in der wir von Stadt zu Stadt herumziehen und unsere Vorstellungen geben, alles auf.

Das ganze Jahr hindurch gehen wir hausieren, denn das kann man zu jeder Jahreszeit, auch im Winter. So ziehen wir denn in den Städten, in denen wir uns eine Zeitlang aufhalten, von Haus zu Haus und die meisten nehmen Anteil an unserer Not und kaufen uns etwas ab, und ich hoffe doch sehr, dass du das auch tust«, erklärte sie ihm.

»Freilich tu ich das. Ich will doch nicht, dass ein Zirkus, in dem eine so hübsche Artistin auftritt, zu Grunde geht. Du wirst aber nicht die Hilfe von mir erhalten, die du gewöhnlich von den Leuten erhältst. Ich möchte dir nämlich mehr geben als nur die wenigen Münzen, die dir die Leute für irgendeinen Krimskrams aus deiner Tasche da geben, und zwar einige größere Scheine. Die kriegst du aber nur, wenn du mit auf mein Zimmer kommst und mir vom Zirkusleben erzählst. Du hast nämlich mein Interesse dafür geweckt.

Du bräuchtest also für eine Weile nicht hausieren zu gehen und könntest stattdessen ausruhen, würdest aber dennoch Geld erhalten, noch dazu viel mehr, als du mit dem Hausieren einnimmst.

Ich kann dir ohne Weiteres einen größeren Geldbetrag geben, denn da mein Vater Bürgermeister dieser Stadt ist und wir deshalb Geld wie Heu haben, pflegen mir meine Eltern reichlich Taschengeld zu geben. Ich kann dir auch einen alten Rotwein zum Trinken geben und dir als passende Speise dazu den delikatesten Käse vorsetzen, den du jemals gegessen hast, und wenn du lieber Kaffee und Kuchen willst, dann kannst du das auch haben, denn da wir reiche Leute sind, haben wir natürlich die edelsten Weine in unserem Weinkeller und die erlesensten Speisen in Küche und Keller.

Du brauchst nur mit mir mitzukommen. Dann kannst du das alles haben«, sagte er zu ihr.

»Nun, wenn das so ist, dann wäre ich ja schön dumm, wenn ich nicht mit dir mitkommen würde. Schließlich bekommt man nicht alle Tage so viel von einem Mann geboten«, gab sie zurück, indem sie ihn mit leuchtenden Augen ansah.

»Also dann, gehen wir!«, sagte er lächelnd. Dann betrat er den Garten und ging zum Haus hinüber und sie folgte ihm.

Obwohl sie es für möglich hielt, dass er ihr nicht deswegen das Geld schenken und sie mit den erlesensten Speisen und Getränken bewirten wollte, damit sie ihm vom Zirkusleben erzählte, sondern dass er dies deswegen tun wollte, damit sie mit ihm schlief, ging sie ohne Bedenken mit ihm mit, denn da sie von seiner äußeren Erscheinung und von seinem Benehmen ihr gegenüber höchst angetan war und sich dessen sicher war, dass ihre unfruchtbaren Tage begonnen hatten, war sie ohne Weiteres bereit dazu, sich ihm hinzugeben, falls er mit ihr würde schlafen wollen.

Sie sehnte nämlich schon seit einiger Zeit den Augenblick herbei, wo sie einem Mann begegnen würde, der ihr so gut gefallen würde, dass sie sich ihm hingeben würde, um dadurch zur Frau zu werden, denn da es sie wurmte, dass sie nicht mitreden konnte, wenn andere Mädchen, die zum Zirkus gehörten, mit ihren Liebeserlebnissen angaben und in den höchsten Tönen von ihren großartigen Liebhabern schwärmten, war sie es leid, länger Jungfrau zu sein. Jetzt, wo sie von einem jungen Mann, an dem sie Gefallen gefunden hatte, dazu eingeladen worden war, mit ihm auf seinem Zimmer bei einem Glas Rotwein gemütlich beisammen zu sitzen und miteinander zu plaudern und sie dieser Einladung gefolgt war, schien dieser Augenblick gekommen zu sein, und wenn es tatsächlich dazu kommen würde, dass der junge Mann sie zur Frau machen würde, dann würde sie ihren Kolleginnen vom Zirkus voller Stolz erzählen, dass sie mit einem jungen Mann geschlafen hatte, der der schönste Mann war, den sie jemals zu Gesicht bekommen hatte, und noch dazu der Sohn des Bürgermeisters, so dass sie vor Neid erblassen würden.

Nachdem sie das Haus betreten hatten, ging er mit ihr in den Weinkeller und nahm aus einem Regal eine Flasche alten Rotweins. Dann gingen sie in die Küche und nahmen von dort einen Teller mit Camembert- und Salamischnittchen, die vom letzten Abendessen übrig geblieben waren, eine Schüssel mit Knabbergebäck, zwei Weingläser sowie einen Korkenzieher mit auf sein Zimmer.

Als sie dann gemütlich auf dem Sofa beieinander saßen und sich miteinander unterhielten, bewirkten ihre Freude über das gute Essen, das angeregte Gespräch und nicht zuletzt die berauschende Wirkung des Rotweins, dass sie sich in guter Laune befanden, und da er sich ihr gegenüber von seiner besten Seite zeigte, indem er freundlich und charmant zu ihr war und geistreich und humorvoll mit ihr plauderte, war sie so sehr von ihm angetan, dass sie ihn anhimmelte und sich nichts sehnlicher wünschte, als von ihm liebkost zu werden.

Als er das bemerkte, blickte er sie liebevoll an und streichelte sachte ihre Wange und im nächsten Augenblick vereinigten sich ihre Lippen zu einem innigen Kuss.

Als sich seine Lippen von den ihrigen lösten und er langsam die ersten Knöpfe ihrer Bluse öffnete und die dadurch entblößte Haut mit zärtlichen Küssen übersäte, sagte sie zu ihm: »Du musst jetzt ganz zärtlich und liebevoll zu mir sein! Es ist nämlich für mich das erste Mal, dass ich mit einem Mann schlafe.«

Als er in ihre Augen sah, die ihn flehend anblickten, lächelte er sie liebevoll an und antwortete mit warmer Stimme während er ihre Wange streichelte: »Da sei nur ganz unbesorgt! Ich werde zu dir so zärtlich und liebevoll sein, wie ich es noch zu keinem anderen Mädchen gewesen bin. Du bist nämlich das süßeste Mädchen, das ich jemals kennen gelernt habe.«

Er hielt auch, was er ihr versprochen hatte, und so wurde ihr erstes Liebeserlebnis mit einem Mann genauso schön, wie sie es sich immer erträumt hatte.

Als sie sich wieder angezogen hatten, sagte er liebevoll: »Nun bist du also eine Frau. Ich finde, das ist ein Grund zum Feiern. Ich geh' mal schnell in den Keller und hole eine Flasche Schampus herauf. Die trinken wir dann zur Feier des Tages.«

Er ging aus dem Zimmer, um wenig später mit einer Flasche Champagner wiederzukommen. Nachdem er die Flasche auf den Tisch gestellt hatte, ging er zu seinem Schrank und nahm eine Geldtasche heraus. Der Geldtasche entnahm er einige Geldscheine und gab sie der jungen Frau, indem er zu ihr sagte: »So, hier hast du das Geld, das ich dir versprochen habe. Das brauchst du aber nicht alles deinem Zirkusdirektor zu geben. Da kannst du ruhig etwas für dich zurückbehalten und dir was Schönes dafür kaufen. Für euren Zirkus bleibt dann immer noch genug übrig.«

Sie nahm das Geld entgegen und bedankte sich bei ihm.

Wenig später saßen sie gemütlich beisammen und tranken Champagner, und da sie sich darüber freuten, dass sie bekommen hatten, was sie haben wollten, und ihnen zudem der Champagner in den Kopf stieg, waren sie überaus vergnügt und lachten viel.

Als sie die Flasche leer getrunken hatten, begleitete er sie bis vor die Gartenpforte. Dort gab sie ihm zum Abschied einen Kuss auf die Wange und ging dann davon, um sich nach ein paar Schritten noch einmal zu ihm umzuwenden und ihm lächelnd zuzuwinken. Er erwiderte ihren letzten Abschiedsgruß und ging dann mit leuchtenden Augen und einem leisen Lächeln auf den Lippen zurück ins Haus.

Die junge Zirkusartistin befand sich in dem Glauben, dass sie ihr erstes Liebeserlebnis mit einem Mann für immer in guter Erinnerung behalten würde. Als sich aber nach einiger Zeit herausstellte, dass sie schwanger war, wurde ihr mit einem Male schmerzlich bewusst, dass sie es nicht nur in guter Erinnerung behalten würde, denn es behagte ihr ganz und gar nicht, dass sie schwanger war, weil sie während ihrer Schwangerschaft nicht als Kunstreiterin auftreten konnte.

Sie war nämlich versessen darauf, eine berühmte Kunstreiterin zu werden, als die sie auch in einem großen Zirkus würde auftreten können, und statt fleißig weiterzuüben und immer schwerere Kunststücke einzustudieren, um dem Ziel, das sie sich gesteckt hatte, Stück für Stück näher zu kommen, war sie nun zur Untätigkeit verdammt.

Da sie aber nun mal nichts daran ändern konnte, dass sie schwanger war, fand sie sich damit ab.

Gleich nach der Geburt ihres Kindes wollte sie aber wieder mit dem selben Fleiß und dem selben Zeitaufwand wie bisher ihre Kunststücke einüben, wohlwissend, dass ihr das nur dann möglich sein würde, wenn sie kein Kind am Hals hätte, um das sie sich würde kümmern müssen, weshalb sie den Entschluss fasste, es auf der Türschwelle desjenigen Hauses auszusetzen, in dem sein Erzeuger wohnte, denn der würde sich angesichts der Tatsache, dass er einer wohlhabenden Familie angehörte, besser für das Kind sorgen können als sie.

Allerdings hätte sie diesen Entschluss nicht gefasst, wenn sie keine berühmte Kunstreiterin hätte werden wollen. Dann hätte sie sich nämlich selbst um ihr Kind kümmern wollen und sich deshalb Gedanken darüber gemacht, wie sie das am besten anstellen würde. Dabei wäre sie dann darauf gekommen, dass sie entweder Unterhaltszahlungen vom Vater des Kindes hätte verlangen können, um es dann allein großzuziehen, oder sich von ihm hätte heiraten lassen können. Allerdings war eine Heirat unwahrscheinlich, da es sich für einen Sohn aus reichem Hause wohl nicht ziemte, eine arme Zirkusartistin zu ehelichen.

Auch wenn wie während ihrer Schwangerschaft nicht als Artistin arbeiten konnte, so konnte sie sich dennoch für den Zirkus nützlich machen, und zwar dadurch, dass sie kleine Arbeiten, die so anfielen, verrichtete. So verkaufte sie Eintrittskarten, besserte mit Nadel und Faden die Gewänder der Artisten aus, hängte Plakate auf und ging hausieren, wobei sie von dem Augenblick an, wo deutlich zu erkennen war, dass sie schwanger war, mehr von ihrem Trödelkram verkaufte als jemals zuvor, denn zu einer schwangeren Frau wollten die Leute natürlich freundlich und hilfsbereit sein.

Als die Zeit ihrer Niederkunft gekommen war, schenkte sie einem gesunden Jungen das Leben, den sie der Frau eines Artisten anvertraute, mit der sie schon während ihrer Schwangerschaft vereinbart hatte, dass sie sich gegen Bezahlung so lange um das Kind kümmern sollte, bis sie es dem Kindsvater übergeben würde. Als sie dann wieder einmal in jener Stadt gastierten, in der er lebte, ließ sie sich das Kind geben, um mit ihm vor Morgengrauen zu jenem Haus zu gehen, in dem der Vater des Kindes wohnte, und es ihm auf die Türschwelle zu legen.

Als der Bürgermeister, der an den Werktagen als erster von der Familie am Morgen aus dem Haus zu gehen pflegte, am

Morgen die Haustür aufmachte und auf der Türschwelle eine Tasche mit einem Säugling darin vorfand, riss er überrascht die Augen auf.

»Na so was«, dachte er bei sich. »Da hat mir doch tatsächlich jemand sein Kind vor die Tür gelegt. Das waren bestimmt arme Leute, die für den Unterhalt des Kindes nicht aufkommen können. Die haben wohl gedacht, dass ich als Stadtoberhaupt am besten dafür sorgen kann, dass ihr Kind irgendwo unterkommt. Nun, ich will ihnen den Gefallen gerne tun und mich persönlich darum kümmern, dass das Kind im Waisenhaus unterkommt. Davor schaue ich mir das Kind aber erst noch genau an. Vielleicht lässt irgendetwas an seiner Kleidung oder an der Tasche darauf schließen, wer es ausgesetzt hat.«

Er hob die Tasche mit dem Kind auf und ging damit in sein Arbeitszimmer. Dort nahm er das Kind, das nur ein Windelhöschen am Leib trug, aus der Tasche und hob es hoch, um es sich von allen Seiten zu besehen.

Wie war er da überrascht, als sein Blick auf ein Muttermal fiel, das sich zwischen den Schulterblättern des Kindes befand und die Form einer Lilie hatte. Er und sein Sohn hatten nämlich dasselbe Muttermal an derselben Stelle. Er wusste sofort, dass sein Sohn der Vater des Kindes war, das ihm von dessen Mutter vors Haus gelegt worden war, damit er sich darum kümmern sollte, denn er selbst hatte noch nie etwas mit einer anderen Frau gehabt.

Es behagte ihm gar nicht, dass dieses Kind da genauso gezeichnet war wie er und sein Sohn, denn da die ganze Stadt darüber Bescheid wusste, dass er und sein Sohn ein Muttermal in Form einer Lilie zwischen den Schulterblättern hatten, würden jene Leute, die es zwischen den Schulterblättern des Kindes erblicken würden, ihn oder seinen Sohn für den Vater des Kindes halten und in Windeseile würde sich diese Neuigkeit in der Stadt verbreiten, woraufhin seine Gegner ihm auf den Kopf zusagen würden, dass er der Vater des Kindes sei und ihm unmissverständlich klar machen würden, dass sie einen Bürgermeister, der einen unmoralischen Lebenswandel führen würde, ablehnend gegenüberstehen würden, so dass ihm nichts anderes übrig bleiben würde, als sein Amt niederzulegen.

Da er aber gerne noch länger Bürgermeister sein wollte, sah er es als Notwendigkeit an, das verräterische Zeichen vom Körper des Kindes entfernen zu lassen. Er wusste auch schon, von wem er es entfernen lassen würde. Es gab nämlich seiner Meinung nach in der ganzen Stadt nur eine einzige Person, die dazu imstande war, ein Muttermal zu entfernen, und das war ein Kräuterweib, das im Mühlbachgrund, einem ärmlichen und finsteren Teil der Stadt, wohnte und als Hexe verschrien war, weil die Leute es angesichts der Tatsache, dass seine Wundermittel und Elixiere, die es den Leuten verkaufte, gegen alle möglichen Leiden und Gebrechen halfen, selbst gegen solche, gegen die kein Arzt ein Mittel wusste, im Verdacht hatten, dass es der Zauberkunst mächtig war.

Am hellichten Tag wollte er das Kräuterweib aber nicht aufsuchen, sondern erst in dunkler Nacht, denn schließlich durfte niemand sehen, dass der Bürgermeister eine Person aufsuchte, die in schlechtem Ruf stand.

Bis dahin durfte aber niemand des verräterischen Zeichens angesichtig werden, und so klebte er ein Pflaster auf das Muttermal. Dies war ihm aber noch nicht genug, um sich dessen sicher sein zu können, dass niemand das verräterische Zeichen zu Gesicht bekam, denn es konnte ja sein, dass jemand das Pflaster abnahm, um sich die vermeintliche Wunde anzusehen, die sich das Kind zugezogen haben sollte, und so begab er sich zu jungen Eheleuten in der Nachbarschaft, bei denen sich unlängst Nachwuchs eingestellt hatte, und erzählte ihnen, dass arme Leute ein Kind vor seiner Haustür ausgesetzt hatten, das er ins Waisenhaus zu bringen gedachte, und dass das Kind nichts am Leib hatte, weshalb er die Absicht habe, ihnen ein Hemdchen und ein Jäckchen abzukaufen, und da er ihnen weit mehr Geld für die Kleidungsstücke bot, als sie dafür ausgegeben hatten, schlossen sie den Handel mit ihm ab.

Als er wieder zu Hause war, zog er dem Kind Hemdchen und Jäckchen an, legte es wieder in die Tasche, nahm die Tasche und ging mit ihr zu besagten Eheleuten, um ihnen zu versprechen, ihnen einen größeren Geldbetrag zu geben, wenn sie bis zum Abend auf das Kind aufpassen würden.

Die Eheleute waren damit einverstanden, und so gab er ihnen die Tasche mit dem Kind und sagte ihnen, dass sie nichts weiter für das Kind tun müssten, als ihm Nahrung zu geben, wenn es Hunger habe, und ihm die Windeln zu wechseln, wenn dies erforderlich sei, da ein Wickelkind Nahrung und saubere Windeln unbedingt benötigen würde, während es ein Bad nicht unbedingt benötige, weshalb sie das Kind auch nicht zu baden bräuchten. Er sagte ihnen das, damit sie das Kind nicht auszogen und das Pflaster abnahmen.

Um aber ganz sicherzugehen, dass sie auch ganz bestimmt nicht das Kind ausziehen würden, hatte er die Bänder, mit denen Hemdchen wie Jäckchen hinten zugemacht wurden, mit festen Knoten zugebunden, die so leicht nicht aufzubringen waren, denn es konnte ja durchaus sein, dass das Kind sein Jäckchen mit Brei vollkleckern würde und die Eheleute es für angebracht halten würden, ihm Jäckchen und Hemdchen auszuziehen und ihm etwas Neues zu geben. Bei dieser Gelegenheit würden sie dann das Pflaster entdecken und nachschauen, was für eine Wunde sich darunter befinden würde. Wenn sie nun aber den Knoten am Jäckchen nicht aufbringen würden, dann würden sie dem Kind das Jäckchen anlassen und ihm die Breiflecken darauf wegputzen.

Nachdem alles, was zur Pflege des Kindes zu sagen war, gesagt war, verabschiedete er sich von den Eheleuten mit dem Hinweis, dass er am Abend das Kind abholen würde, und machte sich auf den Weg zum Rathaus.

Nachdem er den ganzen Tag über seinen Amtsgeschäften nachgegangen war, begab er sich am Abend nach Hause. Dort aß er im Kreise seiner Familie sein Abendbrot und begab sich dann in sein Arbeitszimmer, um bis zum Eintritt der Dunkelheit über Maßnahmen nachzudenken, die für das Wohl der Stadt von Wichtigkeit waren. Als es dann dunkel geworden war, verließ er das Haus und ging zu den jungen Eheleuten, um das Kind abzuholen. Nachdem er es von ihnen erhalten hatte, gab er ihnen einen größeren Geldbetrag, so wie er es ihnen am Morgen versprochen hatte. Dann wünschte er ihnen eine angenehme Nachtruhe und machte sich auf den Weg zum Mühlbachgrund.

5. Kapitel

Der Mühlbachgrund war das elendste und düsterste Viertel der Stadt. Alte Häuser, deren Außenwände im Lauf der Zeit immer grauer geworden waren und von denen an manchen Stellen der Putz abgebröckelt war, standen dort dicht aneinandergedrängt. Zwischen diesen zum Teil mehrere Stockwerke hohen Häusern verliefen enge, winkelige Gassen, in die kaum Tageslicht fiel, so dass es ziemlich dunkel in ihnen war, weshalb die an ihren Seiten in die Lüfte hochragenden Häuser noch düsterer aussahen, als sie ohnehin schon waren.

Da diese Häuser alt waren, konnte man in ihnen wohnen, ohne viel Miete bezahlen zu müssen. In einigen von ihnen konnte man sogar ganz umsonst wohnen, und zwar in denen, die die Stadt hatte bauen lassen oder gekauft hatte, um darin ganz arme Leute wohnen zu lassen.

Daher wohnten ausschließlich solche Leute in den Häusern im Mühlbachgrund, die nicht viel Geld zum Leben hatten. Leute, die ihre Arbeit verloren hatten und keine neue finden konnten, so dass der Staat für ihren Unterhalt aufkommen musste, und Leute, die einer Arbeit nachgingen, mit der sie nicht viel Geld verdienten. Darunter waren auch Familienväter, und je mehr Kinder sie hatten, desto mehr mussten sie sich einschränken. Manche Familien behoben diesen Missstand, indem auch die Mütter arbeiteten, was sie dadurch taten, dass sie in Haushalten, Geschäften, Gasthäusern und Firmen putzten oder in Gasthäusern Geschirr spülten. Bei einigen war aber die Not und das Elend so groß, dass sie sich nicht anders zu helfen wussten, als Verbrechen zu begehen. So stahlen sie, wo immer sie die Gelegenheit dazu hatten, brachen in Häuser ein, um alles, was nicht niet- und nagelfest war, davonzutragen, überfielen im Dunkel der Nacht Leute, die allein unterwegs waren, um ihnen die Geldbörse oder die Handtasche zu rauben. Unter diesen Verbrechern war auch ein Hehler, der Diebesgut an Antiquitätenhändler und Trödler veräußerte, um dann den Verkaufserlös mit den Dieben und Einbrechern zu teilen, und ein Mann, der die schönsten Mädchen und Frauen aus dem Mühlbachgrund für Liebesdienste anwarb, die er bei Kneipenbesuchen alleinstehenden Männern anbot.

Leute, die es zu nichts gebracht hatten und nur wenig Geld zur Verfügung hatten, um für ihren Lebensunterhalt und den ihrer Familie sorgen zu können, konnten natürlich mit sich und ihren Lebensumständen nicht zufrieden sein und mussten sich eingestehen, das sie nichts waren und auch nichts werden konnten und deshalb nicht das Gefühl genießen konnten, stärker als ein anderer Mensch zu sein und als Sieger über ihm zu stehen. Dieses Gefühl mussten sie für ihr Selbstbewusstsein aber haben, und so holten sie es sich anderweitig. So pöbelten die einen den Nächstbesten an, der ihnen im Mühlbachgrund über den Weg lief, und fingen einen Raufhandel mit ihm an. Oftmals griffen andere Männer, die hinzukamen, in die Schlägerei mit ein, so dass eine Massenschlägerei ausbrach und die Polizei gerufen werden musste. Andere wiederum spielten sich vor ihrer Frau und ihren Kindern als machthungrige Tyrannen auf und schikanierten und unterdrückten sie, und wenn ihnen danach war, taten sie ihnen auch körperliche Gewalt an.

Da diese Leute es zu nichts gebracht und daher Erfolgserlebnisse und Siege bitter nötig hatten, waren Beleidigungen, Kränkungen, Enttäuschungen, Fehlschläge, Niederlagen und alles Leid, das ihnen angetan wurde, ein großes Unglück für sie, das sie überaus hart traf und in ihren Bestrebungen, Selbstbewusstsein zu erlangen, zurückwarf, so dass sie vollkommen die Fassung verloren und nicht mehr an sich halten konnten und ausrasteten und ihrer Wut freien Lauf ließen.

Mehrere Geschehnisse im Mühlbachgrund gaben Zeugnis davon. Eines davon nahm seinen Anfang, als ein älterer Mann bei einem alleinstehenden jungen Mann klingelte, der als Hilfsarbeiter in einer Ziegelei arbeitete und dessen Lohn gerade so eben zum Leben reichte. Der ältere Mann blickte den jungen Mann traurig und Mitleid heischend an und sagte zu ihm, dass er und seine Frau dringend Geld benötigten. Der große Knödeltopf habe ein Loch bekommen, so dass ein neuer hermüsse. Zudem benötigten er und seine Frau festes Schuhwerk für den Winter. Er zeigte dem jungen Mann eine goldene Kette, die mit in Gold eingefassten blauen und roten Edelsteinen besetzt war, und sagte zu ihm, dass seine Frau diese Kette von einer feinen alten Dame vererbt bekommen hatte, die einem verarmten Adelsgeschlecht entstammte, aber immer noch wohlhabend genug gewesen sei, um in einer großen Wohnung in einem reich verzierten Haus in der Innenstadt wohnen zu können. Für diese feine alte Dame habe seine Frau jahrelang die Wohnung geputzt, das Geschirr abgespült und sei einkaufen für sie gegangen und aus Dankbarkeit dafür habe ihr jene die Kette vererbt. Diese Kette sei wohl einige Hunderter wert. Genau wisse er das aber nicht, weshalb er sie für nur einen Hunderter hergeben würde. Mit vor Gier geweiteten Augen blickte der junge Mann auf die glitzernde und funkelnde Kette, und ohne sich lange zu besinnen, holte er einen Hunderter und kaufte dem älteren Mann die Kette ab. Kaum war der ältere Mann gegangen, ging der junge Mann in die Stadt hinauf und begab sich in ein Uhren- und Schmuckgeschäft in der Innenstadt, um der Ladeninhaberin die Kette zum Verkauf anzubieten. Als ihm diese nach eingehender Prüfung der Kette eröffnete, dass diese nur Modeschmuck und das vermeintliche Gold nur Trompetengold sei und die Edelsteine aus Glas und sie ihm nur einen Zehner dafür geben könne, fiel er aus allen Wolken, denn der Monat war noch nicht mal halb herum und er hatte einen Hunderter, den er fürs Überleben benötigte, zum Fenster hinausgeworfen. Er nahm den Zehner und verließ den Laden. Wut auf den älteren Mann stieg in ihm hoch und schnurstracks lenkte er seine Schritte zu jenem Haus im Mühlbachgrund, in dem der ältere

Mann zusammen mit seiner Frau wohnte. Als er in die Gasse einbog, an deren Beginn besagtes Haus stand, kam gerade der ältere Mann aus der Haustür. Sogleich schrie er wütend auf ihn ein und hieß ihn einen Betrüger und Gauner und bedachte ihn noch mit weiteren unflätigen Schimpfnamen der übelsten Sorte. Fenster flogen krachend auf und Leute reckten ihre Köpfe hinaus, um zu sehen, was da vor sich ging. Der ältere Mann fuhr erschrocken herum und stellte sich in Kampfpositur. Der junge Mann griff ihn auch sogleich an und ein heftiger Kampf entwickelte sich, bei dem die Fäuste nur so flogen. Einige Leute, die des Weges kamen, blieben stehen und schauten neugierig zu. Sie bekamen zu sehen, dass mit zunehmender Dauer des Kampfes die Kräfte des älteren Mannes immer mehr erlahmten. Bald konnte er die Schläge des jungen Mannes nicht mehr abwehren, so dass sie ihn voll trafen und er zu Boden ging. Der junge Mann wandte sich ab und ging davon, während sich einige von den umstehenden Leuten um den Verletzten kümmerten und dafür sorgten, dass bald ein Rettungswagen eintraf und ihn ins Krankenhaus brachte.

Bei einem anderen Geschehnis ging eine Mutter von drei Kindern durch die Gassen des Mühlbachgrundes in Richtung der Brücke, die über den Mühlbach führte, um in die Innenstadt hinaufzugehen und dort Mehl, Eier und Milch für Pfannkuchen und Äpfel für Apfelmus einzukaufen. Im Mühlbachgrund konnte sie diese Lebensmittel nämlich nicht einkaufen, weil es da kein Lebensmittelgeschäft gab. Da gab es nur eine Freibank, in der man das Fleisch von notgeschlachteten Rindern und Schweinen billig kaufen konnte, und eine Bäckerei, die ausschließlich Brot und Semmeln buk und kein Feingebäck wie Torten und Kuchen, weil sich die armen Leute im Mühlbachgrund nur das tägliche Brot leisten konnten, nicht aber feine Torten und Kuchen. Auf ihrem Weg durch den Mühlbachgrund kam die Frau an zwei Frauen vorüber, die auf der anderen Seite der Gasse beieinander standen und sich angeregt miteinander unterhielten. Als sie einige Schritte weiter gegangen war, fingen die beiden Frauen plötzlich lauthals an zu lachen. Dieses Lachen gellte weh in den Ohren der Frau, denn sie vermeinte nichts anderes, als dass die beiden Frauen über sie lachten. Sie dachte das nicht ohne Grund, denn sie wusste ganz genau, dass alle Leute im Mühlbachgrund wussten, dass sie hin und wieder von ihrem Mann verprügelt wurde. Die Nachbarn konnten das Krachen der Möbel, gegen die sie während der Angriffe ihres Mannes stieß, die wütenden Schreie ihres Mannes und ihre Schmerzensschreie nicht überhören und erzählten das, was sie hörten, natürlich anderen Leuten, so dass es sich wie ein Lauffeuer im ganzen Mühlbachgrund verbreitete. Die Miene der Frau verfinsterte sich und wutentbrannt ging sie mit festen Schritten zu den Frauen hinüber und schrie, dass ihnen das Lachen gleich im Hals stecken bleiben würde. Bei ihnen angekommen, griff sie der einen sogleich mit beiden Händen in die Haare und schüttelte ihren Kopf hin und her. Die andere fühlte sich dazu verpflichtet, ihrer Bekannten beizustehen, und schlug auf die Angreiferin ein. Jene sah sich dazu genötigt, die Haare der anderen Frau loszulassen, um sich gegen die Schläge wehren zu können. Nun schlug auch die andere Frau auf sie ein und sie musste zu ihrem Leidwesen feststellen, dass die beiden Frauen, von denen sie geglaubt hatte, dass sie leicht mit ihnen fertigwerden würde, weil sie um einiges älter waren wie sie, genauso stark waren wie sie, weshalb sie befürchten musste, dass die beiden Frauen irgendwann die Oberhand gewinnen würden und sie ordentlich vertrimmen würden. Sie wusste sich aber aus ihrer misslichen Lage zu befreien, und zwar dadurch, dass sie ein paar schnell hintereinander erfolgende Schläge gegen den Kopf der linken Frau ausführte, dann behände hinter sie sprang, sie mit beiden Händen an ihrer Jacke packte und gegen die andere Frau schleuderte, so dass beide Frauen zu Boden fielen. Sodann wandte sie sich um und rannte davon. Als sich die beiden Frauen aufgerappelt hatten, war sie längst über alle Berge.

Ein anderes Geschehnis trug sich in der Wohnung eines arbeitslosen jungen Mannes zu. Jener saß mit einem anderen arbeitslosen jungen Mann bei Bier und Branntwein beisammen, als er in einem plötzlich aufkommenden Gemütszustand von quälender Unzufriedenheit und aufwallender Wut seinem Zechkumpan unvermittelt einen Faustschlag mitten ins Gesicht verpasste, woraufhin die Nase seines Zechkumpans heftig zu bluten anfing. Sogleich holte er ein Handtuch und gab es ihm, damit er das Blut aus seiner Nase darin auffangen konnte. Er tat das aber nicht aus Mitleid und aus Hilfsbereitschaft, sondern nur deswegen, weil er nicht wollte, dass er ihm mit seinem Blut die Wohnung versaute, denn er brachte nicht das geringste Mitgefühl für ihn auf und bereute seine Tat keineswegs. Als schließlich die Blutung gestillt war, fragte ihn sein Zechkumpan mit schmerzlicher und missmutiger Miene, warum er das getan habe, worauf er ihm zur Antwort gab, dass er das nicht sagen könne. Er könne es sich nur so erklären, dass er es als niedriger Arbeitsloser einmal genießen wollte, stärker und überlegener zu sein.

Die Einsicht währte aber nicht lange. Einige Tage darauf beschimpfte er einen Mann, dem er in einer Gasse des Mühlbachgrundes begegnete, mit den unflätigsten Ausdrücken und schlug auf ihn ein, bis der zu Boden fiel und dort liegen blieb. Achtlos wandte er sich ab von ihm und ging weiter. Wenig später kamen einige Jugendliche in die Gasse und sahen weiter vorn den Niedergeschlagenen reglos auf dem Boden liegen. Sie gingen hin zu ihm und kümmerten sich um ihn und sorgten dafür, dass er ins Krankenhaus kam. Dort verständigte man die Polizei und es dauerte nicht lange, bis der brutale Schläger festgenommen und zur Untersuchung seines psychischen Zustandes in eine Nervenklinik gebracht wurde.

Einem anderen Geschehnis ging voraus, dass eine junge Frau und ein junger Mann in Liebe zueinander entbrannt waren und sich die junge Frau in ihrer übergroßen Liebe einredete, dass es ihr nichts ausmachte, dass der geliebte Mann, der am Bau arbeitete, während der Arbeit etliche Flaschen Bier trank und auch nach Feierabend noch dem Alkohol zusprach, zumal er mäßig und langsam trank und auch nicht das geringste Anzeichen darauf hindeutete, dass der Alkohol sein Verhalten beeinflusste. Als sie jedoch eines Abends eine Kalkulation über die Kosten der geplanten Hochzeit aufstellte, stellte sie zu ihrer Verwunderung fest, dass er nicht mehr imstande war, auch nur bei den einfachsten Rechnungen das richtige Ergebnis herauszubringen. Sie schloss daraus, dass der Alkohol wohl doch sein Verhalten ungünstig beeinflusste, er das aber verheimlichen konnte, solange er nicht angestrengt denken musste. Sie machte ihm unmissverständlich klar, dass sie nicht ihre Abende mit einem Mann verbringen wolle, der nicht mehr klar denken könne, und auch keine Ehe führen wolle, in der sie nicht mit dem Haushaltsgeld auskommen würde, weil er so viel Geld für sein geliebtes Bier ausgab. Deshalb müsse er sich einer Entziehungskur unterziehen. Ansonsten würde aus ihrer Hochzeit nichts werden. Er gab ihrem Willen nach, denn er liebte sie sehr und wollte sie nicht verlieren. So unterzog er sich denn einer Entziehungskur, nach der Hochzeit gehalten wurde, bei der er keinen einzigen Tropfen Alkohol trank, denn es war ihm vollauf bewusst, dass er sofort wieder rückfällig würde, wenn er auch nur einen einzigen Schluck Alkohol tränke, und dies zur Folge hätte, dass ihn seine Frau verließ. Auch in der Folgezeit mied er den Alkohol, so dass er und seine Frau eine glückliche Ehe führten, aus der zwei Kinder hervorgingen. Einige Jahre verlief sein Leben und das seiner Familie in ruhigen, geordneten Bahnen, ohne dass etwas Schlimmes passiert wäre, das großes Leid über die Familie gebracht hätte, als ihn eines Tages wie ein Blitz aus heiterem Himmel ein schwerer Schicksalsschlag traf. Die Baufirma, bei der er arbeitete, musste Konkurs anmelden und alle Arbeiter wurden entlassen. An dem Tag, an dem man ihm und allen anderen Arbeitern sagte, dass sie entlassen würden, sagte ein Arbeitskollege zu ihm, dass sich diese schlimme Nachricht schwer auf sein Gemüt lege und er sich mit Hilfe des Alkohols in einen besseren Gemütszustand versetzen und deshalb nach der Arbeit eine Kneipe aufsuchen wolle, und fragte ihn, ob er nicht mitkommen wolle; und da es auch mit seinem Gemütszustand nicht zum Besten bestellt war, erwachte auch in ihm das Verlangen danach, die düsteren Wolken mit Hilfe des Alkohols zu vertreiben, und er gab diesem Verlangen nach und sagte sich, dass er eigentlich wieder einmal einen heben könne. Ab morgen würde er dann keinen Tropfen mehr anrühren, und wenn ihn ein unauslöschliches Verlangen nach Alkohol dazu zwingen würde, weiterhin zu trinken, dann würde er eben wieder auf Entzug gehen. So ging er denn nach der Arbeit mit seinem Arbeitskollegen in die Kneipe. Kaum hatte der Wirt zwei Biere hingestellt, trank sein Arbeitskollege sein Glas in einem Zug leer. Beim zweiten Glas ließ er sich etwas mehr Zeit und trank es in zwei Zügen aus. Dann trank er langsam und maßvoll weiter. Er hingegen trank vom ersten Bier an schon langsam und maßvoll, auf dass er in einem Zustand würde heimkommen können, in dem er noch alle sieben Sinne beisammen hätte und seiner Frau vorspielen könnte, dass er vollkommen nüchtern sei. Als er ein paar Biere getrunken hatte, sagte er zu seinem Arbeitskollegen, dass er jetzt genug habe und heimgehe. Sein Arbeitskollege sagte darauf mit enttäuschter Miene, dass er ihn doch nicht ganz allein dasitzen lassen könne. Er könne doch noch ein wenig bleiben. Er würde ihm auch ein Bier spendieren. Diese Worte brachten seinen Entschluss, heimzugehen, gehörig ins Wanken und er sagte sich, ein Bier könne er ja eigentlich noch trinken, denn er sei ja noch klar im Kopf und ein weiteres Bier würde da wohl kaum was daran ändern können; und um zu beweisen, dass er tatsächlich klar im Kopf war, stellte er sich eine Rechenaufgabe: Wie viel ist achtzehn und siebenundzwanzig, und da ihm sogleich die Lösung fünfundvierzig einfiel, hätte er nicht gewusst, warum er das eine Bier nicht hätte trinken sollen. Während er das Bier langsam und maßvoll trank, bemerkte er, dass ihm seine Zunge immer schwerer wurde, woraufhin er sich zusammenriss und sich anstrengte beim Reden, und es gelang ihm tatsächlich, klar und deutlich zu reden, was ihn ungemein beruhigte. Als sein Glas leer war, sagte sein Arbeitskollege zu ihm, dass er ihm noch ein letztes Bier spendieren würde. Dann würden sie sich auf den Heimweg machen. Er befand sich mittlerweile in einer beschwingten, leichtmütigen Stimmung, was dazu führte, dass er sich leichthin einreden konnte, dass das eine Bier wohl kaum was daran ändern könne, dass er laut und deutlich mit seiner Frau würde reden können und er nur mehr überprüfen müsse, ob er noch klar im Kopf sei, um ganz sichergehen zu können, dass er seiner Frau würde vorspielen können, dass er vollkommen nüchtern sei, und so stellte er sich abermals eine Rechenaufgabe. Diese lautete: Wie viel ist vier und sechs? Im nächsten Moment fiel ihm die Zehn als Lösung ein, und so hatte er keinen Grund, das Bier auszuschlagen. Als sie das letzte Bier getrunken hatten, zahlten sie und verließen die Kneipe. Draußen vor der Tür verabschiedeten sie sich voneinander und ein jeder ging seiner Wege. Auf dem Heimweg geriet er zuweilen leicht ins Taumeln, was ihn bewog, sich beim Gehen zusammenzunehmen, und es gelang ihm auch tatsächlich, gerade zu gehen. Es gelang ihm auch, den Schlüssel ins Schloss zu stecken und aufzusperren. Er betrat den Flur, machte die Tür zu und drehte sich um. Dabei schwankte er leicht nach rechts. Er gewahrte ein paar Schritte vor sich seine Frau. Die riss erschrocken Mund und Augen auf, als sie sah, dass er seinen Körper nicht mehr unter Kontrolle hatte und sie mit müden und glasigen Blicken anstierte. Im nächsten Moment fing sie kreischend zu schreien an und stürmte schreiend an ihm vorbei auf die Straße, wo sie stehen blieb und weiterschrie, was zur Folge hatte, dass man sie zunächst ins Krankenhaus brachte, um sie am nächsten Tag in die Nervenklinik einzuliefern. Nach einigen Tagen erhielt sie Besuch von ihren Eltern und von den Eltern ihres Mannes. Jene sagten ihr, dass es ihrem Mann unsagbar leid tue, dass er sich dem Alkohol hingegeben habe. Und sie erzählten ihr, wie es dazu gekommen war. Er befinde sich jetzt auf Entziehungskur und sei gewillt, fortan keinen einzigen Tropfen Alkohol mehr anzurühren. Wenn er seine Entziehungskur beendet habe und sie aus der Nervenklinik entlassen worden sei, dann könnten sie wieder wie vorher zusammenleben. Bis dahin würden sie sich um die beiden Kinder kümmern und den Haushalt führen. Diese Worte legten sich wie Balsam auf ihre verwundete Seele und gaben ihr neuen Lebensmut, so dass es ihr von Tag zu Tag besser ging, bis sie schließlich als geheilt entlassen wurde und nach Hause zurückkehrte, wo sie wieder mit ihrem Mann und ihren Kindern zusammenlebte, und da man an amtlicher Stelle dafür gesorgt hatte, dass der Familienvater gleich nach seiner Entziehungskur eine neue Arbeit beginnen konnte, verlief das Leben der Familie wie ehedem in ruhigen und geordneten Bahnen, als wäre nichts geschehen.

Eine ganze Reihe von Geschehnissen zog die Idee eines Geschäftsmannes nach sich, die darin bestand, dass er ein größeres, mehrstöckiges Mietshaus im Mühlbachgrund kaufen und den Mietern den Vorschlag unterbreiten wollte, dass sie weniger Miete zu zahlen hätten, wenn sie sich so lange um einen Hund kümmern würden, bis jener verkauft sei. Vom Verkaufserlös würden sie einen Teil abbekommen. Sobald ein Hund verkauft worden wäre, würden sie von ihm einen anderen erhalten, und so würden sie im Laufe der Zeit zu einem hübschen Sümmchen kommen. Mit dieser Idee verfolgte er den Zweck, sich keine Hundezwinger anschaffen und keine Leute für die Versorgung der Tiere einstellen zu müssen. Als er dann das Mietshaus gekauft hatte und seinen Vorschlag seinen Mietern nahebrachte, gingen alle darauf ein, und so ließ er aus einem Tierheim Hunde zu seinen Mietern bringen, für jede Mietpartei einen.

Waren die Mieter zunächst hellauf begeistert von der Geschäftsidee ihres Vermieters gewesen, so ging bei einigen von ihnen im Lauf der Zeit diese Begeisterung immer mehr verloren und traten Ernüchterung und Unmut an deren Stelle, denn wie so vieles, was auf den ersten Blick schön erscheint, hatte auch die Idee des Geschäftsmannes ihre Schattenseiten, die sich den Mietern nach und nach offenbarten.

So bekam ein Mieter mit, dass sein Nachbar innerhalb eines Vierteljahres drei schöne reinrassige Hunde verkaufte, während er selbst immer noch den ersten Hund, eine weniger schöne Promenadenmischung, durchfüttern musste und sich deshalb benachteiligt fühlte. Er steckte das auch dem Vermieter, um von ihm die Antwort zu erhalten, dass er keinen seiner Mieter benachteiligen wolle und es nur Zufall sei, dass sein Nachbar schöne Hunde erhalten habe und er einen weniger schönen. Jedesmal, wenn ein Mieter einen Hund verkauft habe, lasse er für ihn einen neuen aus dem Tierheim holen, ohne die Anweisung zu geben, einen schönen oder einen weniger schönen zu bringen. Er bedauere zutiefst, dass er einen weniger schönen Hund erhalten habe, und werde das wiedergutmachen, indem er ihm einen besonders schönen Hund bringen lasse, sobald er den ersten verkauft haben würde. Der Mieter wars zufrieden, und so schieden sie in gutem Einvernehmen voneinander. Als aber sein Nachbar den vierten schönen Hund verkauft hatte und er den ersten immer noch nicht losgebracht hatte, stieg erneut Unmut in ihm hoch und er machte seinem Ärger Luft, indem er seinem Nachbarn auf den Kopf zusagte, dass es nicht mit rechten Dingen zugehen würde, dass er vier schöne Hunde erhalten habe, die er leicht habe verkaufen können, und er einen hässlichen Straßenköter, den er nicht anbringen könne, und er den Verdacht habe, dass er seine bildhübsche Tochter dazu angehalten habe, sich mit dem Vermieter einzulassen und er als Gegenleistung dafür lauter schöne Hunde erhalte. Da dies aber nicht der Wahrheit entsprach, fühlte sich sein Nachbar in seiner Ehre verletzt und ging wütend auf ihn los. Eine wilde Schlägerei nahm ihren Lauf und währte so lange, bis beide vollkommen entkräftet und ziemlich ramponiert am Boden lagen und ins Krankenhaus eingeliefert werden mussten.

Ein anderer Mieter sagte seinem Nachbarn, dass seine Kinder ganz vernarrt in das entzückende kleine Hündchen seien, um das er sich kümmern müsse, während sie den großen zottigen Hund, der seiner Familie anvertraut worden war, gar nicht mögen würden, weshalb sie ihn dazu angehalten hätten, ihn doch mal zu fragen, ob sie nicht den großen zottigen Hund gegen den entzückenden kleinen eintauschen könnten, und wenn er ein Herz im Leib habe und kein kinderfeindlicher Unmensch sei, dann würde er ihnen ihren Wunsch auch erfüllen. Schließlich könne es ihm doch schnurzpiegegal sein, ob er sich um einen großen oder einen kleinen Hund kümmern müsste. Sein Nachbar entgegnete, dass es ihm unendlich leid tue, er könne ihnen ihren Wunsch aber nicht erfüllen. Er habe nämlich nicht die geringste Lust dazu, sich um einen großen Hund zu kümmern. Schließlich würden große Hunde viel mehr Arbeit machen und viel mehr zum Fressen brauchen als kleine Hunde. Wenn er ihm aber das Futter bezahlen würde, das er dem großen Hund geben müsste, und noch etwas Geld für die Pflege, dann würde er ihnen ihren Wunsch erfüllen und sich um den großen Hund kümmern. Die Miene des anderen verfinsterte sich, denn er wusste nur zu gut, dass sein Nachbar in böser Absicht Geld für das Fressen und die Pflege des großen Hundes von ihm verlangte. Jener wusste nämlich ganz genau, dass er dieses Geld nicht aufbringen konnte, und so sagte er ärgerlich, dass er seinen kleinen Hund behalten könne. Es fiele ihm doch nicht im Traume ein, für das Fressen und die Pflege des großen Hundes zu bezahlen. Er wandte sich abrupt ab, ging mit schnellen Schritten in seine Wohnung und knallte die Tür hinter sich zu. Fortan redete er kein einziges Wort mehr mit seinem Nachbarn, grüßte ihn nicht einmal.

Bei einem anderen Geschehnis ging es auch um einen Hundetausch. Da war eine Frau höchst angetan von einem Pudel, den ein Mieter bekommen hatte, der ein Stockwerk tiefer wohnte, und sie hätte sich viel lieber um den Pudel gekümmert als um den Boxer, den sie und ihr Mann bekommen hatten, und so bat sie ihren Mann, den Mieter mit dem Pudel um einen Tausch zu bitten. So suchte denn ihr Mann den Mieter mit dem Pudel auf und trug ihm sein Anliegen vor. Der Mieter mit dem Pudel stimmte dem Hundetausch auch zu, denn es war ihm egal, ob er sich um einen Pudel oder einen Boxer kümmern musste, und so wechselten die Hunde ihre Besitzer. Allerdings hatte die Frau nicht lange Freude mit dem Pudel, denn nach zwei Wochen kam ein Mann zu ihr und kaufte ihr den Hund ab. Der Anteil am Verkaufserlös vertröstete sie aber über den Verlust hinweg. Dem Mieter, der sich um den Boxer kümmern musste, war solches Verkaufsglück nicht beschieden. Der hatte nach drei Monaten den Boxer immer noch nicht verkauft. Dabei hätte er den Anteil am Verkaufserlös dringend benötigt. Es ärgerte ihn, dass er den Pudel gegen den Boxer eingetauscht hatte. Zwei Monate lang hatte er sich um den Pudel gekümmert. Da stünden ihm doch eigentlich vier Fünftel an dem Anteil zu, den das Ehepaar vom Verkaufserlös erhalten hatte. Von diesem Gedanken beseelt, suchte er das Ehepaar auf und forderte vier Fünftel von dem Geld ein, das das Ehepaar vom Verkaufserlös erhalten hatte. Der Ehemann weigerte sich, ihm das Geld zu geben, und verwies darauf, dass sich der Pudel in ihrem Besitz befunden hätte und sie ihn verkauft hätten, weshalb ihnen der Anteil vom Verkaufserlös ja ebenfalls zustehen würde. Wenn er den Boxer verkaufen würde, dann würde ihm der Anteil am Verkaufserlös zustehen und es läge nicht in ihrer Absicht, einen Teil von dem Geld, das er für den Verkauf des Boxers erhalten haben würde, von ihm zu verlangen. Auf gar keinen Fall werde er von ihm Geld kriegen, und wenn er sich auf den Kopf stellen würde. Und jetzt solle er ihm seine Ruhe lassen und in seine Wohnung verschwinden. Sein Gegenüber blickte ihn böse an und schimpfte voller Ingrimm, dass er ein eiskaltes, hartherziges, undankbares Ekelpaket sei und ein rücksichtsloser Schmarotzer, der auf Kosten anderer lebe. Ein Unmensch übelster Sorte sei er, den man nur mit Verachtung strafen könne. Hasserfüllt spie er vor ihn hin, wandte sich ab von ihm und stieg wütend die Treppe hinab.

Bei einigen von diesen Leuten, die sich krampfhaft und mit dem Mute der Verzweiflung darum bemühten, Siege zu erringen und bei der kleinsten Ehrverletzung auf den Verursacher derselben losgingen, erwies sich eine Reihe von Misserfolgen oder eine schwere Niederlage als allzu schwere Last, die sie zu Boden drückte und ihnen jeglichen Lebensmut raubte und jeglichen Glauben daran, jemals wieder einen Sieg erringen zu können, so dass sie keinen Sinn mehr darin sahen, sich irgendeinem Kampf zu stellen und einfach auf dem Boden liegen blieben, was sich bei einigen so äußerte, dass es ihnen schwerfiel, den Willen aufzubringen, eine Arbeit zu verrichten, und bei anderen gar so, dass sie den ganzen Tag im Bett liegen blieben und sich zu gar nichts mehr aufraffen konnten, und bei wieder anderen so, dass sie sich aufhängten, sich im Mühlbach ertränkten oder auf irgendeine andere Weise ihrem Leben ein Ende setzten.

Im Mühlbachgrund lebten aber auch Menschen, die mit ihrem Dasein zufrieden waren. Diese Zufriedenheit kam bei den einen daher, dass sie bescheiden und genügsam waren. So kaufte einer nur die wichtigsten Nahrungsmittel und leistete sich nur alle heilige Zeit mal Wurst, Käse, Schokolade und Kuchen. Seine gekauften Nahrungsmittel ergänzte er, indem er Pilze, Brennnesselblätter, Sauerampfer und alle möglichen anderen Kräuter sammelte, Beeren pflückte und mit dem Distelstecher Löwenzahnwurzeln aus dem Boden holte. Dieses Leben hätte er auch gern in einer Hütte im Wald geführt. Ein anderer war deswegen bescheiden und genügsam, weil er gesund leben wollte. Aus diesem Grund aß er wenig und hielt alle paar Tage mal einen Fasttag ab, trank nur Wasser und Kräutertees, für die er die Kräuter selbst sammelte. In einer

Familie zeigte sich die Bescheidenheit und Genügsamkeit so, dass die Mutter für sich, den Vater und den ältesten Sohn die Kleidung schneiderte, was viel billiger kam als gekaufte Kleidung. Für die beiden jüngeren Söhne schneiderte sie nichts Neues, die mussten die Kleidung des ältesten Sohnes auftragen. Was sie außer der Kleidung sonst noch brauchten, kauften die Eltern so billig wie möglich ein, auch den Schulbedarf, und zu ihren Kindern sagten sie, dass sie sich nichts daraus machen dürften, wenn die Kinder von Leuten, die mehr Geld hätten als sie, verächtlich auf sie herabblicken und über sie lachen würden, weil sie nicht so schöne Sachen hätten wie sie. Dadurch würden sie nur zeigen, dass sie schlechte Menschen waren. Gute Menschen seien nämlich freundlich zu Ärmeren und Schwächeren.

Andere waren deswegen zufrieden mit ihrem Dasein im Mühlbachgrund, weil sie schlau und findig waren und heraus fanden, wie sie Dinge des alltäglichen Gebrauchs billig herstellen und zu entsprechend niedrigen Preisen veräußern konnten oder Dienstleistungen viel preiswerter anboten als die Konkurrenz.

Zu diesen Leuten gehörte ein Mann, der sich den alten Leuten im Mühlbachgrund antrug, deren Hausarbeiten verrichten zu wollen, für sie einzukaufen, zu kochen, das Geschirr abzuspülen, für sie zu putzen und ihre Wäsche zu waschen.

Des Weiteren gehörte eine Frau dazu, die Beeren sammelte und Kuchen damit buk, die sie billig an die Leute verkaufte, und eine andere, die Schneiderin gelernt hatte und ihre erlernte Handwerkskunst dazu verwandte, beschädigte Kleidung auszubessern.

Ein Mann, der Holunderblüten und -beeren, Hagebutten und Schlehen zusammen mit Wasser und Zucker zu Weinen vergären ließ, um diese, abgefüllt in Flaschen, an die Leute zu veräußern, gehörte ebenfalls dazu. Ebenso ein Brauereiarbeiter, der in seiner Erdgeschosswohnung eine Flaschenbierhandlung einrichtete. Der konnte sich regen Zuspruchs erfreuen, denn viele von den Leuten, die im Mühlbachgrund lebten und sich schwertaten im Leben, suchten Trost im Alkohol. Außerdem gab es einen Mann, der, mal allein, mal zusammen mit seinen Söhnen, im Wald Bäume schlug, die er daheim zu Brennholz zerkleinerte, um es in Bündeln an die Bewohner des Mühlbachgrundes zu verkaufen.

Auch das der Zauberkunst mächtige Kräuterweib gehörte dazu. Bei ihr konnte man selbst hergestellte Elixiere und Salben kaufen, die gegen alle möglichen Krankheiten und Gebrechen wirkten, bei denen ihnen kein Arzt mehr helfen konnte. Sie bot unglücklich Verliebten auch Tränke an, mit denen sie den angebeteten Menschen in sich verliebt machen konnten, wenn man etwas davon unter sein Essen mischte oder in ein Getränk rührte. Außerdem waren bei ihr Fetische zu bekommen, die anderen Menschen Unglück brachten, wenn man sie heimlich in ihrem Haus oder auf ihrem Grundstück versteckte. Ihre Hexenkünste übte diese Frau in einem von fünf Häusern aus, die in einer Reihe eng aneinanderstanden und deren Giebelseiten auf das Ufer des Mühlbaches blickten.

Dass sie imstande war, die Hexenkunst auszuüben, bedeutete aber nicht, dass sie eine Hexe war. Vielmehr hatte sie die längste Zeit ihres Lebens als Mensch unter Menschen gelebt, bevor sie eines Tages infolge seltsamer Ereignisse die Fähigkeit erlangte, die Hexenkunst auszuüben.

6. Kapitel

Seinen Anfang nahm alles, als sich das Kräuterweib, an einem Herbstabend vom Kräutersammeln aus dem Wald heimkehrend, dem Stadttor näherte und ihr eine heftige Windböe das Kopftuch entriss, das sie soeben fester zubinden wollte. Erschrocken wirbelte sie herum, um ihr Kopftuch wieder einzufangen. Die Mühe hätte sie sich allerdings sparen können, denn ihr Kopftuch war nach kurzem Flug in den dornigen Zweigen eines Hagebuttenstrauches hängen geblieben.

Sie wollte es soeben von dem Hagebuttenstrauch nehmen, als eine am Abendhimmel auf die Erde zufliegende Feuerkugel ihren Blick auf sich zog. Gebannt verfolgte sie, wie die Feuerkugel der Erde immer näher kam, bis sie schließlich auf der Flur unweit der Stadt Funken sprühend aufschlug und verlosch; und da sie glaubte, dass der Meteorit auf einen Hügel, auf dem eine mächtige Eiche stand, herniedergegangen war, nahm sie sich vor, gleich am nächsten Tag dort hinzugehen, um ihn sich anzusehen.

Im selben Moment, wo der Meteorit auf dem Erdboden aufschlug, kam ein heftiger Wind auf, und da sie das Heulen des Windes wie das blutgierige Gejaule von Jagdhunden anmutete, die die Witterung eines Wildes aufgenommen hatten, hatte sie das Gefühl, dass etwas Böses in der Luft lag, so dass sie es mit der Angst zu tun bekam und hastig ihr Kopftuch vom Strauch nahm, um sich unverzüglich hinter der Stadtmauer in Sicherheit zu bringen. Aber was war das? Obwohl sie mit aller Kraft gegen den Wind ankämpfte, kam sie keinen Schritt vorwärts. Zu allem Überfluss kamen jetzt auch noch Steine, Dachziegeln und Mörtelbrocken, die der Wind vom Stadttor und von der Stadtmauer losgerissen hatte, auf sie zugeflogen. Allerdings wurde sie von den Trümmern nicht getroffen, denn die wichen merkwürdigerweise in einiger Entfernung von ihr zur Seite aus oder hoben sich über sie hinweg.

Sie schloss daraus, dass ihr die bösen Mächte, die da ihr Unwesen trieben, nichts anhaben wollten, und so fürchtete sie sie nicht länger und kämpfte deshalb auch nicht weiter gegen den Wind an, sondern drehte sich, fest darauf vertrauend, dass ihr nichts geschehen würde, in Richtung des Windes. Sogleich hob der starke Wind sie vom Erdboden hoch und trug sie durch die Lüfte davon, bis er sie schließlich auf jenem Hügel, auf dem der Meteorit niedergegangen war, sanft absetzte und augenblicklich aufhörte zu wehen und zu brausen.

Von der anderen Seite des Hügels drangen übermütiges Johlen und Grölen, spöttisches Gelächter und tierische Schreie an ihr Ohr, und da sie gerne wissen wollte, was sich dort abspielte, ging sie zu der Eiche hinauf, die oben auf der Hügelkuppe stand, wobei sie darauf achtete, dass sich der Stamm der Eiche zwischen ihr und dem Fleck befand, wo der Lärm herkam, damit sie von denen, die da ihrem Übermut durch Johlen, Grölen, Lachen und Schreien freien Lauf ließen, nicht gesehen werden konnte.

Vorsichtig lugte sie hinter der Eiche hervor. Wie erstaunt war sie, als sie zottige Wesen sah, die, sich bei den Händen fassend, im Reigen um den Meteoriten tanzten, der, etwa so hoch wie ein einstöckiges Haus, die Form eines zur Stadt hinblickenden Schafskopfes hatte und noch nicht ganz erkaltet war. Zwischen grauen Linien erkalteten Gesteins, die auf ihm kreuz und quer dahinliefen wie Adern auf einem Lindenblatt, leuchteten hellrote Flecken glühend auf. Dieses Leuchten war immerhin so hell, dass sie erkannte, dass die zottigen Wesen einem ausgewachsenen Menschen gerade mal bis zum Gürtel gereicht hätten und dass ein jedes von ihnen einen Kopf mit Sinnesorganen von verschiedenerlei Getier hatte.

Plötzlich hielten die zottigen Wesen in ihrem Tanz inne, um unvermittelt unter wütendem Schreien und Schimpfen ihre Fäuste gegen den Schafskopf zu erheben. Unter drohendem Fauchen und Knurren gingen sie auf ihn zu und spien ihn zum Zeichen ihrer Verachtung zischend an. Und kaum hatten sie begonnen, ihrem Abscheu gegen ihn Ausdruck zu verleihen, fielen die Gesteinsbrocken von ihm ab, bis aus ihm ein Wolfskopf geworden war, der sich der Stadt zuwandte und seinen Rachen gegen sie aufriss, als wollte er sie verschlingen.

Jeder Mensch hätte diese garstigen Kreaturen aufgrund dessen, dass sie offenbar magische Kräfte besaßen und dadurch den Menschen überlegen waren, für gefährlich gehalten und daher Angst vor ihnen gehabt. Sie aber vertraute darauf, dass ihr die bösen Mächte, die da an diesem Abend ihr Unwesen trieben, nicht schlecht gesinnt waren, und war daher fest davon überzeugt, dass ihr die zottigen Wesen, die sie für Kobolde oder Gnome hielt, kein Haar krümmen würden, wenn sie sich zu ihnen gesellen würde. Deswegen wäre sie aber noch lange nicht auf den Gedanken gekommen, auch tatsächlich zu ihnen hinzugehen, da sie sich für die hässlichen Gnome nicht erwärmen konnte und auch nicht das Gefühl hatte, dass sie ihr von Nutzen sein könnten. Daher verharrte sie in ihrem Versteck, bis sie es schließlich leid war, dem Treiben der Kobolde zuzusehen, und sich deshalb dazu entschloss, den Heimweg anzutreten.

Als sie sich aber umwenden wollte, bemerkte sie, dass sie an den Beinen oberhalb ihrer Knöchel festgehalten wurde und ihre Füße nicht mehr bewegen konnte. Im selben Moment hörte sie hinter sich jemand mit ruhiger, tiefer Stimme sagen: »Dich überkommt keine Furcht, denn die gleiche Stärke, die meinen Krallen innewohnt, ist dir ins Herz gezogen.«

Kaum waren diese Worte verklungen, merkte sie, dass sich die Krallen von ihren Beinen lösten, und da sie tatsächlich keine Angst hatte, drehte sie sich in aller Ruhe um und erschrak auch nicht, als sie vor sich einen Kobold mit einem Eulengesicht erblickte. Dieser Kobold trug eine eng anliegende, bis über die Hüften reichende, mit silbernen Knöpfen versehene schwarze Jacke, eine hautenge schwarze Hose und einen bis zum Erdboden herabreichenden schwarzen Umhang, schwarze Stulpenstiefel, einen breitkrempigen, hohen, nach oben hin spitz zulaufenden schwarzen Hut und eine weiße Halskrause.

»Du willst sicher wissen, wer ich bin. Nun, so will ich es dir sagen. Vor dir steht kein Geringerer als der Oberste von den Kobolden der Nacht, und das da drüben bei dem Wolfskopf sind meine Gefährten«, sagte der Kobold. »Wir Kobolde der Nacht sind Helfer des Bösen, als die wir dafür sorgen, dass die Menschen Böses tun«, fuhr er fort. »Wir können das aber nur bei Nacht, denn da es unter den Menschen üblich ist, dass böse Taten verurteilt und bestraft werden und böse Menschen verachtet werden, darf sich das Böse den Menschen nicht zu erkennen geben, sondern muss sich vor ihnen verbergen. Also bleiben wir am Tag in unseren Höhlen und kommen erst des Nachts daraus hervor.

Seit jeher halten es die Menschen für nötig, dafür zu sorgen, dass in ihrer Gesellschaft alle gut miteinander auskommen, weshalb Gesetze erlassen werden, die es ihnen unter Androhung von Strafe verbieten, ihren Mitmenschen etwas anzutun, und Sittlichkeitslehren, religiöse Gebote und Verhaltensmaßregeln ersonnen werden, die ihnen vorschreiben, gut zu ihren Mitmenschen zu sein. Diese Maßnahmen bringen die Menschen zwar dazu, sich in der Öffentlichkeit friedfertig zu zeigen, doch vermögen sie es nicht, das Böse gänzlich aus der menschlichen Gesellschaft zu verbannen. Denn wenn es den Menschen auch unmöglich gemacht wird, vor aller Augen böse Taten zu begehen, so werden diese dennoch heimlich begangen.

Wenn die Menschen gut wären, dann würde es sich erübrigen, Maßnahmen zu ergreifen, um sie davon abzuhalten, böse zu sein. Das Böse steckt aber ebenso in ihnen wie das Gute.

Es ist in ihnen entstanden, weil die Natur alle Lebewesen und somit auch die Menschen hervorgebracht hat und ihre Kreaturen in einer rauen Wildnis ein hartes und beschwerliches Leben führen lässt. Sie sorgt dafür, dass sich die Menschen nach einer geleisteten Arbeit oder einem errungenen Sieg nicht allzu lange auf ihren Lorbeeren ausruhen, sondern bald wieder eine neue Arbeit in Angriff nehmen oder gegen einen anderen Gegner in den Kampf treten, indem sie ihnen eingibt, dass sie selbstbewusst sein müssen, wenn sie die Achtung ihrer Mitmenschen gewinnen wollen; selbstbewusst können sie aber nur sein, wenn sie große Leistungen vollbringen oder einen Gegner im Wettkampf besiegen.

Diejenigen Menschen, die klug und begabt sind und daher imstande sind, eine Arbeit oder Kunstfertigkeit zu erlernen, können Selbstbewusstsein erlangen, indem sie auf ihrem Gebiet gute Arbeit leisten oder in ehrlich und anständig ausgetragenen Wettkämpfen ihre Gegner besiegen.

Es gibt aber auch Menschen, die dumm und gänzlich unbegabt sind oder irgendwelche andere Schwächen haben, so dass ihnen die Voraussetzungen dafür fehlen, durch gut ausgeführte Arbeiten oder errungene Siege Selbstbewusstsein zu erlangen. Selbstbewusstsein können sie aber ebenfalls erlangen, denn wenn sie auch aus ehrlich und anständig ausgetragenen Wettkämpfen nicht als Sieger hervorgehen können, so können sie dennoch andere Menschen besiegen, nämlich die, die schwächer sind als sie, und so suchen sie unermüdlich nach ihnen; und wenn sie sie gefunden haben, dann schikanieren und erniedrigen sie sie, auf dass sie das Gefühl haben können, als Sieger über ihnen zu stehen.

Da sich die Menschen nicht nur dann als Sieger fühlen, wenn sie ihre Gegner in ehrlich und anständig ausgetragenen Wettkämpfen bezwungen haben, sondern auch dann, wenn sie Schwächere schikaniert und erniedrigt haben, hält sie nichts davon ab, abfällig über andere Leute zu reden, andere Leute im Wirtshaus oder auf der Straße anzupöbeln oder gar zu verprügeln oder gar ihre Frauen zu schlagen, wenn sie, aus welchem Grund auch immer, unzufrieden mit ihrem Leben sind.

Wenn die Menschen durch einen errungenen Sieg Selbstbewusstsein erlangt haben und dann mit anderen Leuten zusammentreffen, so halten jene sie aufgrund ihres selbstsicheren Auftretens für starke, kämpferische Naturen, und da es die Leute für gewöhnlich so halten, dass sie starke, kämpferische Naturen achten, weil diese lebenstauglich sind, während sie schwache, mutlose Naturen verachten, weil diese lebensuntauglich sind, bringen sie ihnen all die Achtung entgegen, die sie angesehenen Bürgern entgegenzubringen pflegen.

Dass die Menschen von ihren Mitmenschen nur diejenigen achten, die in ihren Augen starke, kämpferische Naturen sind, kommt daher, weil für die in der Urzeit lebenden Menschen der Kampf ums Dasein in rauer, gefahrvoller Wildnis hart und beschwerlich war und daher die Mitglieder eines Stammes nur dann für ihren Stamm von Nutzen waren, wenn sie selbst die allerhärtesten Arbeiten verrichten konnten und sich gegen wilde Tiere und feindliche Stammesmitglieder zur Wehr setzen konnten. Daran hat sich bis heute nichts geändert.

Alle, die von ihren Mitmenschen als starke und mutige Kämpfernaturen geachtet werden, können sich als Mitglieder der menschlichen Gesellschaft betrachten, die sich dazu verpflichtet fühlen, sich nach den festgelegten Verhaltensmaßregeln, Vorschriften und Normen zu richten, damit in der menschlichen Gesellschaft alle gut miteinander auskommen und ihr Leben in geordneten Bahnen verläuft. Sie sind sich im Klaren darüber, dass sie andernfalls bei den anderen Mitgliedern der Gesellschaft auf Ablehnung stoßen würden.

Trotzdem halten sich manche nicht an alles, was ihnen vorgeschrieben wird. Die haben nämlich Ansichten, die sich mit bestimmten Regeln, Vorschriften oder Normen nicht in Einklang bringen lassen, weshalb sie so manches anders machen, als wie es ihnen vorgeschrieben wird, und wenn sie das auch in aller Heimlichkeit tun, so kommt es doch immer wieder mal heraus. Die Menschen neigen nämlich dazu, ihre Mitmenschen genauestens zu beobachten, und wenn sie jemanden ausfindig gemacht haben, der sich nicht so verhält, wie es sich gehört, dann reden sie schlecht über ihn oder hetzen andere gegen ihn auf.

Jene Menschen, die nicht viel oder gar nichts zuwege bringen und in ehrlich ausgetragenen Wettkämpfen zumeist verlieren, würden sich kaum auf die Suche nach solchen Menschen machen, die noch größere Fehler und Schwächen haben als sie, wenn sie erkennen würden, dass die Natur sie dazu zwingt, Selbstbewusstsein durch solche Siege zu erlangen, die nur darin bestehen, anderen Böses zu tun. Sie würden sehen, dass das Böse nur Böses nach sich zieht, weil ihr Opfer sich rächt, und dass dadurch ein Krieg entsteht, der beide Kontrahenten mit der Zeit zermürbt.

Wenn sie hingegen erkennen würden, dass es schlecht für sie ist, dass sie einen Sieg erringen müssen, um Selbstbewusstsein erlangen zu können, dann würden sie nicht mehr gegen ihre Mitmenschen kämpfen wolle, sondern Selbstbewusstsein dadurch erreichen, dass sie einem Kampf aus dem Weg gegangen sind. Sie würden sich also nicht länger an das halten müssen, was ihnen die Natur eingibt. Das heißt aber nicht, dass sie fortan faul und untätig sein würden, denn wenn sie auch anderen Menschen nicht den Kampf ansagen würden, um sie zu besiegen oder gar zu erniedrigen, so würden sie doch in einer Fabrik, auf einem Bauernhof, in einem Kloster, in einer Hütte im Wald oder wo sonst auch immer voller Fleiß und unter Aufbietung ihrer ganzen Kräfte ihrer Arbeit nachgehen, um für ihren Lebensunterhalt zu sorgen.

Die erkennen das aber nicht, denn da sie es für gerechtfertigt halten, anderen Menschen Böses anzutun, wenn sie sich mal als Verlierer und Versager fühlen, und sich ihnen keine andere Gelegenheit bietet, jemanden zu besiegen, haben sie keinerlei Veranlassung dazu, sich Gedanken darüber zu machen, ob es gut oder schlecht ist, dass sie jemanden besiegen müssen, um selbstbewusst sein zu können.

Zu unserem Glück gibt es mehr von denen, die bereit sind, anderen Böses anzutun. Wenn es nämlich umgekehrt wäre, dann gäbe es nicht viele von uns Kobolden der Nacht, und die

Wenigen, die es von uns noch geben würde, wären aufgrund dessen, dass das Gute überhand genommen hat, todunglücklich und würden weit weniger Zauberkraft besitzen, als es jetzt der Fall ist, so dass wir dem Bösen keine große Hilfe mehr sein würden.

Aber da wir viele und im Vollbesitz unserer Kräfte sind, sind wir dazu in der Lage, dem Bösen die bestmögliche Hilfe angedeihen zu lassen.

Die Hilfe, die wir dem Bösen angedeihen lassen, besteht darin, dass wir einen soeben vom Himmel herabgefallenen Meteoriten die Gestalt eines Schafskopfes annehmen lassen, indem wir uns ihm gegenüber verstellen und eine gute Gesinnung an den Tag legen anstatt einer bösen, und dann den Schafskopf in einen Wolfskopf verwandeln, indem wir ihm unser wahres Gesicht zeigen. Infolge der von dem glühenden Wolfskopf ausgehenden Wärme wachsen dann auf dem umliegenden Erdboden Kräuter, denen wunderbare Kräfte innewohnen. Kräfte, die bewirken, dass ein Mensch dazu in der Lage ist, bei der Ausübung seines Berufes einen Mitbewerber um einen höheren Posten aus dem Feld zu schlagen oder bei einem Wettkampf seinen Gegner zu besiegen, sobald er einen Absud von den Kräutern getrunken hat, in dem er einen kleinen Gegenstand, den er seinem Mitbewerber oder Gegner entwendet hat, zusammen mit den Kräutern eine Weile hat ziehen lassen. Mit diesem Absud hat er all die Klugheit, all die Stärke, all die Härte und alle sonstigen Fähigkeiten, die ihm zueigen sein müssten, um sämtliche Herrscher der Welt besiegen zu können, in sich aufgenommen sowie die im Vergleich damit weit geringere Stärke seines Gegners hinuntergeschluckt.

Dem Bösen ist natürlich daran gelegen, dass diese Kräuter unter die Menschen gelangen und jene sich ihre Wirkung zunutze machen, auf dass sie recht viele von den anderen Menschen besiegen und den Schwächeren Böses antun, damit sie selbstbewusst werden. Allerdings würden die Kräuter nie unter die Menschen gelangen, wenn das Böse nicht demjenigen Menschen, der der vom Himmel herabgefallenen Feuerkugel näher ist als alle anderen Menschen, durch die Lüfte zu der Feuerkugel hingetragen würde und ich als Helfer des Bösen ihm nicht sagen würde, was es mit den Kräutern für eine Bewandtnis auf sich hat. Die Menschen wissen das nämlich nicht und haben daher keinerlei Veranlassung dazu, diese Kräuter zu sammeln.

Da du derjenige Mensch bist, den das Böse zu mir hat herfliegen lassen und den ich über die Wirkung der Kräuter aufgeklärt habe, steht dir das Recht zu, die Kräuter zu sammeln und sie an die Leute zu verkaufen. Ein großer Nutzen entsteht dir daraus, dass du dieses Recht von uns erhältst, denn wenn du den Leuten Kräuter anbietest, die ihnen dazu verhelfen, ihre Gegner zu besiegen, dann werden sie sich die Gelegenheit nicht entgehen lassen und sofort zugreifen und du wirst einen hübschen Batzen Geld verdienen.«

»Also, ehrlich gesagt ist mir nicht recht wohl bei dem Gedanken, dass ich dadurch, dass ich bösen Menschen Kräuter verkaufe, die Böses bewirken, zu einem Batzen Geld komme. Ich bin nämlich kein böser Mensch und mag daher auch keine bösen Taten begehen«, brachte das Kräuterweib zögerlich hervor.

»Du befindest dich im Irrtum, wenn du meinst, dass du eine böse Tat begehst, wenn du jemandem Kräuter verkaufst, die ihm dazu verhelfen, seinen Gegner zu besiegen. Denn es ist ja beileibe nicht so, dass du durch den Verkauf der Kräuter bösen Menschen dabei behilflich bist, gute Menschen zu besiegen, sondern du sorgst auf diese Weise nur dafür, dass ein böser Mensch bestraft wird. Es gibt nämlich unter jenen Menschen, die sich gegenseitig bekämpfen, gar keine guten Menschen, die ehrlich und anständig kämpfen, sondern nur böse, die mit allen ihnen zur Verfügung stehenden Mitteln kämpfen, auch mit unlauteren, sofern sie diese anwenden können, ohne dabei erwischt zu werden. Du begehst also keine böse

Tat, wenn du jemandem Kräuter verkaufst und ihm dadurch dabei behilflich bist, seinen Gegner zu besiegen, sondern eine gute. Denn es ist doch zweifellos eine gute Tat, wenn dafür gesorgt wird, dass ein böser Mensch bestraft wird. Und wenn du eine gute Tat begehst, dann kannst du dich auch als guter Mensch fühlen. Schließlich sieht man einen Richter, der Verbrecher verurteilt, auch als guten Menschen an. Also kannst du die Kräuter mit gutem Gewissen verkaufen und das Geld, das du dabei verdienst, als redlich verdient ansehen«, belehrte er sie.

»So kann man das natürlich auch sehen. Nun, wenn ich keine böse Tat begehe, wenn ich die Kräuter verkaufe, dann wüsste ich nicht, warum ich sie nicht verkaufen sollte«, sagte sdas Kräuterweib darauf.

»Eben«, sagte er zustimmend.

»Damit ich die Kräuter verkaufen kann, muss ich aber erst mal wissen, wann sie blühen und wie sie aussehen.«

»Das sollst du von mir erfahren und auch alles Weitere, was du über die Kräuter wissen musst. Allerdings hat es keinen Sinn, wenn ich es dir jetzt sage. Du könntest dir nämlich unmöglich alles merken, was ich dir zu sagen habe, und aufschreiben kannst du es jetzt auch nicht, weil dir das nötige Licht dazu fehlt. Ich sage es dir morgen Abend bei dir zu Hause. Da kannst du dann beim Schein der Lampe alles, was ich dir sage, haarklein aufschreiben.

Wenn du willst, sage ich dir auch, wie man einen Liebestrank und Elixiere und Salben, die jede Krankheit heilen, zubereitet und Fetische herstellt, die magische Kräfte besitzen.«

»Ja, das kannst du mir sagen! Das interessiert mich!«, rief sie begeistert aus.

»Gut, dann bringe ich morgen alle Zutaten mit, die man dafür benötigt. Sobald es morgen dunkel geworden ist, komme ich zu dir, und zwar komme ich durch den Kamin in deine gute Stube. Du musst also morgen Abend das Ofentürchen auflassen. Außerdem musst du einen Stein vom Wolfskopf in den Ofen legen. Wenn nämlich kein Stein im Ofen liegt, kann ich in der Dunkelheit dein Haus nicht finden. Wenn aber ein Stein in deinem Ofen liegt und ich einen in meiner Hosentasche habe, dann zieht es den Stein in meiner Hosentasche zu dem Stein in deinem Ofen, so dass er mich geradewegs durch die Lüfte zum Kamin deines Hauses führt.

Damit du einen Stein in den Ofen legen kannst, musst du natürlich erst mal einen haben. Na, dann will ich dir mal einen holen«, ließ er sie wissen.

Er ergriff mit seinen Vogelkrallen den Saum seines Umhangs, breitete die Arme aus und flog mit wehendem Umhang zum Wolfskopf hin. Dort stöberte er mit seinen Vogelkrallen so lange in den vom Wolfskopf herabgefallenen Steinen herum, bis er zwei walnussgroße Exemplare gefunden hatte. Die steckte er in seine Hosentasche und flog dann wieder zum bei der Eiche stehenden Kräuterweib.

Er holte einen der beiden Steine aus seiner Hosentasche und sagte zu ihr: »Sobald du den Stein in der Hand hast, wirst du müde werden und dich auf der Stelle zum Schlafen niederlegen. Tief und fest wirst du schlafen, so dass du nicht spüren wirst, dass du auf dem harten Erdboden liegst anstatt in deinem Bett, und da die Wärme von dem immer noch glühenden Wolfskopf bis hierher strahlt, wirst du es die ganze Nacht über genauso warm haben wie in deinem Bett.«

»Na dann will ich mich gleich mal zum Schlafen niederlegen«, sagte sie darauf und hielt ihm ihre rechte Hand hin, um den Stein entgegenzunehmen.

Kaum lag der Stein in ihrer Hand, konnte sie kaum noch die Augen offen halten und sich kaum mehr auf den Beinen halten, und so ließ sie sich zum Schlafen ins Gras nieder.

Als sie nach ausgiebigem und erholsamem Schlaf am anderen Morgen die Augen aufschlug, war sie im Nu hellwach, und so blieb sie nicht erst noch eine Weile sitzen, um sich den Schlaf aus den Augen zu reiben und ein paarmal zu gähnen, so wie sie es sonst jeden Morgen beim Aufstehen tat, sondern erhob sich sogleich aus dem Gras, um frohgemut den Heimweg anzutreten.

Als der Abend heraufdämmerte, sah sie die Zeit für gekommen, die nötigen Vorbereitungen zu treffen, damit der Kobold zu ihr in die gute Stube kommen konnte. So legte sie denn den Stein vom Wolfskopf in den Ofen und ließ das Ofentürchen auf. Als dies getan war, setzte sie sich an den Tisch und blickte erwartungsvoll zum Ofenloch hin.

Sie saß schon eine Weile da, als auf einmal im Kamin ein Pfeifen zu vernehmen war, das wie das Pfeifen des Windes anmutete. Immer lauter wurde dieses Pfeifen, bis es schließlich verstummte und eine graurote Staubwolke aus dem Ofen quoll. Im nächsten Augenblick war die Wolke verschwunden, und breitbeinig, sich in die Brust werfend und sie aus seinen großen Eulenaugen selbstsicher anblickend, stand der Kobold vor dem Ofen. Obwohl sie gewusst hatte, dass er durch den Kamin in ihre Küche kommen würde, blickte sie ihn erstaunt an. Sie hatte nämlich geglaubt, dass er als Fliege oder Mücke den Weg durch den Kamin, das Ofenrohr und den Ofen zurücklegen würde, und wunderte sich nun darüber, dass er als Staubwolke in ihre Küche geflogen kam.

»So, da bin ich!«, sagte der Kobold. »Und all die Zutaten, Gegenstände und Utensilien, die wir benötigen, um Zaubertränke und Arzneien zubereiten und Fetische mit magischen Kräften herstellen zu können, werden auch gleich da sein. Die bringen zwei Gefährten von mir, die oben am Kamin stehen und darauf warten, dass ich sie herunterrufe. Na, dann werde ich sie gleich mal rufen.«

Er wandte sich um, nahm seinen Hut vom Kopf, neigte seinen Kopf bis zum Ofenloch hin und ließ einen Eulenruf ertönen. Sodann trat er schnell beiseite, um seinen Gefährten Platz zu machen, die dann auch gleich nacheinander in der gleichen Weise wie er den Kamin herabkamen.

Staunend betrachtete sie die beiden Kobolde, die, einen

großen, vollgepackten Sack an ihrer Seite, regungslos in ihrer Küche standen, und jeder andere Mensch hätte sie genauso staunend betrachtet, denn sie sahen schon gar zu merkwürdig aus. So hatte der eine einen Hamsterkopf, zwischen dessen dicken Backen die Schnauze in einem Wildschweinrüssel auslief, zwei über die Unterlippe herabhängende Nagezähne, spitze Fledermausohren, grüne Katzenaugen, muskulöse, dicht behaarte Menschenarme, die stämmigen Hinterbeine eines Rindes sowie einen dicken Schmerbauch, der in einem hellroten Wams steckte und von einem breiten schwarzen Gürtel mit großer silberner Schnalle festgehalten wurde. Der andere hatte einen Krötenkopf mit großen Krötenaugen und einem breiten Krötenmaul, das, leicht geöffnet, zwei Zahnreihen frei legte, eine über dem Maul nach vorne ragende Maulwurfsschnauze, einen auf dem Kopf sitzenden Hahnenkamm, Krötenhände, die aus den weiten Ärmeln eines ockergelben Kittels herausschauten, der um die Hüften herum von einer schwarzen Kordel umschlungen war, kurze Menschenbeine, die in einer hellblauen Strumpfhose steckten, und in weinroten Schnabelschuhen steckende Menschenfüße.

Nachdem sich die beiden Kobolde neugierig im Zimmer umgesehen hatten und dabei auch auf das Kräuterweib einen kurzen Blick geworfen hatten, wandten sie sich dem Oberkobold zu und der Kobold mit dem Krötenkopf sagte mit rauer, tiefer Stimme zu ihm: »Wo sollen wir denn die Säcke hinstellen?«

»Stellt sie neben den Tisch.«

Die beiden Kobolde machten Anstalten, den Sack an ihrer Seite fortzubringen.

»Das ist aber merkwürdig. Der Sack ist auf einmal viel schwerer als vorhin«, bemerkte der Kobold mit den Hamsterbacken und dem Wildschweinrüssel, nachdem er den Sack mit der ganzen Kraft, die in seinen muskulösen Armen steckte, ein Stück hochgehoben und dann wieder niedergesetzt hatte.

»Ja, das kommt mir auch so vor«, pflichtete ihm der Kobold mit dem Krötenkopf bei, der mittlerweile seinen Sack neben den Tisch geschleift hatte.

»Das liegt wahrscheinlich daran, dass hier herinnen Kräfte des Guten am Wirken sind. Die bewirken nämlich, dass es uns schwerfällt, Arbeiten zu verrichten, die zum Ziel haben, die Leute dazu zu bringen, dass sie Böses tun. Da hilft es auch nichts, wenn wir uns noch so sehr zusammennehmen, da es selbst dann dazu kommen kann, dass wir den einen oder anderen Fehler machen und deshalb nichts Rechtes zustande bringen. Wir brauchen also gar nicht erst mit unserer Arbeit anzufangen. Wir können erst dann damit anfangen, wenn wir dafür gesorgt haben, dass hier herinnen die Kräfte des Guten nicht mehr wirken«, sagte der Oberkobold zu seinen Gefährten, und zu ihr hingewandt sagte er: »Dass hier herinnen Kräfte des Guten tätig sind, lässt nur den einen Schluss zu, dass deine Nachbarn schon seit längerer Zeit nichts Böses mehr getan haben. Denn dann strahlen ihre reinen Herzen Kräfte des Guten aus, die ihre nähere Umgebung einnehmen, und deine Wohnung zählt natürlich auch zu ihrer näheren Umgebung, weshalb die Kräfte des Guten auch hier vorhanden sind und uns bei unserer Arbeit stören.

Wir brauchen also nur deine Nachbarn dazu zu bringen, Böses zu tun, und schon sind die Kräfte des Guten verschwunden. So ohne Weiteres geht das aber nicht, sondern erst dann, wenn wir herausgefunden haben, wie es am besten zu machen ist. Herausfinden können wir das aber nur, wenn wir wissen, wie deine Nachbarn so leben, wie sie für ihren Lebensunterhalt sorgen und was sie für Gewohnheiten haben, und von dir werden wir das jetzt erfahren. Erzähl uns also, was du alles über deine Nachbarn weißt!«

»Nun, rechts neben mir wohnt ein älterer Mann mit seinem Dackel. Der ist Rentner und bessert sich seine Rente dadurch auf, dass er als Lumpensammler mit seinem Handwagen von Haus zu Haus zieht und die Leute fragt, ob sie nicht

Lumpen für ihn haben, die sie ohnehin wegwerfen wollen. Die gesammelten Lumpen bringt er dann zur unweit von unserem Haus gelegenen Papiermühle und bekommt Geld dafür. Mit diesem Geld kann er ganz gut leben und auch für seinen Dackel sorgen. Zwar kann er sich nicht die allerfeinsten und allerteuersten Spezialitäten kaufen, aber sonst alles, was ein Mensch für gewöhnlich an Nahrung braucht. Auch für seinen Hund kann er genügend Futter kaufen. Allerdings gibt er bei Weitem nicht so viel Geld für Nahrung aus, wie er eigentlich ausgeben könnte. Anstatt jeden Tag Fleisch und Wurst zu essen, was er sich ohne Weiteres leisten könnte, isst er nur an drei Tagen in der Woche Fleisch und Wurst, während er an den anderen Tagen Krautsuppe, Pellkartoffeln mit Butter und Quark und andere fleischlose Gerichte oder Mehlspeisen wie Pfannkuchen mit Apfelmus und Brotpudding mit Vanillesoße isst. Das Geld, das er sich dadurch spart, legt er dann auf die Seite, um sich in Zeiten, in denen er wegen Unpässlichkeit oder Krankheit nicht so viele Lumpen sammeln und verkaufen kann, wie er es normalerweise tut, die nötigen Lebensmittel kaufen zu können. Dass er für schlechte Zeiten vorsorgt, hat seinen guten Grund. Er hat nämlich mal eine Zeitlang gekränkelt und sehr wenig verdient. Da waren dann seine Einkünfte so gering, dass er von Bratkartoffeln, Kartoffelsuppe, Haferflockensuppe, Brotsuppe, Erbsensuppe und trockenem Brot hat leben müssen, und da er nie wieder in eine derartige finanzielle Notlage geraten wollte, hat er es als Notwendigkeit angesehen, fortan einen Teil seiner Einkünfte zurückzulegen. Wenn er sich dann nach einiger Zeit ein hübsches Sümmchen zusammengespart hat, dann sagt er sich, dass er sich eigentlich wieder einmal etwas Gutes gönnen könnte, und so nimmt er einen Teil von seinem Ersparten und kauft sich das, wonach es ihn gerade gelüstet. Mal kauft er sich eine Salami, mal einen Schinken, mal ein schönes Stück Käse, mal eine Speckseite, mal einen Räucheraal oder sonst irgendetwas, was er gern isst. Zufällig weiß ich, dass er sich gestern wieder mal was Gutes gekauft hat. Ich weiß das deshalb, weil er mir gestern gesagt hat, dass er sich einen Schinken gekauft hat, den er in den nächsten Tagen zu verputzen gedenkt«, erzählte das Kräuterweib. »Das ist alles, was ich über ihn weiß. Ich hoffe, dass es dir was nützt«, fügte sie hinzu.

»Ja, damit kann ich etwas anfangen«, versetzte er.

»Nun, dann will ich dir mal erzählen, was ich über das Ehepaar weiß, das links von mir wohnt«, fuhr sie fort. »Mehrere Jahre lang ist es diesem Ehepaar ziemlich gut gegangen, denn da hat der Mann, der so um die fünfzig ist, als Packer in einer Fabrik für Töpferwaren gearbeitet und hat gut verdient dabei. Er hat so viel verdient, dass er und seine Frau recht gut lebten und er es sich sogar leisten konnte, jeden Donnerstag ins Wirtshaus zu gehen, um dort mit ein paar Freunden Karten zu spielen.

Gleich nach der Schule hat der Mann in dieser Fabrik angefangen zu arbeiten und hat dann Jahr um Jahr fleißig seine Arbeit getan, was ihm in jungen Jahren weiter keine Schwierigkeiten bereitet hat. Als er aber in die Nähe der Fünfzig kam, ist es ihm immer schwerer gefallen, seine Arbeit zu verrichten, bis er schließlich am Ende seiner Kräfte angelangt war und zusammengebrochen ist. Seitdem ist er erwerbsunfähig und kriegt eine Rente. Da die Rente aber nicht sehr hoch ist, können er und seine Frau nicht davon leben, und so muss seine Frau das Geld verdienen, das ihnen noch zum Lebensunterhalt fehlt. Das tut sie, indem sie als Putzfrau arbeitet. Damit verdient sie mehr, als ihr Mann Rente bekommt, denn sie putzt in Häusern und Villen von besseren Leuten, in Geschäften, in Büros von Fabriken, in der Schule und im Rathaus.

Ihr Mann ist aber auch nicht untätig. Der flicht Weidenkörbe, die sie dann an die Geschäfte, in denen sie putzt, verkauft. Zudem arbeitet er im Haushalt mit. So schlecht geht es ihm nämlich auch wieder nicht, dass er überhaupt nichts mehr arbeiten könnte. Unmittelbar nach seinem Zusammenbruch hat er allerdings nichts arbeiten können, so schlecht ist es ihm da gegangen. Da hat er sich erst einmal eine Zeitlang erholen müssen. Wie er dann gemerkt hat, dass es ihm mit jedem Tag besser geht, hat er voller Freude dem Tag entgegengesehen, wo er wieder kräftig genug für verschiedene kleine Arbeiten wäre, denn er wollte seiner Frau unbedingt zeigen, dass er noch zu etwas nütze war.

So arbeiten beide recht fleißig und verdienen zu seiner Rente etwas dazu. Das heißt aber nicht, dass sie jetzt, wo er eine Rente bezieht und beide arbeiten, zu mehr Geld kommen wie zu der Zeit, wo er allein gearbeitet hat, denn das, was sie für ihre Arbeit bekommen, ist zusammen mit seiner Rente bei Weitem nicht so viel wie das, was er früher in der Fabrik verdient hat. Es ist gerade mal so viel, dass sie sich alles leisten können, was sie zum Leben so brauchen. Große Sprünge können sie damit aber nicht machen, und so kann er auch nicht mehr ins Wirtshaus gehen.«

Sie redete nicht mehr weiter, und da der Oberkobold daraus schloss, dass sie am Ende ihrer Erzählung angelangt war, ergriff er das Wort. »Na, dann können wir uns jetzt ja in aller Ruhe überlegen, wie wir es am besten anstellen, dass sie etwas Böses tun«, sagte er.

»Übrigens kenne ich deine Nachbarin«, fuhr er fort. »Wie du erzählt hast, dass deine Nachbarin zum Putzen geht und ihr Mann zu Hause Weidenkörbe flicht, die sie dann an Geschäfte, in denen sie putzt, verkauft, ist mir sogleich in den Sinn gekommen, dass ich diese Frau kenne. Vor ein paar Tagen hat mir nämlich eine Frau, mit der ich ins Gespräch gekommen bin, das Gleiche von sich erzählt, was du von deiner Nachbarin erzählt hast. Also ist diese Frau und deine Nachbarin ein- und dieselbe Person.«

»Das musst du mir unbedingt erzählen, wie es dazu gekommen ist, dass du dich mit meiner Nachbarin unterhalten hast. Das interessiert mich nämlich sehr«, fiel sie ein, indem sie ihn erwartungsvoll anblickte.

»Nun, wenn es dich interessiert, dann sollst du es auch erfahren. Es war, wie schon gesagt, vor ein paar Tagen, als ich zusammen mit einem anderen Kobold nach Einbruch der Dunkelheit in der Stadt unterwegs war, um solche Menschen, von denen Kräfte des Guten ausgehen, kennen zu lernen und sie dazu zu bringen, etwas Böses zu tun. In Gestalt eines fein gekleideten Herren schlenderte ich durch die Straßen, während mein Begleiter in Gestalt einer Fliege auf meiner Schulter saß. Als ich so dahin ging, sah ich weiter vorn eine Frau aus einem Haus auf den Gehsteig treten und auf mich zukommen. Wie die an mir vorüberging, wurden mir mit einem Male die Füße schwer, und zwar in dem Maße, dass ich mir vorkam, als hätte ich einen längeren Spaziergang unternommen. Ich wusste sogleich, dass dies nichts anderes zu bedeuten hatte, als dass diese Frau schon lange nichts Böses mehr getan hatte und deswegen Kräfte des Guten ausstrahlte, und da ich in der Stadt unterwegs war, um gute Menschen kennen zu lernen und sie dazu zu verleiten, etwas Böses zu tun, drehte ich mich um und folgte ihr in einigem Abstand. Ich musste aber all meine Kräfte zusammennehmen, um den Abstand nicht größer werden zu lassen, denn schließlich schwächten mich ja die Kräfte des Guten, die von ihr ausgingen. Nachdem ich ihr eine Weile gefolgt war, wies ich meinen Begleiter an, ein Stück Weges vor der Frau in eine Seitengasse zu fliegen und dann als Spitz hinter dem Hauseck hervorzukommen und die Frau anzubellen. Als er die Frau ankläffte und jene, starr vor Schreck, in einiger Entfernung von ihm stehen blieb und sich nicht weiterzugehen traute, trat ich beherzt zwischen sie und ihn und schrie wütend auf ihn ein, woraufhin er winselnd den Schwanz einzog und hinter dem Hauseck verschwand, um dann wieder als Fliege auf meiner Schulter zu landen. Nachdem ich den Spitz verscheucht hatte, wandte ich mich der Frau zu und sagte mit der allerfreundlichsten Stimme zu ihr, dass sie sich nun nicht mehr vor dem Hund zu fürchten bräuchte. Daraufhin dankte sie mir dafür, dass ich ihr hilfreich beigesprungen war, und ich nahm die Gelegenheit wahr, mit ihr ein

Gespräch anzufangen. Im Verlauf dieses Gesprächs erzählte sie mir dann dieselbe Geschichte von ihrem Zusammenleben mit ihrem Mann, die du mir vorhin erzählt hast, und ich hörte ihr aufmerksam zu, denn ich musste etwas über sie und ihren Mann in Erfahrung bringen, um eine Möglichkeit finden zu können, wie ich sie dazu bringen konnte, eine böse Tat zu begehen. Nachdem sie mir ihre Geschichte erzählt hatte, wusste ich, wie ich vorzugehen hatte, um mein Ziel zu erreichen. Ich machte mich auch sogleich daran, mein Vorhaben in die Tat umzusetzen, indem ich zu ihr sagte, dass ich ihr gern ein Dutzend Brotkörbe abkaufen würde, da ich welche in meinem Landgasthaus benötigte, und dass ich ihr weit mehr für die Brotkörbe bezahlen würde, als ich eigentlich bezahlen müsste. Daraufhin holte ich eine Goldmünze aus meiner Geldbörse und zeigte sie ihr, indem ich zu ihr sagte, dass ich ihr für die Brotkörbe kein normales Geld geben könne, weil ich am Nachmittag für das ganze Bargeld, das ich bei mir hatte, bei einer Bank Gedenkmünzen aus Gold gekauft hatte und ich ihr dafür diese Goldmünze geben würde, die so viel wert sei, dass ich mir dafür mehrere Dutzend Brotkörbe kaufen könne. Als ich ihr das sagte, war ich mir sicher, dass sie die Gelegenheit, zu einer wertvollen Goldmünze zu kommen, nicht ungenutzt verstreichen lassen würde, und so kam es dann auch: Kaum waren meine letzten Worte verklungen, sagte sie zu mir, dass sie auf mein Angebot eingehen würde. Ich gab ihr daraufhin die Goldmünze und sagte ihr, dass sie sie behalten könne und eine weitere bekommen würde, wenn sie mit den Körben zum Brunnen am Marktplatz käme, und dass ich dort auf sie warten würde. Sie sagte, dass ihr das recht sei, und machte sich unverzüglich auf den Weg nach Hause.

Als sie sich entfernt hatte, sagte ich zu meinem Begleiter, dass er hinter ihr herfliegen solle bis in ihre Wohnung. Dort solle er sich ein gemütliches Plätzchen suchen und von dort aus verfolgen, wie die Frau ihrem Mann das Goldstück zeigen und es ihm dalassen würde. Wenn dann die Frau mit den

Brotkörben die Wohnung verlassen haben und ihr Mann das Goldstück betrachten würde, dann solle er das Goldstück hell ergleißen lassen, auf dass der Mann, vom Glitzern und Funkeln der Goldmünze gebannt, sich nicht mehr rühren könne. Sodann solle er die Münze zum Fenster hinausfliegen lassen, was der Mann nicht verhindern könne, da er zu jeglicher Bewegung unfähig sei.

Er sollte das deswegen tun, damit die Frau, wenn sie zu ihrem Mann zurückkommen und der ihr erzählen würde, dass die Goldmünze zum Fenster hinausgeflogen sei, glauben würde, dass er sie anlog und es sich in Wirklichkeit so verhielt, dass er die Goldmünze versteckt hatte, um sie bei Gelegenheit hervorzuholen und nach und nach im Wirtshaus in Bier und Schnaps umzusetzen. Dann würde sie ihn auf das Übelste beschimpfen und somit eine schlechte Tat begehen.

Nachdem mein Begleiter davongeflogen war, machte ich mich auf den Weg zum Brunnen am Marktplatz. Als ich dort ankam, war von der Frau weit und breit nichts zu sehen, und so betrachtete ich einstweilen den Sternenhimmel, und da mir dabei in den Sinn kam, dass immer wieder Feuerkugeln vom Himmel zur Erde herabfallen und uns mit ihren Kräften dabei behilflich sind, die Leute zu bösen Taten zu verleiten, kicherte ich recht hämisch vor mich hin: »Kommt nur herab, ihr lieben Schäfchen, damit wir euch das Fell scheren können!« Während ich das sagte, sah ich aus den Augenwinkeln heraus die Frau von links herannahen und links von mir stehen bleiben, und da sie mich für einen feinen Herrn halten sollte und nicht für einen komischen Kauz oder gar für einen unheimlichen Finsterling, gab ich keinen Laut mehr von mir, um im nächsten Moment festzustellen, dass ich das viel eher hätte tun müssen. Denn als ich mich ihr mit freundlicher Miene zuwandte, blickte sie mich misstrauisch an, und das konnte nichts anderes bedeuten, als dass sie mein hämisches Gekichere und spöttisches Reden mitbekommen hatte und mich darum für einen gehässigen Menschen hielt. Sie benahm sich mir gegenüber dann auch so, wie sich ein Mensch einem Menschen gegenüber benimmt, von dem er keine gute Meinung hat und mit dem er nichts zu tun haben will, denn anstatt mir die Körbe mit einem freundlichen Lächeln zu geben und dabei ein paar wohlwollende Worte an mich zu richten, hielt sie sie mir mit leisem Unbehagen im Gesichtsausdruck hin und verlangte mit einer Stimme, die jegliche Freundlichkeit vermissen ließ, das Geldstück von mir. Ich mochte dann auch nicht länger freundlich zu ihr sein, denn ich war mir im Klaren darüber, dass ich sie auch mit der allergrößten Freundlichkeit nicht dazu würde bewegen können, mir wieder gewogen zu sein, und so unterließ ich es auch, ihr in Aussicht zu stellen, dass sie eine weitere Goldmünze bekommen würde, wenn sie mir die Körbe bis zum Haus meines Freundes tragen würde, wo ich übernachten wolle. Ich hätte das nämlich tun wollen, damit sie nicht so schnell nach Hause hätte kommen können und mein Begleiter genügend Zeit gehabt hätte, um mittels seiner Zauberkräfte all das zu erledigen, was er auf meine Weisung hin hätte erledigen müssen, und da von dem Zeitpunkt an, wo sie nach Hause gegangen war, bis zu dem Zeitpunkt, wo sie am Brunnen eingetroffen war, nicht allzu viel Zeit vergangen war und somit die Zeit, die meinem Begleiter zur Verfügung stand, um das tun zu können, was er zu tun hatte, knapp bemessen war, wurmte es mich mächtig, dass es mir nicht möglich war, sie noch länger aufzuhalten. Ich sagte mir aber dann, dass ich eigentlich gar keinen Grund dazu hatte, mich zu ärgern, da meinem Begleiter die Zeit, die ihm bisher zur Verfügung gestanden hatte, eigentlich gereicht haben müsste, meinen Plan in die Tat umzusetzen, und so blieb ich auch ganz ruhig, als die Frau das Goldstück, das ich ihr hinhielt, blitzschnell an sich riss, sich jählings von mir abwandte und mit schnellen Schritten nach Hause eilte.

Das wäre dann alles, was ich dir über die Rolle, die ich bei der Ausführung meines Planes gespielt habe, zu erzählen habe. Dann werde ich dir jetzt erzählen, was mein Begleiter währenddessen getrieben hat, von dem Augenblick an, wo ich mit der Frau das Treffen am Brunnen am Marktplatz vereinbart habe. Also, zunächst einmal ist er als Fliege der Frau bis zu ihrer Wohnungstür gefolgt. Als jene dann die Tür aufsperrte und die Wohnung betrat, flog er mit hinein und folgte ihr in die Küche. Dort ließ er sich auf dem Küchenschrank nieder und beobachtete von dort aus, wie die Frau ihrem Ehemann, der am Tisch saß und auf einen Zettel schrieb, was sie einzukaufen hatten, das Goldstück unter die Nase hielt und der seinen Stift hinlegte, ihr das Goldstück aus der Hand nahm und es staunend betrachtete.

Als dann die Frau mit den Brotkörben die Wohnung verließ und ihr Ehemann das Goldstück auf den Tisch legte und seinen Einkaufszettel weiterschrieb, sah mein Begleiter die Zeit gekommen, zur Tat zu schreiten, und da er sich als ein der Zauberkunst mächtiger Kobold dem Mann überlegen fühlte und es daher schlichtweg für unmöglich hielt, dass ihm jener auf irgendeine Weise gefährlich werden konnte, flog er schnurstracks zur Goldmünze hin und setzte sich frech darauf. Kaum hatte er das getan, sah er, wie der Mann sich von seinem Stuhl erhob und beiseite ging, und da der Mann das Glitzern und Funkeln der Münze nur dann hätte sehen können, wenn er am Tisch gesessen und die Münze sich in seinem Blickfeld befunden hätte, sah er vorerst davon ab, die Münze ergleißen zu lassen, und nahm sich vor, dies erst dann zu tun, wenn der Mann wieder am Tisch saß. Als dann der Mann wieder zum Tisch kam, dachte mein Begleiter, dass er nun gleich mit dem Zaubern beginnen könne. Als er aber sah, dass der Mann seine Hand, in der er eine zusammengefaltete Zeitung hielt, hochhob und mit grimmig verzogenen Augenbrauen zu ihm herblickte, wusste er, dass er etwas ganz anderes tun musste, nämlich das Weite suchen, und so flog er sogleich davon und wich dadurch der auf ihn herniedersausenden Zeitung aus. Deswegen konnte er sich aber noch lange nicht in Sicherheit wähnen, denn wie er davonflog, setzte ihm der Mann nach und schlug fortwährend mit der Zeitung nach ihm, und wenn er nicht im Zickzack geflogen wäre, dann hätte ihn der Mann womöglich getroffen. Seine akrobatischen Flugkünste konnten ihn aber auch nicht vollends in Sicherheit bringen, da der Mann trotz vieler vergeblicher Versuche, ihn zu erwischen, seine Jagd fortsetzte und auf ihn auch nicht den Eindruck machte, als ob er seine Jagd so bald abblasen würde. Da er aber nicht den ganzen Abend lang der Gefahr ausgesetzt sein wollte, von einem der Schläge, die der Mann ihm zudachte, getroffen zu werden, sondern sich so schnell wie möglich in Sicherheit bringen wollte, flog er schließlich blitzschnell hinter den Mann. Als der dann herumfuhr, flog er wieder hinter ihn, und so ging es dann fort, bis der Mann am Ende seiner Kräfte war und sich an den Tisch setzte, um sich auszuruhen. Nachdem der Mann damit aufgehört hatte, meinem Begleiter nachzujagen, brachte sich jener vollends in Sicherheit, indem er wieder auf den Küchenschrank flog. Von dort aus blickte er mit seinen großen Fliegenaugen unverwandt auf das Goldstück und sagte dabei in Gedanken einen Zauberspruch auf, woraufhin das Goldstück hell ergleißte und den Blick des Mannes auf sich zog. Als der Mann dann gebannt auf das glitzernde Goldstück blickte und zu keiner Bewegung mehr fähig war, ließ mein Begleiter mit Hilfe eines weiteren Zauberspruches und seiner Willenskraft die Goldmünze in die Höhe steigen. Diese befand sich gerade in Augenhöhe des Mannes, als die Tür aufging und die Frau in die Küche kam. Als mein Begleiter die Frau gewahrte, wusste er, dass es überhaupt keinen Sinn mehr hatte, die Goldmünze zum Fenster hinausfliegen zu lassen, denn dann hätte sie es ja mit ihren eigenen Augen gesehen, so dass es auch keine Auseinandersetzung mit Schimpfreden auf ihn gegeben hätte. So hörte er denn augenblicklich auf zu zaubern, und da er nichts mehr ausrichten konnte, hätte er eigentlich davonfliegen können. Da er aber gerne wissen wollte, wie sich die Eheleute auf ihr seltsames Erlebnis mit der fliegenden Münze verhalten würden, blieb er noch auf dem Küchenschrank sitzen, um von dort aus alles zu verfolgen. So sah er dann, wie die Goldmünze wieder auf die Tischplatte herabfiel, der Mann, der sich nun wieder rühren konnte, fassungslos auf die Münze starrte und die Frau mit raschen Schritten zum Tisch kam, die Münze in die Hand nahm, sie staunend betrachtete, und hörte sie dann zu ihrem Mann sagen, dass sie diese überaus sonderbare Münze sogleich am nächsten Tag in der Bank umtauschen wolle, um sie so schnell wie möglich aus dem Haus zu haben. Nachdem er dies gesehen und gehört hatte, fand mein Begleiter, dass es an der Zeit war, zu verschwinden, und so flog er durch das Fenster hinaus in die Nacht.

Es hat mir natürlich gar nicht gefallen, dass es ihm nicht gelungen ist, unser Vorhaben in die Tat umzusetzen. Ich hab ihm aber keine Vorwürfe deswegen gemacht, denn ebenso wie er habe auch ich Schuld daran gehabt, dass unser Unternehmen gescheitert ist. Beide haben wir einen schwerwiegenden Fehler gemacht. Ich, indem ich es mir mit der Frau verdorben habe und sie deshalb nicht mehr dazu bewegen konnte, sich noch länger mit mir abzugeben, und er, indem er sich frech auf die Goldmünze gesetzt hat, weil er dadurch den Mann dazu gebracht hat, Jagd auf ihn zu machen und ihm dadurch wertvolle Zeit verloren gegangen ist.

Aber nicht, dass du glaubst, dass mir das öfters passiert, dass mir ein Fehler unterläuft, wenn ich damit beschäftigt bin, einen Menschen zu einer bösen Tat zu verleiten. Wenn es mir tatsächlich mal passiert, dann nur deswegen, weil mich Leichtsinn zu Unachtsamkeit verleitet. An der Planung liegt es jedenfalls nicht, denn wenn ich vorhabe, einen Menschen dazu zu bringen, eine böse Tat zu begehen, dann überlege ich mir ganz genau, wie ich mein Vorhaben in die Tat umsetzen kann. Das werde ich auch tun, bevor ich daran gehe, deine Nachbarn zu einer bösen Tat zu verleiten.

Hier herinnen kann ich das aber nicht, denn da hier Kräfte des Guten wirken, müsste ich mich hier schon arg zusammennehmen, um überhaupt einen klaren Gedanken fassen zu können. Deshalb werde ich jetzt heimfliegen und mir in aller Ruhe überlegen, wie ich es anstelle, dass deine Nachbarn eine böse Tat begehen, und da es nicht allzu lange dauern wird, bis ich mir einen Plan zurechtgelegt habe, wie herinnen die Kräfte des Guten so bald wie möglich verschwinden, werde ich heute Nacht noch darangehen, in den Häusern deiner Nachbarn alles in die Wege zu leiten, damit sie eine böse Tat begehen. Ich werde also heute Nacht wieder zu diesem Haus herfliegen, und da ich nur dann auf dem schnellsten Weg herfinden kann, wenn der Stein im Ofen liegt, musst du ihn im Ofen lassen. Das Ofentürchen kannst du aber zumachen, wenn wir verschwunden sind, denn zu dir kommen wir heute Nacht nicht mehr. Zu dir kommen wir morgen Abend wieder, denn bis dahin haben deine Nachbarn eine böse Tat begangen, so dass von den Kräften des Guten nichts mehr zu spüren ist und wir deshalb ungestört unsere Zauberkunst ausüben können. Du musst also morgen Abend wieder den Stein in den Ofen legen und das Ofentürchen offen lassen.

Weiter habe ich dir in Bezug auf unser morgiges Treffen nichts zu sagen. Also werde ich jetzt zusammen mit meinen Gefährten heimfliegen. Die beiden Säcke nehmen wir aber nicht mit. Die lassen wir gleich hier. Schließlich brauchen wir ihren Inhalt ja morgen Abend. Also dann bis morgen Abend«, sagte er zu ihr. Dann wandte er sich ab und flog als graurote Staubwolke durch den Ofen davon und seine beiden Gefährten verwandelten sich ebenfalls in eine graurote Staubwolke und folgten ihm nach.

Mitten in der Nacht kam der Oberkobold zum Haus des Kräuterweibes geflogen, blieb einen Moment lang über dem Kamin in der Luft stehen und flog dann weiter zum Kamin des Hauses, in dem das Ehepaar wohnte. Nachdem er auf dem Laufbrett neben dem Kamin aufgesetzt hatte, holte er aus seiner Jackentasche ein Leinensäckchen hervor, öffnete es, hauchte die getrockneten Arnikablüten an, die sich darin befanden, murmelte einen Zauberspruch, schüttete die Arnikablüten den Kamin hinab und steckte das leere Leinensäckchen wieder ein.

Alsdann flog er zum Kamin des Hauses, in dem der Lumpensammler mit seinem Dackel wohnte, setzte auf dem Laufbrett auf, holte aus seiner anderen Jackentasche ein weiteres Leinensäckchen hervor und verfuhr mit den sich darin befindlichen Samenkörnern auf die gleiche Weise wie mit den Arnikablüten, die sich in dem anderen Säckchen befunden hatten. Nachdem er das leere Säckchen wieder weggesteckt hatte, flog er empor zu einer Wolke, die den unteren Teil des Vollmondes verdeckte. Dort nahm er seinen Hut vom Kopf, fuhr mit ihm durch die Wolke, flog mit dem darin eingefangenen Regenwasser zum Kamin zurück und goss es hinunter. Sodann setzte er seinen Hut wieder auf und flog heimwärts.

Währenddessen schwebte das Wasser als riesiger Tropfen den Kamin hinab und durch das Ofenrohr hindurch, rann durch den Rost und ergoss sich über die sich in der Asche befindlichen Samenkörner, die zuvor denselben Weg zurückgelegt hatten. Kaum hatte das Wasser die Samenkörner berührt, wuchsen aus jenen in der Geschwindigkeit eines Bächleins, das durch die Flur dahinzieht, Ranken mit kleinen handförmigen Blättern empor, die sich weiter auf das Ofentürchen zubewegten, und da sich jenes öffnete, als sie es berührten, wuchsen sie aus dem Ofen heraus. Am Fußboden angelangt, krochen sie dann, locker ineinander zu einem Strang verschlungen, zu einem unweit des Ofens stehenden Korb, in dem der Dackel in seligem Schlummer lag, und wuchsen an jener Seite des Korbes, wo sich der Kopf des schlafenden Dackels befand, in die Höhe. Als sie am Rand des Korbes angelangt waren, wölbten sie sich in einem runden Bogen über den Korb und bewegten sich, nachdem sie die gegenüberliegende Seite erreicht hatten, zum schlafenden Dackel hin. Kaum hatten sie den Hund berührt, fingen sie an, ihn zu kratzen und zu kraulen und hörten nicht eher auf, bis er vom Schlaf erwacht war.

Der Dackel hob seinen Kopf und blickte verwundert auf das Rankengewinde über ihm, das er deutlich sehen konnte, weil von draußen das Licht einer Straßenlaterne in die Küche fiel, und da er sich das, was da über seinem Korb hing, von vorn betrachten wollte, stand er auf, sprang hinaus und setzte sich vor dem Korb auf seine Hinterbeine. Kaum aber hatte er sich der Girlande zugewandt, die da seinen Korb aufs Schönste verzierte, um sie in aller Muße zu betrachten, wandte er sich auch schon wieder ab. Ihm war nämlich, kaum dass er sich niedergesetzt hatte, der verlockende Duft des Schinkens in die Nase gestiegen, den sein Herrchen auf dem Tisch hatte liegen lassen. So blickte er nun sehnsuchtsvoll in die Richtung, wo der Schinken auf dem Tisch lag, und fuhr sich dabei fortwährend mit der Zunge über das Maul, und wenn auch der Schinken hoch über ihm auf dem Tisch lag und somit unerreichbar für ihn war, so glaubte er dennoch, dass es eine Möglichkeit geben könnte, seiner habhaft zu werden. So sann er denn hin und her, kam aber zu keinem Schluss, und so wandte er sich ärgerlich knurrend wieder seinem mit der Girlande verzierten Korb zu. Wie erstaunt war er, als er längliche, krumme Früchte von der Girlande herabhängen sah, die während der Zeit, wo er vom Schinken abgelenkt war, herangereift waren. Nachdem er die Früchte eine Weile staunend betrachtet hatte, kam ihm auf einmal der Gedanke, dass er, wenn er mit den Früchten vorlieb nehmen würde, immer noch besser dran sein würde, als wenn er zu gar nichts kommen und nur dem Schinken nachweinen würde, und so ging er zu seinem Korb und schnappte sich eine von den Früchten. Kaum aber hatte er die Frucht zerkaut und hinuntergeschluckt, merkte er zu seiner Verwunderung, dass er stetig in die Höhe wuchs. Immer höher wuchs er, bis er schließlich als großer Hund mit langen Beinen über die Tischplatte hinausragte, wodurch sich ihm die Gelegenheit bot, doch noch den Schinken zu erlangen. Diese Gelegenheit wollte er auch nicht ungenutzt verstreichen lassen, und so ging er sogleich zum Schinken hin und machte sich darüber her. Er hörte nicht eher auf zu fressen, bis von dem Schinken nur mehr der blanke Knochen übrig war, und da er nach dem Genuss der überaus schmackhaften Mahlzeit vollkommen zufriedengestellt war und nichts mehr bedurfte, gedachte er sich wieder zum Schlafen niederzulegen. Kaum aber hatte er sich vom Tisch abgewandt, merkte er zu seiner Verwunderung, dass er wieder kleiner wurde. Unablässig ging es dem Fußboden entgegen, bis er schließlich wieder als kurzbeiniger Dackel dastand und nun, da der Schinken bereits in seinem Bauch war, überhaupt keinen Grund hatte, traurig darüber zu sein, dass er kein großer Hund mehr war, und so ging er zu seiner Schlafstätte und legte sich hinein.

Er hatte kaum die Augen zugemacht, als sich die Ranken über ihm wieder in den Aschenkasten des Ofens zurückzogen, wo sie wieder zu Samenkörnern wurden.

Unterdessen flogen im Haus des Ehepaares die Arnikablüten den Kamin hinab, durch das Ofenrohr hindurch und zum Ofentürchen hin, und da jenes sich auftat, als sie es berührten, flogen sie aus dem Ofen heraus und zum Fußboden hinunter. Als sie dort angekommen waren, krabbelten sie, ihre Blütenblätter als Beine benutzend, wie Spinnen behände zum Abstellraum hin, dessen Tür sich sogleich öffnete, als sie sie berührten. Nachdem sie sich hineinbegeben hatten, flogen sie zum Fach eines Regales hinauf, in dem sich ein Stapel Weidenkörbe befand, verteilten sich rund um den untersten Korb, hoben den Stapel wie mit Händen, an denen sich mehrere Finger befanden, etwas in die Höhe und flogen mit ihm zum Fußboden hernieder, wo sie ihn sanft niedersetzten. Alsdann lösten sie wie mit flinken Fingern das Flechtwerk der Weidenkörbe. Als sie alle Körbe aufgeflochten hatten, bogen sie die Weidengerten gerade, packten sie, flogen mit ihnen hinauf zu einem Fach des Regals, in dem lauter Weidengerten lagen, und legten sie zu den anderen Weidengerten. Nachdem dies getan war, flogen sie zum Fußboden hernieder, krabbelten aus dem Abstellraum und weiter bis zum Ofen, flogen in den Aschenkasten und gruben sich in die Asche ein.

In den frühen Morgenstunden des darauf folgenden Tages kam die Nachbarin des Kräuterweibes in die Küche und sagte zu ihrem Mann, der gerade dabei war, den Frühstückstisch zu decken: »Was hast du denn gestern den ganzen Nachmittag getan?«

»Nun, nach dem Mittagessen habe ich zunächst einmal das Geschirr abgespült und dann habe ich den ganzen Nachmittag Körbe geflochten«, versetzte er, ohne von seiner Arbeit aufzusehen.

»Und die Körbe, die du geflochten hast, hast du natürlich ins Regal gestellt«, sagte sie darauf.

»Freilich«, sagte er in ruhigem Tone, während er die Zuckerdose auf den Tisch stellte.

»Wie kommt es dann, dass jetzt nicht mehr Körbe im Regal stehen wie gestern Mittag, nachdem ich diejenigen herausgenommen habe, die für den Haushaltswarenladen der Frau Zitterbart bestimmt waren? Ich werde es dir sagen. Du hast gestern Nachmittag keinen einzigen Korb geflochten«, sagte sie bissig.

Bei diesen Worten wandte er sich ihr zu und blickte sie verständnislos an. »Ich habe …«, fing er an, um sich zu verteidigen. Weiter kam er nicht, denn sie ließ sich in ihrem Redeschwall nicht unterbrechen.

»Du hast dir wohl gedacht, dass ich mir nicht merke, wie viele Körbe noch da sind, wenn ich welche weggenommen habe, und es mir daher auch nicht auffällt, wenn am nächsten Tag keine weiteren Körbe dazugekommen sind. Da hast du dich aber getäuscht, denn wie du siehst, habe ich herausgekriegt, dass du seit gestern Mittag keinen einzigen Korb ins Regal gestellt hast, und wenn es dir jemals wieder einmal einfallen sollte, den ganzen Tag keinen Finger zu rühren, dann werde ich es wieder herausbekommen. Du tust also gut daran, wenn du jeden Nachmittag fleißig deine Körbe flichst. Das wäre ja noch schöner! Ich sollte mich den lieben langen Tag für dich abrackern, während du dich derweilen auf die faule Haut legen würdest. Nein, so geht das nicht! Wenn ich den ganzen Tag arbeite, dann hast du gefälligst auch den ganzen Tag zu arbeiten«, sagte sie ärgerlich.

»Du tust mir unrecht, wenn du mir vorwirfst, dass ich gestern Nachmittag keine Körbe geflochten habe. Das Gegenteil ist nämlich der Fall. Komm nur mit in den Abstellraum, dann zeige ich dir den Stapel Körbe, den ich gestern Abend ins Regal gestellt habe«, sagte er darauf und ging zum Abstellraum und sie folgte ihm auf dem Fuße.

Im Abstellraum stand er dann vorm Regal und blickte verwundert zu der Stelle hin, wo er die Körbe hingestellt hatte.

»Ja, gibt's denn das? Da habe ich gestern Abend einen Stapel Körbe hingestellt und jetzt ist er auf einmal nicht mehr da«, rief er erstaunt aus und deutete dabei mit der Hand zu besagter Stelle.

Eine Weile stand er da und sann, sich mit der Hand am Kinn fassend, darüber nach, wo der Korbstapel hingekommen sein könnte, und da er dabei unwillkürlich seine Blicke im Regal umherwandern ließ, fiel ihm schließlich auf, dass in einem Fach viel mehr Weidengerten lagen, als eigentlich darin liegen sollten.

»Ja was ist denn das? Da sind ja auf einmal viel mehr Weidengerten drin, als gestern Abend noch drin waren«, sagte er verwundert.

Er nahm einige Weidengerten aus dem Fach heraus und nahm sie in Augenschein. Dabei stellte er fest, dass sie nicht gerade, sondern wellenförmig gebogen waren, und da dies seiner Meinung nach nichts anderes bedeuten konnte, als dass er die Weidengerten schon mal zu Körben verflochten hatte und diese Körbe von seiner Frau wieder aufgeflochten worden waren, wandte er sich ihr mit finsterer Miene zu.

»Jetzt weiß ich, was da gespielt wird. Du hast die Körbe, die ich gestern Nachmittag geflochten habe, heimlich wieder aufgeflochten. Dadurch wolltest du dir beweisen, dass du mich in der Hand hast und mit mir machen kannst, was du willst. Wenn ich nämlich nicht darauf beharrt hätte, dass ich Körbe geflochten habe, sondern um des lieben Friedens willen deine Anschuldigung bestätigt hätte, dann hättest du das als Eingeständnis gewertet, dass ich mich dir, nur weil du mehr Geld verdienst als ich, unterlegen fühle und es deshalb nicht wage, dir zu widersprechen«, stieß er ärgerlich hervor.

Böse funkelte er sie an und biss vor Ingrimm die Zähne zusammen, während sie wie vom Donner gerührt dastand und ihn entgeistert anstarrte.

»Da täuschst du dich aber gewaltig, wenn du glaubst, dass ich mich dir unterlegen fühlen müsste, weil du mehr Geld ranschaffst als ich«, fuhr er in schärferem Tone fort. »Schließlich schmeiße ich den ganzen Haushalt und das wiegt das bisschen Geld, das du mehr verdienst als ich, allemal auf. So weit sind wir noch lange nicht, dass du im Haus das Kommando führst. Ich bin der Herr im Haus und werde es auch weiterhin bleiben, und du hast dich gefälligst danach zu richten!«

Bei den letzten Worten zuckte seine rechte Hand, in der er die Weidengerten hielt, dreimal kurz nach vorne, so dass die Gerten sie leicht am Oberarm trafen. Als er dann geendigt hatte, holte er mit der Rechten weit aus, um einen festen Schlag gegen sie auszuführen.

»Nein! Nicht! Ich habe die Körbe doch gar nicht aufgeflochten«, schrie sie in maßlosem Entsetzen auf, indem sie ihre Arme hochriss und abwehrend vor ihr Gesicht hielt.

Er stutzte und verharrte in seiner Haltung.

»Nie im Leben käme ich auf die hirnrissige Idee«, schrie sie weiter, »mir die langwierige und mühsame Arbeit aufzubürden, einen ganzen Stapel Körbe aufzuflechten!«

»Hm, wird wohl stimmen, was du sagst«, brummte er, indem er seine Rechte niedersinken ließ.

Da sie nun nicht mehr befürchten musste, von ihm geschlagen zu werden, nahm sie ihre Arme wieder herunter. »Wenn du's nur einsiehst«, sagte sie dann.

»Na, dann entschuldige ich mich bei dir dafür, dass ich gar so garstig zu dir war und mich beinahe dazu habe hinreißen lassen, dich zu schlagen«, sagte er, während er verlegen dreinschaute.

»Ich nehme deine Entschuldigung aber nur dann an, wenn du mir hoch und heilig versprichst, dass du in Zukunft erst denkst, bevor du mich anschreist«, erwiderte sie.

»Es fällt mir nicht weiter schwer, dir das zu versprechen, denn ich weiß ja jetzt, dass so manches ganz anders sein kann, als es einem auf den ersten Blick erscheint, und es daher vonnöten ist, genau darüber nachzudenken, wie es sich in Wirklichkeit damit verhält, und wenn ich vorhin meinen Kopf gebraucht hätte, anstatt gleich loszubrüllen, dann wäre ich wohl darauf gekommen, dass ein vernünftiger Mensch niemals auf die Idee kommen würde, einen Stapel Körbe aufzuflechten, und du daher die Körbe nicht aufgeflochten haben konntest. Allerdings wäre ich nicht darauf gekommen, wer die Körbe aufgeflochten haben könnte. Das ist mir auch weiterhin ein Rätsel. Oder weißt du das etwa?«, fragte er.

»Nein, ich weiß es auch nicht. Ich weiß nur, dass die Geschichte mit den aufgeflochtenen Körben genauso merkwürdig ist wie die Geschichte mit dem fliegenden Goldstück, und wenn wir uns im Augenblick auch noch keinen Reim darauf machen können, wie es dazu gekommen ist, dass die Körbe aufgeflochten sind, so werden wir schon noch eine Erklärung dafür finden, wenn wir uns ausführlich mit der Frage, wie es vor sich gegangen sein könnte, auseinandersetzen. Als wir das Erlebnis mit dem fliegenden Goldstück gehabt haben, haben wir doch zunächst auch keine Erklärung dafür gehabt. Aber dann sind wir darauf gekommen, dass der feine Herr, der mir die Brotkörbe abgekauft hat, aller Wahrscheinlichkeit nach ein Zauberer ist, der den Leuten Waren abkauft, um das Geld, das er dafür bezahlt hat, wieder zu sich zurückfliegen zu lassen, und somit ganz umsonst zu den Waren gekommen ist.

Was nun die Geschichte mit den aufgeflochtenen Körben betrifft, so könnte es doch durchaus sein, dass diejenige Person, die die Weidengerten geschnitten hat, beim Schneiden der Gerten keinerlei Rücksicht auf den Baum genommen und ihm Verletzungen zugefügt hat, und dass ihm diese eine Fee, die in dem Baum wohnt, übel genommen und sich für sein rücksichtsloses Verhalten gerächt hat, indem sie die Weidengerten verzauberte, und zwar dergestalt, dass sich die Körbe, die mit den Weidengerten geflochten wurden, über Nacht von selbst wieder aufflechten«, versetzte sie.

»Ja, das könnte so sein, denn wenn ein Zauberer mit seiner Zauberkraft ein Goldstück zum Fliegen bringen kann, dann kann wohl auch eine Fee mit ihrer Zauberkraft bewirken, dass sich Körbe von allein aufflechten. Das ist wirklich gut, was dir da eingefallen ist! Das muss ich schon sagen!

Da wir uns nun nicht mehr länger den Kopf darüber zerbrechen brauchen, wer die Körbe aufgeflochten haben könnte, können wir ja wieder hinübergehen und in aller Ruhe frühstücken«, sagte er lächelnd. Dann verließ er den Abstellraum und ging in die Küche und sie folgte ihm.

Indessen schlurfte der Lumpensammler, alles, was ihm vor die Augen kam, schlafmützig anblickend, in seine Küche. Sein müder Blick wurde aber im Nu um einiges lebhafter, als er den blanken Schinkenknochen auf dem Tisch liegen sah, denn da riss er vor Überraschung weit die Augen auf. Im nächsten Augenblick blickte er grimmig zu seinem Dackel hin, der friedlich in seinem Korb schlummerte, denn es stand für ihn zweifelsfrei fest, dass er, nachdem er es irgendwie fertiggebracht hatte, auf den Tisch zu gelangen, den Schinken aufgefressen hatte. Dann nahm er den Knochen und ging zu seinem Dackel, in der Absicht, ihm zur Strafe dafür, dass er ihm seinen Schinken weggefressen hatte, mit dem Knochen das Fell zu gerben.

Finster blickte er zu ihm hinab und trat dann, vor Wut

die Zähne zusammenbeißend, mit dem Fuß gegen den Korb, worauf der Dackel jaulend aus dem Schlaf hochschreckte und erschrocken zu seinem Herrchen hochblickte. Und da das grimmige Gesicht und der Knochen in der erhobenen Rechten nichts Gutes für ihn verhieß, sprang er spornstreichs aus seinem Korb und rannte auf den Tisch zu. Sogleich wirbelte der Lumpensammler herum und führte einen Schlag gegen ihn aus. Der Dackel war aber so geschwind, dass er ihn nicht traf, so dass der Knochen krachend auf dem Fußboden aufschlug. Im nächsten Moment rannte der Dackel unter den Tisch, so dass der Lumpensammler keinen zweiten Schlag mehr gegen ihn ausführen konnte. Nachdem der Dackel den Tisch durchquert hatte, blieb er stehen, drehte sich um und beobachtete aufmerksam die Beine seines Herrchens, die sich langsam um den Tisch herum bewegten. Als sie sich dann auf das Tischbein, das sich rechts von ihm befand, zubewegten und ihm bedrohlich nahe kamen, rannte er wieder auf die andere Seite des Tisches. Dadurch brachte er sich aber keineswegs in Sicherheit, denn als er auf der gegenüberliegenden Seite des Tisches anlangte, langte auch der Lumpensammler dort an. So ging es eine Weile im Kreis herum und wieder zurück, bis der Dackel kurz entschlossen auf sein Herrchen zustürmte und ihm durch die Beine schlüpfte. Sogleich fuhr der Lumpensammler herum und jagte dem Dackel hinterher, der in die Schlafkammer rannte und unter dem Bett Zuflucht suchte. Als er bei seinem Bett anlangte, warf er sich sogleich auf den Fußboden und schlug mit dem Knochen nach dem Dackel. Seine Schläge gingen aber ins Leere, da selbst mit weit ausgestrecktem Arm der Knochen in seiner Hand den Dackel nicht erreichen konnte. Zornig schleuderte er den Knochen nach dem Hund, der, an der Flanke getroffen, vor Schmerz aufheulte. Dann stand er auf und ging in die Küche.

Während er sein Frühstück zubereitete, verflog nach und nach seine Wut. Als schließlich Ruhe in ihm einkehrte und er wieder einen klaren Gedanken fassen konnte, dachte er über das Geschehene nach. Dabei kam er zu dem Schluss, dass es unvernünftig wäre, weiterhin böse auf seinen Hund zu sein, denn schließlich mochte er ihn ja und wollte auch weiterhin mit ihm zusammenleben, und dass er eigentlich auch gar keinen Grund hatte, böse auf ihn zu sein, da er den Schinken ja auch vom Tisch hätte räumen können, und Hunde es nun mal so an sich hatten, etwas verführerisch Duftendes vom Tisch zu schnappen.

Da nun wieder alles im Lot war, befand er sich in bester Laune, als er sich an den Tisch setzte, um sein Frühstück einzunehmen. Er strich sich gerade Marmelade aufs Brot, als auf einmal aus der Schlafkammer scharrende, knackende und krachende Geräusche an sein Ohr drangen. Augenblicklich hielt er inne und blickte fragend zur Schlafkammer hin. Im nächsten Moment fiel es ihm wie Schuppen von den Augen, dass sein Dackel den Knochen, den er nach ihm geworfen hatte, gerade genüsslich zernagte. Er lächelte, denn es freute ihn, dass sich sein geliebter Hund von dem Schrecken, den er ihm eingejagt hatte, so schnell wieder erholt hatte und sich nun wieder voller Freude den Genüssen des Lebens zuwandte.

Als sich am Abend die drei Kobolde beim Kräuterweib einfanden, wies der Oberkobold sogleich seine beiden Gefährten an, die beiden Säcke, die sie am Abend zuvor dagelassen hatten, neben den Tisch zu stellen, und fragte sie, ob ihnen das Tragen der Säcke eben so viel Mühe bereitet hätte wie beim letzten Mal. Als er von ihnen hörte, dass ihnen das Tragen der Säcke nicht weiter schwergefallen sei, sagte er, dies sei ein untrügliches Zeichen dafür, dass die Kräfte des Guten infolge böser Taten, die die Nachbarn des Kräuterweibes begangen hätten, aufgehört hätten zu wirken und sie deshalb nicht mehr daran hindern könnten, die Zauberkunst auszuüben. So gingen sie denn daran, dem Kräuterweib die Zauberkunst zu lehren. Bis spät in die Nacht hinein zeigten sie der alten Frau, wie man Zaubertränke und Elixiere braute, Salben mischte und

Fetische fertigte, und erklärten ihr, wie man dabei vorzugehen hatte und was man dabei alles beachten musste, und die alte Frau schrieb alles, was ihr die Kobolde zeigten und erklärten, haarklein auf.

Als der Bürgermeister, seinen Weg zum Kräuterweib verfolgend, am Wirtshaus »Zum roten Ochsen« vorübergegangen war und sich nun dem finsteren Durchgang näherte, der durch ein Haus hindurch führte und an dessen Ende ein Weg hinunter zum Mühlbachgrund ging, überkam ihn ein beklemmendes Gefühl, denn er war sich im Klaren darüber, dass in den Häusern im Mühlbachgrund Leute wohnten, die höchst unzufrieden mit ihren Einkünften waren und deshalb dazu neigten, ihre Wut über ihr trauriges Los an anderen auszulassen, und sich sogar vor einem Verbrechen nicht scheuten. Diesen Leuten konnte er begegnen, wenn er durch die Gassen des Mühlbachgrundes ging. Dennoch schritt er weiter auf den finsteren Durchgang zu, denn da er unbedingt das Kräuterweib aufsuchen musste, um von ihm das Muttermal vom Rücken des Kindes entfernen zu lassen, war er gewillt, allen Unannehmlichkeiten zu trotzen, die ihm auf seinem Weg durch den Mühlbachgrund begegnen würden.

Als er bei dem finsteren Durchgang angelangt war, ging er beherzt hindurch und dann mit festen Schritten den leicht abschüssigen Weg zum Mühlbach hinunter und über eine Brücke zum anderen Ufer hinüber. Dort wandte er sich nach rechts und ging einen am Ufer entlang laufenden Fußweg entlang. Als er sich dem Steg näherte, der an jener Stelle über den Mühlbach führte, wo am anderen Ufer das Haus des Kräuterweibes stand, sah er weiter vorn eine Frauengestalt auf sich zukommen. Als er dann beim Steg angelangt war und die Frau nur mehr wenige Schritte von ihm entfernt war, konnte er im Schein einer Straßenlaterne deutlich ihr Gesicht und ihr graues, hinten zu einem Knoten verschlungenes Haar erkennen, und sogleich wusste er, dass sie niemand anderes als das Kräuterweib sein konnte.

»Einen schönen, guten Abend wünsche ich Ihnen! Habe ich ein Glück, dass Sie gerade in dem Moment nach Hause kommen, wo ich hier eintreffe. Ich würde gern Ihre Dienste in Anspruch nehmen«, sagte er mit einem freundlichen Lächeln zu der alten Frau.

Sie erwiderte sein Lächeln. »Na, dann kommen Sie mal mit, Herr Bürgermeister! Es ist mir eine Ehre, der wichtigsten Person unserer Stadt zu Diensten sein zu können.«

Dann ging sie über den Steg und zu ihrem Haus und der Bürgermeister folgte ihr.

Nachdem sie im Haus Licht gemacht hatte, wandte sie sich dem Bürgermeister zu, der hinter ihr die Haustür geschlossen hatte, und sagte zu ihm: »Kommen Sie! Gehen wir nach oben in meinen Arbeitsraum.«

Sie stiegen die Treppe hinauf. Als sie oben angelangt waren, ging die alte Frau in ihren Arbeitsraum und stellte sich neben einen Tisch, der sich mitten im Raum befand.

Nachdem der Bürgermeister den Raum betreten und die Tür zugemacht hatte, dünkte es ihm, als wenn jemand hinter ihm stehen und Respekt gebietend auf ihn herabsehen würde. Er hielt es aber für vollkommen ausgeschlossen, dass sich jemand hinter ihm befand, da sich seiner Meinung nach niemand anders als er und die alte Frau im Haus befinden konnte. Um sich dessen zu vergewissern, drehte er sich um, um im nächsten Augenblick einen ausgestopften Schwarzspecht zu erblicken, der mit erhobenem Kopf auf einem Schrank stand.

Eine Weile blickte er ehrfurchtsvoll zu dem ausgestopften Vogel hinauf. Dann wandte er sich der alten Frau zu und sagte, indem er sie fragend anblickte: »Das ist vielleicht ein seltsamer Vogel, den Sie da oben auf dem Schrank stehen haben. Bringt der einen doch tatsächlich dazu, dass man respektvoll zu ihm aufsieht. Haben Sie den etwa mit einem Zauber belegt? Normalerweise kann ein ausgestopfter Vogel das ja nicht.«

»Aber nein«, erwiderte sie. »Die Fähigkeit, andere Lebewesen dazu zu bringen, dass sie Respekt vor ihm haben, verdankt er dem Umstand, dass dereinst in einiger Entfernung von dem Platz, wo sich gerade seine Eltern aufhielten, eine Feuerkugel vom Himmel zur Erde herabfiel. Das hatte nämlich zur Folge, dass er aus demjenigen Ei schlüpfte, das seine Mutter als Erstes gelegt hatte, und zu einem besonders prächtigen Schwarzspecht heranwuchs, der seine Geschwister und alle anderen seiner Art an Klugheit, Stärke, Mut, Gewandtheit und Schönheit übertraf. Das brachte es mit sich, dass er über ein hohes Maß an Selbstbewusstsein verfügte, was er durch eine stolze, aufrechte Haltung zum Ausdruck brachte, mit dem Erfolg, dass alle Lebewesen, die ihn zu Gesicht bekamen, niemals gewagt hätten, ihm oder einem seiner Angehörigen etwas anzutun.

Nun werden Sie sich sicher fragen, wie ich ihn habe fangen können, denn eigentlich hätte ich doch ebenso wie alle anderen Lebewesen Respekt vor ihm haben müssen und mich dieser Respekt davon abhalten müssen, ihm etwas anzutun. Na, dann will ich es Ihnen mal erzählen. Also zunächst einmal bin ich mit einem Strauß getrockneter Kräuter, mit deren Hilfe man die stärksten Gegner besiegen kann, zu einem Platz gegangen, wo im vorhergehenden Jahr eine Feuerkugel vom Himmel herabgefallen ist. Dort habe ich nach Steinen gesucht, die von der Feuerkugel stammten, indem ich über all die gleich aussehenden Steine den Kräuterstrauß gehalten habe, wodurch jene, die vom Meteoriten stammten, in mehrere Teile zerbarsten, während jene, die schon immer dort herumlagen, heil blieben. Nachdem ich einige Meteoritensteine aufgesammelt hatte, begab ich mich zu einer kleinen Lichtung im Wald und legte die Steine in der Form eines Kreises auf den mit Lärchennadeln übersäten Waldboden. Sodann versteckte ich mich im Lärchendickicht und wartete darauf, dass sich eines jener seltenen Tiere, die am Ort einer herabfallenden Feuerkugel geboren waren, in den Kreis begeben würde. Es dauerte auch gar nicht lange, bis ein Schwarzspecht geflogen kam und sich im Kreis niederließ, und da er es dem Meteoriten zu verdanken hatte, dass alle Tiere und Menschen Respekt vor ihm hatten, und daher in enger Verbundenheit mit den Steinen stand, die vom Meteoriten stammten, wollte er für immer in dem Kreis verbleiben. Nichts und niemand hätte ihn dazu bewegen können, ihn zu verlassen, und so flog er auch nicht davon, als ich aus meinem Versteck hervortrat. Als ich dann bei ihm angekommen war, warf ich den Kräuterstrauß in den Kreis, und da der Schwarzspecht den Kräften, die die Kräuter ausstrahlten, nicht gewachsen war, fiel er auf der Stelle tot um. Zu Hause habe ich ihn dann ausgestopft und auf den Schrank gestellt. Und wie schon zu seinen Lebzeiten, wo es niemand gewagt hätte, einem seiner Angehörigen etwas anzutun, habe auch ich als seine Besitzerin von niemandem mehr etwas zu befürchten.«

»Ja glauben Sie denn allen Ernstes, einer von denen, die Sie aufsuchen, würde Ihnen ohne den Schutz des Vogels etwas antun? Alle sind Ihnen doch unendlich dankbar, wenn sie von Ihnen ein hilfreiches Mittel erhalten, und weit entfernt davon, etwas gegen Sie im Schilde zu führen«, sagte der Bürgermeister verwundert.

»Das weiß ich genauso gut wie Sie, dass ich von jenen Leuten, die Hilfe von mir erhalten haben, nichts zu befürchten habe. Aber kann ich mir denn sicher sein, dass durchwegs solche Leute zu mir kommen, die sich Hilfe von mir erhoffen? Könnte es denn nicht auch sein, dass manch einer von denen, die zu mir kommen, herausfinden will, ob ich der Hexenkunst mächtig bin und allein deswegen ein Mittel, gegen was auch immer, von mir haben will? Wenn es so einem dann seltsam vorkommt, wie das Mittel wirkt, dann steht für ihn doch zweifelsfrei fest, dass ich die Hexenkunst ausübe, und das könnte böse Folgen für mich haben. Dann könnte ihm ja in den Sinn kommen, den Leuten zu erzählen, dass ich eine Hexe bin, und sie gegen mich aufzuwiegeln«, gab sie zurück.

»Da haben Sie allerdings recht«, nickte er nachdenklich.

»Dann brauchen wir ja kein weiteres Wort mehr über den Schwarzspecht zu verlieren und können zum Geschäft kommen. Was führt Sie also zu mir her?«

Der Bürgermeister stellte die Tasche auf den Tisch. »Das Kind in der Tasche da hat ein Muttermal zwischen den Schulterblättern. Ich möchte, dass Sie das entfernen.«

»Na, dann nehmen Sie mal das Kind heraus und halten es mir her, damit ich es ausziehen und mir das Muttermal anschauen kann.«

Er nahm das Kind behutsam aus der Tasche und hielt es ihr hin und sie machte sich daran, ihm das Jäckchen auszuziehen.

»Was ist denn das für ein verflixter Knoten? Der ist ja nicht aufzubringen«, stieß sie ärgerlich hervor, nachdem sie eine Weile vergeblich versucht hatte, das Band aufzumachen, mit dem das Jäckchen zugemacht war.

»Sie können das Band ruhig aufschneiden, wenn Sie den Knoten nicht aufbringen. Muss man halt ein neues hineinmachen«, sagte er darauf.

»Da wird mir wohl auch gar nichts anderes übrig bleiben«, knurrte sie.

Sie ging zu einem Regal, nahm eine Schere heraus und zerschnitt das Band am Jäckchen des Kindes. Nachdem sie das Jäckchen aufgemacht hatte, zerschnitt sie auch das Band vom Hemdchen darunter und machte es auf. Dann nahm sie das Pflaster vom Rücken des Kindes und beugte sich über das Muttermal.

»Das ist kein gewöhnliches Muttermal. Damit hat es eine besondere Bewandtnis. Das, was ich darüber zu sagen habe, lässt sich aber nicht mit ein paar Worten sagen, und da Sie das Kind nicht so lange halten könne, bis ich Ihnen alles über das Muttermal gesagt habe, sollten Sie es einstweilen wieder in die Tasche legen«, sagte sie, fortwährend auf das Muttermal blickend.

Er folgte ihrem Rat und legte das Kind wieder in die Tasche zurück. Dann wandte er sich ihr zu und blickte sie er-

147

wartungsvoll an.

»Also, zu dem Muttermal wäre Folgendes zu sagen«, begann sie zu reden. »Gleich wie ich es gesehen habe, war ich mir im Klaren darüber, dass es gar kein Muttermal ist, sondern ein Zeichen in Form einer Lilie. Dieses Zeichen hat aber nicht die Bedeutung, die das Zeichen der Lilie eigentlich hat. Die Lilie ist nämlich das Zeichen der Unschuld und der Reinheit und davon abgeleitet auch das Zeichen der Demut, der Bescheidenheit, der Friedfertigkeit und der Sanftmut. Allerdings nur dann, wenn sie weiß ist. Die Lilie auf dem Rücken des Kindes ist aber von dunkler Farbe, und wenn sie von dunkler Farbe ist, dann ist sie ein Zeichen des Eroberungsdrangs, der Machtgier und der Geltungssucht.

Das bedeutet für alle Menschen, die dieses Zeichen tragen, dass sie darauf versessen sind, einen hohen Rang unter den Menschen einzunehmen und darum gegen jeden, der auf dem Weg dahin höher im Rang steht als sie, in den Kampf treten, um ihn zu besiegen und sich über ihn zu erheben.

Man kann also davon ausgehen, dass es dieses Kind als erwachsener Mensch im Leben weit bringt.

Allerdings bringt es dieser Mensch nur dann weit im Leben, wenn man das Zeichen an seinem Platz lässt, denn allein das Zeichen vermag es, in diesem Menschen das Verlangen zu wecken, gegen andere Menschen zu kämpfen, um sich über sie zu erheben. Also würde man dem Kind die Möglichkeit nehmen, etwas zu werden, wenn man das Zeichen von seinem Rücken entfernen würde.

Allerdings würde es diesem Menschen überhaupt nichts ausmachen, dass er nichts werden kann, denn ohne das Zeichen würde er eine andere Gesinnung haben: Es würde ihm ganz und gar nicht gefallen, dass ein jeder Mensch darauf erpicht ist, als Sieger über anderen Menschen zu stehen, ohne auch nur im Mindesten daran zu denken, dass er sich das Leben erschwert und Leid und Unheil über sich und andere bringt, wenn er sich mit ihnen erbitterte Kämpfe liefert.

Ihm selbst würde es daher gar nicht einfallen, gegen andere Menschen zu kämpfen, sondern es würde mit ihnen in Frieden zusammenleben wollen. Allerdings würde er nicht von allen, die ihm begegnen, in Frieden gelassen werden, denn da es die Menschen für gewöhnlich so halten, dass sie mit den einen im Guten auskommen oder gar Freundschaft schließen wollen, sich mit den anderen aber im Wettkampf messen wollen, um sich zu beweisen, dass sie stärker sind als sie, würde er immer wieder von jemandem angegriffen werden. Und da er sich in seiner Friedfertigkeit gegen die Angreifer nicht zur Wehr setzen würde, würden ihn jene für einen Feigling und Schwächling halten und deswegen höhnisch auf ihn herabsehen.

Man würde also aus einem Menschen, der es im Leben weit bringen und von allen geachtet würde, einen Menschen machen, der es im Leben zu nichts bringen und von allen verachtet würde, wenn man das Zeichen vom Rücken des Kindes entfernte. Könnten Sie mit dieser Schuld leben? Daher frage ich Sie, ob Sie immer noch wollen, dass ich das tue.«

»Sie haben doch gesagt, dass es diesem Menschen überhaupt nichts ausmachen würde, dass er nichts würde und die anderen wegen seiner friedlichen Gesinnung auf ihn herabschauten. Er wäre überzeugt, das Richtige zu tun, wenn er jedem Kampf aus dem Weg ginge, und würde die Folgen tapfer ertragen. Dann würde man ihm ja gar kein Leid zufügen, wenn man das Zeichen von seinem Rücken entfernte. Leid würde man ihm damit nur dann zufügen, wenn es ihn schmerzte, dass er nichts ist und die anderen auf ihn herabschauen.

Also würde ich keine Schuld auf mich laden und mir wie ein schlechter Mensch vorkommen müssen. Und daher wüsste ich nicht, warum Sie nicht das Zeichen vom Rücken des Kindes entfernen sollten«, gab er zur Antwort.

»Gut, dann entferne ich es«, pflichtete sie ihm bei.

Sie wandte sich ab von ihm und ging zu einem Regal.

Nachdem sie aus einem Fach einen kleinen Spatel herausgenommen hatte, trat sie vor den neben dem Regal stehenden Schrank und nahm eine Dose heraus. Dann ging sie wieder zum Bürgermeister zurück.

»Na, dann nehmen Sie das Kind mal wieder aus der Tasche«, sagte sie. Sie stellte die Dose auf den Tisch, legte den Spatel daneben und öffnete sie.

Mittlerweile hatte der Bürgermeister das Kind aus der Tasche genommen und hielt es ihr nun hin und sie nahm mit dem Spatel etwas Salbe aus der Dose und bestrich damit das Zeichen auf dem Rücken des Kindes. Kaum hatte sie die Salbe aufgetragen, stieg von dem Zeichen eine dünne weiße Rauchsäule in die Höhe.

Höchst erstaunt von der starken Wirkung der Salbe verfolgte der Bürgermeister mit neugierigen Blicken, wie die Rauchsäule emporstieg, bis sie sich schließlich in der Luft verflüchtigte und er einen freien Blick auf die Haut des Kindes erhielt, auf der zu seiner Freude nichts mehr von dem Zeichen zu sehen war.

Nachdem er das Kind in die Tasche zurückgelegt hatte, wandte er sich mit strahlendem Gesicht um und sagte: »So eine Arbeit lob ich mir. Da reut mich das Geld nicht, das ich dafür zu bezahlen habe. Was habe ich denn eigentlich dafür zu bezahlen?« Sie nannte ihm die Summe und er holte seine Brieftasche hervor, nahm zwei Geldscheine heraus und langte sie ihr hin.

»Ich finde, Sie haben sich für Ihre Arbeit eine Prämie verdient. Sie können also alles behalten und brauchen nichts herauszugeben«, sagte er zufrieden.

Sie nahm die Geldscheine dankend entgegen, legte sie sorgfältig zusammen und steckte sie in ihre Jackentasche. Dann hob sie wieder ihren Blick und sagte lächelnd zu ihm: »Da wir nun unser Geschäft zum Abschluss gebracht haben, können wir ja wieder nach unten gehen.«

Sie ging zur Tür und er nahm die Tasche mit dem Kind

und folgte ihr. Nachdem sie unten angelangt waren, wandte er sich ihr zu und wünschte ihr eine gute Nacht und sie wünschte ihm dasselbe. Dann trat er hinaus in die Nacht.

Eiligen Schrittes verfolgte er seinen Weg, denn er wollte so schnell wie möglich aus dem Mühlbachgrund herauskommen, wo er ständig darauf gefasst sein musste, von irgendwelchen daherkommenden Kerlen angepöbelt oder überfallen und ausgeraubt zu werden. Als er dann, den Mühlbachgrund hinter sich lassend, aus dem finsteren Durchgang heraustrat, atmete er erleichtert auf und schlug eine langsamere Gangart ein.

Nachdem er am Waisenhaus angelangt und eingelassen worden war, ließ er sich zum Leiter des Waisenhauses bringen. Dem übergab er das Kind und entschuldigte sich bei ihm dafür, dass er ihn zu so später Stunde noch einen neuen Heimbewohner bringe. Es habe sich aber beim besten Willen nicht einrichten lassen, das Kind, das am Morgen vor seiner Haustür gelegen habe, eher zu ihm zu bringen. Weiter sagte er zu ihm, dass ihm beim Anblick des vor seiner Haustür liegenden Kindes in den Sinn gekommen sei, dass die Leute, die ihm das Kind vor die Haustür gelegt hätten, sich wohl gedacht haben müssen, es sei wohl das Beste, das Kind dem Bürgermeister vor die Tür zu legen, weil dieser auf alles, was in der Stadt geschehe, Einfluss nehmen und somit auch dafür sorgen könne, dass das Kind irgendwo unterkommen würde. Und da es zu den Aufgaben eines Bürgermeisters gehöre, Bürgern, die sich Hilfe suchend an ihn wendeten, seine Hilfe zuteil werden zu lassen, habe er es als Selbstverständlichkeit angesehen, sich des Kindes anzunehmen. Und so habe er sich Gedanken darüber gemacht, was er alles für das Kind tun könne. Dabei sei ihm so einiges eingefallen, unter anderem, dass er das Kind im Waisenhaus unterbringen könne. Da dies nun erledigt sei, wolle er nun das, was ihm sonst noch eingefallen sei, für das Kind tun, und das sei, es von seinem Geld taufen zu lassen und ihm dabei den Taufpaten zu machen.

Nachdem er dies gesagt hatte, nahm er aus seiner Brieftasche einige Geldscheine heraus und gab sie dem Leiter des Waisenhauses, indem er zu ihm sagte, dass er von dem Geld alles kaufen solle, was das Kind am allernötigsten hätte. Dann verabschiedete er sich und ging nach Hause.

Nach einiger Zeit wurde das Kind getauft, und da man sich darauf geeinigt hatte, dass es den selben Vornamen haben sollte wie sein Taufpate, der Bürgermeister, und jener Michael hieß, erhielt es den Namen Michael. Sein Taufpate hatte ihm aber nicht nur zu einem Vornamen verholfen. Auch zu einem Familiennamen hatte er ihm verholfen, indem er angesichts der Tatsache, dass es im Sommer vor seine Haustür gelegt worden war, den Vorschlag gemacht hatte, ihm den Familiennamen »Sommerkind« zu geben, und da niemand etwas dagegen einzuwenden gehabt hatte, blieb es dabei.

7. Kapitel

Als Michael im Waisenhaus heranwuchs, geschah es immer wieder, dass ihn andere Jungen anpöbelten oder aufzogen, was ihn eigentlich dazu hätte bringen müssen, es ihnen mit gleicher Münze zurückzuzahlen, um ihnen vor Augen zu führen, dass er sich von ihnen nichts gefallen lasse und bereit sei, um seine Ehre zu kämpfen. Da er aber seiner friedfertigen Wesensart gemäß der Ansicht war, dass Menschen, die miteinander im Streit lagen, nur Unheil über sich brachten, und deshalb davor zurückscheute, sich mit anderen Menschen herumzustreiten und herumzuschlagen, ließ er all ihre Neckereien, Sticheleien und Beschimpfungen geduldig über sich ergehen, mit dem Erfolg, dass sie verächtlich und höhnisch auf ihn herabblickten und ihn einen jämmerlichen Feigling und nichtswürdigen Schwächling hießen.

Dass sie es als Selbstverständlichkeit ansahen, dass jeder Mensch sich zur Wehr zu setzen pflegte, wenn er angegriffen wurde, und sich jedem Kampf, zu dem er aufgefordert wurde, zu stellen pflegte, weil sich nur ein Sieger als vollwertiger Mensch fühlen konnte, glaubten sie, dass er einfach nicht dazu imstande war, andere Menschen im Kampf zu besiegen, und sich deswegen minderwertig vorkommen müsse.

Doch da täuschten sie sich. Als minderwertiger Mensch hätte er sich nur dann gefühlt, wenn er sich auf einen Kampf mit jemanden eingelassen hätte. Da er sich aber unter gar keinen Umständen als minderwertiger Mensch fühlen wollte, weil er als solcher keine Achtung vor sich selbst hätte haben können, konnte er nicht anders, als ruhig zu verharren, wenn ihn ein anderer Junge angriff, und das Leid, das er ihm zufügte, hinzunehmen, statt ihn davon abzuhalten, ihm etwas anzutun. Das bedeutete aber nicht, dass er allerschlimmstes Leid über sich hätte ergehen lassen. Er war nämlich nur dazu bereit, solches Leid zu ertragen, das zu ertragen ihm nicht allzu schwerfiel. So war er bereit, Sticheleien, Spötteleien, Schmähungen, Kränkungen und Beschimpfungen zu ertragen. Aber auch so manche Ohrfeige, so manche Kopfnuss, so mancher Fausthieb, der weiter nichts als einen blauen Fleck hinterließ, und so manchen Schubser, der nichts weiter als einen Schmutzfleck auf der Hose zur Folge hatte, ertrug er geduldig.

Dass er frei darüber entscheiden konnte, ob er ein Leid ertragen wollte oder nicht, lag daran, dass es ihm möglich war, die anderen Waisenjungen von übleren Vorhaben abzubringen, indem er sie darauf aufmerksam machte, dass er für den Fall, dass sie ihm etwas antäten, zum Heimleiter gehen und das schlimme Folgen für sie haben würde, weil sie sich darauf gefasst machen müssten, für ihre Missetat hart bestraft oder gar in die Besserungsanstalt gesteckt zu werden, wo sie sich nach strengeren Regeln richten müssten als im Waisenhaus.

Dass er einem Angriff auf die Art begegnete, dass er das eine Leid hinnahm und das andere von sich abwandte, bedeutete aber nicht, dass er dachte, alle müssten so handeln wie er. Vielmehr dachte er, dass jene, die einem Angriff auf dieselbe Art begegneten wie er, richtig handelten und dass auch jene, die sich einem Angriff durch Kampf stellten, richtig handelten. Aber nicht nur, dass er denen, die sich zum Kampf stellten, wenn sie angegriffen wurden, Verständnis entgegenbrachte. Auch denen, die andere angriffen, um sie zu besiegen, brachte er Verständnis entgegen, denn er wusste, dass sie das tun mussten, um sich als vollwertige Menschen fühlen zu können. Da Kinder, die keine Eltern mehr hatten, schlechter gestellt waren als jene, die ihre Eltern noch hatten, und es ein Ding der Unmöglichkeit für sie war, jemals zu dieser höheren Stellung zu kommen, griffen sie andere Waisenkinder an, um sie zu besiegen, denn wenn sie als Waisenkinder schon weniger waren als Kinder, die ihre Eltern noch hatten, dann wollten sie wenigstens mehr sein als so manches andere Waisenkind.

Hätte er keinerlei Verständnis dafür aufbringen können, dass die Kinder sich gegenseitig bekämpfen, dann hätte er sie wohl verabscheut und nichts mit ihnen zu tun haben wollen. Da aber das Gegenteil der Fall war, war er ihnen gewogen, so dass er gern mit ihnen zusammen war und zu allen nett und freundlich. Und wenn er ein Waisenkind sah, das einsam und verloren dastand und mutlos den Kopf hängen ließ, weil es durch den Verlust seiner Eltern aus einer ihm wohlvertrauten Umgebung herausgerissen worden war und sich in eine ihm vollkommen fremde Umgebung so gar nicht eingewöhnen konnte, fand er, dass er ihm helfen müsse. So ging er denn zu ihm hin und fing eine Unterhaltung mit ihm an. Im Verlauf dieser Unterhaltung fand er dann heraus, welche Spiele es gerne spielte, und je nachdem, ob eines von diesen Spielen zu zweit zu spielen war oder nur zu mehreren, spielte er es mit ihm oder holte andere Kinder herbei. Dadurch führte er ihm vor Augen, dass es in einer neuen Umgebung, in der ihm alles fremd war, neue Freunde finden konnte, die zu ihm hielten, und ihm mit jedem neuen Freund seine neue Umgebung vertrauter würde, bis er sich schließlich in ihr genauso wohl fühlen würde wie in seiner alten Umgebung.

Aber nicht nur die anderen Kinder mochte er. Er mochte auch die Pflanzen und Tiere. Die Tiere waren ihm sogar noch lieber als die Menschen, weil sich Tiere einer Art nicht gegenseitig bekämpften, so wie es die Menschen taten, sondern, ob sie nun in Büffelherden, Hirschrudeln, Wildschweinrotten, Graureiherkolonien oder Ameisenstaaten miteinander lebten, fest zusammenhielten; denn wenn er auch Verständnis dafür hatte, dass sich die Menschen gegenseitig bekämpften, so wäre es ihm doch lieber gewesen, wenn sie in Frieden miteinander gelebt hätten.

Er mochte die Tiere aber nicht nur deswegen, weil Tiere einer Art fest zusammenhielten. Er mochte sie auch deswegen, weil sie trotz widriger Bedingungen, die in ihrem Lebensraum in unwirtlicher, gefahrvoller Wildnis herrschten, ihr Leben meisterten, indem sie voller Eifer und mit viel Geschick Wohnstätten für sich und die Ihren bauten, unermüdlich Nahrung für sich und die Ihren beschafften und sich feindlichen Tieren kühn und mutig entgegenstellten oder sich vermöge ihrer Schlauheit, Pfiffigkeit, Wachsamkeit oder Schnelligkeit vor ihnen schützten oder ihnen entkamen. Darin lag auch sein Verständnis dafür begründet, dass sich die Menschen nur dann für vollwertig hielten, wenn sie jemand im Kampf besiegt hatten und deshalb auch immer wieder gegen andere Menschen in den Kampf traten. Denn wie die Tiere hatten auch die Menschen in grauer Vorzeit in unwirtlicher, gefahrvoller Wildnis gelebt. Da mussten sie nämlich stark und mutig sein, damit sie imstande waren, wilde Tiere und feindliche Krieger zu besiegen und auch Angehörige des eigenen Stammes, mit denen sie um mehr Geltung oder gar um die Führung des Stammes wetteiferten. Sie fühlten sich daher nur dann als vollwertige Menschen, wenn sie einen Kampf siegreich bestanden hatten und sich somit als stark und mutig erwiesen hatten, was sie dazu trieb, immer wieder gegen andere Menschen in den Kampf zu treten.

Da Michael die Tiere liebte, wollte er einmal einer Arbeit nachgehen, bei der man mit Tieren zu tun hatte. Er sagte dies auch dem Heimleiter, als der ihn nach seinem Berufswunsch fragte. Daraufhin kümmerte sich der Heimleiter darum, dass Michael nach seinem Schulabschluss bei einem reichen Bauern als Stallknecht anfangen konnte.

Vom Waisenhaus auf den Bauernhof verzogen, versah Michael Tag für Tag gern und willig seine Arbeit als Stallknecht. So verging Jahr um Jahr, bis Michael sich schließlich in dem Alter befand, wo sich ein junger Mann für gewöhnlich nach einer Frau umsah, um sie zu ehelichen und gemeinsam mit ihr eine Familie zu gründen. Unter den Mägden, die auf dem Bauernhof arbeiteten, befanden sich auch einige hübsche Mädchen, von denen er sich eine hätte aussuchen können. Er hatte aber keine Augen für sie, was daran lag, dass es ihm die Bäuerin, die kaum älter war als er, mit ihrem Liebreiz, ihrer sanften und ruhigen Wesensart und ihrer warmherzigen Freundlichkeit angetan hatte.

Er brachte der Bäuerin aber nicht die Gefühle entgegen, die ein Mann einer Frau entgegenzubringen pflegte, die er von Herzen liebte. Das lag daran, dass ihm als friedliebendem Menschen überhaupt nicht der Sinn danach stand, sich wegen einer Frau mit einem anderen Mann herumzuschlagen, denn er wusste ganz genau, dass er sich mit dem Bauern wer weiß wie lange hätte herumschlagen müssen, wenn er die Bäuerin so sehr geliebt hätte, dass er ohne sie nicht hätte leben können. Und so vermied er es, tiefe Gefühle für sie zu entwickeln, und beschränkte sich stattdessen darauf, sie wie eine Schwester zu lieben. Ihm ging es nicht darum, sie für sich zu gewinnen, wenn er, ein paar Worte mit ihr wechselnd oder sich länger mit ihr unterhaltend, nett und freundlich zu ihr war, wenn er sie durch eine lustige Bemerkung zum Lachen brachte oder wenn er ihr etwas tragen half oder ihr sonst irgendeine Gefälligkeit erwies, sondern darum, einem Menschen, dem er in selbstloser Liebe zugetan war, Freude zu bereiten.

Da er nicht darauf aus war, eine enge Beziehung mit ihr einzugehen, erwartete er von ihr nichts weiter, als dass sie seine Freundlichkeiten erwidern würde, und so hatte er seine helle Freude, wenn sie ihn freundlich anlächelte, ein paar nette Worte zu ihm sagte oder schon während der Arbeitszeit, wenn sie sich im Haus, auf dem Hof, im Stall oder sonst irgendwo über den Weg liefen, die Zeit nahm, eine Weile mit ihm beisammen zu stehen und mit ihm in aller Gemütlichkeit über dies und das zu plaudern.

Am Morgen eines Tages während der Erntezeit sagte die Bäuerin, nachdem der Bauer mit den Knechten zur Feldarbeit aufgebrochen war, den Küchenmägden, was sie zu Mittag kochen sollten, und ging dann hinaus in den Stall zu Michael. Nachdem sie sich bei ihm nach dem Befinden der Tiere erkundigt und von ihm erfahren hatte, dass es den Tieren gut gehe, fing sie eine zwanglose Unterhaltung mit ihm an.

Im Verlauf dieser Unterhaltung nahm sie behutsam seine rechte Hand und sagte mit einem leisen Lächeln versonnen: »Was für feine Hände du hast! Solche Hände passen eigentlich gar nicht zu einem Bauernknecht, der grobe Arbeiten im Stall zu leisten hat. Die passen eher zu einem Schneider, der feine Kleider fertigt, oder zu einem Porzellanmaler, der mit grazilen Pinselstrichen Teller und Tassen bemalt.«

Sie nahm seine Hand zwischen ihre beiden Hände und hob den Blick zu ihm empor. »Von so feinen Händen möchte jede Frau gern gestreichelt werden. Ich natürlich auch«, sagte sie, indem sie ihn sehnsuchtsvoll anblickte.

»Aber das geht doch nicht. Ich kann doch nicht mit der Frau des Bauern was anfangen. Schließlich muss ich ihm doch dankbar sein, weil er mich auf seinem Hof beschäftigt«, bedauerte er mit leidvoller Miene.

»Du musst mich aber lieben, denn wenn du mich nicht liebst, dann werden ich und du und mein Mann ein Leben lang unglücklich sein!«, bat sie ihn inständig, indem sie seine Hand fester drückte.

»Aber warum sollten wir denn ein Leben lang unglücklich sein, wenn ich dich nicht liebe?«, sagte er, indem er sie schmerzlich ansah.

»Weil ich von hier fortgehen müsste, wenn du mich nicht liebst. Denn wenn ich hierbleiben würde, dann würde mir bei dem Gedanken, dass auf dem gleichen Hof, auf dem ich lebe, ein Mann lebt, den ich von Herzen liebe, der meine Liebe aber nicht erwidert, weh ums Herz. Bei deinem Anblick würde mir jedes Mal vor Schmerz schier das Herz in der Brust zerspringen, und wenn ich von hier fortgehen würde, dann würden alle in Mitleidenschaft gezogen. Weil es meinen Mann hart treffen würde, dass ich ihn verlassen hätte, und du der Zeit nachtrauern würdest, wo wir miteinander geschwatzt und gescherzt haben. Du hast nämlich dieselbe Freude gehabt wie ich, wenn wir uns begegnet sind. Das habe ich an deinen leuchtenden Augen und an deinem strahlenden Lächeln gesehen. Also magst du mich auch. Weil du dich aber meinem Mann verbunden fühlst und ihn nicht hintergehen willst, scheust du davor zurück, mit mir eine enge Beziehung einzugehen. Ja, da kann man halt nichts machen. Dann müssen wir halt ein Leben lang unglücklich sein«, sagte sie voller Wehmut, ihre Rede mit einem tiefen Seufzer schließend.

»Wir würden aber auch nicht alle glücklich sein, wenn wir zwei etwas miteinander anfingen, denn wenn wir das täten, dann müssten wir von hier fortgehen und dann würde dein Mann sein ganzes Leben lang unglücklich sein. Da würde uns dann gar nicht wohl sein bei dem Gedanken, dass wir unser Glück auf dem Unglück eines anderen Menschen aufgebaut hätten«, erwiderte er betrübt.

»Aber mein Mann würde doch gar nicht unglücklich sein, wenn ich etwas mit dir hätte. Ich würde ihn doch gar nicht verlassen. Ich würde nach wie vor mit ihm zusammenleben und ihm kein Sterbenswörtchen davon sagen, dass ich mit dir eine Liebesbeziehung unterhalte.

Du denkst jetzt gewiss, dass ich nur meinen Mann liebe und dich nur als meinen Liebhaber haben will. Das stimmt aber nicht. Ich liebe dich auch. Ich liebe dich sogar mehr als meinen Mann«, drang sie in ihn, während sie ihn mit großen Augen flehend ansah.

Ein tiefer Seufzer entrang sich ihrer Brust. »Da stecke ich jetzt schön in der Klemme«, fuhr sie mit trauriger Stimme fort. »Aber da ist nichts mehr daran zu ändern. Ich habe mich nun mal in dich verliebt und muss nun sehen, wie ich damit zurechtkomme, dass ich zwei Männer liebe.

Wenn ich dir nicht begegnet wäre, dann wäre es niemals in meinem Leben dazu gekommen, dass ich mich in einen anderen Mann verliebt hätte. Da hätten mir noch so schöne und reiche Männer begegnen können. In keinen von ihnen hätte ich mich verlieben können. Du bist der Einzige, in den ich mich habe verlieben können. Das liegt daran, dass du sanftmütig und friedfertig bist und nicht kämpferisch und angriffs-lustig, so wie es die anderen Männer sind, die begierig darauf sind, so manchen ihrer Geschlechtsgenossen zu überflügeln, um von sich sagen zu können, dass sie stärker sind als er. De-nen ist auch daran gelegen, dass sie als Herr über ihren Frauen stehen, weshalb sie sich ihnen gegenüber herrisch und gebie-terisch verhalten, indem sie bestimmen, was getan werden muss und wie es getan werden muss, von ihnen verlangen, dass sie ihnen widerspruchslos gehorchen, ihnen befehlen, ihnen einen Dienst zu erweisen, und sie zusammenstauchen, wenn sie etwas falsch gemacht haben. Im Beisein anderer Leu-te verhalten sie sich besonders gern herrisch und gebieterisch ihren Frauen gegenüber, denn die Leute sollen sehen, dass sie eine Frau haben, die ihnen untertan ist.

Manche Männer nehmen jede sich ihnen bietende Ge-legenheit wahr, sich als Herr über ihre Frauen aufzuspielen. Dabei scheuen sie nicht davor zurück, ihre Frauen wüst zu beschimpfen oder gar handgreiflich gegen sie zu werden. Die meisten Männer aber spielen sich nur ab und zu als Herr ihren Frauen gegenüber auf und sind sonst gut zu ihnen. Sie sind auch weit entfernt von dem Gedanken, ihren Frauen Gewalt anzutun, weshalb sie es unterlassen, sie unter Androhung von Gewalt, dazu zu zwingen, ihnen irgendeinen Dienst zu erwei-sen, und reden ihnen stattdessen ein, dass es ihre Pflicht sei.

Auch mein Mann verhält sich herrisch mir gegenüber. Ich kann mich aber, weiß Gott, nicht darüber beklagen, denn mein Mann gehört zu denen, die keinerlei Gewalt anwenden. Doch auch er redet von Pflicht. So hat er mich unter anderem dazu gebracht, ihm nach Feierabend die Füße zu waschen und ihm ein Bier, ein Wurstbrot, Knabbergebäck oder Schokolade zu bringen, wenn er nach dem Abendessen noch Hunger oder Durst hat, indem er mir zu verstehen gab, dass eine gute Ehe-frau stets auf das Wohl ihres Ehemannes bedacht sei.

Dass ich ihm nach Feierabend alle möglichen Diens-te erweisen muss, bedeutet aber nicht, dass ich mich bis in die Nacht hinein für ihn abarbeiten muss, denn so ist es ja nun auch wieder nicht, dass ich unentwegt hin- und herrennen muss, um ihm dies und das heranzuschaffen. Ich kann also nicht darüber klagen, dass es anstrengend für mich wäre. Trotzdem tue ich es nicht besonders gern, denn ich komme mir dabei wie eine Dienerin vor, die für ihren Herrn jeden Handgriff tun muss, den er eigentlich auch selbst tun könnte, den er aber sie tun lässt, weil er vor ihr als großer Herr dastehen will, der von ihr verlangen kann, was immer er will.

Mir bleibt aber gar nichts anderes übrig, als es zu tun, denn wenn ich es nicht tun würde, dann würde ich ihm einen Trumpf in die Hand geben. Wenn ich dann irgendetwas an ihm auszusetzen hätte, dann würde er diesen Trumpf ausspielen, indem er zu mir sagen würde, dass es mir nicht zustehe, ihm Vorhaltungen zu machen, weil ich schließlich auch nicht alles so machte, wie er es gerne von mir sähe.

Genauso, wie es mir nicht gefällt, dass ich ihm nach Feierabend alle möglichen Dienste erweisen muss, gefällt es mir nicht, dass er mir nur dann meine Arbeit zuweist, wenn Knechte und Mägde zugegen sind, obwohl er das auch dann tun könnte, wenn er mit mir allein ist. Es liegt für mich klar auf der Hand, dass er das deswegen macht, damit die Knechte und Mägde sehen, dass er als Herr über mir steht, und empfinde es deshalb als Demütigung, wenn er es macht.

Wenn ich nun der Ansicht wäre, dass die meisten Männer ihren Frauen die gleichen Rechte einräumen, die sie selbst beanspruchen, ohne auch nur im Entferntesten daran zu denken, sich ihnen gegenüber herrisch zu verhalten, dann würde ich sehr darunter leiden, wie mein Mann mit mir umgeht, weil ich das Gefühl hätte, weit weniger wert zu sein als er und all die Frauen, deren Männer ihnen auf Augenhöhe begegnen.

Ich bin aber der Ansicht, dass man es als Frau als unabänderliche Tatsache hinnehmen muss, dass die meisten Männer sich als Herren über ihre Frauen aufspielen und man sich als Frau schon glücklich preisen kann, wenn der eigene Mann dabei nicht handgreiflich gegen einen wird. Demzufolge komme ich mir nur meinem Mann gegenüber klein vor, nicht aber den anderen Frauen gegenüber, wenn sich mein Mann so herrisch aufführt, und da das nicht so erniedrigend ist, wie wenn ich mir anderen Frauen gegenüber klein vorkommen müsste, nehme ich es nicht weiter tragisch, wenn mein Mann sich so verhält.

Und deswegen ist meine Liebe zu ihm von dem Tag an, wo er sich das erste Mal mir gegenüber herrisch verhalten hat, bis zum heutigen Tag nicht weniger geworden. Darum habe ich mich die ganze Zeit, die ich als seine Ehefrau mit ihm verbracht habe, in dem Glauben befunden, dass ich an seiner Seite glücklich bin. Seitdem ich dich kenne, empfinde ich das anders. Ich sehne mich danach, mit einem Mann zusammen zu sein, dem es niemals einfallen würde, sich einer Frau gegenüber herrisch zu verhalten. Wie könnte ich es mir sonst erklären, dass ich mich in dich, einen sanftmütigen und friedfertigen Mann, der niemals auf den Gedanken käme, sich einer Frau gegenüber herrisch zu verhalten, verliebt habe?

Aber auch wenn ich an der Seite meines Mannes nicht mehr uneingeschränkt glücklich bin, seit ich dich kenne, so liebe ich ihn noch. Deshalb möchte ich auch weiterhin mit ihm zusammenleben und mit dir möchte ich ein Verhältnis haben und mich mit dir treffen, wann immer ich Lust dazu habe, und wenn du ein Mensch mit Herz bist, für den ich dich aufgrund deiner Sanftmut und deiner Friedfertigkeit halte, dann fängst du auch etwas mit mir an. Denn wie ich dir schon gesagt habe, wären wir alle drei glücklich, wenn du mit mir etwas anfangen würdest, während wir alle drei unglücklich sein würden, wenn du nichts mit mir anfangen würdest«, und ihn beschwörend anblickend sagte sie: »Das wirst du doch gewiss nicht wollen, dass wir alle drei ein Leben lang unglücklich sind!«

Er sah sie betrübt und nachdenklich an, denn er war mit sich noch uneins, ob er mit ihr eine Liebesbeziehung eingehen sollte oder nicht. Einerseits missfiel es ihm, dass sie alle ein Leben lang unglücklich sein würden, wenn er es nicht täte. Andererseits missfiel es ihm aber auch, dem Bauern Hörner aufzusetzen. Wie er es auch drehte und wendete, es gab immer ein Für und ein Wider, und am Ende kam er zu dem Schluss, dass die Bäuerin mit allem, was sie sagte recht hatte.

Kaum hatte er sich dafür entschieden, sich mit ihr einzulassen, erhellte sich sein Gesicht und ein zaghaftes Lächeln umspielte seinen Mund. Im nächsten Augenblick blickte er sie liebevoll an und streichelte ihre Wange, und voller Verlangen drängte sie sich ihm entgegen.

Gleich darauf lagen sie sich, vereint zu einem innigen Kuss, in den Armen.

Von da an trafen sie sich regelmäßig zu einem Schäferstündchen in der Gartenlaube, mal tagsüber und mal bei Nacht. Das hing ganz davon ab, ob sich der Bauer auf dem Hof aufhielt oder nicht, denn da es unter gar keinen Umständen dazu kommen durfte, dass er sie überraschte, hatten sie miteinander vereinbart, sich nur dann in der Gartenlaube zu treffen, wenn er nicht da war. So trafen sie sich tagsüber in der Gartenlaube, wenn der Bauer mit einigen Knechten auf dem Feld arbeitete, und trafen sie sich dort bei Nacht, wenn der Bauer mit ein paar Freunden in der Dorfschänke Karten spielte.

Wenn sie sich während der Zeit, wo der Bauer mit einer Anzahl von Knechten auf dem Feld arbeitete, zu ihrem Schäferstündchen in der Gartenlaube trafen, dann befanden sich zwar die Knechte und Mägde, die nicht mit ihm losgezogen waren, auf dem Hof, aber keiner von ihnen hätte die Entdeckung machen können, dass sie sich in der Gartenlaube den Freuden der Liebe hingaben, denn alle hatten ihre Arbeit zu verrichten und keine Zeit, sich in den Garten zu begeben, um dort müßig herumzusitzen. Allerdings wäre wohl in manch einem Knecht oder manch einer Magd ein Verdacht aufgekommen, wenn er oder sie zufällig gesehen hätten, wie sie miteinander zum Garten gingen oder von dort herkamen, weshalb sie es so hielten, dass zunächst Michael die Gartenlaube aufsuchte und etwas später die Bäuerin, und dass nach ihrem Stelldichein zuerst Michael den Garten verließ und es ihm die Bäuerin eine Weile danach gleichtat. Aber auch nachts hielten sie es so, denn es konnte immerhin passieren, dass gerade zu der Zeit, wo sie miteinander zur Gartenlaube gingen oder von dort zurückkehrten, ein Knecht oder eine Magd zum Fenster hinausschaute, wenn es der Zufall so wollte.

Eines Abends ging der Bauer wieder einmal in die Dorfschänke, um dort Karten zu spielen, so wie er es an jedem Abend, den er in der Dorfschänke zubrachte, zu tun pflegte. Allerdings wurde an diesem Abend nichts daraus, da sich einer von den dreien, mit denen er für gewöhnlich Schafkopf spielte, nicht eingefunden hatte und sich auch keiner von den übrigen Gästen dazu bereit fand, für den fehlenden Mitspieler einzuspringen. Demzufolge wäre es überhaupt kein Wunder gewesen, wenn er sogleich wieder nach Hause gegangen wäre. Da er sich aber sagte, dass er sich mit seinen Schafkopffreunden zur Abwechslung auch mal unterhalten könne, blieb er auf seinem Stuhl sitzen und unterhielt sich mit ihnen über dieses und jenes. Diese Art des Zeitvertreibs sagte ihm aber nicht so zu wie das Schafkopfen, und so blieb er auch nicht mehrere Stunden auf seinen vier Buchstaben hocken, so wie er es zu tun pflegte, wenn er Karten spielte, sondern verabschiedete sich nach einer Stunde von seinen Schafkopffreunden und trat den Heimweg an.

Als er daheim die Treppe hoch und den Gang entlang in sein Schlafzimmer ging, achtete er sorgsam darauf, kein lautes Geräusch zu verursachen, um ja nicht seine Frau aufzuwecken, denn dass jene schlafend in ihrem Bette lag, dessen war er sich sicher, wusste er doch, dass sie jeden Abend um diese Zeit längst in tiefem Schlummer lag. Umso größer war sein Erstaunen, als er, nachdem er sachte die Klinke der Schlafzimmertür herniedergedrückt und die Tür langsam geöffnet hatte, seine Frau nicht in ihrem Bett liegen sah. Nachdem er eine Weile darüber nachgedacht hatte, wo seine Frau sein könnte, hörte er, wie jemand leise die Treppe heraufkam. Dass das nur seine Frau sein konnte, daran gab es für ihn nicht den geringsten Zweifel. Wenig später sah er aber, dass er sich getäuscht hatte, denn die Schritte kamen nicht näher, sondern entfernten sich, bis schließlich weiter hinten im Gang, wo sich die Schlafkammern der Knechte und Mägde befanden, eine Tür auf- und zugemacht wurde, und da nichts darauf hindeutete, dass seine Frau gleich kommen würde, er aber nicht die geringste Lust dazu verspürte, wer weiß wie lange auf sie zu warten, sondern so schnell wie möglich Gewissheit darüber haben wollte, wo sie sich befand, machte er sich auf die Suche nach ihr.

In jedem Raum des Hauses, in dem niemand schlafend in seinem Bett lag, sah er nach. Allerdings war sie in keinem der Räume, in denen er nachsah, aufzufinden, woraus er schloss, dass sie sich außerhalb des Hauses befand, und da er gerne wissen wollte, wo sie herkommen würde, begab er sich wieder ins Schlafzimmer, machte das Fester auf und schaute auf den Hof hinaus. Nachdem er eine Weile am Fenster gestanden und in den Hof hinuntergeschaut hatte, sah er seine Frau vom Garten herkommen.

Zunächst konnte er sich keinen Reim darauf machen, dass sie im Garten gewesen war. Aber dann fiel es ihm wie Schuppen von den Augen: Sie hatte sich dort mit jenem Knecht, der vor wenigen Minuten auf leisen Sohlen auf sein Zimmer geschlichen war, zu einem Schäferstündchen getroffen.

Er fand es zwar schlimm, dass ihn seine Frau mit einem anderen Mann betrog, aber so schlimm fand er es auch wieder nicht, dass er zu Tode betrübt gewesen wäre und jeglichen Lebensmut verloren hätte, denn das wäre nur dann der Fall gewesen, wenn er sich damit hätte abfinden müssen, dass er seine Frau unwiederbringlich an den anderen Mann verloren hätte. Er war sich aber sicher, dass ihm seine Frau bald wieder ganz allein gehören würde, denn da er als Bauer weit mehr besaß als ein Knecht und daher auch seiner Frau viel mehr bieten konnte als ein solcher, würde es ihm ein Leichtes sein, seinen Nebenbuhler auszustechen.

Als die Bäuerin ins Schlafzimmer kam und ihren Mann erblickte, sah sie ihn erstaunt an und sagte: »Du bist schon da?«

»Allerdings! Ich weiß auch, wo du gerade herkommst. Du kommst aus dem Garten. Dort hast du dich mit deinem Liebhaber getroffen, der vor wenigen Minuten auf sein Zimmer geschlichen ist. Was du nur an einem Knecht findest? Der kann dir doch nicht bieten, was ich dir bieten kann. Wenn du mit dem fortgehen würdest, dann müsstest du ein Leben in Armut führen. Dann müsstest du auf all das verzichten, was du von mir haben kannst«, sagte er zu ihr, indem er sie vorwurfsvoll anblickte.

»Aber ich würde doch niemals mit einem anderen Mann fortgehen. Ich liebe doch nur dich ganz allein. Ich möchte doch ein Leben lang mit dir zusammenleben«, antwortete sie mit leidvoller Miene.

»Wenn du mich ganz allein liebst, warum hast du dich dann mit einem anderen Mann eingelassen?«, fragte er verständnislos.

Sie machte eine betretene Miene und sagte leise mit wehmutsvoller Stimme: »Ach, das ist eine ganz dumme Geschichte. Angefangen hat alles damit, dass du eines Tages nach der Arbeit ziemlich schlecht gelaunt warst und mich deine schlechte Laune hast spüren lassen. So hast du mir mit beißender Stimme befohlen, dies und das herbeizuschaffen und dies und das für dich zu tun, und wenn ich etwas nicht schnell genug herangeschafft und etwas nicht so ganz richtig gemacht habe, dann hast du mich angeschnauzt. Das war für mich so erniedrigend, dass ich mir vorgekommen bin wie die allerniedrigste Sklavin und deshalb sehr betrübt war. Auch am anderen Tag war ich noch sehr betrübt. Das muss mir Michael, der am Vormittag ins Wohnzimmer gekommen ist und mich etwas gefragt hat, angesehen haben, denn nachdem ich ihm seine Frage beantwortet hatte, hat er mich mit besorgter Miene gefragt, was mich bedrücken würde. Ich habe dann hemmungslos geweint und ihm mit tränenerstickter Stimme gesagt, dass ich mich mit dir gestritten hätte, denn ich hätte mich vor ihm geschämt, wenn ich ihm gesagt hätte, dass du mich wie die allerniedrigste Sklavin behandelt hast. Er hat mich dann liebevoll in den Arm genommen und trostvolle Worte zu mir gesagt und ich habe meinen Kopf an seine Schulter geschmiegt. Ich habe mich so wohl gefühlt in seinen Armen und habe ihm daher ein Gefühl der Zuneigung und der Dankbarkeit entgegengebracht, und auf einmal haben wir uns geküsst und ich habe mich ihm hingegeben.

Ich habe es zunächst überhaupt nicht bedauert, dass ich dich mit einem anderen Mann betrogen habe, denn ich war dir zu dem Zeitpunkt, wo ich mich Michael hingegeben habe, nicht gut und bin mir deshalb vorgekommen wie eine Frau, die sich keinem Mann zugehörig fühlt und sich darum jedem Mann, der ihr gefällt, hingeben kann.

Wie du aber wieder lieb und nett zu mir gewesen bist, hat es mir furchtbar leid getan, dass ich dich mit einem anderen Mann betrogen habe. Deshalb habe ich mir geschworen, mich nie mehr einem anderen Mann hinzugeben, auch dann nicht, wenn ich mal böse auf dich sein sollte.

Das, was ich mir geschworen habe, wollte ich auch einhalten, als Michael zu mir gesagt hat, dass er sich vor Sehnsucht nach mir verzehren würde und gern wieder einmal mit mir schlafen möchte. Deshalb habe ich zu ihm gesagt, dass es nur deswegen dazu gekommen ist, dass ich mich ihm hingegeben habe, weil ich dich zu dem Zeitpunkt, wo das geschah, nicht geliebt habe. Da ich dich aber jetzt wieder lieben würde, wäre ich weit entfernt von dem Gedanken, mit einem anderen Mann schlafen zu wollen. Da hat er dann zu mir gesagt, dass er bei einem anderen Bauern als Stallknecht anfangen würde

167

und vor allen Leuten im Dorf damit angeben würde, dass er mit mir geschlafen habe, wenn ich nicht einmal in der Woche mit ihm schlafen würde, und da ich nicht wollte, dass wir zum Gespött der Leute werden, sagte ich ihm, dass ich wohl mit ihm schlafen wolle, aber nicht jede Woche, sondern nur alle zwei Wochen, womit er sich schließlich auch zufrieden gab.

Jetzt, wo du weißt, dass ich etwas mit ihm habe, gebe ich mich natürlich nicht mehr mit ihm ab. Ihm wird das natürlich gar nicht gefallen, so dass er seine Drohung wahrmachen und überall herumerzählen wird, dass er mit mir geschlafen hat. Das macht aber gar nichts, denn wenn er das tut, dann sagen wir einfach, dass er sich an mich herangemacht hat, ich ihn aber abgewiesen habe, woraufhin er aus Rache überall herumerzählt hat, dass ich mit ihm geschlafen habe.

Das hätten wir natürlich auch sagen können, wenn ich mich nicht darauf eingelassen hätte, regelmäßig mit ihm zu schlafen, und er überall herumerzählt hätte, dass ich das getan habe. Dann hätte ich es aber zunächst einmal dir sagen müssen. Da ich dich aber nicht belügen wollte, habe ich es sein lassen. Ich hätte dir natürlich auch beichten können, dass ich mich ihm einmal hingegeben habe. Der Gedanke daran, dass du mir meinen Fehltritt nicht verzeihen und mich verstoßen könntest, hat mich aber davon abgehalten. Also blieb mir nichts anderes übrig, als ihm immer wieder zu Willen zu sein.«

»Hm, das ist wirklich dumm gelaufen. Es wäre aber wohl kaum dazu gekommen, dass du dich einem anderen Mann hingibst, wenn ich nicht so garstig zu dir gewesen wäre. Ich bin also selbst schuld daran, dass es dazu gekommen ist. Deshalb trage ich es dir auch nicht nach. Ich bin dir also kein bisschen böse. Deshalb möchte ich mich auch nicht von dir trennen, sondern weiter mit dir zusammenleben, und da ich dich nie mehr schlecht behandeln werde, werden wir von nun an immer glücklich sein. Allerdings würde unser Glück getrübt werden, wenn wir weiterhin mit Michael auf dem Hof zusammenleben müssten, denn jedesmal wenn wir ihm über den Weg laufen würden, würden wir schmerzlich daran erinnert werden, dass du etwas mit ihm gehabt hast. Deshalb werde ich ihn gleich morgen entlassen«, sagte der Bauer in ruhigem und versöhnlichem Ton zu ihr.

»Ja, den musst du entlassen! Mit dem will ich nichts mehr zu tun haben!«, bekräftigte sie seine Worte.

»Ich denke, jetzt ist alles gesagt, was zu sagen war, um diese leidige Angelegenheit aus der Welt zu schaffen. Also können wir jetzt zu Bett gehen«, sagte er darauf und begann sich auszukleiden.

Als die Bäuerin neben ihrem Mann im Bett lag, war ihr zum Weinen zumute, so traurig war sie, denn sie war ja Michael von Herzen zugetan, so dass es ihr von Herzen leid tat, dass sie vor ihrem Mann schlecht über ihn hatte reden müssen, um ihre Ehe zu retten. Sie nahm sich aber zusammen und ließ auch nicht den leisesten Schluchzer hören, denn wenn ihr Mann sie hätte weinen hören, dann wäre ihm klar geworden, dass es sich, was die Gefühle anbelangte, die sie Michael entgegenbrachte, nicht so verhielt, dass sie überhaupt nichts für ihn empfand, sondern dass sie ihn von Herzen liebte.

Am nächsten Morgen vor dem Frühstück ließ der Bauer Michael durch einen Knecht ausrichten, dass er zu ihm ins Wohnzimmer kommen solle. Als Michael das Wohnzimmer betrat und den Bauern mit ernster und finsterer Miene mitten im Wohnzimmer stehen sah, schwante ihm nichts Gutes, so dass er bang zu ihm hinblickte.

»Ich habe gestern herausbekommen, dass du mit meiner Frau etwas hast. Wie ich meine Frau deswegen zur Rede gestellt habe, hat sie mir gesagt, dass sie einmal sehr unglücklich war, weil sie sich mit mir gestritten hatte und dir dann ihr Leid geklagt hat, woraufhin du sie liebevoll in den Arm genommen und sie getröstet hast. Da hat es sich dann ergeben, dass ihr miteinander geschlafen habt. Nach ein paar Tagen wolltest du erneut mit ihr schlafen. Sie hat dich aber zurückgewiesen, indem sie gesagt hat, dass sie es bereuen würde, dass sie mich betrogen hat, und daher den Vorsatz gefasst habe, mich nie mehr mit dir zu betrügen. Da hast du dann zu ihr gesagt, dass du allen Leuten im Dorf erzählen würdest, dass sie mit dir geschlafen hat, wenn sie sich nicht darauf einlassen würde, ab und zu mal mit dir zu schlafen, und da sie nicht wollte, dass du das überall herumerzählst, hat sie sich mit dir eingelassen.

Dass ich einen Knecht, der etwas mit meiner Frau anfängt, nicht auf meinem Hof dulden kann, versteht sich ja wohl von selbst. Du gehörst also ab sofort nicht mehr zu meinen Leuten und kannst hingehen, wohin du willst.

Allerdings wirst du schon ganz schön weit gehen müssen, um eine neue Stelle zu bekommen. In der näheren Umgebung wirst du nämlich keine bekommen, weil ich überall herumerzählen werde, dass du dich an meine Frau herangemacht hast, sie dich aber hat abblitzen lassen und ich dich daraufhin davongejagt habe.

Ich weiß sehr wohl, dass du dafür, dass ich dich entlassen habe, Rache an mir nehmen kannst, indem du auf deinem Weg allen Leuten, die dir im Dorf und in der näheren Umgebung begegnen, erzählst, dass sich meine Frau mit dir eingelassen hat, und sie dadurch in einem schlechten Licht erscheinen lässt. Du würdest aber gar nichts damit bezwecken, denn sobald mir zu Ohren kommen würde, dass du den Leuten erzählst, dass sich meine Frau mit dir eingelassen hat, dann würde ich den Leuten erzählen, wie es sich in Wirklichkeit zugetragen hat.

Da du hier im Dorf und in der näheren Umgebung keine Arbeit kriegen kannst und auch nicht dafür sorgen kannst, dass wir vor allen Leuten schlecht dastehen, gibt es für dich in dieser Gegend nichts mehr zu tun. Daher solltest du dich nicht länger hier aufhalten, sondern deiner Wege ziehen und dir irgendwo anders Arbeit suchen. Du wirst auch gar nicht lange zu suchen brauchen, bis du eine neue Stelle findest. Ich habe dir nämlich ein gutes Zeugnis ausgestellt. Wenn du das einem Bauern zeigst, dann stellt der dich sofort ein.

Wahrscheinlich wunderst du dich darüber, dass ich dir ein gutes Zeugnis ausgestellt habe, denn schließlich hast du nicht erwarten können, dass ich dir etwas Gutes tue, sondern hast dich darauf einstellen müssen, dass ich Rachegedanken gegen dich hege und dir darum so viel Schaden zufüge, wie ich dir nur zufügen kann. Ich will mich aber gar nicht an dir rächen und dir so viel Schaden zufügen, wie ich dir nur zufügen kann. Ich will nur erreichen, dass du aus dieser Gegend verschwindest, weshalb ich mich damit begnüge, dich zu entlassen und dafür zu sorgen, dass du in der näheren Umgebung keine neue Stelle erhältst«, sagte der Bauer kühl zu ihm.

Er deutete mit dem Kopf zum Tisch hin. »Dort liegen dein Zeugnis, deine Papiere und dein Lohn für den ganzen Monat. Nimm alles und dann mach, dass du mir aus den Augen kommst!«, schloss er bissig.

Michael, der, als der Bauer zu ihm gesprochen hatte, in demütiger Haltung vor ihm gestanden hatte und ihn zerknirscht angeblickt hatte, trottete nun gesenkten Hauptes zum Tisch, nahm alles, was der Bauer für ihn bereitgelegt hatte, und schlich wie ein geprügelter Hund aus dem Zimmer.

Wenn Michael zu jenen Menschen gehört hätte, die sich für vollwertige Menschen hielten, wenn sie einen Gegner im Kampf besiegt hatten und daher gegen andere Menschen in den Kampf traten und sich wehrten, wenn sie angegriffen wurden, dann hätte er die falschen Anschuldigungen der Bäuerin wider ihn zurückgewiesen, indem er dem Bauern gesagt hätte, dass die Bäuerin nicht deswegen regelmäßig mit ihm geschlafen habe, weil er sie dazu genötigt hätte, sondern deswegen, weil sie Verlangen danach gehabt habe, mit ihm zu schlafen, und deshalb mit ihm die Verabredung getroffen habe, sich regelmäßig mit ihm zu einem Schäferstündchen zu treffen. Da ihn seine Frau hintergangen und belogen habe und ihm dadurch ebenso schweres Leid zugefügt habe wie er ihm, müsse er nicht nur ihn davonjagen, sondern auch sie.

Michael war aber ein Mensch, der sich für einen vollwertigen Menschen hielt, wenn er es so hatte einrichten können, dass es nicht zu einem Kampf gekommen war, der seiner Meinung nach nur Leid und Unheil über ihn und seine Gegner gebracht hätte, und darum das Leid, das ihm zugefügt wurde, tapfer ertrug. Und da er wusste, dass die Bäuerin ihr Leben lang mit ihrem Mann zusammenleben wollte, und daraus schloss, dass ihr jedes Mittel recht sein würde, ihre Ehe zu retten, hatte er Verständnis dafür, dass sie dem Bauern gegenüber behauptet hatte, dass er, Michael, ganz allein schuld daran hatte. Und so nahm er es stillschweigend hin, dass die Bäuerin ihn fälschlicherweise beschuldigt und dadurch Verrat an ihm begangen hatte.

Nachdem Michael seine Siebensachen zusammengepackt hatte, verließ er den Bauernhof und machte sich auf, sich irgendwo anders eine Stelle als Stallknecht zu suchen. Nachdem er ein beträchtliches Stück Weges hinter sich gebracht hatte und sich somit sicher sein konnte, dass die falsche Kunde, dass er sich der Bäuerin unsittlich genähert habe, nicht bis in das Dorf, in dem er sich gerade befand, vordringen konnte, begab er sich sogleich auf den erstbesten Bauernhof, um dort nachzufragen, ob man nicht einen tüchtigen Stallknecht brauchen könne. Allerdings war ihm kein Erfolg beschieden, da auf dem Bauernhof kein Stallknecht gebraucht wurde. Dennoch hatte er sich nicht ganz umsonst auf den Bauernhof begeben, denn wenn man ihn auch nicht als Stallknecht einstellte, so konnte man ihm doch wenigstens den Weg zu einem Bauern weisen, der schon seit geraumer Zeit einen Stallknecht suchte.

Als Michael sich bei besagtem Bauern um die freie Stelle bewarb, wunderte sich der zwar darüber, dass sich ein Knecht, dem ein hervorragendes Zeugnis ausgestellt worden war, weit weg von seiner letzten Arbeitsstätte um eine neue Arbeitsstelle bemühte, doch überwog seine Freude darüber, dass ein tüchtiger Stallknecht bei ihm um Arbeit nachfragte, so dass er sich weiter keine Gedanken darüber machte und auch nicht einen Moment zögerte, Michael in seine Dienste zu nehmen.

Als der Bauer aber des Abends mit sich allein war und sein Kopf frei war von den Gedanken, die er sich während des Tages über die Arbeiten, die bis zum Feierabend ausgeführt werden mussten, hatte machen müssen, dachte er über alles Mögliche nach, auch darüber, warum sich Michael weit weg von seinem letzten Arbeitsplatz eine neue Arbeit gesucht hatte, wo er doch mit seinem guten Zeugnis leicht in der Nähe seines letzten Arbeitsplatzes eine neue Arbeit hätte finden können. Dabei stieg in ihm der Verdacht auf, dass sich Michael womöglich in dem Dorf, in dem er gelebt und gearbeitet hatte, etwas zuschulden hatte kommen lassen, wofür er von den Leuten, die in dem Dorf und in der näheren Umgebung lebten, verachtet worden war, auch von dem Bauern, bei dem er in Lohn und Brot gestanden hatte, so dass ihn jener entlassen hatte, ihn aber nicht wie einen Verbrecher mit Schimpf und Schande von Haus und Hof gejagt hatte, sondern sich aus Dankbarkeit dafür, dass er stets gute Arbeit geleistet hatte, ihm gegenüber menschlich benommen und ihm ein gutes Zeugnis mit auf den Weg gegeben hatte, das ihm in einer Gegend, in der ihn niemand kannte, zu einer neuen Stelle verhelfen sollte.

Einen Knecht, der sich etwas zuschulden hatte kommen lassen, wollte er aber auf gar keinen Fall auf seinem Hof haben. Allerdings konnte er Michael erst dann entlassen, wenn er wusste, dass er sich tatsächlich etwas zuschulden hatte kommen lassen. Also musste er Erkundigungen über ihn einholen. Allerdings hätte er diese Erkundigungen nicht einholen können, wenn jener Bauer, bei dem Michael gelebt und gearbeitet hatte, der einzige Mensch gewesen wäre, bei dem er sie hätte einholen können. Er war nämlich der Meinung, dass es vollkommen sinnlos sein würde, bei jenem Bauern Auskünfte über Michael einzuholen, da für ihn angesichts der Tatsache, dass er Michael ein gutes Zeugnis ausgestellt hatte, zweifelsfrei feststand, dass er alles, was in seiner Macht stand, tun würde, um Michael in der Fremde einen neuen Anfang zu ermöglichen, und daher nichts Schlechtes über ihn sagen würde. Jener Bauer war aber nicht der einzige Mensch, bei dem er sich über Michael erkundigen konnte. Im gleichen Dorf lebte nämlich ein alter Freund von ihm, von dem er die gewünschte Auskunft über Michael auch erhalten konnte, und er war überzeugt, dass er von jenem alten Freund die volle Wahrheit über Michael erfahren würde.

Nach einigen Tagen erhielt er einen Brief von seinem alten Freund. Als er ihn gelesen hatte, ging er sogleich hinaus in den Stall zu Michael und sagte ihm, dass er erfahren habe, dass er von seinem letzten Brotherrn deswegen entlassen worden war, weil er sich an dessen Frau herangemacht hatte, und da in seinen Augen ein Knecht, der sich an die Frau seines Brotherrn herangemacht habe, nicht vertrauenswürdig sei und er einen solchen Knecht auf seinem Hof nicht haben wolle, solle er auf der Stelle seine Siebensachen zusammenpacken. Nachdem er ihm dies gesagt hatte, gab er ihm den Lohn, der ihm für die paar Tage, die er für ihn gearbeitet hatte, zustand, und Michael nahm das Geld und ging aus dem Stall.

Michael nahm es weiter nicht schwer, dass er entlassen worden war und sich erneut auf die Suche nach einer Arbeit machen musste, denn er glaubte fest daran, dass er mit seinem guten Zeugnis leicht eine neue Stelle finden würde und dass jener Bauer, der ihn einstellen würde, nicht im entferntesten daran denken würde, Näheres über sein früheres Leben in Erfahrung zu bringen. Umso größer war seine Enttäuschung, als er im Nachbardorf nach Arbeit fragte und man ihm unverhohlen sagte, dass man einen Knecht, der an seiner letzten Arbeitsstätte der Bäuerin nachgestellt hatte, nicht auf dem Hof haben mochte. Denn das bedeutete nichts anderes, als dass jener Bauer, bei dem er ein paar Tage gearbeitet hatte, jedem Menschen, der ihm im Dorf über den Weg gelaufen war, erzählt hatte, dass sich ein fremder Stallknecht, der an seiner letzten Arbeitsstätte der Bäuerin nachgestellt hatte und deswegen vom Bauern entlassen worden war, in ihrer Gegend herumtrieb und sich eine neue Arbeit suchte, und dass einige Leute aus dem Dorf diese Neuigkeit in den umliegenden Dörfern verbreitet hatten. Von dort aus würde sie sich dann wie ein Lauffeuer in der ganzen Gegend verbreiten, so dass alle Bauern, die in dieser Gegend lebten, über ihn Bescheid wissen und ihm deshalb keine Arbeit geben würden.

Eine Weile ließ er mutlos den Kopf hängen und hing trüben Gedanken nach. Dann aber sagte er sich, dass es ihm überhaupt nichts brachte, wenn er Trübsal blies, und er gut daran tun würde, wenn er sich ein genaues Bild von seiner Lage machen und nach Mitteln und Wegen suchen würde, wie er seine Lage verbessern könne. So setzte er sich denn in Gedanken eingehend mit seiner Situation auseinander. Dabei gelangte er zu der Erkenntnis, dass es weiter nicht schlimm war, dass er in dieser Gegend keine Arbeit fand. Er brauchte ja nur diese Gegend zu verlassen und woanders nach Arbeit zu suchen. Nach langem Nachdenken fasste er dann den Entschluss, sich in die große Stadt zu begeben und dort nach Arbeit zu fragen.

In der großen Stadt angekommen, erkundigte er sich bei einem älteren Herrn, der ihm auf dem Gehsteig entgegenkam, nach der nächstgelegenen Pension, erhielt die Auskunft und begab sich zu dieser Pension, die sich außerhalb der Altstadt in einer Nebenstraße befand.

In der Pension grüßte er freundlich die Pensionswirtin, eine ältere Frau, die seinen Gruß freundlich lächelnd erwiderte. Nachdem er zu ihr gesagt hatte, dass er bisher auf dem Land gelebt habe, jetzt aber in der Stadt sein Glück versuchen und deshalb in ihrer Pension ein Zimmer nehmen wolle, welches er wohl eine Zeitlang mit seinen Ersparnissen bezahlen könne, es aber viel lieber mit Geld bezahlen wolle, das er mit ehrlicher Arbeit verdient haben würde und sich daher umgehend auf die Suche nach einer Arbeit machen wolle, sagte sie mit warmherziger Freundlichkeit zu ihm, dass er wohl ein Zimmer bei ihr haben könne und auch gleich eine Arbeit dazu, wenn er sich bei der Stadt um eine Stelle als städtischer Arbeiter bewerben würde, weil die Stadt ständig Arbeiter suche.

Er sagte darauf, dass er ihren Rat befolgen werde, jetzt aber zunächst einmal auf sein Zimmer gehen und dort seine Sachen auspacken und wegräumen wolle.

Nach einer Weile kam er wieder herunter und sagte der Pensionswirtin, dass er jetzt aufs Rathaus gehen und sich um eine Stelle als städtischer Arbeiter bewerben werde, und die Pensionswirtin wünschte ihm viel Erfolg.

Nach einiger Zeit kam er vom Rathaus zurück und sagte freudestrahlend zur Pensionswirtin, dass er bei der Stadt eine Arbeit gekriegt habe und nächsten Monat zu arbeiten anfangen könne.

Als die wenigen Tage bis zum Monatsende vorüber waren, fand er sich im städtischen Bauhof ein und sorgte von da an als städtischer Arbeiter gemeinsam mit den anderen städtischen Arbeitern dafür, dass es überall in der Stadt sauber und gepflegt aussah, indem er die Straßen und Plätze reinigte und in den Parks und Grünanlagen den Rasen mähte, die Blumen, Sträucher und Bäume pflegte und die Wege sauber hielt.

Zu seinen Arbeitskollegen gehörte ein ruhiger und bescheidener junger Mann, der Thomas hieß und noch bei seinen Eltern lebte. Als er sich einmal während der Arbeit mit Thomas unterhielt, erfuhr er von ihm, dass sie zu Hause eine weiße Katze hatten, die unlängst fünf entzückende schwarz-weiß-gescheckte Junge zur Welt gebracht hatte, und da er Tiere mochte, sagte er ihm, dass er gern die entzückenden Kätzchen sehen würde. Thomas war es recht, und so suchte er ihn am Abend auf und ließ sich von ihm die Kätzchen zeigen.

Eine Weile erfreuten sie sich am holden Anblick der überaus entzückenden Kätzchen. Dann meinte Thomas, dass sie noch auf ein Bier in eine Kneipe gehen könnten, und Michael fand, dass das eine gute Idee sei.

Wenig später saßen sie in einer Kneipe bei einem Glas Bier gemütlich beisammen und plauderten miteinander, und da sie gut aufgelegt waren, fiel so manche lustige Bemerkung zwischen ihnen, so dass es viel zu lachen für sie gab.

Nachdem ein jeder in aller Ruhe zwei Glas Bier geleert hatte, verließen sie die Kneipe in bester Stimmung. Als sich schließlich ihre Wege trennten, sagte Thomas freudig zu Michael, dass es ein unterhaltsamer Abend gewesen sei und er gern öfters ein paar vergnügte Stunden mit ihm verbringen würde, und da Michael genauso dachte wie Thomas, machte er mit ihm aus, dass er sich gleich am nächsten Abend wieder bei ihm einfinden würde. Von da an waren sie in ihrer Freizeit viel zusammen, unternahmen ausgedehnte Spaziergänge durch Wald und Flur, sahen mit bloßem Auge Schmetterlinge, Hummeln, Käfer und andere Insekten, die sich auf Blüten niedergelassen hatten, um sich an deren süßen Saft zu laben, und beobachteten mit dem Fernglas Vögel, die im Gezweig saßen, Eichhörnchen, die in den Baumkronen herumturnten, Raubvögel, die in den Lüften ihre Kreise zogen, Hasen, Rehe und Füchse. Sie gaben sich mit Thomas' jungen Kätzchen ab, begannen für Leute in Thomas' Nachbarschaft den Hund auszuführen, Ausstellungen von Kleintierzuchtvereinen zu besuchen und immer wieder ein paar gesellige Stunden in einer Kneipe zu verbringen.

Nach einem solchen Kneipenbesuch gingen sie schon eine Weile durch die dunklen und menschenleeren Gassen der Altstadt, als ihnen ein junger Mann entgegenkam, der sie, vom Bier in fröhliche Laune versetzt und darum allen Menschen gewogen, freundlich ansprach und dazu einlud, mit ihm in einer Kneipe einen Likör zu trinken, der ein besonders feines Tröpfchen sei, weil er vom Wirt nach eigenem Rezept mit viel Liebe und Sorgfalt hergestellt werde. Und da es noch nicht allzu spät und am nächsten Tag Samstag war und sie ausschlafen konnten, nahmen sie seine Einladung gern an und gingen mit ihm zu der genannten Kneipe, die sich in einer kurzen, engen Gasse befand.

Als sie in der Kneipe an der Theke vorübergingen, grüßten sie den Wirt und bestellte der junge Mann, der Gerhard hieß, bei ihm drei Gläschen von seinem selbst hergestellten Likör. Dann setzten sie sich an einen Tisch. Wenig später kam der Wirt mit einem Tablett an ihren Tisch, stellte jedem ein Gläschen mit dunkelrotem Likör hin und nahm sich selbst eines, indem er lächelnd sagte, dass er seinen Likör genauso möge wie seine Gäste und sich hin und wieder ein Gläschen davon genehmige. Dann stieß er mit ihnen auf ihr Wohl an. Nachdem sie ihre Gläschen geleert hatten, sagte Gerhard voller Anerkennung, dass dieser Likör fürwahr ein besonders guter Tropfen sei, und Michael und Thomas pflichteten ihm bei. Daraufhin sagte lächelnd der Wirt, dass sein Likör nicht von ungefähr so gut sei, weil er sich in aller Ruhe überlegt habe, welche Beerensorten er verwenden solle, und dann immer wieder mit der allergrößten Sorgfalt eine andere Mischung aus den für den Likör bestimmten Sorten ausprobiert habe, bis er schließlich die bestmögliche Mischung aus einem großen Teil Erdbeeren, beträchtlich kleineren Teilen Himbeeren, Heidelbeeren und Brombeeren und ganz wenig schwarzen Johannisbeeren und Holunderbeeren gefunden habe. Sein Likör sei aber nicht allein deswegen so gut, weil er dafür die bestmögliche Beerenmischung gefunden habe, sondern auch deswegen, weil die Arbeiter, die er für die Herstellung seines Likörs eingestellt hatte, mit der gleichen Sorgfalt, mit der er nach der bestmöglichen Beerenmischung für seinen Likör gesucht hatte, die Früchte sammeln, verlesen, mit Zucker verkochen, den Beerensud abseihen und mit Branntwein versetzen würden. Seine Arbeiter würden aber nur dann mit der nötigen Sorgfalt vorgehen können, wenn ihnen die Arbeit nicht über den Kopf wachsen würde, denn andernfalls müssten sie schneller arbeiten und könnten nicht mit der nötigen Sorgfalt zu Werke gehen. Daher müsse er stets so viele Arbeiter beschäftigen, dass die erforderliche Ruhe und Sorgfalt immer gegeben sei. Bis jetzt sei seinen Arbeitern die Arbeit noch nicht zu viel geworden, und so habe er auch keine zusätzlichen Arbeitskräfte einstellen müssen. Mit der Zeit werde aber immer mehr Arbeit auf sie zukommen, da die Nachfrage nach seinem Likör, den er mittlerweile auch flaschenweise an seine Gäste veräußere, ständig zunehme. Deshalb sei es an der Zeit, zusätzliche Arbeitskräfte einzustellen, und wenn sie wollten, könnten sie jederzeit bei ihm anfangen.

Auf diese Worte hin sagte Thomas zu Michael, dass das Likörherstellen eine viel schönere Arbeit sei als das Straßenkehren, und da Michael der selben Meinung war, vereinbarten sie mit dem Wirt, dass sie so bald wie möglich bei der Stadt aufhören und bei ihm anfangen würden.

Bald darauf gingen sie ihrer neuen Arbeit nach und sie bereuten es keinen Moment, dass sie bei der Stadt aufgehört und beim Wirt angefangen hatten, da die Arbeiten, die bei der Likörherstellung anfielen, bei Weitem nicht so anstrengend waren wie die Arbeiten, die sie als Stadtarbeiter hatten leisten müssen, und sie diese Arbeiten ohne jeglichen Zeitdruck verrichten konnten, während sie bei so mancher Arbeit, die sie als Stadtarbeiter hatten verrichten müssen, unter Zeitdruck gestanden hatten, weil irgendein Platz in der Stadt nicht länger einen ungepflegten Eindruck machen durfte und die dafür erforderliche Arbeit möglichst schnell hatte verrichtet werden müssen.

Tag für Tag gingen sie mit der allergrößten Freude ihrer Arbeit nach und sie dachten, dass es Tag für Tag, Woche für Woche und Jahr für Jahr so weitergehen würde, bis sie schließlich das Rentenalter erreicht hätten. Umso schmerzlicher war es für sie, als eines Tages in dem Raum, in dem sie zusammen mit ihren Arbeitskollegen den begehrten Beerenlikör herstellten, einige Kriminalbeamte erschienen und ihnen erklärten, dass sie soeben den Wirt verhaftet hatten, weil jener seinen Likör mit geschmuggeltem Branntwein hergestellt hatte, den er von einem Getränkehändler bezogen hatte. Dieser Getränkehändler hatte über einen Zeitraum von mehreren Monaten hinweg den Branntwein von seinen Bierfahrern aus dem Nachbarland über die Grenze bringen lassen. Ein ums andere Mal hatten seine Bierfahrer über einen Zeitraum von mehreren Monaten hinweg Branntwein geschmuggelt und hätten das auch weiterhin tun können, wenn nicht der Leiter des Grenzübergangs in Pension gegangen und ein Zollbeamter von einer anderen Zolldienststelle zum neuen Leiter des Grenzüberganges bestimmt worden wäre. Der neue Leiter des Grenzüberganges hatte es sich nämlich in den Kopf gesetzt, jedem noch so gewieften Schmuggler das Handwerk zu legen, und hatte sich darum mit allen bekannten Kniffen der Schmuggler vertraut gemacht. Er hatte schnell herausgefunden, dass der Branntwein inmitten einer Ladung schwerer Bierkisten ganz hinten im Wagen versteckt war, und so hatte er, als der nächstbeste Bierfahrer des Getränkehändlers am Grenzübergang angelangt war, dessen Wagen von einigen seiner Untergebenen abladen lassen, und die hatten dann den geschmuggelten Branntwein entdeckt. Daraufhin waren der Getränkehändler und seine Bierfahrer sowie alle Wirte, die dem Getränkehändler den geschmuggelten Branntwein abgekauft und an ihre Gäste ausgeschänkt hatten, verhaftet worden, und wenn ihr Arbeitgeber bei seiner Verhaftung nicht gesagt hätte, dass er sie nicht mit der Tatsache vertraut gemacht hatte, dass sie seinen Likör mit geschmuggeltem Branntwein herstellten, dann wären sie jetzt auch verhaftet worden. So aber würden sie sie gehen lassen, so dass sie ihr Leben als freie Menschen weiterführen könnten. Allerdings müssten sie sich eine neue Arbeit suchen, da die Kneipe von jetzt an geschlossen sei.

Nachdem ihnen die Kriminalbeamten alles gesagt hatten, was es über die Verbrechen, in die ihr Arbeitgeber verwickelt gewesen war, zu sagen gab, sagte einer der Kriminalbeamten zu ihnen, dass sie ruhig alles stehen und liegen lassen und nach Hause gehen könnten, worauf Thomas entgegnete, dass ihm das Herz weh täte bei dem Gedanken, dass der Topf mit dem Likör auf dem Tisch dort weggeschüttet werden würde, und da es letztendlich doch egal sei, ob der Likör weggeschüttet oder getrunken werde, könnten sie doch eigentlich nichts dagegen haben, wenn sie ihn in Flaschen umfüllen und diese mitnehmen würden. Die Kriminalbeamten hatten auch tatsächlich nichts dagegen, und so machten sich Thomas, sein Freund Michael und seine Arbeitskollegen daran, den Likör in Flaschen umzufüllen. Als sie schließlich mit ihrer Arbeit fertig waren, standen so viele Flaschen auf dem Tisch, dass ein jeder von ihnen eine Flasche einstecken konnte und obendrein noch zwei Flaschen übrig blieben. Die verehrten sie den Kriminalbeamten, um sich dann von ihnen zu verabschieden und sich auf den Heimweg zu machen.

Tags darauf lenkten Michael und Thomas ihre Schritte zum Rathaus hin, um dort nachzufragen, ob sie wieder als Stadtarbeiter anfangen könnten, und da sie in Diensten der Stadt stehend stets gute Arbeit geleistet hatten, glaubten sie fest daran, dass sie wieder als Stadtarbeiter eingestellt werden würden. Umso größer war ihre Enttäuschung, als man ihnen im Rathaus in dem Büro, in dem man sich um eine Stelle als Stadtarbeiter bewerben konnte, sagte, dass es dem Ruf der Stadtverwaltung schaden würde, wenn diese Verbrecher einstellen würde, die sie zweifellos seien, da es nun mal ein Verbrechen sei, mit geschmuggeltem Branntwein Likör herzustellen. Auch wenn sie auch nichts davon gewusst haben sollten, dass sie bei der Likörherstellung geschmuggelten Branntwein verwendeten, so würden sie dieses Verbrechen doch begangen haben.

Einige Tage darauf machte sich Michael auf den Weg zu einem Betrieb, der mittels einer Zeitungsanzeige einen Arbeiter suchte, und obschon er eigentlich aufgrund dessen, dass er und Thomas bei der Stadt nicht eingestellt worden waren, weil sie in ein Verbrechen verwickelt gewesen waren, hätte befürchten müssen, dass es ihm auch an anderer Stelle so ergehen könnte, glaubte er daran, dass er die freie Stelle kriegen konnte. Er war nämlich der Meinung, dass man ihn und Thomas normalerweise nicht als Verbrecher hinstellen könne, sondern für anständige Menschen ansehen müsse, weil sie doch tatsächlich unschuldig waren. Dieser Meinung war er aber nur so lange, wie er sich auf dem Weg zu besagtem Betrieb befand. Als er sich nämlich im Betrieb als Bewerber für die freie Stelle vorstellte, sagte man ihm in etwa dasselbe, was man ihm und Thomas bei der Stadt gesagt hatte, so dass ihm schmerzlich bewusst wurde, dass man trotz der Tatsache, dass sie von dem Schmuggel nichts gewusst hatten, eine schlechte Meinung von ihnen hatte.

Doch obgleich er in schlechtem Ruf stand und es daher schwer für ihn werden würde, eine Arbeit zu finden, setzte er unverdrossen seine Arbeitssuche fort, in der Hoffnung, irgendwann einmal bei jemandem vorstellig zu werden, der ihn für einen anständigen Menschen hielt.

Thomas erging es bei der Arbeitssuche ebenso wie Michael. Ein ums andere Mal bewarb er sich vergeblich um eine Arbeit. Doch gab auch er nicht die Hoffnung auf. So bewarben sich denn die beiden immer wieder mal um eine Arbeit, und wenn ihnen bei ihrer Bewerbung kein Erfolg beschieden war, dann ließen sie sich davon nicht entmutigen, sondern machten sich nach einiger Zeit mit frischem Mut erneut auf den Weg zu einem Betrieb.

Dass sie die Hoffnung nicht aufgaben, irgendwann Arbeit zu finden, war darauf zurückzuführen, dass die Leute, mit denen sie im Privatleben zu tun hatten, im Gegensatz zu jenen, mit denen sie in den Betrieben bei ihren Bewerbungen um eine Arbeit zu tun hatten, ihnen gegenüber kein ablehnendes Verhalten an den Tag legten, und sie dachten, dass, wenn viele Menschen sich wohlwollend ihnen gegenüber verhielten, man sich irgendwann einmal auch in einem Betrieb freundlich ihnen gegenüber verhalten und ihnen eine Arbeit geben würde.

Daher waren sie weit entfernt davon, mit ihrem Los unzufrieden zu sein, und hatten deswegen stets gute Laune, so dass es ihnen nicht schwerfiel, freundlich zu jenen zu sein, mit denen sie im Laufe des Tages zusammenkamen. Sie sahen es als Selbstverständlichkeit an, dass jene, zu denen sie freundlich waren, ebenfalls freundlich zu ihnen waren, ohne jemals auf den Gedanken zu kommen, sie zu verachten. Umso schmerzlicher war es für Michael, als er eines Morgens von seinem Zimmer nach unten ging und ihn jeder Pensionsgast, dem er auf dem Flur und auf der Treppe begegnete und einen guten Morgen wünschte, merken ließ, dass er mit ihm nichts mehr zu tun haben wollte, indem er seinen Gruß nicht erwiderte und ihn keines Blickes würdigte. Als er dann der Pensionswirtin begegnete, die mitangesehen hatte, wie sich einer ihrer Gäste auf der Treppe Michael gegenüber abweisend verhalten hatte, sagte diese mit Bedauern zu ihm, dass er seit gestern bei ihren anderen Gästen unten durch sei. Gestern sei nämlich etwas geschehen, wodurch ihren anderen Gästen klar geworden sei, dass sie seinetwegen dem Gespött der Leute ausgesetzt seien. Und zwar habe jemand in einer Kneipe zu einem ihrer Gäste voller Hohn gesagt, dass ihn von dem Augenblick an, wo er das Gastzimmer betreten habe, die Frage beschäftigen würde, ob er sich als Heiratsschwindler, Rosstäuscher, Bauernfänger, Taschendieb oder Zuhälter durchs Leben schlagen würde. Denn dass er sich mit irgendeiner Gaunerei seinen Lebensunterhalt verdienen würde, stünde für ihn zweifelsfrei fest. Die Tatsache, dass in der Pension einer wohnen würde, von dem jeder wusste, dass er mit einem Verbrecher gemeinsame Sache gemacht hatte, ließe darauf schließen, dass in besagter Pension lauter Gauner wohnten. Dass ihre Gäste als Gauner hingestellt worden seien, würde aber nicht nur die Ehre ihrer Gäste verletzen, sondern auch ihre, da man ihre Pension als eine Art Räuberhöhle anschauen würde, in der Gaunern Unterschlupf gewährt werden würde. Daher würde sie ebenso wie ihre Gäste allen Grund haben, böse auf ihn zu sein, sei es aber nicht, da er nichts dafür könne, dass er in schlechten Ruf geraten sei, weil er nicht gewusst hatte, dass er sich beim Likörmachen eines Verbrechens schuldig machte. Das hatte sie gestern auch zu den anderen Gästen gesagt, als jene über ihn geschimpft hatten. Daraufhin hatten sie hervorgebracht, es stehe nicht zweifelsfrei fest, dass er und die anderen Arbeiter von den Machenschaften des Wirtes und seiner Bierfahrer nichts gewusst hätten. Sie würden auch die Möglichkeit sehen, dass der Wirt die Unwahrheit gesagt hatte, weil er seine Arbeiter davor hatte bewahren wollen, verhaftet zu werden. Von einem Menschen, mit dem sie tagtäglich zu tun haben würden, müssten sie aber ganz genau wissen, ob er ein anständiger Mensch oder ein Verbrecher sei, da sie ihm sonst nicht trauen könnten, und mit einem Menschen, dem sie nicht trauen könnten, würden sie auf gar keinen Fall unter einem Dach wohnen wollen, weshalb sie sie ersuchen würden, ihm sein Zimmer zu kündigen.

Auf diese Worte hin hatte sie ihnen zur Antwort gegeben, dass sie im Gegensatz zu ihnen keinen Zweifel daran haben würde, dass er ein anständiger Mensch sei, und deshalb keinen Grund habe, ihm sein Zimmer zu kündigen. Da hatten sie dann zu ihr gesagt, dass sie aus ihrer Pension ausziehen und überall herumerzählen würden, warum sie bei ihr ausgezogen wären, wenn er dableiben würde. Als sie diese Worte vernommen habe, sei ihr klar geworden, dass sie sich nicht länger für ihn einsetzen könne, sondern sich dazu bereit erklären müsse, ihm sein Zimmer zu kündigen. Wenn sie ihn weiter in ihrer Pension wohnen ließe und ihre Gäste würden das tun, was sie gesagt hatten, dann würde dies unweigerlich ihren Ruin herbeiführen. Es sei aber nicht weiter schlimm für ihn, dass er aus ihrer Pension ausziehen müsse. Er würde nämlich heute noch ein Zimmer in einer anderen Pension bekommen. Diese Pension würde von mit ihr befreundeten Eheleuten geführt werden, die ihn aufgrund dessen, dass sich ihre Pension in einem weiter entfernt gelegenen Stadtteil befinde, nicht kennen und daher auch nicht wissen würden, dass er bei einem Verbrecher gearbeitet habe. Für diese Eheleute würde sie ihm einen Brief mitgeben, in dem stehen würde, dass er der Sohn einer alten Freundin sei, der bei ihr ein Zimmer habe nehmen wollen. Sie habe ihm aber kein Zimmer geben können, weil zur Zeit alle ihre Zimmer belegt seien. Deshalb habe sie ihn zu ihnen geschickt. Wenn die Eheleute diesen Brief gelesen haben würden, dann würden sie ihm bestimmt ein Zimmer geben.

Sie gab ihm den Brief und sagte ihm, wo sich besagte Pension befand.

Er nahm den Brief dankend entgegen und gab ihr zu verstehen, dass er ihr die Kündigung des Zimmers nicht übelnahm, da ihr nichts anderes übrig geblieben sei. Er sei aber auch ihren Gästen nicht böse, da er sehr gut verstehen könne, dass sie nicht mehr mit ihm unter einem Dach wohnen wollten. Das möge sie ihren Gästen von ihm ausrichten.

Dann ging er nach oben, um seine Sachen zusammenzupacken.

Nach einer Weile kam er wieder herunter und händigte der Pensionswirtin seinen Zimmerschlüssel aus. Daraufhin reichte ihm jene einige Geldscheine und sagte mitleidsvoll zu ihm, dass er für die wenigen Tage, die er vom Anfang des Monats bis zum heutigen Tag in ihrer Pension gewohnt habe, nichts zu bezahlen brauche und sie ihm den kompletten Vorschuss hiermit zurückgebe.

Er nahm das Geld dankend entgegen und steckte es ein. Dann wünschte er ihr mit einem freundlichen Lächeln, dass es ihr allezeit gut ergehen möge, und sie wünschte ihm dasselbe. Dann verabschiedete er sich von ihr und wandte sich zum Gehen und sie erwiderte seinen Abschiedsgruß und blickte ihm wohlwollend nach.

Als sich Michael am Nachmittag mit Thomas traf, sagte er ihm, dass er vom heutigen Tag an in einer anderen Pension wohnen würde, und erzählte ihm dann in allen Einzelheiten, wie es dazu gekommen war.

Daraufhin sagte Thomas mit ernster Miene zu ihm, dass der ganze Vorfall gezeigt habe, dass die Leute ihnen gegenüber nur so lange freundlich gesinnt seien, wie ihnen durch den Umgang mit ihnen kein Nachteil entstehe. Auch die Angestellten in den Personalbüros der Betriebe, in denen sie um Arbeit nachfragen würden, würden der Meinung sein, dass ihrem Betrieb ein Nachteil entstehen würde, wenn sie sie einstellen würden, selbst wenn sie von ihrer Unschuld überzeugt wären. Allein schon die Tatsache, dass sie mit einem Verbrecher zu tun gehabt hatten, würde genügen, um von ihnen sagen zu können, dass sie nichts taugten, denn wer anders als solche Menschen, die nichts taugten, würden Verbrechern auf den Leim gehen. Über Jahre hinweg würden sie dieser Meinung sein, denn da die Verbrechen des Getränkehändlers und des Kneipenwirtes in der Stadt großes Aufsehen erregt hatten und sich die Bürger der Stadt das Maul darüber zerrissen hatten, würden die Bürger der Stadt auch nach Jahren noch den Namen des Getränkehändlers und den Namen des Kneipenwirtes und den Namen seiner Kneipe wissen. Sie bräuchten sich also gar keine Hoffnung zu machen, in den nächsten Jahren in dieser Stadt eine Arbeit zu finden. Daher werde er sich jetzt in einer anderen Stadt nach einer Arbeit umsehen und er täte gut daran, wenn er das auch machen würde.

Einige Tage darauf sagte Thomas zu Michael, dass er tags zuvor einen Mann kennen gelernt habe, der in einem Ofenbaubetrieb arbeitete. Diesen Mann habe er gefragt, ob der Betrieb noch Arbeiter gebrauchen könne. Daraufhin habe jener ihm gesagt, dass immer wieder der Belegschaft ihres Betriebes angehörende Arbeiter des ständigen Herumreisens in der ganzen Welt müde seien und deshalb den Betrieb verlassen würden, so dass ständig Arbeiter gesucht würden. Er könne also jederzeit bei ihnen zu arbeiten anfangen und daher gleich am nächsten Montag mit ihm zu ihrem Betrieb mitfahren und er könne das auch.

Dieser Ofenbaubetrieb baue und repariere in aller Welt

Brennöfen für Glashütten, Porzellan- und andere Fabriken und suche reisewillige Arbeiter.

Auf diese Worte hin sagte Michael zu Thomas, dass er sich am Montag nicht in jenem Ofenbaubetrieb um eine Arbeit bewerben würde, da er nicht im mindesten Lust habe, in fremden Ländern zu arbeiten. Er brauche auch nicht unbedingt die nächstbeste Arbeit zu ergreifen, da auf seinem Bankkonto noch eine beträchtliche Geldsumme zu Buche stehe, sondern könne sich in aller Ruhe nach einer Arbeit umsehen, die ihm liegen würde.

Daraufhin sagte Thomas zu Michael, dass er dadurch, dass er sich am Montag nicht mit ihm in jenem Ofenbaubetrieb um eine Arbeit bemühen würde, das Ende ihrer Freundschaft herbeigeführt habe, denn von dem Tag an, wo sie getrennte Wege gehen würden, könnten sie nicht länger Freunde sein. Und da er sich bis zum Montag jeden Tag mit seinem künftigen Arbeitskollegen, den er von nun an als seinen neuen Freund betrachte, treffen werde, um von ihm Näheres über seine künftige Arbeit zu erfahren, sei dieser Tag, an dem ihre Freundschaft enden werde, schon heutigentags und nicht erst am Montag.

Nachdem er dies gesagte hatte, verabschiedete er sich von Michael und wünschte ihm alles Gute für die Zukunft, woraufhin ihm Michael ebenfalls alles Gute für die Zukunft und zudem viel Freude bei seiner neuen Arbeit wünschte.

Michael nahm es weiter nicht tragisch, dass seine Freundschaft mit Thomas zerbrochen war, denn er nahm es als unabänderliche Tatsache hin, dass nun mal eine Freundschaft nicht länger bestehen konnte, wenn einer von den beiden Freunden den Weg, den sie bisher gemeinsam verfolgt hatten, auf einmal verließ und einen anderen Weg einschlug und der andere nicht dazu bereit war, ihm zu folgen.

Einige Tage waren vergangen, nachdem Michael Thomas zum letzten Mal gesehen hatte, als ihn auf dem Flur, auf dem sich sein Zimmer befand, ein anderer Pensionsgast, ein Mann in mittleren Jahren, ansprach und ihn dazu einlud, mit ihm in einer Gaststätte ein Bier zu trinken. Und da er nichts Besseres zu tun hatte, suchte er mit diesem Manne, den er aufgrund seines gepflegten Äußeren für einen feinen Herrn hielt, der in besseren Kreisen verkehrte, ein Gasthaus auf.

Als er mit dem Mann bei einem Glas Bier beisammensaß, erzählte ihm jener, dass er vor Jahren leitender Angestellter in einer großen Fabrik gewesen sei. In dieser Position habe er viel Geld verdient, von dem er für die Lebenshaltung nicht allzu viel habe ausgeben müssen, weil er keine Familie zu ernähren gehabt und für sich selbst zum Leben nicht viel gebraucht habe, so dass ihm jeden Monat einiges an Geld übrig geblieben sei. Mit diesem Geld habe er in Spielcasinos Roulette und Baccara gespielt und in Hinterzimmern von Nachtlokalen und in nur in Spielerkreisen bekannten Privatwohnungen Poker. Allerdings habe er sehr bald nicht mehr Roulette und Baccara gespielt, denn da er sich zu den hochintelligenten Menschen zähle, habe er nicht länger bei Spielen mitspielen wollen, bei denen man sich ganz allein auf das Glück verlassen müsse und selbst mit einem noch so scharfen Verstand nicht dazu imstande sei, ein Spiel zu gewinnen. Stattdessen habe er nur noch Poker gespielt. Beim Pokern könne man nämlich seinen Verstand gebrauchen, um zu gewinnen. Da könne man mit Hilfe seines Verstandes herausfinden, ob das eigene Blatt oder das Blatt der anderen Spieler besser sei. Das könne man dadurch, dass man beobachte, wie viele Karten jeder Mitspieler weglege und dafür neue eintausche, und unter Einbeziehung der eigenen Karten daraus schließen, was die Mitspieler in der Hand gehabt und was sie nach dem Eintauschen in der Hand haben würden. Er werde ihm jetzt an Hand einiger Beispiele Aufschluss darüber geben, wie sich das abspielen würde.

Wenn er zum Beispiel einen Viererstock mit Königen in der Hand haben würde und davor habe er zwei Karten weggeworfen, unter andrem ein As, und auch ein jeder von den anderen Spielern habe zwei Karten weggeworfen, dann müsse er damit rechnen, dass einer von ihnen ebenfalls einen Viererstock in der Hand haben könnte. Allerdings könnte der keinen Viererstock mit Assen haben, denn er habe ja ein As weggeworfen. Also wäre sein Viererstock mit Königen der höchste, weshalb er das Spiel mit Sicherheit gewinnen würde.

Wenn er ein Full House mit drei Königen und zwei Assen in der Hand haben würde und alle anderen Spieler würden jeweils nur eine Karte eintauschen, dann sei für ihn klar, dass ein jeder von den anderen Spielern zwei Pärchen in der Hand haben und darauf erpicht sein würde, mit der eingetauschten Karte ein Full House zusammenzubringen, und wenn dies auch einem Spieler gelingen würde, so könne er ihn dennoch nicht übertreffen, denn sein Full House mit Königen und Assen sei das höchste. Der Sieg in diesem Spiel sei ihm also sicher. Wenn allerdings bei diesem Spiel ein Spieler zwei Karten ausgetauscht haben würde, dann könne er nicht sicher sein, das Spiel zu gewinnen. Dann müsse er damit rechnen, dass der Gegenspieler mit seinen drei gleichen Karten in der Hand noch eine vierte eingetauscht haben könnte, so dass er mit seinem Viererstock ein besseres Blatt in der Hand halten würde als er mit seinem Full House.

Wenn andere Spieler drei Karten eingetauscht hätten, dann könnte aus ihrem Pärchen allerhöchstens ein Dreierstock geworden sein. Dennoch würde er aus diesem Spiel aussteigen, wenn er nur einen niedrigen Viererstock hätte, da es im Bereich des Möglichen läge, dass die anderen Spieler das unwahrscheinliche Glück gehabt hätten, zu ihrem Pärchen noch zwei gleiche Karten erhalten zu haben, und somit einen höheren Viererstock hätten als er. Da würde er nur dann im Spiel bleiben, wenn er ganz genau wisse, dass er den höchsten Viererstock haben würde.

Wenn ein Spieler gar keine Karten austauschte, dann läge es für die anderen Spieler klar auf der Hand, dass er ein hohes Blatt in der Hand halte, einen Viererstock, einen Straight

Flush oder gar einen Royal Flush. In diesem Fall würde er selbst seine Karten weglegen, anstatt bei dem Spiel mitzugehen und den Einsatz in den Pott zu legen. Selbst dann, wenn er einen hohen Viererstock haben würde.

Jedenfalls würde er nur dann im Spiel bleiben, wenn er sich ganz sicher sei, das Spiel zu gewinnen. Wenn auch nur die leiseste Möglichkeit bestehen würde, dass ein Spieler ein besseres Blatt hätte als er, dann würde er aus dem Spiel herausgehen.

Diese sorgfältig kalkulierende, zu Umsicht und Vorsicht gemahnende Spielweise habe sich bestens bewährt, so dass er fast immer gewinne.

Michael hatte die Worte des Spielers aufmerksam und interessiert verfolgt und den Spieler dabei mit bewundernden Blicken bedacht, denn er war zutiefst beeindruckt von seinen Kartenspielkünsten.

Nachdem der Spieler die Zeche bezahlt hatte, sagte er zu Michael, dass sie sich jeden Nachmittag um sechzehn Uhr treffen und ein paar Stunden in einem Lokal verbringen könnten. Er habe ab sechzehn Uhr einige Stunden Zeit und er wisse nicht, wie er diese Zeit totschlagen könne. Am späten Abend würde er dann seiner Tätigkeit als Pokerspieler nachgehen und damit sein Geld verdienen. Bis in die späte Nacht hinein würde er Poker spielen. Dann würde er bis Mittag schlafen und danach in einem Gasthaus zu Mittag essen. Wenn sie dann in einem Lokal gemütlich beisammensitzen würden, würde er die ganze Zechen bezahlen. Er verfüge ja über genügend Geld, weil er beim Pokern meistens gewinnen würde. Daher könne er auch so viel trinken, wie er wolle. Er selbst müssen sich aber beim Trinken mäßigen, da er am Abend beim Pokern einen klaren Kopf haben müsse.

Michael war es recht, und so vereinbarten sie, sich am nächsten Nachmittag um sechzehn Uhr am Empfang der Pension zu treffen, um sich dann in ein Lokal zu begeben.

Als sie anderntags in einem Lokal beisammensaßen, er-

190

zählte der Spieler Michael, dass er in der Nacht zweitausend gewonnen habe, das Doppelte von dem Geld, das er zum Pokern mitgenommen habe. Er pflege nämlich jedes Mal tausend für seinen Poker-Abend mitzunehmen. Am nächsten Tag erzählte er ihm, dass er zweitausendachthundert gewonnen habe. Am darauffolgenden Tag belief sich die Gewinnsumme auf zweitausendvierhundert und tags darauf auf zweitausendsechshundert.

Nachdem er ihm am darauffolgenden Tag erzählt hatte, dass er in der letzten Nacht zweitausendachthundert gewonnen hatte, machte er Michael den Vorschlag, dass er sich an seinem Pokerspiel beteiligen könne. Wenn er für jeden Poker-Abend tausend zuschießen würde, dann würde er am nächsten Tag die Hälfte vom Gesamtgewinn bekommen.

Da Michael gesehen hatte, dass der Spieler mehrere Nächte hintereinander gewonnen hatte, war er begeistert von dem Vorschlag und stimmte ihm bedenkenlos zu.

Er bereute seinen Entschluss keineswegs, denn schon am nächsten Tag teilte ihm der Spieler freudestrahlend mit, dass er mitsamt seinem Einsatz tausendfünfhundert gewonnen habe. Er händigte ihm fünfhundert aus und behielt tausend als Einsatz für die nächste Poker-Runde bei sich.

Auch am nächsten Tag vermeldete ihm der Spieler einen Gewinn. Diesmal waren es zweihundert Reingewinn und somit weniger als am Vortag. Tags darauf konnte Michael aber wieder einen größeren Gewinn einstreichen. Da bekam er vom Spieler vierhundert ausbezahlt. Am nachfolgenden Tag konnte er wieder vierhundert einstreichen, bevor er am Tag danach mit zweihundert wieder einen kleineren Gewinn ausbezahlt bekam. So ging es Tag für Tag weiter. Mal bekam er einen kleineren, mal einen größeren Gewinn ausbezahlt.

Von dem Geld, das er vom Spieler bekam, brauchte er nur einen kleinen Teil für seinen Lebensunterhalt. Den weitaus größeren Teil zahlte er auf sein Bankkonto ein, auf dem schon einiges an Geld zu Buche stand, da er während der Zeit, wo er bei der Stadt arbeitete und in der Likörherstellung tätig war, nicht den ganzen Lohn für seinen Lebensunterhalt benötigte.

Eines Tages sagte der Spieler freudestrahlend zu ihm, dass er diesmal siebenhundert als Reingewinn einstecken könne, und er meinte, dass sie das gebührend feiern sollten und am nächsten Tag ein Café aufsuchen sollten, wo sie nach Herzenslust Kuchen und Torte essen und Kaffee, versetzt mit edlen Spirituosen, trinken könnten. Er könne die nächtliche Poker-Runde ja mal ausfallen lassen. Michael war höchst angetan von dieser Idee und stimmte begeistert zu.

Anderntags saßen sie in einem Cafe und bestellten sich ein Stück Schwarzwälder Kirschtorte, eine Tasse Kaffee und einen Cognac. Den schütteten sie in den Kaffee. Nach dem Genuss der guten Torte und dem veredelten Kaffee befanden sie sich in bester Laune, und so plauderten sie lebhaft über dies und das, bis ihnen ihre nächste Bestellung, ein Bienenstich, eine Tasse Kaffee und ein Whisky zum Veredeln des Kaffees, serviert wurden. Genussvoll aßen sie den Bienenstich und tranken den veredelten Kaffee dazu. Als Nächstes bestellten sie ein Stück Prinzregententorte, eine Tasse Kaffee und ein Glas Birnengeist. Nachdem sie auch das genossen und sich nach dem Genuss der drei Tassen veredelten Kaffees in noch besserer Stimmung befanden als vorher, erzählten sie sich lustige Begebenheiten und lachten viel dabei. Ihre Unterhaltung und ihr Lachen verstummte aber sofort, als ihnen ein Stück Erdbeertorte, eine Tasse Kaffee und ein Glas Rum serviert wurde, denn nun musste ihr Mund wieder zum Essen und Trinken herhalten. Als die Erdbeertorte in ihrem Schlund verschwunden war, bestellten sie sich einen Windbeutel. Einen Kaffee und einen Branntwein zum Veredeln des Kaffees bestellten sie diesmal nicht, denn sie hatten die letzte Tasse veredelten Kaffees nicht mal bis zur Hälfte leer getrunken.

Während sie auf den Windbeutel warteten, sagte der Spieler zu Michael, ein Spieler aus der Poker-Runde habe ihm erzählt, dass er ab und zu an einer Poker-Runde in der Villa eines Unternehmers teilnehme. Der Unternehmer sei ein begeisterter Poker-Spieler und immer auf der Suche nach guten Spielern für seine Poker-Runde. Er habe diesem Unternehmer von seinem meisterhaften Poker-Spiel berichtet und der Unternehmer würde ihn gern bei seiner Poker-Runde dabei haben. Allerdings würde bei der Poker-Runde des Unternehmers um höhere Einsätze gespielt, weshalb er zu dieser Poker-Runde fünftausend an Grundkapital mitnehmen müsse. Da er die fünftausend leicht aufbringen könne, habe er die Absicht, an der Poker-Runde des Unternehmers teilzunehmen, und wenn er wolle, könne er sich auch mit fünftausend beteiligen. Und da es auch Michael nicht schwerfiel, fünftausend locker zu machen, und ihn zudem der veredelte Kaffee in eine leichtmütige, unbeschwerte Stimmung versetzt hatte, stimmte er dem Vorschlag begeistert zu, um sich dann mit Behagen über den Windbeutel herzumachen, den die Bedienung mittlerweile auf den Tisch gestellt hatte. Nachdem sie den Windbeutel in ihrem Magen hatten verschwinden lassen, bestellten sie sich ein Stück Sachertorte und einen Viertelliter Eierlikör in einem Whiskyglas. Während sie auf die bestellten Spezereien warteten, schwärmten sie davon, dass sie jetzt zu noch mehr Geld kommen würden als bisher und mit der Zeit immer reicher werden würden, so dass sie sich all das würden leisten können, was ihr Herz begehrte. Und als sie auch die Sachertorte gegessen und den Rest ihres veredelten Kaffees und den Eierlikör getrunken hatten, brachten sie beim besten Willen nichts mehr hinein, und so zahlten sie und gingen in der besten Laune, die man sich nur denken konnte, nach Hause.

Nach drei Tagen, an einem Sonntag, nahm der Spieler zum ersten Mal an der Poker-Runde in der Unternehmer-Villa teil, und er hatte Erfolg, so dass er Michael am Montagnachmittag tausend aushändigen konnte. Am Dienstagnachmittag bekam Michael ebenfalls tausend. Desgleichen am Mittwochnachmittag. Als er dann am Donnerstagnachmittag erneut tausend bekam, meinte er, dass er diese Gewinn-Serie feiern müsse, und so bestellte er sich zu seinem ersten Bier, das vor ihm auf dem Tisch stand, einen Pfirsichlikör, um sich dann mit dem Spieler angeregt zu unterhalten. Als sowohl das Bierglas als auch das Likörglas leer waren, bestellte er sich ein zweites Bier und dazu einen Kirschlikör. Nachdem er das zweite Bier und den Kirschlikör getrunken hatte, bestellte er sich ein drittes Bier und einen Orangenlikör. Der Spieler saß indessen immer noch vor seinem ersten Bier, denn er musste ja am Abend wieder pokern und musste dafür einen klaren Kopf haben.

Nachdem Michael den Orangenlikör hinuntergekippt und mit einem kräftigen Schluck Bier nachgespült hatte, erzählte ihm der Spieler, dass ihn der Unternehmer mit der Tatsache vertraut gemacht habe, dass bei den Poker-Runden an den Samstagen das Limit pro Einsatz anders als an den übrigen Tagen nicht auf tausend, sondern auf fünftausend festgelegt sei und er, wenn er an der Poker-Runde am Samstag teilnehmen wolle, über ein Grundkapital von fünfundzwanzigtausend verfügen müsse. Eigentlich müsse er diesen Betrag aufbringen können, da er an den Tagen, wo er an seiner Poker-Runde teilgenommen habe, so um die zwanzigtausend gewonnen haben müsse. Wenn ihm aber das Limit von fünftausend zu hoch sei, dann würde er vollstes Verständnis dafür haben, wenn er an der Poker-Runde am Samstag nicht teilnehmen wolle. Dann würde eben ein anderer Spieler seinen Platz einnehmen. Er habe ihm geantwortet, dass er die fünfundzwanzigtausend aufbringen und deshalb an der Poker-Runde am Samstag teilnehmen könne. Dadurch, dass am Samstag das Limit für den Einsatz fünfmal höher sei als an den anderen Tagen, ergebe sich nun für ihn die Gelegenheit, fünfmal mehr zu gewinnen als an den bisherigen vier Tagen, an denen er insgesamt, ihrer beider Anteile zusammengezählt, achttausend gewonnen habe, was im Durchschnitt pro Tag zweitausend ausmachen würde, so dass er am Samstag, wo er fünfmal so viel gewinnen könne wie an den übrigen Tagen, mit einem Gewinn von zehntausend rechnen könne, und er wolle ihm die Gelegenheit, auf einen Schlag zu fünftausend zu kommen, nicht vorenthalten. Er könne sich also auch am Samstag an seinem Pokerspiel beteiligen, wenn er ihm zu den fünftausend, die er ihm bisher als Einsatz gegeben habe, noch zwanzigtausend geben würde.

Da Michael blind darauf vertraute, dass der Spieler immer gewann, willigte er ein und vereinbarte mit ihm, dass sie sich am nächsten Nachmittag zu seiner Bank begeben würden, wo er von seinem Konto zwanzigtausend abheben und ihm übergeben würde.

Am nächsten Nachmittag lenkten sie ihre Schritte zu Michaels Bank. Dort hob Michael zwanzigtausend von seinem Konto ab und übergab sie dem Spieler, und obwohl sich jetzt nur mehr etwas mehr als dreitausend auf seinem Bankkonto befanden, bereute er es nicht im Mindesten, dass er fast sein ganzes Vermögen abgehoben hatte, denn er war sich hundertprozentig sicher, dass er viel mehr als die abgehobenen Zwanzigtausend wieder einzahlen würde können.

Am nächsten Nachmittag ging Michael, wie an den Nachmittagen zuvor, um sechzehn Uhr zum Empfang hinunter, und er wunderte sich, dass sich der Spieler nicht dort befand, denn sonst war er immer schon da gewesen. Vielleicht musste er etwas Dringendes auf seinem Zimmer erledigen, schoss es ihm durch den Kopf, weshalb er wieder nach oben ging, um ihn in seinem Zimmer aufzusuchen. An seinem Zimmer angelangt, drückt er die Türklinke herab, um festzustellen, dass das Zimmer abgesperrt war. Dort befand er sich also auch nicht. Er ging wieder nach unten zum Empfang und fragte die Pensionswirtin, ob sie nicht wisse, wo er sich befinde.

Die Pensionswirtin blickte ihn verwundert an und sagte: »Ja, wissen Sie denn nicht, dass er gestern Abend ausgezogen ist?«

Wie vom Donner gerührt stand Michael da und blickte

sie entgeistert an, denn im selben Moment, wo er ihre Worte vernommen hatte, war ihm die schreckliche Wahrheit in den Sinn gefahren, dass sich der Spieler mit seinem Geld aus dem Staub gemacht hatte.

Die Pensionswirtin machte eine besorgte Miene und sagte mitleidsvoll zu ihm: »Ist Ihnen nicht gut? Sind sind ja auf einmal leichenblass!«

Er nahm all seine Kräfte zusammen, um sich seine Bestürzung über den Verlust seines Geldes nicht anmerken zu lassen, und sagte zu ihr: »Äh nein. Ist nicht weiter schlimm. Nur eine kleine, vorübergehende Schwäche. Am besten, ich gehe auf mein Zimmer und ruhe mich etwas aus.«

Auf seinem Zimmer setzte er sich aufs Bett, stützte den Kopf in seine Hände und überlegte, was er nun machen sollte. Dabei kam ihn in den Sinn, dass er auf jeden Fall zur Polizei gehen und den Spieler anzeigen sollte, denn es konnte ja sein, dass ihn die Polizei fassen und er sein Geld zurückerhalten würde.

Er erhob sich, verließ sein Zimmer und die Pension und lenkte seine Schritte zur nächsten Polizeidienststelle. Dort sah er sich zwei Polizeibeamten gegenüber, von denen der eine seine Anzeige aufnahm.

Michael setzte ihm auseinander, dass ihn der Spieler dazu gebracht habe, dass er sich mit fünftausend am Einsatz an dessen Pokerspiel beteiligt habe, an sechs Tagen mit tausend und an vier Tagen mit fünftausend, und er habe seinen Einsatz nicht weiter aufstocken müssen, da der Spieler an jedem Tag gewonnen und ihm auch seinen Anteil am Gewinn ausbezahlt habe. Dann habe er ihm einen höheren Gewinn bei einer höheren Einsatzbeteiligung in Aussicht gestellt und ihm zu seinem bisherigen Einsatz von fünftausend weitere zwanzigtausend abgeluchst. Mit diesen Fünfundzwanzigtausend sei er dann auf Nimmerwiedersehen verschwunden.

»Diese Betrugsmasche kennen wir. Die ist uns schon mal untergekommen. Wir wissen auch, wie der Betrüger aussieht.

Er ist von großer, stattlicher Statur, mit großem Leibesumfang, pausbäckig, mit Doppelkinn, grauen Haaren und grauen Koteletten. Stimmt's?«, sagte der Polizeibeamte eifrig.

Michael blickte ihn verdutzt an und sagte: »Äh nein … der hat ganz anders ausgesehen. Der war schlank, hat ein schönes, fein geschnittenes Gesicht gehabt, eine gepflegte braune Kurzhaarfrisur und einen gepflegten Schnurrbart.«

Der Polizeibeamte blickte ihn verwundert an und sagte: »Dann muss sich dieser Betrüger in eine andere Gestalt umwandeln können! Der muss ein Zauberer oder ein Hexenmeister sein!«

»Oder gar der Teufel! Gott sei bei uns!«, stieß sein Kollege hervor.

Der andere Polizeibeamte fuhr herum und blickte irritiert zu ihm hin. Dann wandte er sich wieder Michael zu und sagte: »Wie dem auch sei. Fahnden können wir nach dem Betrüger nicht, wenn der ständig eine andere Gestalt annimmt. Wir können nur eins tun: die Bevölkerung vor dem Betrüger warnen, indem wir sie über dessen Betrugsmasche informieren. Wir können dann darauf hoffen, dass sich der Betrüger jemanden als Opfer aussucht, der über dessen Betrugsmasche Bescheid weiß, und ihn anzeigt, bevor er ihm eine größere Summe übergibt. Wir können ihn dann bei der Geldübergabe auf frischer Tat ertappen und ihn verhaften. Wir geben Ihnen Bescheid, wenn er uns ins Netz gegangen ist. Sie kriegen dann Ihr Geld zurück. Mehr wäre jetzt dazu nicht zu sagen.«

»Na ja, hoffen wir halt das Beste. Haben Sie auch vielen Dank für ihre Bemühungen!«, sagte Michael mit einem erzwungenen Lächeln. Dann erhob er sich von seinem Stuhl, sagte »Wiedersehen« und wandte sich zum Gehen und die beiden Polizeibeamten sagten auch »Wiedersehen«.

Missmutig und verzagt trottete er zurück in die Pension. Er konnte überhaupt nicht zufrieden sein mit dem, was ihm der Polizeibeamte gesagt hatte, denn man konnte keinesfalls die Gewissheit haben, dass der Betrüger bei der Suche nach einem neuen Opfer tatsächlich an jemanden geraten würde, der über seine Betrugsmasche genauestens informiert sein würde. Damit es dazu kommen konnte, mussten schon Zufall und eine gehörige Portion Glück herhalten.

Auf seinem Zimmer legte er sich auf sein Bett und sann darüber nach, was er nun anfangen sollte. Dabei gelangte er zu der Erkenntnis, dass es ihn noch schlimmer hätte treffen können. Schließlich hätte er ganz ohne Geld dastehen können, und er fand es tröstlich, dass er noch Geld besaß, auf der Bank über dreitausend und in seinem Geldbeutel, den er stets bei sich trug, über zweitausend. So konnte er noch geraume Zeit in der Pension wohnen und für seinen Lebensunterhalt sorgen. Was sollte er aber machen, wenn alles Geld verbraucht sein würde? Er sann hin und her, bis er schließlich darauf kam, dass die bösen Gerüchte von seiner Liebesbeziehung zu der Bäuerin eigentlich nur bis zum letzten Dorf vor der Südgrenze der großen Stadt vorgedrungen sein dürften. In die Stadt und durch sie hindurch dürften sie wohl kaum gedrungen sein und deshalb auch nicht in die Gegend nördlich der Stadt, so dass es ihm dort auf dem Lande nicht weiter schwerfallen würde, eine Stelle als Stallknecht zu finden.

Urplötzlich schoss ihm eine Idee in den Kopf, worüber er vor Freude Augen und Mund aufriss. Er könnte sich ja auch in den Kleinstädten, in die er auf seinem Weg durch den nördlich der großen Stadt gelegenen Landstrich kommen würde, als Stadtarbeiter bewerben, wobei er den Angestellten der Stadtverwaltung das Zeugnis vorzeigen würde, das er von der Verwaltung der großen Stadt ausgestellt bekommen hatte. Gewiss würden die jemanden als Stadtarbeiter einstellen, der in der großen Stadt als Stadtarbeiter tätig gewesen war.

Er lächelte. Das Wissen darum, dass er mit Sicherheit eine Arbeit finden würde, hatte sein Gemüt erhellt.

Mit frischem Lebensmut und voller Zuversicht künftigen Zeiten entgegensehend, überlegte er sich, wann er aus der Pension ausziehen und sich auf den Weg in die nördlich der großen Stadt befindliche Gegend machen sollte. Auf gar keinen Fall durfte er so lange in der Pension wohnen bleiben, bis sein ganzes Geld aufgebraucht war. Schließlich musste er auf seinem Weg in wer weiß wie vielen Nächten irgendwo unterkommen und für diese Nachtquartiere bezahlen und sich was zum Essen und zum Trinken kaufen. Er beschloss, nur noch bis zum Ende des Monats in der Pension zu bleiben. Einundzwanzig Tage waren es bis dahin. Für das Wohnen in der Pension musste er nichts bezahlen, denn er hatte stets für einen Monat im Voraus bezahlt. Nur für Essen und Trinken würde er Geld aufwenden müssen. Aber das würde für einundzwanzig Tage nicht gar so viel ausmachen. Auf jeden Fall würde er am Monatsende über genügend Geld verfügen, um auf seinem Weg durch den nördlich der großen Stadt gelegenen Landstrich für seinen Lebensunterhalt sorgen zu können.

8. Kapitel

Am Ersten des nächsten Monats ging er zum letzten Mal die Treppe zum Empfang hinunter, diesmal mit einer vollgepackten Reisetasche, in der sich Kleidungsstücke und sonstige Habseligkeiten befanden. Er verabschiedete sich vom Pensionswirt und dessen Frau und verließ die Pension.

Er wandte sich aber nicht gen Norden, sondern suchte die nächstgelegene Metzgerei auf, um sich dort ein Stück Speckwurst, eine Scheibe Leberkäse und drei Semmeln zu kaufen, denn er hatte Hunger und musste sich erst einmal stärken, bevor er seine Reise antrat, und da er auch etwas zum Hinunterspülen brauchte, kaufte er sich in einem Laden eine Flasche Bier. Mit diesen guten Sachen ging er nun umher und hielt Ausschau nach einer Bank, wo er in aller Ruhe würde essen und trinken können.

Schließlich fand er eine vor einem Haus, unter einer Linde. Er steuerte darauf zu, stellte seine Reisetasche neben der Bank ab, setzte sich, nahm die Flasche Bier und die Tüte mit der Speckwurst, dem Leberkäse und den drei Semmeln aus einer Stofftasche und stellte beides auf die Bank, breitete die Stofftasche neben sich aus, legte die Semmeln darauf, nahm Speckwurst und Leberkäse aus der Tüte, legte die Tüte auf die Stofftasche und darauf Speckwurst und Leberkäse und begann zu essen.

Nachdem er die Speckwurst und eine Semmel verdrückt und so manchen Bissen mit einem Schluck Bier hinuntergespült hatte, kam ein junger Mann vorbei, blieb vor der Bank stehen und sagte mit einem freundlichen Lächeln zu ihm: »Na, schmeckt's?«

Michael blickte ihn an und sagte mit einem wonnigen Lächeln: »Ausgezeichnet!« Dann nahm er den Leberkäse in die eine und die nächste Semmel in die andere Hand und aß weiter.

»Sag einmal, wieso hast'n du eine Reisetasche bei dir? Hast du etwa keine Wohnung?«, fragte der junge Mann.

»Nein«, gab Michael zurück, indem er auf den Leberkäse blickte, den er gerade zum Mund führte.

»Eine Arbeit hast du wohl auch nicht?«

»Nein«, sagte Michael und biss von der Semmel ab.

»Ich kann dir helfen! Ich kann dir beides verschaffen!«, sagte der junge Mann eifrig. »Darf ich mich zu dir setzen? Ich erkläre dir dann alles«, fügte er hinzu.

»Ja, setz dich nur her«, sagte Michael und aß in aller Ruhe weiter.

Der junge Mann setzte sich neben ihn. »Also, dann will ich dir mal erzählen, wie es dazu gekommen ist, dass ich zu einer Wohnung und zu einer Arbeit gekommen bin«, fing er an. »Ich war nämlich auch obdachlos und habe mir das Geld, das ich für die Ernährung benötigt habe, erbettelt und habe mir zusammen mit anderen Obdachlosen eine Bleibe für die Nacht gesucht.

Zunächst muss ich dir aber erst einmal einige Ereignisse erzählen, durch die die Voraussetzung dafür geschaffen worden ist, dass ich zu einer Wohnung und zu einer Arbeit gekommen bin.

Begonnen hat alles damit, dass ein feiner Herr aus besseren Kreisen mit Namen Macrobius ein ehemaliges Kloster samt Grundstück erstanden hat. Dieser Macrobius hat dann einen Gärtnereibesitzer aufgesucht, der kurz zuvor seine Gärtnerei aufgrund hoher Schulden an seine Gläubiger verloren hat. Diesem ehemaligen Gärtnereibesitzer hat er gesagt, dass er auf dem Grundstück eines ehemaligen Klosters Gemüse und Kräuter anzubauen gedenke. Auf dem Grundstück würde alles bestens gedeihen, weil sich dort der Friedhof des Klosters befunden habe und unter der Erde die Gebeine von braven, gottesfürchtigen Mönchen ruhen würden.

Um das Grundstück bebauen zu können, brauche er einen Gärtner und da habe er an ihn gedacht. Er würde ein schönes

Gehalt bekommen und könne obendrein umsonst im Kloster wohnen.

Zur Bebauung des Grundstücks brauche er aber noch mehrere Arbeitskräfte. Die solle er unter den Obdachlosen der Stadt zusammensuchen. Er wolle nämlich ein gutes Werk tun und Obdachlosen zu einer Arbeit und zu einer Wohnung verhelfen, denn die Obdachlosen könnten ebenso wie er umsonst im Kloster wohnen. Verpflegung und all das, was sie sonst noch zum Leben brauchten, würden sie auch umsonst bekommen. Zudem würden sie etwas Taschengeld erhalten.

Für die Suche nach Arbeitskräften würde er natürlich auch ein Gehalt bekommen. Sobald er genügend Arbeitskräfte zusammenhaben würde, müssten diese unter seiner Leitung Gemüse und Kräuter anbauen, ernten und auf dem Markt verkaufen.

Die meisten der angebauten Kräuter müssten zu einem Naturheilkundigen gebracht werden, der in der Altstadt wohne und Kräutermischungen gegen alle möglichen Krankheiten und Gebrechen zusammenstelle. Er stelle auch Tränke her, die zu Gewinn und Erfolg verhelfen würden. Diese Tränke müssten diejenigen Arbeitskräfte, die auf dem Markt Gemüse und Kräuter verkauften, ihren Kunden wärmstens empfehlen und ihnen sagen, wo der Naturheilkundige wohne, bei dem sie sie kaufen könnten.

Wie der Gärtnermeister unter den Obdachlosen Arbeitskräfte gesucht hat, hat er auch mich angesprochen und ich habe die mir angebotene Arbeit angenommen und bin mit ihm mitgegangen. Und du kannst jetzt auch mit mir mitgehen. Wir brauchen nämlich Arbeitskräfte.«

Michael blickte ihn an und sagte: »Ja, ich geh mit dir.« Er war froh, jetzt schon eine Arbeit gefunden zu haben und nicht mehr wer weiß wie lange danach suchen zu müssen. »Ich muss aber erst noch fertig essen«, fügte er hinzu.

»Lass dir nur Zeit!«, sagte der junge Mann.

Als Michael gegessen hatte, zerknüllte er die Papiertüte zu

einem Knäuel, das er in seine rechte Jackentasche steckte. Er wollte das Papierknäuel in einen Papierkorb werfen, sobald er an einem vorüberkommen würde. Dann legte er seine Stofftasche zusammen und steckte sie in seine linke Jackentasche.

»So, dann können wir jetzt gehen!«, sagte er, dem jungen Mann zugewandt. Dann stand er auf und nahm seine Reisetasche auf. Auch der junge Mann stand auf und beide machten sich auf den Weg zum Kloster.

Im Kloster bekam Michael ein Zimmer zugewiesen. Als er sich allein auf seinem Zimmer befand, nahm er seine Kleidung aus der Reisetasche und gab sie in den Schrank. Dann trennte er das Futter von seinem Mantel an der Seite auf, steckte sein Geld hinein und nähte den Riss wieder zu. Er würde im Kloster auf sein Geld nicht zurückgreifen müssen, da er ja die Verpflegung umsonst bekommen und außerdem noch ein Taschengeld kriegen würde. Sein Geld würde er erst dann wieder brauchen, wenn er, aus welchem Grund auch immer, das Kloster verlassen würde und sich eine Wohnung und eine Arbeit suchen müsste.

Fortan arbeitete Michael auf dem Grundstück des Herrn Macrobius, stach die abgeernteten Anbauflächen mit dem Spaten um, mischte Dünger unter die Erde, ebnete die Erde mit einem Rechen, säte, erntete, wusch das geerntete Gemüse, richtete es zum Verkauf her und verkaufte es auf einem Stand auf dem Markt. All die Arbeiten, die er zu verrichten hatte, gefielen ihm, vor allem die in freier Natur, denn er liebte die Natur und all die Pflanzen und Tiere, die in ihr lebten, und es freute ihn, wenn er Gemüsepflanzen und Kräuter emporwachsen sah, die er selbst gesät hatte. Er blickte auch liebevoll zu den Schmetterlingen und Käfern hin, die ihm während der Arbeit vor die Augen kamen.

Auch das Leben im Kloster gefiel ihm. Allein schon wegen dem guten Essen, das es gab. Der Herr Macrobius hatte nämlich keine Kosten und Mühen gescheut, um gute Köche und tüchtige Küchenkräfte einstellen zu können, und dieses erstklassige Küchenpersonal bereitete schmackhafte, deftige Hausmannskost zu und dazwischen auch mal delikate feine und pikante Spezialitäten.

Ebenso wie das Essen war auch das Trinken umsonst und sie konnten so viel trinken, wie sie nur wollten. Der Gärtnermeister als ihr Vorgesetzter legte ihnen aber nahe, unter der Woche am Abend nicht zu viel Bier zu trinken, weil sie dann am nächsten Tag einen Kater hätten, was ihre Arbeitsleistung beeinträchtigen würde, und er machte ihnen unmissverständlich klar, dass jeder, der seine Arbeit nicht zu seiner Zufriedenheit ausübe, auf der Stelle entlassen würde. In der Stadt gebe es genügend Obdachlose, so dass er sogleich einen Ersatz für ihn finden würde. Am Freitag und am Samstag könnten sie dann mehr trinken, aber auch nicht gar so viel, denn es musste ja nicht unbedingt sein, dass sie sturzbetrunken waren. Michael beherzigte die Worte seines Vorgesetzten und trank an den Abenden, auf die ein Arbeitstag folge, höchstens zwei Bier, meistens aber nur eins und am Freitag und Samstag auch nur so viel, dass er seine sieben Sinne noch beieinander hatte.

Nach Feierabend und am Wochenende konnte sich Michael als freier Mann fühlen, denn da konnten die Arbeitskräfte tun und lassen, was immer sie mochten. Sie konnten auch das Kloster verlassen, um einen Spaziergang zu machen, einen Stadtbummel zu unternehmen oder ein Lokal aufzusuchen.

Was hätte Michael angesichts dieser Annehmlichkeiten anderes denken sollen, als dass alles bestens bestellt sei und dass er es doch gut getroffen habe, dass er mit dem jungen Mann zum Kloster mitgegangen sei. So brachte er denn Tag um Tag in höchster Zufriedenheit und voller Lebensfreude im Kloster zu.

Einige Zeit schon lebte Michael im Kloster, als eines Tages ein Mann mittleren Alters an seinen Stand auf dem Markt herantrat und missfällig sagte: »Euer Trank taugt überhaupt nichts! Das, was ihr den Leuten über die Wirkung des Trankes vorgaukelt, entspricht ganz und gar nicht der Wahrheit.«

Michael blickte ihn verständnislos an und sagte: »Das kann nicht sein! Die Kräuter, die für den Trank verwandt werden, wachsen auf geheiligter Erde, unter der die Gebeine von braven und gottesfürchtigen Mönchen liegen. Der Trank muss einfach wirksam sein.«

»Er ist es aber nicht!«, widersprach der Mann. »Ich weiß von drei Fällen, wo der Trank nur drei Monate gewirkt hat. Während dieser drei Monate haben die Leute, die den Trank genommen haben, einen Erfolg nach dem anderen gefeiert. Danach hat sich dann ein Misserfolg nach dem anderen eingestellt und kein einziger Erfolg mehr.«

Michael schaute ihn ungläubig an und sagte: »Für mich ist das unbegreiflich.« Er machte ein nachdenkliches Gesicht und fügte hinzu: »Aber ohne Grund werden Sie das wohl nicht sagen. Sie müssen mir unbedingt von diesen drei Fällen erzählen, damit ich mir selbst eine Meinung darüber bilden kann.«

»Nun, dann will ich Ihnen mal alles haarklein erzählen«, begann der Mann. »Beim ersten Fall war ein Freund von mir betroffen. Der war Büroangestellter in der Verkaufsabteilung einer Porzellanfabrik und hat dort Tag für Tag eifrig und fleißig seine Arbeit getan, und es ist ihm nie ein Fehler unterlaufen, denn er hat ordentlich, gewissenhaft und sorgfältig gearbeitet. Dadurch ist bei den anderen Angestellten der Eindruck entstanden, dass er zu Höherem befähigt sei, und so ist er zum Abteilungsleiter ernannt worden. Auf seinem neuen Posten hat der dann sehr schnell gesehen, dass er nicht nur die routinemäßigen Arbeiten, die bei der Organisation, bei der Verwaltung und bei der Überwachung der Arbeit in seiner Abteilung angefallen sind, zu erledigen hat, sondern dass immer wieder unvorhergesehene Schwierigkeiten und widrige Umstände aufgetreten sind, dass schädliche Einflüsse sich störend ausgewirkt haben und dass es zu plötzlich einsetzenden Pannen und Malheuren gekommen ist, wofür er schnellstmöglich eine Lösung hat finden müssen und daher beim Denken unter Zeitdruck gestanden hat. Das hat ihm überhaupt nicht gefallen, denn seiner Meinung nach kann man nur dann möglichst gut denken, wenn man dafür so viel Zeit wie möglich zur Verfügung hat, um in aller Ruhe sorgfältig und genau denken zu können, bis man sich sicher ist, die richtige Lösung gefunden zu haben, während man beim schnellstmöglichen Finden einer Lösung dazu verleitet wird, oberflächlich und ungenau zu denken und Gefahr läuft, sich vorschnell mit einer Lösung zufriedenzugeben, die sich dann letztendlich als falsch erweist. Immer wieder musste er schnellstmöglich eine Lösung finden und bei keiner einzigen war er sich ganz sicher, ob es die richtige sei. Es hat sich dann aber immer wieder herausgestellt, dass er die richtige Lösung gefunden hatte, bis er eines Tages in dem Glauben, die richtige Lösung gefunden zu haben, Anweisungen erteilen wollte, um das Erdachte zur Ausführung bringen zu lassen. Irgendwas in ihm hat ihm aber gesagt, dass er noch mal alles überdenken sollte, und so hat er nach seiner Denkmethode in aller Ruhe sorgfältig und genauestens nochmal über alles nachgedacht. Dabei ist er dann auf eine ganz andere Lösung gekommen und hat auch herausgefunden, dass die Ausführung der ersten Lösung verheerende Folgen für die Firma gehabt hätte, worüber er zutiefst erschrocken war, und Angst ist in ihm hochgekommen, als er an die nächsten Probleme gedacht hat, für die er eine Lösung würde finden müssen, und diese Angst hat ihn dazu gebracht, zu dem Naturheilkundigen zu gehen und den Trank zu kaufen. Wie er den genommen hat, hat er drei Monate lang einen Erfolg nach dem anderen verbuchen können. Danach hat sich dann ein Misserfolg nach dem anderen eingestellt, was dazu geführt hat, dass er entlassen worden ist.

Beim zweiten Fall war eine Cousine von mir die Leidtragende. Die hat ihrem Freund nachgeweint, der sie wegen einer anderen hat sitzen lassen, und hat in einem Leben ohne ihn keinen Sinn gesehen, weshalb sie alles daransetzen wollte, um ihn wieder zurückzugewinnen, und so hat sie den Naturheilkundigen aufgesucht und hat den Trank gekauft, und kaum dass sie den Trank genommen hat, ist ihr Freund zu ihr zurückgekehrt. Nach drei Monaten hat er sie aber wieder verlassen. Da ist sie dann aus Gram darüber ins Wasser gegangen.

Beim dritten Fall war ich selbst der Betroffene. Ich wollte mich nämlich selbst davon überzeugen, dass die Wirkung des Trankes nur drei Monate anhält, und so habe ich den Trank beim Naturheilkundigen gekauft und habe ihn genommen, und tatsächlich hat der Trank nach drei Monaten aufgehört zu wirken. Es war ein Leichtes für mich, das herauszufinden. Ich pflege nämlich jeden Donnerstag und jeden Sonntag Schafkopf zu spielen und da habe ich dann nach der Einnahme des Trankes drei Monate lang an jedem Schafkopf-Abend gewonnen, während ich danach nur mehr verloren habe.«

»Hm«, brummte Michael nachdenklich. Er schwieg eine Weile betroffen. Dann sagte er: »An unseren Kräutern kann es aber nicht liegen, dass der Trank nur drei Monate wirksam ist, denn wie schon gesagt, wachsen sie auf geheiligtem Boden, unter dem die Gebeine von frommen, gottesfürchtigen Mönchen liegen. Das muss eine andere Ursache haben. Womöglich hat der Naturheilkundige die Kräuter nicht richtig gelagert, so dass sie verschimmelt oder anderweitig verdorben sind.

Ich werde heute Abend zu ihm hingehen und ihm sagen, dass sein Trank nur drei Monate wirksam ist und dass er nachforschen soll, warum das so ist. Wenn Sie wollen, können Sie mitkommen.«

»Ja, da bin ich dabei«, sagte der Mann entschlossen.

»Gut, dann treffen wir uns heute Abend um neunzehn Uhr an der Klosterpforte und gehen dann zu ihm.«

»Alles klar! Also dann bis später«, sagte der Mann und wandte sich zum Gehen.

Als Michael um neunzehn Uhr vor die Klosterpforte trat, stand der Mann schon da. Sie grüßten sich und machten sich auf den Weg. Wenig später gingen sie durch eine enge Gasse in der Altstadt, bis sie vor dem Haus standen, in dem der Naturheilkundige wohnte. Sie betraten das Haus, gingen die Treppe hoch und klingelten an der Tür.

Wenig später öffnete der Naturheilkundige die Tür und blickte sie fragend an.

»Ich verkaufe auf dem Markt Kräuter und Gemüse aus dem Kloster und werbe auch für Ihren Trank, und da ist heute Nachmittag dieser Herr zu mir an den Stand gekommen und hat mir gesagt, dass er von drei Fällen weiß, wo Ihr Erfolg versprechender Trank nur drei Monate gewirkt hat und danach nicht mehr. Wir möchten gern mit Ihnen darüber reden«, sagte Michael in freundlichem Ton.

»Ist recht. Kommen Sie nur herein! Ich geh voraus«, sagte der Naturheilkundige, drehte sich um und ging durch den Flur.

Michael und sein Begleiter traten ein. Michael folgte dem Naturheilkundigen und sein Begleiter folgte Michael, nachdem er als zuletzt Eingetretener die Tür zugemacht hatte. Sie folgten ihm durch den Flur in die Küche, in der es anders aussah, als wie man das gemeinhin von einer Küche gewohnt war, denn Ofen, Küchenschrank, ein Tisch und vier Stühle waren die einzigen Einrichtungsgegenstände, die typisch für eine Küche waren. Ansonsten standen Regale mit leeren und gefüllten Flaschen an den Wänden und waren Haken an der Decke angebracht, von denen Kräuterbüschel herabhingen.

Von der Küche ging der Naturheilkundige ins Wohnzimmer und die beiden Männer folgten ihm und sahen, dass man es nur im Entferntesten als Wohnzimmer bezeichnen konnte, da nur ein Bücherschrank und ein Tisch dies vermuten ließen und um den Tisch herum kein Sofa und keine Sessel standen, sondern vier Stühle und ansonsten Regale an den Wänden standen, in denen Gläser, Dosen und Fläschchen untergebracht waren.

Der Naturheilkundige bot Michael und seinem Begleiter Platz am Tisch an, und die beiden Männer setzten sich und auch der Naturheilkundige setzte sich. Er blickte die beiden Männer verwundert an und sagte zu ihnen: »Mir ist bis jetzt noch nicht zu Ohren gekommen, dass mein Trank nicht hält, was er verspricht. An mir kann es jedenfalls nicht liegen. Ich bereite den Trank strikt nach dem Rezept zu, das mir Herr Macrobius gegeben hat, und ich arbeite sorgfältig und genau dabei. Eventuell treten in einzelnen Fällen gewisse Umstände auf, die dafür verantwortlich sind, dass …« Er wurde vom Klingeln an der Wohnungstür unterbrochen. »Entschuldigen Sie mich bitte. Ich muss zur Tür«, sagte er, stand auf und ging hinaus.

Die beiden Männer hörten ihn an der Wohnungstür mit einem anderen Mann sprechen. Nach einiger Zeit traten der Naturheilkundige und sein Besucher ins Zimmer. Dem Besucher sah man an seinem feinen dunkelgrauen Anzug und seinen fein frisierten dunklen Haaren auf den ersten Blick an, dass er besseren Kreisen angehörte. Michael erkannte in ihm Herrn Macrobius, den Besitzer des Klosters.

»Wünsche den beiden Herren einen schönen guten Abend!«, sagte Herr Macrobius mit einem freundlichen Lächeln, wobei seine blendend weißen Zähne aufblitzen.

»Guten Abend!«, sagten Michael und sein Begleiter und Michael blickte lächelnd zu Herrn Macrobius hin. Er fand ihn wegen seines freundlichen Benehmens äußerst sympathisch. Insbesondere sein freundliches Lächeln, das sein ohnehin schon schönes Gesicht noch schöner erscheinen ließ, und seine blendend weißen Zähne hatten es ihm angetan.

»Ich habe soeben von meinem lieben Herrn Hugendubel erfahren, dass die Wirkung meines Trankes zu wünschen übrig lässt«, fing Herr Macrobius an. »Dafür gibt es nur eine Erklärung. Diejenigen, die den Trank genommen haben, haben innerhalb eines halben Jahres vor der Einnahme des Trankes eine böse Tat begangen oder haben sich bei der Einnahme des Trankes mit dem Gedanken getragen, eine böse Tat zu begehen. Ist diese böse Tat nicht gar so schlimm, dann wirkt der Trank zumindest drei Monate lang. Ist diese böse Tat aber als schlimmes und verwerfliches Verbrechen zu bezeichnen, dann wirkt er überhaupt nicht. Angesichts des Bösen versagen die guten Kräfte des Trankes, die von den Gebeinen der frommen und gottesfürchtigen Mönche herrühren, die in Frieden unter dem Boden ruhen, auf dem die Kräuter für den Trank gedeihen.« Herr Macrobius machte eine kleine Pause. Dann sagte er mit einem freundlichen Lächeln, das seine blendend weißen Zähne aufblitzen ließ: »Ich hoffe, ich habe sie mit meiner Erklärung zufrieden gestellt. Also dann empfehle ich mich und wünsche Ihnen noch einen angenehmen Abend!«

»Danke gleichfalls!«, sagten Michael und sein Begleiter wie aus einem Mund, während Herr Macrobius sich umdrehte und aus dem Zimmer ging. »Ihnen auch einen angenehmen Abend, Herr Macrobius!«, rief ihm Herr Hugendubel hinterher.

Wenig später gellte ein zynisches, boshaftes Lachen durch das Treppenhaus. Michael und sein Begleiter ruckten mit dem Kopf herum und starrten sich erschrocken an. »Das ist der Teufel!«, schoss es Michael in den Kopf.

Im nächsten Moment glätteten sich seine Gesichtszüge wieder und er sagte höflich zu Herrn Hugendubel: »Na, dann wissen wir ja jetzt, was es mit der Wirkung des Trankes auf sich hat. Dann wollen wir Sie nicht länger aufhalten.«

Er erhob sich, rückte den Stuhl an den Tisch und sein Begleiter tat es ihm gleich. Dann gingen sie zur Tür und Michael sagte zu Herrn Hubendubel: »Einen schönen Abend noch!«

»Danke gleichfalls«, sagte Herr Hugendubel.

Einige Tage darauf kam der Mann, mit dem Michael den Naturheilkundigen Hugendubel aufgesucht hatte, zu Michael an den Stand und sagte voller Eifer und Begeisterung zu ihm, dass er neue Erkenntnisse über den Trank gewonnen habe. Es werde aber längere Zeit in Anspruch nehmen, um ihm diese neuen Erkenntnisse in allen Einzelheiten auseinanderzusetzen. Er wolle dies in aller Ruhe am heutigen Abend in einer Kneipe tun.

Michael war es recht, und so vereinbarten sie, sich um neunzehn Uhr vor der Klosterpforte einzufinden, um dann gemeinsam die Kneipe aufzusuchen.

So saßen sie sich denn am Abend am Kneipentisch gegenüber. Nachdem sie sich beim Wirt ein Bier bestellt hatten, fragte Michael: »Sie haben Neues über den Trank erfahren?«

»Das habe ich in der Tat«, entgegnete der Mann. »Ich werde Ihnen jetzt erzählen, wie es dazu gekommen ist«, fuhr er fort. »Neulich habe ich beim Schafkopfen nur wenig verloren. Da bin ich nach der Schafkopfrunde noch allein am Tisch sitzen geblieben und habe mir zur Feier des Tages noch ein Bier und einen Obstler bestellt.

Sie müssen wissen, ich spiele nach wie vor Schafkopf, auch wenn ich ganz genau weiß, dass ich jeden Abend verliere. Ich schafkopfe nämlich leidenschaftlich gern und kann nicht darauf verzichten. Es ist auch nicht so, dass ich sämtliche Spiele verliere. Ich gewinne auch einige, und je mehr ich während einer Schafkopf-Runde gewinne, desto weniger verliere ich. Im Endeffekt verliere ich natürlich schon, und zwar wegen dieses verflixten Tranks. In fünf Wochen werde ich aber wieder gewinnen, denn da hört der Trank auf zu wirken, der ein halbes Jahr lang wirkt, wenn man einen Viertelliter davon getrunken hat.

Aber jetzt weiter mit dem Geschehen im Wirtshaus. Nachdem ich den Obstler halb geleert und mit zwei Schluck Bier nachgespült hatte, habe ich zu einem jungen Mann hingeschaut, der weiter links allein an einem Tisch gesessen ist und betrübt in sein Bier gestiert hat. Ich habe meinen Obstler und mein Bier genommen, bin zu ihm hin und habe ihn gefragt, ob ich mich zu ihm an den Tisch setzen könne. Er hat nichts dagegen gehabt, und so habe ich mich zu ihm gesellt und ihn voller Mitgefühl gefragt, welcher Kummer ihn bedrücke. Vielleicht könne ich ihm mit einem guten Rat helfen.

Er hat mir auch freiweg sein Leid geklagt. Immer wieder von Seufzern unterbrochen, hat er mir erzählt, dass seine Freundin zur Landesvorsitzenden des Denkmalschutzverbandes gewählt worden sei und ihm unmissverständlich klar gemacht habe, dass er unbedingt sein Medizinstudium mit Erfolg abschließen und Arzt werden müsse. Wenn er beim Abschluss seines Medizinstudiums versagen würde, dann müsse sie sich von ihm trennen, da sie sich als Landesvorsitzende des Denkmalschutzverbandes nicht mit einem Versager an ihrer Seite in der Öffentlichkeit blicken lassen könne. Da würde sie ja ausgelacht werden. Als Landesvorsitzende des Denkmalschutzverbandes müsse sie einen Lebensgefährten haben, der auch was hermache.

Seine Beziehung zu ihr könne er jetzt schon als beendet betrachten, denn er wisse mit hundertprozentiger Sicherheit, dass er sein Medizinstudium nicht abschließen könne. Die Medizin sei nun mal nicht sein Ding. Er habe nur seinem Vater zuliebe Medizin studiert, um einmal dessen Hausarzt-Praxis übernehmen zu können.

Doch trotz seiner begrenzten Fähigkeiten auf dem Gebiet der Medizin habe für ihn die Möglichkeit bestanden, sein Medizinstudium erfolgreich abzuschließen, und er habe seinem Vater in Aussicht gestellt, den unabwendbaren Misserfolg doch noch in einen Erfolg umzuwandeln, und zwar mit Hilfe eines Trankes, nach dessen Einnahme man bei allem, was man machen würde, Erfolg haben würde. Diesen Trank würde ein Naturheilkundiger aus Kräutern zubereiten, und wenn er seinem Plan, sich den Abschluss seines Medizinstudiums mit Hilfe eines Zaubertranks zu erschleichen, nicht ablehnend gegenüberstehen würde, dann würde er sich diesen Trank besorgen. Dann erzählte er ihm mehr davon.

Sein Vater habe die Stirn gerunzelt und eine bedenkliche

Miene gemacht, bevor er ihn gefragt habe, wo sich denn dieses ehemalige Kloster befinde. Und er habe ihm von dem Ort berichtet, wo die Gebeine der Mönche liegen. Da habe sein Vater erschrocken die Augen aufgerissen und mit bänglicher und besorgter Miene habe er zu ihm gesagt, dass das mit den Gebeinen von braven, gottesfürchtigen Mönchen nicht stimme. Das Gegenteil sei der Fall. Die Gebeine von sündigen, gotteslästerlichen Mönchen befänden sich unter dem Boden des Klostergrundstücks. Die Kräuter, die dort wüchsen, würden gewiss nichts Gutes bewirken, sondern etwas Böses, und er solle sich davor hüten, einen Trank von diesen Kräutern einzunehmen. Er habe sich darüber gewundert und seinen Vater gefragt, wieso er das sagen könne, wo doch alle Leute der Meinung seien, dass unter dem Boden des Klostergrundstücks die Gebeine von braven, gottesfürchtigen Mönchen lägen. Da habe sein Vater gesagt, dass er das aus erster Hand wisse. Der Bruder seines Urgroßvaters habe nämlich das sündige und gotteslästerliche Treiben der Mönche aufgedeckt, nachdem ein frommer und gottesfürchtiger Feinkosthändler den Anstoß dazu gegeben hatte. Dieser Feinkosthändler habe den Pfarrer seiner Pfarrei aufgesucht und ihm berichtet, dass die Mönche des Klosters teure Delikatessen wie Pasteten, Hummer und Kaviar und auserlesene Spirituosen wie Champagner und Cognac bei ihm kaufen würde, worüber er sich doch sehr gewundert hätte, weil Mönche normalerweise genügsam und asketisch lebten. Der Pfarrer habe das seinem Bischof gemeldet und der habe den Abt eines anderen Klosters, das dem gleichen Orden angehört habe, angewiesen, einen seiner Novizen in das verdächtig erscheinende Kloster eintreten zu lassen. Dieser Novize solle herausfinden, was in diesem Kloster vor sich gehe, und solle ihm dann Bericht darüber erstatten.

Auf die Weisung des Bischofs hin habe der Abt den Klügsten unter seinen Novizen dazu ausersehen, die Zustände in dem Kloster zu untersuchen, und dieser Novize sei kein anderer als der Bruder seines Urgroßvaters gewesen, der sich bald darauf zu dem Kloster begeben und vorgegeben habe, ein ganz normaler Sterblicher zu sein, der ins Kloster gehen wolle und auch Einlass gefunden habe.

Gleich bei seinem ersten Treffen mit dem Abt habe jener unumwunden zu ihm gesagt, dass er es gut getroffen habe, dass er in die Ordensgemeinschaft seines Klosters eingetreten sei. Sie hätten nämlich einen schwerreichen Gönner, der ihnen so viel Geld geben würde, wie immer sie nur wollten. Das ermögliche es ihnen, für ihre Mahlzeiten die feinsten und teuersten Zutaten zu kaufen, mit denen sie in der Küche die delikatesten Speisen zubereiten könnten, gleichwie bei einem Feinkosthändler die allerfeinsten Delikatessen, die köstlichsten Süßigkeiten und die erlesensten Weine und Spirituosen zu kaufen, mit denen sie sich einen himmlischen Genuss verschaffen könnten. Warum sollte man denn erst im Himmel in himmlischen Freuden schwelgen? Wenn man auch schon auf Erden in himmlischen Freuden schwelgen könne, dann sollte man das weidlich ausnutzen.

Sie würden aber nicht nur an sich denken, sondern auch an die Armen und Notleidenden, und würden Brot und die wichtigsten Grundnahrungsmittel wie Mehl, Zucker, Salz, Speck und Hülsenfrüchte für sie kaufen und an sie verschenken. Die Hilfe, die man den Armen und Notleidenden in puncto Ernährung angedeihen lassen müsse, müsse sich darauf beschränken, ihnen die allernotwendigsten Lebensmittel zukommen zu lassen, damit sie nicht verhungern. Ein Leben in Luxus sei nur denen vorbehalten, die durch ihre Geschäfte viel Geld einnehmen würden oder viel Geld von gönnerhaften Menschen erhalten würden, so wie das bei ihnen der Fall sei.

Diese Ausführungen hätten in unserem Vorfahren aber keineswegs den Gedanken aufkommen lassen, dass die Mönche sündig und gotteslästerlich seien, denn er habe auf der einen Seite nichts Verwerfliches daran gesehen, dass sich die Mönche dem Genuss von teuersten Delikatessen hingäben, und es auf der anderen Seite für lobenswert gehalten, dass sie den Armen und Notleidenden helfen. Dennoch habe er seinem Abt darüber berichten wollen. Aber nicht sofort, denn es habe ihm der Sinn danach gestanden, selbst in den Genuss der Delikatessen zu kommen, und so sei er noch im Kloster verblieben und habe Tag um Tag bei den ausschweifenden Festgelagen der Mönche nach Herzenslust gegessen und getrunken.

Eines Tages sei ein Mönch an ihn herangetreten und habe ihn gefragt, wie er es mit der Keuschheit halte, und da in ihm der Verdacht aufgekommen sei, dass die Mönche gegen das Keuschheitsgelübde verstießen, habe er sich verstellt und dem Mönch unumwunden gesagt, dass er wohl ein frommes, gottgefälliges Leben als Mönch führen und auch den Armen und Notleidenden helfen wolle, es aber als Unsinn ansehe, dass man als Mönch keine Liebesbeziehung mit einer Frau eingehen dürfe. Wenn er Pfarrer wäre, dann würde er sich eine heimliche Geliebte zulegen. Er habe auch sogleich die Bestätigung dafür erhalten, dass er mit seinem Verdacht richtig gelegen habe und es überaus geschickt von ihm gewesen sei, dem Mönch vorzuspielen, dass er an einem Liebesabenteuer mit einer Frau interessiert sei, denn der Mönch habe ihm geantwortet, dass er hin und wieder eine Frau haben könne, wenn er wolle. Er habe Zugang zu dem Geld des reichen Gönners und würde hin und wieder etwas davon abzwacken und damit ins Bordell gehen, und wenn er wolle, würde er auch ihm Geld geben, mit dem er in Privatkleidern ins Bordell gehen und sich eine Hure kaufen könne. Er würde jedem, der neu in die Ordensgemeinschaft des Klosters eintreten würde, auf den Zahn fühlen, und wenn einer erkennen ließe, dass er sich gern mit einer Frau verlustieren würde, dann würde er ihm das ermöglichen.

Unser Vorfahre habe darauf zu ihm gesagt, dass er am Abend gern ein Bordell aufsuchen würde, und habe sich Geld dafür von ihm erbeten, und er habe das Geld auch erhalten. Am Abend habe er dann die Klostermauern hinter sich gelassen und sei in die Stadt gegangen. Er habe aber kein Bordell aufgesucht, sondern sich für eine Nacht in einem Hotel einquartiert. Am anderen Tage habe er dann die Reise zu seinem Kloster angetreten. Dort angekommen, habe er sogleich seinen Abt aufgesucht und ihm berichtet, dass die Mönche einen schwerreichen Gönner hätten, der ihnen so viel Geld gebe, wie sie nur haben wollten. Mit diesem Geld würden sich die Mönche der Völlerei hingeben und Bordelle aufsuchen und somit gegen das Keuschheitsgelübde verstoßen. Der Abt habe diesen Bericht an seinen Bischof weitergeleitet und der habe veranlasst, dass einige kirchliche Würdenträger, unterstützt von einem Großaufgebot der Polizei, das Kloster aufgesucht und den Mönchen unmissverständlich klargemacht hätten, dass das Kloster ab sofort geschlossen sei und sie exkommuniziert seien und auf der Stelle das Kloster verlassen müssten.

Bei den nachfolgenden Ermittlungen sei Folgendes zutage gekommen: Bevor den Mönchen aus dem Vermögen ihres schwerreichen Gönners ein nimmer endender Geldstrom zugeflossen sei, hätten sie für ihren Lebensunterhalt gesorgt, indem sie ein am Rande der Altstadt gelegenes Grundstück, das bis zum Ufer des Stroms reichte, bewirtschaftet hätten, wobei sie Obst und Beeren von den zahlreich auf dem Grundstück stehenden Obstbäumen und Beerensträuchern geerntet und auf den Flächen zwischen den Obstbäumen und Beerensträuchern Gemüse und Kräuter angebaut hätten, und alles, was sie geerntet hätten, hätten sie auf dem Markt verkauft und sich mit dem Geld, das sie dafür erhalten hätten, ernähren können, wie es gemeinhin Bürger der Mittelschicht zu tun pflegten, bei denen es jeden Mittag Hausmannskost gebe und nur an wenigen Tagen in der Woche Gerichte ohne Fleisch auf den Tisch kämen und die an jedem Abend Wurst oder Käse essen würden.

Sie hätten sich aber strikt an ihre strengen Ordensregeln gehalten, die ihnen vorschrieben, dass sie schlicht, einfach und asketisch zu leben hätten, und so hätten sie sich eher wie arme Leute aus der untersten Schicht ernährt und zumeist einfache Speisen gegessen und nur selten Fleisch und Wurst.

Demzufolge sei ihnen von ihren Verkaufserlösen einiges übrig geblieben, wovon sie die Hälfte den Armen und Bedürftigen gegeben und mit der anderen Hälfte ihr Vermögen vermehrt hätten.

Mit diesem Vermögen hätten sie es vermocht, ihr Kloster so herzurichten und herauszuputzen, dass es den Leuten einen schönen Anblick geboten habe. Da sich ihre schlichte und einfache Lebensart aber nicht nur auf die Ernährung bezogen habe, sondern auch auf ihr eigenes Aussehen und das Erscheinungsbild ihres Klosters, und sie daher kein bisschen eitel und gefallsüchtig gewesen seien, hätten sie an ihrem Kloster entstandene Schäden nur dann repariert, wenn sich diese Schäden zu noch größeren Schäden hätten ausweiten können oder wenn sie ihre Gesundheit oder gar ihr Leben gefährden könnten. So hätten sie ein Loch im Dach sogleich mit neuen Dachziegeln abgedeckt, da es sonst hineingeregnet hätte und der Wind hätte hineinfahren und weitere Dachziegeln herausreißen können, und sie hätten zerbrochene Fensterscheiben sogleich durch neue ersetzt und Schäden auf Treppe, Fußböden und Gehwegen sogleich ausgebessert, um der Gefahr vorzubeugen, dass Mönche an den schadhaften Stellen ins Straucheln geraten und hinfallen würden, wohingegen sie abgebröckeltem Putz an der Klosterfassade und abgeblättertem Lack an Türen keinerlei Beachtung geschenkt und keine Ausbesserungsarbeiten vorgenommen hätten, denn diese Schäden seien nur Schönheitsfehler gewesen und hätten keine folgenschweren Schäden nach sich gezogen und seien auch keine Gefahr für Leib und Leben gewesen.

Eines Tages habe ein feiner Herr namens Macrobius beim Abt des Klosters vorgesprochen und habe zu ihm gesagt, dass die unansehnliche Fassade ihres Klosters darauf schließen lasse, dass ihnen das nötige Geld fehle, um diesen Makel beheben zu können. Der liebe Gott könne aber doch nicht wollen, dass Mönche arm seien. Vielmehr müsse ihm daran gelegen sein, dass Mönche reich seien, damit sie den Armen und Bedürftigen helfen könnten, und er wolle sich gern zum Werkzeug Gottes machen und sie reich machen. Er sei nämlich ein schwerreicher Mann und könne ihnen so viel Geld geben, wie sie nur wollten. Da könnten sie dann den Armen und Bedürftigen helfen. Sie sollten aber auch auf sich schauen und die feinsten und delikatesten Speisen zu sich nehmen, anstatt sich karg und einfach zu ernähren, denn schließlich müssten sie gesund und kräftig sein, um all die Arbeiten bewältigen zu können, die bei der Hilfe für die Armen und Bedürftigen anfielen. Außerdem sollte ihnen für ihre guten Werke, die sie den Armen und Bedürftigen angedeihen lassen würden, ein verdienter Lohn zuteil werden, und der liebe Gott würde doch wohl gewiss nichts dagegen haben.

Der Abt habe gefunden, dass diese Worte etwas für sich hatten, und so habe er es sich gern gefallen lassen, dass ihm ein schwerreicher Mann so viel Geld gab, wie immer er nur haben wollte.

Von da an hätten die Mönche kein schlichtes und einfaches Leben mehr geführt, sondern ein zügelloses in Saus und Braus. Sie hätten sich einen Vorrat an den erlesensten Weinen, an den edelsten Tropfen, die unter den Branntweinen und Likören zu finden waren, und eine beträchtliche Menge an den besten und teuersten Bieren zugelegt, und sie seien mit der Zeit immer genusssüchtiger geworden, so dass sie bald jeden Monat ein rauschendes, ausschweifendes Fest gefeiert und dies nach kurzer Zeit an jedem Wochenende getan hätten.

Sie hätten aber nicht nur an sich gedacht, sondern auch an die Armen und Bedürftigen. Das habe ihr Gewissen ungemein beruhigt und sie hätten in der Gewissheit gelebt, dass ihnen der liebe Gott ob ihrer Völlerei nicht zürnen würde, denn wiewohl die Völlerei eine Sünde sei, so wäre sie doch nur dann eine Sünde, wenn man dafür sein ganzes Geld verschwenden würde, ohne an die Armen und Bedürftigen zu denken und ihnen etwas von seinem Geld zu geben. Da sie aber sehr wohl an die Armen und Bedürftigen denken und ihnen mit ihrem Geld helfen würden, könnten sie doch in den Augen Gottes keinesfalls als Sünder erscheinen.

Eines Tages sei ein junger Bauernsohn in das Kloster eingetreten, der unter der Tyrannei seines herrschsüchtigen und profitgierigen Vaters litt, der wie ein Sklavenhalter ihn, seine Mutter, seinen Bruder und das gesamte Gesinde unter Androhung von Strafen dazu angetrieben habe, von früh am Morgen bis in den späten Abend hinein mit nimmermüder Kraft und mit der größtmöglichsten Schnelligkeit alle Arbeiten zu verrichten, die auf dem Bauernhof und auf den Feldern anfielen. Er habe gelitten wie ein Hund und schließlich dieses widrige Dasein nicht länger ertragen wollen und deshalb bei Nacht und Nebel den elterlichen Bauernhof verlassen, um in einem Kloster Zuflucht zu finden, da ein Kloster in seinen Augen der einzig sichere Ort sei. Er habe nämlich befürchtet, dass sein jähzorniger und rachsüchtiger Vater mit seinem vielen Geld Männer dingen würde, die ihn ausfindig machen und mit Gewalt wieder auf den elterlichen Hof zurückbringen sollten. In einem Kloster würde er sie aber mit Sicherheit nicht nach ihm suchen lassen, denn er habe ganz genau gewusst, dass er die Frauen gar zu gern möge und daher ständig auf der Suche nach Liebesabenteuern sei, so dass er unmöglich in einem Kloster zu finden sei.

Ansonsten habe er keinerlei Grund dazu gehabt, ins Kloster zu gehen, denn eigentlich habe er nicht die geringste Neigung zum Klosterleben gehabt. Dennoch sei es ihm nicht weiter schwergefallen, sich an das Klosterleben zu gewöhnen, denn das sei auf jeden Fall viel besser gewesen als das Leben auf dem elterlichen Bauernhof, da ihn im Kloster niemand unter Androhung von Strafe zur Arbeit angetrieben habe und er alle Arbeiten in aller Ruhe habe verrichten können. Auch von der Verpflegung sei er höchst angetan gewesen und vor allem von den ausschweifenden Festen, die die Klosterbrüder gefeiert hätten. Er habe sich nach Herzenslust den Bauch voll-geschlagen und habe auch reichlich von den edelsten Tropfen genossen.

Dennoch hätten es diese Annehmlichkeiten nicht ver-mocht, ihn vollkommen zufriedenzustellen, denn eines habe ihm zu seinem Glück gefehlt. Er hätte gerne hin und wieder etwas mit einer Frau gehabt, und er sei nicht gewillt gewesen, gänzlich darauf zu verzichten, weshalb er darüber nachge-dacht habe, wie er es bewerkstelligen könne. Schließlich sei er darauf gekommen, dass er sich bei der ihm zugeteilten Ar-beit als Einkäufer der Nahrungsmittel, die er gemeinsam mit einigen anderen Mönchen auszuführen habe, besonders her-vortun müsse, damit ihm die Kasse für die Einkäufe übertra-gen würde. Dieser Kasse könne er dann hin und wieder Geld entnehmen und sich dafür in einem Bordell eine Hure kau-fen, und niemandem würde es auffallen, denn da dem Kloster unaufhörlich Geld zugeflossen sei, sei es nicht nötig gewesen, über die Ein- und Aufgaben Buch zu führen.

Sein Plan gelang nicht nur, sondern er hatte auch Erfolg da-mit, andere Mönche zu Bordellbesuchen zu überreden, wusste er doch, dass auch sie den Drang nach einer Frau verspürten.

Hätten die Mönche bisher nur die Sünde der Völlerei be-gangen, so sei jetzt auch noch die Sünde der Wollust hinzuge-kommen, und sie hätten dieses sündige und gotteslästerliche Leben über hundert Jahre geführt und viele sündige Mönche seien während dieser Zeit auf dem Klosterfriedhof begraben worden.

Dass die Mönche des Klosters über hundert Jahre hinweg ein sündiges lasterhaftes Leben hätten führen können, lie-ge wohl darin begründet, dass dieser Herr Macrobius seine Nachfahren angewiesen habe, nach seinem Tod dem Kloster weiterhin unaufhörlich Geld zufließen zu lassen.«

»Also, ich für mein Teil glaube auch, dass der feine Herr Macrobius die ganze Zeitspanne von über hundert Jahren der spendable Gönner des Klosters gewesen ist und der gleiche

Herr Macrobius ist jetzt der Besitzer der Gärtnerei auf dem Klostergelände, als der er den Naturheilkundigen Hugendubel beauftragt hat, den Trank nach seinem Rezept zu brauen. Ich halte ihn nämlich für den Teufel«, fiel Michael ein.

»Genau das denke ich ebenfalls«, pflichtete ihm sein Gegenüber bei, um dann fortzufahren: »Aber jetzt weiter mit meiner Geschichte. Es gibt noch einiges zu erzählen. Nachdem mir der junge Mann erzählt hatte, was sein Vater über das Kloster wusste, habe ich zu ihm gesagt, das sein Vater wohl recht habe und der Trank nichts Gutes, sondern Böses bewirke. Ich könne das nur bestätigen, da mir zwei Fälle bekannt seien, wo ein Mann und eine Frau den Trank genommen hätten.

Drei Monate lang hätten sie bei allem, was sie getan hätten, Erfolg gehabt. Danach sei ihnen aber alles misslungen. Ich wollte das bestätigt sehen und habe selbst den Trank eingenommen, und auch ich habe drei Monate Erfolg gehabt und danach ist mir alles misslungen. Kaum habe ich ihm das gesagt, blitzten die Augen des jungen Mannes erfreut auf und begeistert hat er ausgerufen, dass er dann sein Medizinstudium abschließen könne. Drei Monate würden ausreichen, um das zuwege zu bringen. Darauf habe ich zu ihm gesagt, dass er nicht vergessen dürfe, dass ihm nach drei erfolgreichen Monaten drei Monate lang alles misslingen würde. Da hat er mir geantwortet, dass das überhaupt nichts ausmachen würde. Es würde nur darauf ankommen, dass er sein Medizinstudium abschließen könne, denn dann würde er in den Augen seiner Freundin nicht als Versager dastehen und sie würde keinerlei Grund haben, sich von ihm zu trennen. Was nach den drei erfolgreichen Monaten geschehen würde, sei vollkommen unwichtig, denn wenn er keine Stelle als Arzt bekommen würde, dann könne man das als Pech bezeichnen. Als Versager würde er jedenfalls nicht dastehen.

Das wäre jetzt alles. Der junge Mann wird wohl der Einzige sein, der einen Nutzen von dem Trank gehabt hat.

Was nun den feinen Herrn Macrobius betrifft, so bin ich der Meinung, dass man ihn wegen Betrugs und Körperverletzung mit Todesfolge anzeigen sollte. Der hat doch ganz genau gewusst, dass unter dem Boden des Klostergeländes Gebeine von sündigen, gotteslästerlichen Mönchen liegen und dass Kräuter, die auf diesem Boden wachsen, Böses bewirken. Er hat dann in der Absicht, anderen Menschen zu schaden, aus diesen Kräutern vom Naturheilkundigen Hugendubel einen Trank herstellen lassen, der ihn dann an die Leute verkauft hat, und wir wissen von einigen Fällen, wo der Trank demjenigen, der ihn eingenommen hat, Schaden zugefügt hat. Sogar von einem Todesfall wissen wir, der in Zusammenhang mit der Einnahme des Trankes gebracht werden kann. Schließlich hat sich meine Cousine das Leben genommen, als die schädliche Wirkung des Trankes eingesetzt hat.

Wir dürften der Polizei aber nicht sagen, dass er der Teufel ist, denn dann würden sie uns nicht ernst nehmen und würden keinerlei Anstalten machen, ihn in Polizeigewahrsam zu nehmen, denn schließlich ist es nicht Aufgabe der Polizei, den Teufel und andere böse Geister wie Hexen, Zauberer und Kobolde zu verhaften. Ihre Aufgabe ist es einzig und allein, Menschen, die Verbrechen begangen haben, zu verhaften.

Wir müssten ihn als bösen Menschen hinstellen, der Freude daran hat, andere Menschen zu schädigen und zu quälen und ihnen bitteres Leid zuzufügen und sie ins Unglück zu stürzen.

Wir müssen aber auch bedenken, dass die Gärtnerei geschlossen wird, wenn der feine Herr Macrobius verhaftet wird. Ihr Arbeiter würdet dann eure Stelle verlieren und auf der Straße stehen. Deshalb müssen wir uns fragen, ob es vielleicht nicht doch besser wäre, den Herrn Macrobius nicht anzuzeigen. Dann kann der aber weiterhin sein Unwesen treiben und mit seinem Trank noch viele Menschen ins Unglück stürzen. Dabei kann es dann auch vorkommen, dass einige an ihrem Unglück zerbrechen und sich das Leben nehmen wie meine

Cousine. Ich kenne nur den einen Fall mit meiner Cousine. Es könnte aber durchaus sein, dass sich schon mehrere umgebracht haben. Das weiß man eben nicht.

Uns müsste klar sein, dass wir es moralisch nicht verantworten können, wenn wir den Herrn Macrobius weiterhin sein Unwesen treiben lassen. Es führt einfach kein Weg daran vorbei. Wir müssen ihn anzeigen!«

»Ja, das müssen wir wohl«, pflichtete ihm Michael bei. »Mir macht es auch gar nichts aus, dass ich meine Arbeit verliere, denn die gefällt mir sowieso nicht mehr. Wie soll einem denn eine Arbeit gefallen, bei der man Helfershelfer des Teufels ist und andere ins Unglück stürzt?«

»Gut, dann gehe ich gleich morgen zur Polizei und zeige ihn an. Da werde ich dann auch sagen, dass Sie mir geholfen haben, die Untaten des Herrn Macrobius aufzudecken, und dass Sie der Meinung gewesen sind, dass die Kräuter auf den Gebeinen frommer, gottesfürchtiger Mönche wachsen und nicht die leiseste Ahnung davon gehabt haben, dass sie in Wirklichkeit auf den Gebeinen von sündigen, gotteslästerlichen Mönchen wachsen und somit die Grundlage für einen Trank sind, der Böses bewirkt und Menschen ins Unglück stürzt, und auch Ihre Arbeitskollegen nichts davon gewusst haben, so dass Sie und Ihre Arbeitskollegen nicht der Mittäterschaft bezichtigt werden können und daher einer Verhaftung entgehen werden.«

Einige Tage darauf erschienen mehrere Polizeibeamte in der Gärtnerei und vernahmen deren Betreiber und seine Arbeiter, und da jene glaubhaft versichern konnten, dass sie völlig ahnungslos gewesen und daher unschuldig waren, bestand für sie keinerlei Veranlassung, sie zu verhaften. Einzig und allein Herrn Macrobius hätten sie verhaften können, denn der hatte sich zweifelsfrei mehrerer Verbrechen schuldig gemacht. Der war aber nicht zugegen, weshalb sie den Betreiber der Gärtnerei nach dessen Wohnsitz befragten.

»Da kann ich Ihnen leider nicht dienen. Den weiß ich nicht. Sie können ihn aber am Letzten eines jeden Monats hier im Kloster antreffen. Da kommt er nämlich zu mir und bringt mir Geld«, entgegnete der.

»Gut, dann werden wir ihn am Letzten des Monats hier erwarten und festnehmen. Das war's dann. Dann sind wir auch schon wieder weg«, versetzte der Kriminalbeamte, der ihn vernommen hatte.

»Sagen Sie, können wir weiterhin unsere Gärtnerei betreiben und unser Gemüse und unsere Kräuter anbauen?«, fragte ihn der Betreiber der Gärtnerei.

»Dagegen ist nichts einzuwenden. Sie können auch weiterhin Ihr Gemüse und Ihre Kräuter anbauen. Auch die Kräuter, die für die Herstellung des Trankes verwandt worden sind. Die dürfen aber nicht mehr für die Herstellung des Trankes verwandt werden!«, antwortete der Kriminalbeamte.

Einige Zeit darauf befanden sich die Polizeibeamten beim Naturheilkundigen Hugendubel und vernahmen ihn, und auch der konnte glaubhaft versichern, dass er rein gar nichts davon gewusst habe, dass die Kräuter für den Trank auf Gebeinen von sündigen, gotteslästerlichen Mönchen wuchsen und darum Böses bewirkten. Vielmehr habe er sich in dem festen Glauben befunden, dass es sich genau umgekehrt verhalte. Folglich bestand für die Polizeibeamten keinerlei Veranlassung, ihn in Polizeigewahrsam zu nehmen, was aber beileibe nicht hieß, dass es nichts mehr für sie zu tun gab, denn sie mussten ihm unter Androhung von Strafe verbieten, weiterhin den Trank herzustellen, und um sichergehen zu können, dass der Trank niemals wieder gebraut werden konnte, ließen sie sich von ihm das Rezept aushändigen, das er vom Herrn Macrobius erhalten hatte, und der Kriminalbeamte, der die Ermittlungen leitete, warf das Rezept in den Ofen und sah zu, wie es in Flammen aufging.

Am Vormittag des Letzten im Monat sperrte Herr Macrobius eine Pforte in der Klostermauer auf und sperrte sie hinter sich wieder zu. Dann ging er einen mit Büschen und Bäumen besäumten Weg entlang, dem Klostergebäude entgegen. Plötzlich sprangen sechs Polizisten aus den Büschen hervor und einer von ihnen packte Macrobius am linken Arm und ein anderer am rechten, während sich zwei vor ihn und zwei hinter ihn positionierten. Da schossen auf einmal Flammenzungen bis über seinen Kopf an ihm empor und hüllten ihn vollkommen ein. Entsetzt prallten die Polizisten zurück. Mit vor Schreck geweiteten Augen starrten sie auf die Flammensäule, in der deutlich die Konturen von Macrobius zu erkennen waren, und sie sahen, wie er seinen Mund weit aufriss und ein boshaftes, hasserfülltes, schadenfrohes und zynisches Lachen erschallen ließ, das weh in ihren Ohren gellte. Im nächsten Moment fiel die Flammensäule in sich zusammen und verschwand in der Erde, und auch von Macrobius war nichts mehr zu sehen. Den Polizisten war ob dieses unheimlichen Schauspiels der Schreck gehörig in die Glieder gefahren. Zu keiner Bewegung fähig, standen sie wie zu Stein erstarrt da und starrten entgeistert auf den Fleck, wo eben noch der in Flammen eingehüllte Macrobius gestanden hatte, und ein jeder von ihnen wusste, dass Macrobius niemand anders als der Teufel war.

Von da an konnte sich der Betreiber der Gärtnerei auch als deren Besitzer betrachten, denn der Teufel hatte vor dem Gesetz kein Anrecht auf menschliche Besitztümer.

Tag für Tag ging der neue Besitzer der Gärtnerei seinen Geschäften nach wie vordem. Doch sah er recht bald, dass seine Geschäfte nicht viel einbrachten, da der Gewinn, den die Gärtnerei abwarf, gerade mal dazu reichte, seine Lebenshaltungskosten und die seiner Arbeiter begleichen zu können. Das war ihm aber nicht genug. Die Gärtnerei hätte doppelt so viel Gewinn abwerfen müssen, damit er Geld für den Winter hätte zurücklegen können, denn da wuchs nichts und konnte auch nichts verkauft werden. Er musste aber für den Lebensunterhalt seiner Arbeiter aufkommen.

Wenn die Gärtnerei auch künftig keinen doppelten Gewinn einbringen würde, dann müsste er mit einem Teil seines Vermögens den Winter über und bis dahin, wo das erste Gemüse geerntet und verkauft werden konnte, für den Lebensunterhalt seiner Arbeiter aufkommen und das gefiel ihm gar nicht, obgleich es ihm finanziell gar nicht so viel ausmachen würde, denn er besaß ein beträchtliches Vermögen, hatte er doch während der Zeit, wo Macrobius haufenweise Geld zu ihm ins Kloster gebracht hatte, von jeder Geldzuwendung einen gehörigen Teil für sich auf die Seite geschafft.

Mit seinem angesammelten Vermögen hätte er sich eigentlich zur Ruhe setzen können. Da er aber leidenschaftlicher Gärtner war, der, wann immer es ging, bei der Gärtnerarbeit selbst mit anpackte und nicht nur als Chef am Schreibtisch saß und Buch über seine Geschäfte führte und sonstigen Papierkram erledigte, wollte er die Gärtnerei unbedingt weiterbetreiben, weshalb er auf den Gedanken verfiel, dass er, wenn die Gärtnerei schon nicht den erwünschten Gewinn einbrachte, eben Kosten einsparen müsse, was er dadurch tat, dass er, was die Verpflegung seiner Arbeiter anbetraf, weniger teure Lebensmittel wie Fleisch, Wurst, Käse, Eier und mehr billigere wie Erbsen, Linsen, Bohnen, Graupen, Reis, Grieß, Haferflocken und Mehl einkaufen ließ, zudem anordnete, dass es nur mehr Wasser umsonst zum Trinken geben würde, und dass er bis auf einen Koch das gesamte Küchenpersonal entließ und den einen Koch anwies, einigen Arbeitern das Kochen beizubringen, um auch ihn zu entlassen, als er seine Aufgabe erfüllt hatte.

Seine Sparmaßnahmen brachten aber nicht den erwünschten Erfolg, obschon er mehr Gewinn verbuchen konnte als vordem. Doch war dieser Gewinn nicht doppelt so hoch wie der vorherige, und so hätte er nach wie vor mit einem Teil seines Vermögens den Winter über und bis dahin, wo das erste Gemüse geerntet und verkauft hätte werden können, für den

Lebensunterhalt seiner Arbeiter aufkommen müssen, und da er keinen Sinn darin sah, ein Geschäft zu führen, bei dem er draufzahlen musste, entschloss er sich, in den Ruhestand zu treten.

Er teilte seinen Entschluss seinen Arbeitern mit und erwies sich ihnen gegenüber als großherziger und freigebiger Wohltäter, indem er ihnen das Kloster mitsamt dem dazugehörigen Grundstück zu ihrer freien Verfügung überließ, so dass sie auch weiterhin im Kloster leben, Gemüse und Kräuter anbauen und auf dem Markt verkaufen und damit für ihren Lebensunterhalt sorgen konnten.

So bewirtschafteten die Arbeiter fortan das Grundstück in eigener Verantwortung, und da sie lange genug Gärtnerarbeiten verrichtet hatten und deshalb darin bewandert waren, verrichteten sie alle anfallenden Arbeiten genauso gut wie vorher, wo ihnen der Gärtnereibesitzer alle anfallenden Arbeiten aufgetragen hatte, und erwirtschafteten auch den gleichen Gewinn wie er. Folglich wurde auch ihnen die bittere Erkenntnis zuteil, dass sie von ihrem Gewinn nicht genug für ihren Lebensunterhalt im Winter zurücklegen konnten, und das bereitete ihnen Sorge, so dass sie sich miteinander berieten, wie dieser Missstand zu beheben sei.

Nach eingehender Beratung fassten sie den Beschluss, bei der Verpflegung, die ohnehin schon nicht mehr so reichhaltig war wie zu der Zeit, wo ihnen Macrobius Geld im Überfluss hatte zukommen lassen, noch weitere Kosten einzusparen, was im Einzelnen so aussah, dass sie kein Brot und keine Semmeln mehr kaufen und stattdessen mit Mehl, Hefe, Wasser und Salz selbst Brot backen würden. Statt Butter würden sie Schweineschmalz kaufen. Anstelle von teurem Kaffee und Tee würde es Malzkaffee und Kräutertee zum Trinken geben. Nurmehr billige Lebensmittel wie Erbsen, Linsen, Bohnen, Graupen, Reis, Grieß, Haferflocken, Mehl, Kartoffeln würden sie einkaufen und teure wie Fleisch, Wurst, Käse und Eier überhaupt nicht mehr.

So ganz auf Fleisch und Wurst wollten sie aber auch nicht verzichten und sie fanden auch einen Weg, wie sie dazu kommen konnten. So sollten während der kalten Jahreszeit einige Arbeiter kochen und backen und alle sonstigen Arbeiten im Haushalt verrichten, während sich die Übrigen irgendwo in der Stadt hinsetzen und die vorüberkommenden Leute um Geld anbetteln sollten. Von dem erbettelten Geld würden sie dann Fleisch und Wurst kaufen.

Fortan lebten sie nach diesem Beschluss, der von ihnen abverlangte, dass sie, was die Ernährung anbetraf, auf gar manches verzichten mussten. So mussten sie beim Frühstück auf Kaffee und Tee verzichten und stattdessen mit Malzkaffee mit Milch oder Kräutertee vorlieb nehmen und gab es selbst gebackenes Brot mit Schweineschmalz und Haferflockenbrei anstatt Semmeln mit Butter und Marmelade oder mit Wurst oder Käse. Doch schickten sie sich drein und redeten sich ein, dass ein Frühstück mit selbst gebackenem Brot mit Schweineschmalz und Haferflockenbrei und Malzkaffe mit Milch oder Kräutertee fast genauso gut schmeckte wie ein Frühstück mit Semmeln mit Butter und Marmelade oder mit Wurst oder Käse und Kaffee oder Tee, und so waren sie einigermaßen zufrieden mit dem Frühstück.

Vollauf zufrieden konnten sie mit dem Mittagessen sein, denn die Köche verstanden es, mit viel Phantasie und viel Sinn für Geschmack aus den Lebensmitteln, die ihnen zur Verfügung standen, Gemüse aus eigenem Anbau inbegriffen, schmackhafte Gerichte zuzubereiten, wie Kartoffelsuppe mit allerlei Gemüse wie Zwiebeln, Lauch, Karotten, Sellerie, grünen Bohnen, getrockneten Erbsen und getrockneten weißen Bohnen, angedickt mit einer Mehlschwitze von ausgelassenen Würfeln von fettem Speck und Mehl, gewürzt mit Knoblauch, Kümmel, Majoran und Pfeffer und mit Petersilie und Schnittlauch bestreut, Krautsuppe, Erbsen- und Bohneneintopf und Bratkartoffeln mit Speck, dazu ein Salat aus Karotten, Sellerie, grünen Bohnen, Weißkraut und Zwiebeln. Und wenn die

Arbeiter, die gemäß ihres Beschlusses zum Betteln eingeteilt worden waren, einiges an Geld erbettelt hatten, dann wurden Wurst und Fleisch gekauft. Das Fleisch wurde von den Köchen in Würfeln den Suppen und Eintöpfen beigegeben, und da die Suppen und Eintöpfe auch ohne Fleisch schon schmackhaft waren, schmeckten sie mit dem Fleisch noch besser. Da gab es dann die Kartoffelsuppe, den Erbseneintopf und den Linseneintopf mit durchwachsenem Speck, den Eintopf aus weißen Bohnen und die Gemüse-Reissuppe mit Rind- oder Schweinefleisch und neben diesen Gerichten noch so manche mehr, und sie freuten sich schon auf den nächsten Tag, wo es wieder eine Suppe oder einen Eintopf mit Fleisch geben würde, denn das war ein Festessen für sie.

Zwischen den Suppen und Eintöpfen ohne Fleisch und mit Fleisch gab es immer wieder mal eine Mehlspeise in Form von Milchreis, Grießbrei, Haferflockenbrei oder Haferflockenpudding. Zu diesen Mehlspeisen wurden Kompotte von Äpfeln, Birnen, Zwetschgen, Kirsche, Mirabellen oder Pfirsichen gereicht. Das Obst für die Kompotte ernteten sie aber nicht auf dem Klostergelände, denn dort befand sich kein einziger Obstbaum. Sie wollten aber unbedingt Kompotte zu den Mehlspeisen haben, und so schlichen sie im Schutz der Nacht zu Gärten hin, die nicht von einem Hund bewacht wurden, stiegen über die Zäune und stahlen Obst. Justament so, wie sie es schon in ihrer Kindheit als Gassenjungen und Lausebengel getan hatten.

Ihre Diebestouren kamen auch ihrem Abendessen zugute, denn auch da gehörte Kompott dazu, wonach es aber zu Beginn des Abendessens gar nicht aussah und man auf keinem der Tische Kompott entdecken konnte, was daran lag, dass es zum Abendessen eigentlich selbst gebackenes Brot mit Schweinefett gab und Malzkaffee mit Milch oder Kräutertee als Getränk dazu und nur alle paar Tage mal Wurst. Wenn aber der eine oder andere an den Abenden, wo es keine Wurst gab, noch nicht genug hatte, dann konnte er sich aus bereitgestellten Schüsseln noch Milchreis oder Haferflockenpudding mit Kompott nehmen, so dass er nicht hungrig ins Bett gehen musste. Es machte ihnen nichts weiter aus, dass sie sich mit einfacher, karger Kost ernähren mussten und nicht oft Fleisch und Wurst auf den Tisch kam. Hauptsache, sie konnten regelmäßige Mahlzeiten zu sich nehmen und wurden satt dabei. Folglich hatten sie keinen Grund dazu, unzufrieden mit ihrem Los zu sein. Das wäre nur dann der Fall gewesen, wenn sie kein Dach über dem Kopf gehabt hätten und im Freien oder in den Ruinen von Häusern, die zum Abbruch bestimmt waren, hätten übernachten müssen, so wie das früher der Fall gewesen war, wo sie als Obdachlose ihr Leben hatten fristen müssen.

Bei Michael war das aber anders. Der war gar nicht zufrieden mit seinem Dasein. Der hatte zeit seines Lebens nur reichhaltige und schmackhafte Speisen gegessen und hatte sich das auch leisten können, weil er immer Geld gehabt hatte, und es passte ihm ganz und gar nicht, dass er sich jetzt auf einmal mit einfacher, karger Kost ernähren musste und nur hin und wieder Fleisch und Wurst bekam.

Dies war aber nicht der einzige Grund für seine Unzufriedenheit. Da er noch nie in seinem Leben obdachlos gewesen und es daher nicht gewohnt war, sich bei kalter Witterung für längere Zeit im Freien aufzuhalten, war es ihm gar nicht genehm, dass er während der Wintermonate einige Stunden lang irgendwo in der Stadt herumhocken musste, wenngleich er auch keine Angst zu haben brauchte, dass er während der Zeit, wo er mit dem Rücken an eine Hauswand gelehnt, dasitzen musste, frieren würde, denn er hatte sich dick eingepackt und sich obendrein in eine dicke Decke gehüllt; und wenn er schließlich nach einiger Zeit anfing zu frieren, dann stand er auf, legte seine Decke zusammen, nahm sie unter den Arm, hob die Blechdose, in die manch einer von den vorüberkommenden Leuten eine Münze geworfen hatte, vom Boden auf und trollte sich. Das änderte aber nichts daran, dass es bei kalter Witterung im Freien ungemütlich und unangenehm war und er sich viel lieber in einem beheizten Raum aufgehalten hätte als im Freien.

Dermaßen unzufrieden, fasste er den Entschluss, den Winter über noch im Kloster zu verbleiben und im Frühjahr in die nördlich der Stadt gelegene Gegend zu ziehen, um sich dort eine Arbeit zu suchen. Bis dahin wollte er tapfer die Zähne zusammenbeißen und geduldig alle Unannehmlichkeiten ertragen. Und so raffte er sich Tag für Tag am Morgen dazu auf, sich in die Stadt zu begeben und sich auf einem Platz niederzulassen, an dem viele Leute vorüberzukommen pflegten, um diese, bei großer Kälte in seine dicke Decke gehüllt, mittels seiner vor ihm stehenden Blechbüchse um ein Almosen zu bitten oder bei weniger kalten Temperaturen jeden Vorüberkommenden flehend anzublicken und ihm eine schwarze Schirmmütze entgegenzuhalten, bis er schließlich an einem Sonntag, vor einem Gottesdienst am Portal des Doms sitzend, vom Schneevogel dahingerafft wurde.

Mit dem Augenblick, wo Michael sein Leben aushauchte und sein Haupt leblos auf seine Brust herabfiel, endete der Traum des Schneevogels und jener schlug seine Augen auf. Sein Herz tat ihm weh, was aber nicht allein davon herrührte, dass zwei Teile seines Herzens in Schnee verwandelt worden waren, sondern auch davon, dass es ihm unendlich leid tat, dass er Michael zu Tode gebracht hatte. Er hielt Michael nämlich für einen äußerst wertvollen Menschen, weil er stets darauf bedacht war, gut mit seinen Mitmenschen auszukommen und in Frieden mit ihnen zusammenzuleben, was sich dadurch zeigte, dass er auf ihre Wünsche und Belange einging und bemüht war, ihnen alles recht zu machen, damit sie nicht böse auf ihn waren und keinen Streit mit ihm anfingen, und dass ihm nicht im Mindesten der Sinn danach stand, andere Menschen anzugreifen, um sich als Sieger über sie zu erheben. Wenn er dennoch angegriffen wurde und ihm Leid zugefügt wurde, so ertrug er es duldsam und tapfer und stellte sich auf seine schlimmere Lebenslage ein, ohne in sich den Gedanken aufkommen zu lassen, sich für das ihm zugefügte Leid rächen zu wollen. Anders wäre es gewesen, wenn Michael kein friedfertiger Mensch gewesen wäre, sondern ein kriegslüsterner, der darauf erpicht war, andere im Kampf zu besiegen, und sich rächte, wenn ihm ein Leid angetan worden war. Da hätte er auf die Bäuerin, die betreffs ihrer Liebesaffäre falsches Zeugnis wider ihn gegeben hatte, einen grenzenlosen Hass gehabt und hätte sich fürchterlich an ihr gerächt, indem er im Schutz der Nacht ihren Bauernhof angezündet hätte. Da hätte er eine unermessliche Wut auf die städtischen Angestellten gekriegt, weil sie ihm und seinem Freund Thomas nicht glaubten, dass sie vom Branntweinschmuggel des Likörherstellers nicht die leiseste Ahnung gehabt hatten, und er hätte seine Wut an städtischen Anlagen und Einrichtungen ausgelassen und hätte sie beschädigt oder zerstört. Da wäre er auf die anderen Pensionsgäste, die ihn einen Verbrecher schimpften, und auf die Pensionswirtin, die dem Druck der anderen Pensionsgäste nachgab und ihm sein Zimmer kündigte, grenzenlos wütend gewesen und hätte ihnen heimtückisch und verstohlen und in aller Heimlichkeit Schaden zugefügt. Dadurch hätte er bitteres Leid über andere Menschen gebracht und sie ins Unglück gestürzt. Da er aber all das nicht tat, war Michael zweifellos als wertvollerer Mensch zu bezeichnen als jene Menschen, die sich für ihnen zugefügtes Leid zu rächen pflegten, und man konnte davon ausgehen, dass mehr Frieden auf der Welt herrschen würde, wenn es mehr Menschen gäbe wie Michael, und der Schneevogel bedauerte es zutiefst, dass er einen solchen wertvollen Menschen zu Tode gebracht hatte. Der Schmerz darüber saß ihm tief im Herzen.

Nachdenklich und traurig blickte er vom Domfenster auf die Dächer der Altstadt herab. Wie viel Leid und Schmerz mochten darunter verborgen sein, von denen niemand etwas wusste.

9. Kapitel

Zur selben Zeit trottete in aller Gemütsruhe auf einem Gehsteig rechts von einer Straße, an deren beiden Seiten ein- und
zweistöckige Häuser standen und die in einer sanften Steigung
nach oben zu einem großen Platz führte, ein älterer Mann dahin, dem man an seinem saloppen, nachlässigen, ungepflegten und eigentümlichen äußeren Erscheinungsbild auf den
ersten Blick ansah, dass er nicht zu den besser gestellten Bürgern gehörte. Ein hoher, speckiger schwarzer Zylinderhut, der
auf einer rosafarbenen Pudelmütze saß, die er bis über beide
Ohren herabgezogen hatte, dichtes graues Haar, das ihm unter
der Pudelmütze hervorquoll und bis auf die Schultern herabfiel, ein wild wuchernder grauer Vollbart und ein schäbiger
hellbrauner Wildledermantel mit dunkelbraunem Pelzkragen,
den ein biederer, anständiger Bürger schon längst weggeworfen hätte, ließen gar keinen anderen Schluss zu. Wenn einem
dann auch noch der zerschlissene Geigensack ins Auge fiel,
der ihm über den Rücken hing, dann wusste man sofort, dass
es sich bei diesem Mann um einen heruntergekommenen,
umherziehenden Straßenmusikanten handelte.

Ebenso ungewöhnlich wie das äußere Erscheinungsbild
dieses Mannes waren auch seine Persönlichkeit und sein Le-
benslauf. Allein schon deshalb, weil seine Mutter eine Fee war,
die aus Liebe zu seinem Vater Menschengestalt angenommen
hatte, damit sie mit ihm zusammenleben konnte. Was sich im
Einzelnen im Leben seiner Mutter als Fee und als Mensch so
zutrug, erzählt folgende Geschichte, die damit begann, dass
sein künftiger Vater Besitzer einer Apotheke war und als solcher in Wald und Flur Kräuter zu sammeln pflegte und im
Wald Blüten von einer Linde pflückte. Da er ein Naturfreund
war, ging er mit der Linde sorgsam und rücksichtsvoll um und
zupfte mit sanfter Hand behutsam die Blüten von den Zweigen und achtete darauf, dass er keine Zweige abbrach und

keine Blätter abriss, was die Fee, die in der Linde wohnte, ungemein freute. Als dann ein großer, länglicher roter Käfer in sein Leinensäckchen mit den gesammelten Lindenblüten fiel und er vorsichtig mit der Hand in das Leinensäckchen langte, geduldig wartete, bis der Käfer auf seine Hand gekrabbelt war, seine Hand langsam herauszog und an einen Ast hielt und liebevoll lächelnd zuschaute, wie der Käfer auf den Ast krabbelte, war sie so angetan davon, dass sie in heftiger Liebe zu ihm entbrannte und nichts sehnlicher wünschte, als mit ihm zusammen zu sein.

Kaum hatte er der Linde den Rücken gekehrt, verwandelte sie sich in einen Schachbrettfalter und flog zur ältesten Linde des Waldes, in der die älteste Lindenfee des Waldes wohnte, die zugleich die Ranghöchste unter den Lindenfeen des Waldes war. Dort angekommen, ließ sie sich auf dem Waldboden nieder und verwandelte sich in ihre Frauengestalt mit langen blonden Haaren, einem Kranz aus Lindenzweigen samt Blättern und Blüten auf dem Haupt, angetan mit einem weißen Gewand, das bis zum Boden herabreichte und ihre Taille betonte. Kaum stand sie als Frau vor der Linde, kam ein Siebenschläfer die Linde herabgelaufen und lief zu ihr hin, um im nächsten Moment ebenfalls die Gestalt einer Frau anzunehmen, die in etwa genauso aussah wie sie, außer dass sie andere Gesichtszüge hatte, die aber ebenso schön anzusehen waren wie die ihrigen.

Sie grüßte ehrerbietig die im Rang höchste Lindenfee und ließ sie wissen, dass sie sich unsterblich in einen Mann verliebt habe, der mit zärtlicher Hand Blüten von ihrer Linde gepflückt habe, und sie fragte sie, ob es ihr möglich sei, für immer Menschengestalt anzunehmen, denn sie wolle diesen Mann unbedingt kennen lernen und eine Beziehung mit ihm eingehen.

Die im Rang höchste Lindenfee antwortete ihr, dass ihr das sehr wohl möglich sei. Sie müsse nur einen Zweig von ihrer Linde abbrechen und ihren Kranz auseinandernehmen und schon sei sie für immer ein Mensch, könne sich aber niemals mehr in eine Fee zurückverwandeln. Folglich könne sie niemals mehr in ihre Linde zurückkehren und sich auch nicht mehr in jedes x-beliebige Tier verwandeln. Alle Zauberkräfte würde sie aber nicht verlieren. Sie würde nämlich auch weiterhin über diejenigen Zauberkräfte verfügen, die sie schon als Fee in Menschengestalt besessen habe, und diese Zauberkräfte würden ihr und jenen Menschen, die sie lieben würde, von großem Nutzen sein. So könne sie einem Menschen, der unter Erkältung leiden würde, durch das Berühren ihrer Hände Linderung verschaffen und eine schnelle Heilung herbeiführen. Bei sich selbst müsse sie das aber nicht anwenden, da sie keine Erkältung bekommen könne. Des Weiteren könne sie einen Menschen, der verdrossen sei und Trübsal blase, durch das Berühren ihrer Hände in gute Laune versetzen und könne einem Menschen, der mutlos und verzagt sei, durch das Berühren ihrer Hände neuen Mut geben. Auch würden ihren Haaren Zauberkräfte innewohnen. Die würden bewirken, dass ihr alle Arbeiten, die sie in ihrem Leben als Mensch zu verrichten habe, gut von der Hand gehen würden. Diesen Zauber könne sie auch auf diejenigen Menschen übertragen, mit denen sie zusammenleben würde. Dazu müsse sie Wollfäden oder Schnüre zu Armbändern verflechten und in ein jedes dieser Armbänder eine Strähne von ihrem Haar verflechten. Diese Armbänder müsse sie dann den ihr nahe stehenden Menschen geben, und ein jeder, der ein solches Armband tragen würde, würde selbst die allerschwersten Arbeiten mit leichter Hand und ohne alle Mühe und mit vollstem Erfolg bewältigen können.

Sie machte eine Pause, um dann zu sagen, dass dies alles sei, was sie ihr zu sagen habe. Die ihr untergebene Fee bedankte sich für alles, was sie von ihr erfahren hatte, mit einem freundlichen Lächeln, wünschte ihr und den anderen Lindenfeen alles Gute für die Zukunft und versprach ihr, von Zeit zu Zeit in den Wald zu kommen, um sie und die anderen Lindenfeen zu besuchen.

Die im Rang über ihr stehende Lindenfee blickte sie freundlich an und wünschte ihr in ihrem Leben als Mensch alles erdenklich Gute. Sodann verwandelte sie sich wieder in einen Siebenschläfer und lief zu ihrer Linde hin und den Stamm hinauf, und die verliebte Fee verwandelte sich wieder in einen Schachbrettfalter und flog zu ihrer Linde zurück.

In ihrer Linde sann sie darüber nach, wie sie es am besten anstellen könne, Eingang in die menschliche Gesellschaft zu finden. Als sie einen Weg gefunden hatte, wie das zu machen sei, verließ sie ihre Linde, brach einen Zweig von ihr ab, nahm ihren Kranz vom Kopf und nahm ihn auseinander. Als ihr Kranz in lauter Einzelteilen vor ihren Füßen lag, blickte sie noch einmal liebevoll zu ihrer Linde hin, um sich dann von ihr abzuwenden und den Weg in die Stadt anzutreten.

In der Stadt lief sie so lange auf den größeren Plätzen herum, bis sie einen Mann erblickte, der verdrossen dreinblickte. Sie steuerte auf ihn zu und sagte zu ihm: »Entschuldigen Sie bitte, dass ich Sie so einfach anspreche. Ich fühle mich aber dazu verpflichtet, Ihnen meine Hilfe anzubieten. Ich bin nämlich eine Wunderheilerin und könnte Sie durch die Berührung meiner Hände auf einen Schlag in gute Laune versetzen.«

Der Griesgram blickte sie missmutig und zweifelnd an und sagte: »Was Sie nicht sagen! Und verlangen einen Haufen Geld dafür, was?«

»Aber nein, ich verlange gar nichts dafür. Ich mache das ganz umsonst«, beteuerte sie.

Seine Miene erhellte sich. »Nun, wenn das so ist, dann wüsste ich nicht, warum ich es Ihnen verwehren sollte, sich als Wunderheilerin zu betätigen«, sagte er, woraufhin sie seine rechte Hand zwischen ihre beiden Hände nahm.

Im nächsten Augenblick zeigte sich freudiges Erstaunen auf seinem Gesicht und er rief begeistert aus: »Ja gibt's denn das! Meine trüben Gedanken sind auf einmal wie weggeblasen und ich fühle mich auf einmal Manns genug, meine Probleme zu lösen. Das ist ja phänomenal!« Und nach einer kleinen Pause sagte er: »Damit könnten Sie einen Haufen Geld verdienen.«

»Ja, das ist mir schon klar. Ich kann dieses Geschäft aber nicht alleine aufziehen. Mir fehlt das nötige Startkapital und ich habe auch keine Ahnung von kaufmännischer Verwaltung. Ich könnte dieses Geschäft nur zusammen mit einem Geschäftsmann betreiben, der für das nötige Startkapital aufkommen und alle organisatorischen Arbeiten und die kaufmännische Verwaltung übernehmen würde.«

»Dann ist heute Ihr Glückstag«, sagte er mit freudestrahlender Miene. »Mein Schwager ist nämlich Geschäftsmann. Wo er einen Profit wittert, zieht er ein Geschäft auf. Der würde sich gewiss gern mit Ihnen zusammentun. Da bin ich mir ganz sicher. Wenn Sie wollen, können wir ihn jetzt gleich aufsuchen. Dann können wir alle Einzelheiten bereden.«

»Ja geht denn das? Der sitzt doch jetzt gewiss an seinem Schreibtisch in seiner Firma und befasst sich mit den geschäftlichen Angelegenheiten seiner Firma«, wandte sie ein.

»Aber der hat doch gar keine Firma. Der hat nur einige Geschäfte am Laufen. Die kaufmännischen Arbeiten dafür erledigt er daheim in seinem Haus und legt auch Pausen dazwischen ein. Das kann er sich erlauben, denn gar so viel hat er nicht zu tun. Wir können ihn also ohne Weiteres aufsuchen.«

»Nun, wenn Sie meinen. Dann suchen wir ihn halt auf.«

Sie machten sich auf den Weg zu dem Geschäftsmann und saßen wenig später gemeinsam mit ihm an einem Tisch und beredeten mit ihm in allen Einzelheiten das Geschäft mit ihr als Wunderheilerin.

Zuvörderst setzten sie sich mit der Verteilung des Gewinns auseinander, und sie einigten sich darauf, dass sie als Wunderheilerin ein Drittel des Gewinns erhalten sollte, der Schwager des Geschäftsmannes für die Vermittlung des Geschäfts ein Zwölftel, denn mehr könne er nicht für sich beanspruchen, weil er weiter keine Arbeiten bei dem Geschäft verrichten würde, und dass der Geschäftsmann sieben Zwölftel vom Gewinn erhalten sollte, denn dem würde mehr als die Hälfte vom Gewinn zustehen, da er die ganzen Unkosten, die bei dem Geschäft anfallen würden, tragen würde.

Der Geschäftsmann erläuterte ihnen dann, welche Arbeiten bis zur Eröffnung des Geschäftes und ab der Inbetriebnahme mit ihr als Wunderheilerin getätigt werden müssten. Zunächst müsste man ein Geschäft, eine Arztpraxis oder eine Parterre-Wohnung mieten, worin sich drei Räume befinden müssten. Einer für den Empfangsraum, einer für das Wartezimmer und einer für den Behandlungsraum, wo sie den Kunden ihre wundertätigen Hände auflegen würde. Diese drei Räume müssten dann ausgestattet werden, und zwar mit Bildern und Symbolen, die Menschlichkeit und christliche Nächstenliebe ausdrücken würden, um dadurch den Kunden zu vermitteln, dass sie die Wunderkräfte ihrer Hände vom lieben Gott erhalten habe. Würde man hingegen die Ausstattung mit geheimnisvollen magischen Zeichen versehen, dann würden die Kunden das mit Zauberei, Hexerei, schwarzer Magie und Okkultismus in Verbindung bringen und das würde unheimlich und beängstigend auf sie wirken. Des Weiteren müssten per Zeitungsinserat zwei kaufmännische Kräfte gesucht werden. Wenn sie die gefunden hätten, müssten sie aufwendig und im großen Stil für die Wunderheilung werben, und zwar mehrmals mit einer ganzseitigen Anzeige in der Tageszeitung und mit Werbezetteln, die in die Briefkästen des ganzen Stadtviertels eingeworfen werden müssten. Auf diesen Zeitungsanzeigen und Werbezetteln müsste stehen, wann das Geschäft mit der Wunderheilung eröffnet werden würde, außerdem die Geschäftszeiten von jeweils zwei Stunden am Vormittag und am Nachmittag stehen. Und dass sie als Wunderheilerin allein durch das Berühren ihrer Hände schlechte Laune, Missmut, Trübsinn, Schwermut, Niedergeschlagenheit, Depressionen und andere seelische Krankheiten vertreiben könne. Und es müsste natürlich ganz groß ihr Name draufstehen, der klangvoll sein müsste, denn als große Wunderheilerin müsste sie unbedingt einen klangvollen Namen haben.

Er fragte sie, welchen Namen sie sich denn gern zulegen würde, und sie sagte ihm, dass ihr der Name »Linda« gefiele. Er sagte darauf, dass dies kein besonders klangvoller Name sei. Der Name »Lindania« würde da schon viel besser klingen und sie antwortete, dass der Name »Lindania« in der Tat viel besser klinge.

Da nun das mit dem Namen geklärt war, fuhr er mit seinen Erläuterungen fort und sagte, dass die Geschäfte mit den Wunderheilungen so ablaufen würden, dass die eine kaufmännische Kraft die Personalien der Kunden unter Vorzeigen des Personalausweises aufnehmen würde. Die Kunden müssten nämlich per Banküberweisung das Honorar für die Wunderheilung begleichen. Zu diesem Zweck bräuchten sie unbedingt die Personalien, damit sie diejenigen Kunden anmahnen könnten, die bis zum Ende der festgesetzten Zahlungsfrist das Honorar noch nicht überwiesen haben würden. Wenn sie von den Kunden das Honorar in Bar kassieren würden, dann würden sie Gefahr laufen, irgendwann einmal am Ende der Geschäftszeit von Räubern überfallen und von ihnen um die Tageseinnahmen gebracht zu werden, und das könnte nur dadurch vermieden werden, dass die Kunden das Honorar per Banküberweisung begleichen würden und hierfür die eine kaufmännische Kraft alle Personalien auf eine Liste schreiben würde. Diese Liste müsste sie dann am Ende einer jeden Geschäftszeit der zweiten kaufmännischen Kraft übergeben, welche Buch über die Einnahmen und Ausgaben führen und diejenigen Kunden, die das Honorar überwiesen hätten, von den Listen streichen würde.

Nachdem er geendigt hatte, fragte sie ihn, wann denn nun das Geschäft eröffnet würde und sie als Wunderheilerin Geld verdienen könnte. Sie erhielt zur Antwort, dass das wohl nicht so bald sein würde. Schließlich könne es sich wer weiß wie lange hinziehen, bis die Geschäftsräume ausgestattet seien und alles Weitere erledigt wäre.

Nachdem sie dies vernommen hatte, bat sie ihn um einen Vorschuss und erklärte ihm, dass sie nur mehr Geld für ein paar Tage habe, dass sie sich bisher als Putzfrau durchgeschlagen und dabei gerade mal so viel Geld verdient habe, dass sie in einer Pension übernachten und Essen kaufen konnte. Manchmal habe sie sich auch etwas dazuverdienen können, denn sie habe den Leuten, bei denen sie geputzt habe, hin und wieder ihre heilenden Kräfte zukommen lassen. Sie wolle aber nicht länger als Putzfrau arbeiten.

Er hatte vollstes Verständnis für ihre Lage, und so holte er umgehend fünftausend und gab sie ihr, indem er sagte, dass sie wieder etwas haben könne, wenn sie das verbraucht habe.

Nachdem sie das Haus des Geschäftsmannes verlassen hatte, quartierte sie sich einer Pension ein. Am Abend begab sie sich dann in ein Gasthaus und aß zu Abend. Am darauffolgenden Tag suchte sie dann gleich drei Mal ein Gasthaus auf, einmal zum Frühstück, einmal zum Mittagessen und einmal zum Abendessen, und so ging es Tag für Tag. Und da ihr die Speisen der Menschen vorzüglich schmeckten und sie gern wissen wollte, wie sie zubereitet wurden, besuchte sie einen Kochkurs, bei dem sie höchst aufmerksam den Anweisungen der Kursleiterin zuhörte und mit größtem Eifer bei der Zubereitung der Speisen zu Werke ging. Doch damit nicht genug. Sie kaufte sich auch noch Kochbücher, die sie mit Begeisterung las. Bei so viel Begeisterung für das Kochen nahm es nicht wunder, dass in ihr der Wunsch erwuchs, all die guten Speisen, deren Zubereitung sie im Kochkurs erlernte und in den Kochbüchern las, für sich selbst zuzubereiten. Um sich diesen Wunsch erfüllen zu können, zog sie aus der Pension aus und in eine möblierte Wohnung. Dort kochte, briet und buk sie all die Speisen, nach denen es sie gelüstete, was allein schon viel Zeit in Anspruch nahm. Damit allein war es aber nicht getan, denn um die Speisen kochen, braten und backen zu können, musste sie sich erst einmal in aller Ruhe überlegen, was sie in den nächsten Tagen kochen würde, musste auf einen Einkaufszettel die hierfür benötigten Zutaten schreiben und diese einkaufen. Hinzu kam noch, dass sie nach dem Essen das Geschirr, das sie zum Kochen, Braten, Backen benötigt hatte, abspülen musste. So war sie die meiste Zeit des Tages mit der Zubereitung ihrer Lieblingsspeisen beschäftigt. Die übrige Zeit brachte sie damit zu, dass sie Rezepte in ihren Kochbüchern und Liebesromane las. Die Liebesromane las sie deshalb, weil sie Näheres über die Liebesbeziehung zwischen einem Mann und einer Frau in Erfahrung bringen wollte, damit sie vorbereitet wäre, wenn sie eine Liebesbeziehung mit ihrem Apotheker unterhalten würde. Den suchte sie jede Woche einmal, hin und wieder auch zweimal, in seiner Apotheke auf und kaufte im Lauf der Zeit mal ein Wundpflaster, mal ein Mittel zur Wundbehandlung, mal eine Hautcreme, mal einen Kräutertee, insbesondere einen solchen, den man auch als Gewürz zum Kochen verwenden konnte, so wie das zum Beispiel bei Thymiantee, Salbeitee und Rosmarintee der Fall war, und sie kaufte sich natürlich auch einen Lindenblütentee, von dem sie wusste, dass er von ihrer Linde stammte, weshalb sie dachte, dass er ihr besonders gut schmecken würde. Auch einen Waldmeistertee kaufte sie, denn in dem Wald, in dem ihre Linde stand, befanden sich auch einige Flecken mit Waldmeister, so dass es im Bereich des Möglichen lag, dass ihr Apotheker den Waldmeister dort gesammelt hatte. Bei diesen Einkäufen zeigte sie sich von ihrer schönsten Seite, wobei das Strahlen ihrer Augen Lebensfreude und Frohsinn ausdrückte und ihr freundliches, wohlwollendes Lächeln den Eindruck vermittelte, als ob sie grundsätzlich alle Menschen lieben und jedem nur das Allerbeste wünschen würde, was ihrem ohnehin schon schönem Gesicht noch mehr Liebreiz verlieh. Und sie sah zu ihrer Freude, dass sie damit die erwünschte Wirkung erzielte, denn auch ihr Apotheker zeigte ihr sein freundlichstes Lächeln und ließ dadurch sein schönes Gesicht noch schöner erscheinen. Allerdings waren sie noch weit davon entfernt, vertraut miteinander umzugehen, als wenn sie sich schon ewig kennen würden. Demgemäß beschränkten sich die Worte, die sie miteinander wechselten, auf das, was so bei einem Kauf zwischen Händler und Kunden zu sagen war, bis sie bei ihrem vierten Apothekenbesuch eine Unterhaltung mit ihm anfing, bei der sie ihm sagte, dass sie sich gern in der Natur aufhalte und sich schon oftmals gefragt habe, ob sämtliche Blumen einer bunten Blumenwiese Heilkräfte besäßen. Er ging freudig auf diese Unterhaltung ein und erklärte ihr freundlich lächelnd, dass von den Blumen einer Blumenwiese außer Spitzwegerich, Frauenmantel, Kamille und Johanniskraut, von denen jeder wisse, dass sie Heilkräfte besäßen, auch noch Augentrost, Bockshornklee, Erdrauch, Labkraut, Klatschmohn, Stiefmütterchen und Storchenschnabel Verwendung fänden.

Von da an unterhielten sie sich bei jedem ihrer Einkäufe eine ganze Weile über Blumen, Kräuter und Bäume und deren heilende Kräfte, über Heilkräuter, die auch als Gewürz bei der Zubereitung von Speisen verwandt wurden, über die Kochkunst im Allgemeinen, wovon auch er etwas verstand, weil er selbst gern kochte, und über Gott und die Welt. Bei all diesen Aktivitäten fand sie aber auch noch Zeit, alle zwei Wochen in ihren heimischen Wald zu gehen und die im Rang höchste Lindenfee aufzusuchen, der sie dann erzählte, was sie in der Stadt unter den Menschen so alles erlebt hatte. So brachte sie die Zeit bis zur Eröffnung des Geschäftes gut herum, ohne dass sie sich auch nur eine Viertelstunde gelangweilt hätte.

Als sie dann von Montag bis Freitag jeden Tag vier Stunden als Wunderheilerin tätig war und sich darum ihre bisherige frei verfügbare Zeit um diese vier Stunden verringerte, sah sie es für erforderlich an, ihre Lebensgewohnheiten der nunmehr kürzeren Freizeit anzupassen, was sie dadurch tat, dass sie nicht mehr jeden Tag ihr Essen selbst kochte, sondern nach einem Tag, an dem sie ihr Essen selbst gekocht hatte, ihre Mahlzeit in einem Wirtshaus einnahm und das Geschirr vom

Vortag abspülte. Die Änderungen ihrer Lebensgewohnheiten betrafen aber nicht ihre Apothekenbesuche. Nach wie vor besuchte sie jede Woche ihren Apotheker und unterhielt sich mit ihm, und endlich sagte er zu ihr, dass er gern den Abend mit ihr verbringen würde, lud sie zum gemeinsamen Abendessen in einem Restaurant ein und sie nahm seine Einladung hocherfreut an. Ein wunderschöner Abend folgte, an dem sie sich in bester Stimmung befanden, wozu natürlich auch das gute Essen, das sie genossen, und der edle Wein, den sie tranken, beitrugen, und jeder fühlte sich ausnehmend wohl in der Gesellschaft des anderen, so dass in beiden der Wunsch aufkam, sich so bald wie möglich wieder zu treffen. Und so vereinbarten sie, am übernächsten Abend wieder dasselbe Restaurant aufzusuchen und das jeden zweiten Abend zu wiederholen.

Wieder einmal saßen sie an einem Abend in trauter Zweisamkeit gemütlich im Restaurant beisammen und aßen zu Abend, als er ihr vorschlug, dass sie doch nicht immer im Restaurant ihr Abendessen einnehmen müssten. Sie könnten sich doch auch immer wieder mal, mal bei ihm und mal bei ihr, selbst was Feines zum Abendessen kochen und es so einrichten, dass sie mal im Restaurant zu Abend essen und mal ihr Abendessen selbst kochen würden. Bei ihren Restaurantbesuchen könnten sie dann jene Speisen, die sie gerne essen würden, auf eine Liste schreiben und unter diesen Speisen diejenige auswählen, die sie als Nächstes kochen würden, und die Zutaten hierfür auf einen Einkaufszettel schreiben. Die Zutaten würde er dann von einer seiner beiden Mitarbeiterinnen bis zum übernächsten Abend besorgen lassen. Sie war hellauf begeistert von seinem Vorschlag und sagte, dass sie sich bis zum nächsten Restaurantbesuch einige Speisen einfallen lassen werde.

So wie sie es gesagt hatte, geschah es dann auch bei ihrem nächsten Restaurantbesuch, so dass sie am zweiten Abend danach in seiner Wohnung gemeinsam kochten, und zwar Schweinekrustenbraten in Dunkelbiersoße mit Semmelknödeln und in Weißwein gedünstetem Weißkraut, und sie aßen mit großem Appetit und freuten sich darüber, dass es ihnen gelungen war, eine überaus köstliche Speise zuzubereiten.

Einige Male schon hatten sie abwechselnd im Restaurant zu Abend gegessen und sich selbst ihr Abendessen gekocht, als sie ihm den Vorschlag machte, dass sie sich doch auch tagsüber treffen könnten und nicht nur am Abend, und zwar an den Wochenenden. Da könnten sie dann einen Stadtbummel, einen Spaziergang im Grünen oder einen Ausflug machen und danach irgendwo einkehren und nach Herzenslust essen und trinken. Er stimmte ihrem Vorschlag freudig zu, und so verbrachten sie von nun an auch die Wochenenden miteinander.

Die viele Zeit, die sie miteinander verbrachten, brachte es mit sich, dass sie sich immer näher kamen und immer vertrauter miteinander wurden, was sie dazu bewog, sich einander voll und ganz zu öffnen und sich freimütig alles von sich zu erzählen, und so erzählte sie ihm auch, dass der Grund dafür, dass ihr Hände mit Wunder wirkenden Kräften zu eigen waren und sie deshalb als Wunderheilerin den Menschen helfen konnte, darin lag, dass sie früher eine Lindenfee gewesen sei und dann Menschengestalt angenommen habe, weil sie sich in ihn verliebt habe, als er Blüten von ihrer Linde gesammelt habe. Durch die Umwandlung in einen Menschen seien ihr zwar einige Zauberkräfte verloren gegangen. Die Wunder wirkenden Kräfte in ihren Händen seien ihr aber verblieben, ebenso wie die in ihren Haaren, die bewirkten, dass sie jede noch so schwere Arbeit mit Erfolg bewältigen könne. Sie könne die Wunder wirkenden Kräfte in ihren Haaren auch auf andere übertragen, indem sie aus Fäden oder Schnüren Armbänder flechten und in jedes dieser Armbänder eine Strähne von ihrem Haar verflechten würde, und da es ihr Herzensanliegen sei, dass ihm alles, was er anpacken würde, gelingen möge, würde sie ein solches Armband für ihn anfertigen, sobald sie die Gelegenheit dazu habe.

Auf diese Worte stand ihm die helle Freude ins Gesicht geschrieben. Ebenso wie er freute auch sie sich darüber, dass er bald ein Armband mit ihren Wunder wirkenden Haaren tragen würde, denn dann würde ihm mit Sicherheit beim gemeinsamen Kochen kein Malheur mehr passieren. Bisher war ihm schon mal ein Malheur passiert. Da war ihm die Brühe mit dem Tafelspitz und dem Suppengemüse übergelaufen. Das war zwar weiter nicht schlimm, weil dadurch der Geschmack des Gerichtes nicht beeinträchtigt worden war. Aber könnte ihm nicht mal ein Malheur passieren, durch das der Geschmack des Gerichtes beeinträchtigt oder das Gericht gar ungenießbar würde? Vollkommen ausgeschlossen sei das nicht. Wenn er aber das Armband mit ihren Wunder vollbringenden Haaren tragen würde, würde dies nicht mehr geschehen können und sie könne beruhigt sein und sich auf jedes Essen freuen.

Einige Zeit schon waren sie ein Liebespaar und kamen als solches gut miteinander aus, ohne dass auch nur ein einziges böses Wort zwischen ihnen gefallen wäre, waren gewissermaßen ein Herz und eine Seele, da sagten sie sich, dass es an der Zeit sei, miteinander den Bund der Ehe zu schließen, und feierten bald darauf Hochzeit. Die fand, anders wie bei anderen Leuten, nur in einem kleinen Rahmen satt, denn sein Vater und seine Mutter waren schon vor Jahren verstorben und sonst hatte er keine Verwandten, und da er mit Leib und Seele Apotheker war und seine Arbeit so sehr liebte, dass er sogar die Zeit raubende Arbeit auf sich nahm, Heilkräuter zu sammeln, zu trocknen und in Tüten zu füllen, und ihm daher sein Beruf viel Zeit abverlangte, hatte er niemals Muße dafür gefunden, sich einen Freundeskreis zuzulegen, und sie hatte unter den Menschen sowieso keine Angehörigen und kannte nur ihren Chef, seinen Schwager und die beiden weiblichen kaufmännischen Kräfte des Geschäftes. Und so saßen in dem Restaurant, in dem die Hochzeitsfeier stattfand, nur er und sie als Brautpaar, die beiden Apothekenmitarbeiterinnen mit ihren Lebenspartnern, die Putzfrau, die in seiner Apotheke sauber machte und ihr Ehemann, seine Haushälterin, die für ihn einkaufte, für gewöhnlich das Mittagessen für ihn kochte, das er nur hin und wieder selbst kochte, das Frühstück und das Abendessen für ihn zubereitete und das Geschirr abspülte, und ihr Ehemann, seine Aufwartefrau, die ihm die Wäsche wusch und bügelte, seine Wohnung putzte und sich auch sonst um seine Wohnung kümmerte, und deren Ehemann sowie ihr Chef und sein Schwager und deren Ehefrauen.

Nach der Hochzeit kehrte der Ehealltag bei ihnen ein, der bei ihnen so verlief, dass sich bei ihm, was den Tagesablauf anbetraf, weiter nichts änderte. Nach wie vor arbeitete er den ganzen Tag in seiner Apotheke und brauchte sich sonst um nichts zu kümmern. Bei ihr sah das schon anders aus. Hatte sie vor ihrer Ehe nur für sich selbst sorgen müssen, so musste sie sich jetzt als Ehefrau und Hausfrau um ihr beider Wohlbefinden kümmern. Um acht Uhr nahmen sie und ihr Mann das Frühstück ein, das die Haushälterin zubereitet hatte. Danach kochte sie zusammen mit der Haushälterin das Mittagessen. Eigentlich hätte sie das nicht zu tun brauchen, denn dafür war ja die Haushälterin da und die hätte das Mittagessen auch alleine kochen können. Da sie aber nun mal gerne kochte, wollte sie es sich nicht nehmen lassen. Aber nicht nur, dass sie zusammen mit der Haushälterin das Mittagessen kochte. An den Wochenenden und an den Feiertagen, wo sie nicht als Wunderheilerin seelisch kranken Menschen half, spülte sie auch zusammen mit ihr das Geschirr ab, und sie tat es mit Freude, denn für sie war das Geschirrspülen keine mühevolle oder niedrige Arbeit. Für sie war es eine heilige Handlung, die wie alles andere getätigt werden musste, um sich ein geordnetes Leben zu erhalten. Sie sah nämlich das Leben als etwas Heiliges an, das mit Liebe, Freude, Achtung, Ehrfurcht und allen Kräften, die einem zu eigen waren, erhalten und bewahrt werden musste, was aber nicht nur für das eigene Leben galt, sondern auch für das Leben der anderen Menschen, der Tiere und der Pflanzen, insbesondere für jene, die Not litten und der Hilfe anderer bedurften, und alles, was dafür getan werden musste, erachtete sie als heilige Handlungen. Von diesen heiligen Handlungen betrachtete sie diejenigen als die allerwichtigsten, die mit der Ernährung zu tun hatten, namentlich das Einkaufen, das Zubereiten der Speisen und das Geschirrabspülen.

War das Geschirr abgespült, dann setzte sie sich mit der Haushälterin an den Tisch und beriet sich mit ihr über die Planung der nächsten Mahlzeiten, und die Haushälterin schrieb die benötigen Nahrungsmittel auf einen Einkaufszettel. War der Einkaufszettel geschrieben, widmete sich die Haushälterin irgendeiner anderen Arbeit, während sie selbst nun tun und lassen konnte, was immer sie wollte, allein oder zusammen mit ihrem Mann. Ganz anders verliefen ihre Nachmittage an den Wochentagen. Da legte sie sich nach dem Mittagessen hin und hielt ein Mittagsschläfchen, so wie es auch ihr Mann zu tun pflegte. Um vierzehn Uhr stand sie dann auf, kleidete sich in aller Ruhe an und legte ohne jede Hast den Weg zum Geschäft zurück, wo sie von fünfzehn Uhr bis achtzehn Uhr ihrer Arbeit als Wunderheilerin nachging. Dass sie nur einmal am Tag ins Geschäft kam anstatt zweimal und nur drei Stunden arbeitete anstatt vier, lag darin begründet, dass sie ihrem Chef erklärt hatte, dass sie als verheiratete Frau nurmehr am Nachmittag arbeiten könne; sie sehe aber ein, dass zwei Stunden zu wenig seien, weshalb sie bereit sei, drei Stunden zu arbeiten. Ihr Chef war einverstanden. Und so arbeitete sie von dem Tag an, wo sie sich im Hafen der Ehe befand, von fünfzehn Uhr bis achtzehn Uhr und begab sich dann in aller Gemütsruhe und ohne jegliche Eile nach Hause, wo sie sich ein wenig ausruhte, um dann um zwanzig Uhr gemeinsam mit ihrem Mann das Abendessen einzunehmen, das die Haushälterin zubereitet hatte. Nach dem Abendessen verbrachte sie dann allein oder zusammen mit ihrem Mann in aller Gemütlichkeit den Feierabend und ließ den Tag ausklingen.

Die Eheleute waren rundum glücklich und zufrieden mit allem, was zum Eheleben so gehörte. Vor allem waren sie damit zufrieden, dass die Arbeiten, die sie zu verrichten hatten, nicht im Mindesten ihr Eheleben beeinträchtigten, denn gar so viele Arbeiten hatten sie nicht zu bewältigen, so dass sie nicht rastlos von einer Aufgabe zur anderen eilen mussten. Auch waren die Arbeiten, die sie zu bewältigen hatten, nicht mit Mühen und Strapazen verbunden, und da sie nicht unter Zeitdruck standen, fanden sie während eines Arbeitstages mehrmals Gelegenheit, sich ein wenig auszuruhen, und konnten um achtzehn Uhr Feierabend machen und nach Lust und Laune die Seele baumeln lassen. Diesen Zustand wollten sie so lange wie möglich beibehalten. Auch wollten sie sich in ihrer Freizeit den schönen Dingen des Lebens widmen, das Leben genießen und sich allen möglichen Vergnügungen hingeben, so dass es ihnen fern lag, sich irgendeine zusätzliche Belastung aufzuhalsen, weshalb sie auch ihren Kinderwunsch auf unbestimmte Zeit hinausschoben.

So brachten sie frohgemut und unbeschwert die Tage hin, ohne sich groß Sorgen machen zu müssen, schon gar nicht in finanzieller Hinsicht, da sie ja beide ziemlich viel Geld verdienten, er als Apotheker und sie als Wunderheilerin. Sie verschönerten sich das Leben, indem sie nach wie vor die feinsten Restaurants besuchten und sich an den köstlichsten Speisen und erlesensten Getränken delektierten. Aber wenn sie sich auch die teuersten Speisen und Getränke leisten konnten, so kochten sie mitunter doch auch selbst, denn das Kochen war nun mal ihrer beider Liebhaberei. Ihre Liebe zum Essen ging aber nicht so weit, dass sie bei einem guten Essen schon wieder an die nächste Gelegenheit zu einem guten Essen dachten, und sie gingen auch nicht immer nur deswegen aus, um die köstlichsten Speisen genießen zu können. Sie saßen auch gern in einem gemütlichen Lokal bei einem Glas Wein oder einem Cocktail beisammen. Besonders liebten sie es, an lauen Sommerabenden vor einem Straßencafé in der Altstadt zu sitzen und die ruhige, friedvolle und lauschige Stimmung, in die alles um sie herum getaucht war, auf sich einwirken zu lassen. Sie ließen sich vom Zauber der malerischen Altstadt mit ihren alten, mit mancherlei Zierrat schön herausgeputzten Häusern einfangen, die Ruhe und Gelassenheit ausstrahlten und den Eindruck erweckten, als würden sie in dem Bewusstsein, im Lauf der Jahrhunderte schon viele stürmische Zeiten überstanden zu haben, fest darauf vertrauen, dass sie auch künftige stürmische Zeiten heil überstehen würden. Das lud zum Träumen von früheren Zeiten ein, als die damals lebenden Leuten in ihrer zeitgemäßen Tracht durch die engen Gassen mit ihrem holprigen Pflaster schlenderten. Ebenso wie die malerische Altstadt versetzte sie auch die Schönheit der Natur und der Ausblick auf eine hinreißend schöne Landschaft in romantische Stimmung, wenn sie wie ehedem Spaziergänge durch Wald und Flur und Ausflüge zu weiter entfernten Gegenden unternahmen. Oder sie gingen ins Theater, um sich ein Schauspiel oder ein Drama anzusehen. Die Mensch gewordene Fee war nämlich begierig darauf, möglichst viel darüber in Erfahrung zu bringen, was sich so alles zwischen den Menschen abspielte, weshalb sie auch an den Abenden, wo sie nichts unternahmen, Romane las, die davon handelten, was sich im Leben der Menschen so alles ereignen konnte; und für ihn war ein Theaterbesuch eine willkommene Ablenkung von seiner Arbeit als Apotheker, in der er mit der Wissenschaft der Heilkunde befasst war und nicht im Mindesten mit der Gefühlswelt und den Verhaltensweisen der Menschen, woran er als Mensch natürlich auch interessiert war. Da die Irrungen und Wirrungen sowie die verdienten Erfolge und glücklichen Fügungen im menschlichen Leben in ihrer beider Interesse lagen, führten sie nach jedem Theaterbesuch daheim oder bei ihrem nächsten Restaurantbesuch lange, ausführliche Gespräche darüber, wie es die Figuren des Stücks hätten einrichten können, dass eine Tragödie vermieden worden wäre.

Von all diesen Unternehmungen war aber keine einzige

dabei, die sie in demselben Maße liebten wie ihr liebstes Freizeitvergnügen, welches das Reisen war. So machten sie mehrmals im Jahr Urlaub und reisten jedes Mal in ein anderes fernes Land, wo sie sich prachtvolle Städte mit ihren imposanten und malerischen Bauwerken und wunderschöne Landschaften besahen und darüber in ehrfurchtsvolles Staunen und begeistertes Schwärmen gerieten, was höchst erquicklich für ihre Seele war.

Fünf Jahre waren seit ihrer Hochzeit ins Land gegangen, fünf Jahre, in denen sie mit Freuden ihrer Arbeit nachgegangen waren und sich in ihrer Freizeit ausgiebig allerlei Genüssen und Vergnügungen hingegeben hatten, da sagten sie sich, dass sie das süße Leben zur Genüge genossen hätten und es nunmehr an der Zeit sei, für Nachwuchs zu sorgen. Und so kam nach neun Monaten ein Knabe zur Welt, und für diesen Knaben, dem sie den Namen Jakob gaben, war alles trefflich eingerichtet, denn seine Mutter konnte rund um die Uhr für ihn da sein und sich mit ihrer ganzen Mutterliebe um ihn kümmern und ihn umsorgen. Während ihrer Schwangerschaft hatte nämlich ihr Chef verlauten lassen, dass er sich mit dem Geschäft mit ihr als Wunderheilerin eine goldene Nase verdient habe und sich jetzt zur Ruhe setzen und seinen Lebensabend auf einer griechischen Insel verbringen wolle. Außerdem seien die Kundenzahlen rückläufig, was wohl daran liegen dürfte, dass es bei der Eröffnung des Geschäfts viele seelisch Kranke in der Gegend gegeben habe und sie aus dem Vollen hätten schöpfen können. Nun seien diese Leute geheilt und nurmehr solche Kunden zu ihr gekommen, die in der Folgezeit erkrankt seien, und die hätten nicht so viel ausgemacht.

Dass sie nicht mehr als Wunderheilerin tätig sein musste, war aber nicht der einzige Grund, warum sie rund um die Uhr für ihr Kind da sein konnte. Sie hatte auch mit dem Kochen und dem Geschirrspülen aufgehört, denn das konnte die Haushälterin auch allein bewältigen.

Unter der liebevollen Fürsorge seiner Eltern, die ihm, geleitet von sinnvollem, vernünftigem Denken, eine auf sein zukünftiges Leben umsichtig ausgerichtete Erziehung angedeihen ließen, wuchs Jakob heran und gedieh prächtig. Jahr um Jahr verging und schließlich hatte er das Alter erreicht, wo er eingeschult wurde.

Als er die dritte Klasse mit der Versetzung in die vierte Klasse abgeschlossen hatte, trat bei der Schulabschlussfeier eine Lehrerin auf, die einige Stücke auf der Violine spielte, unter anderem »Air« von Johann Sebastian Bach. Dabei wurde sie von einem Lehrer auf der klassischen Gitarre begleitet. Jakob fand die dargebotene Musik betörend schön und lauschte ihr ergriffen und hingebungsvoll, und der Wunsch wuchs in ihm, diese wunderschöne Musik selbst auf der Violine spielen zu können. Als er seinen Eltern gegenüber diesen Wunsch äußerte, hatten sie nichts dagegen einzuwenden und kauften ihm eine Geige, mit der er fortan zweimal in der Woche einen Musiker aufsuchte, der Geigenunterricht gab. Er übte auch viel zu Hause, und so konnte er nach einiger Zeit die Stücke, die ihm bei der Schulabschlussfeier so gut gefallen hatten, selbst spielen und ging dazu über, ein neues Stück einzuüben. Ein Stück nach dem anderen übte er ein und hatte seine helle Freude, wenn er ein Stück fehlerfrei spielen konnte. Auch seine Eltern hatten ihre Freude daran und lauschten gern den Klängen, die er seiner Geige entlockte. Sie wussten sich sein Geigenspiel auch zunutze zu machen und ließen ihn, sehr zu seiner Freude, bei den Weihnachts-, Faschings- und Geburtstagsfeiern, die sie gaben und zu denen sie Gäste einluden, jeweils die passende Musik auf seiner Geige spielen, wobei er bei den Faschingsfeiern zum Tanz aufspielte.

Nach der fünften Klasse besuchte er das Gymnasium und es ließ sich anfangs gar nicht mal so schlecht an. Danach nahmen seine schulischen Leistungen aber stetig ab und im Halbjahreszeugnis stand, dass seine Versetzung gefährdet sei, was für seine Eltern Anlass war, ein ernstes Wörtchen mit ihm zu reden: dass er, wenn er vernünftig denken könne, einsehen müsse, dass er jetzt viel mehr lernen müsse als vorher und sein Geigenspiel zurückstehen müsse, weshalb sie mit seinem Geigenlehrer vereinbaren würden, dass er das halbe Jahr bis zum Schulschluss nicht mehr zu ihm kommen würde, und auch zu Hause müsse er sein Geigenspiel stark einschränken. Er müsse jetzt den größten Teil seiner freien Zeit zum Lernen nutzen, um das Klassenziel doch noch zu erreichen.

Jakob sah ein, dass sie recht hatten, und versprach ihnen, ihre Worte zu beherzigen. So blieb er von Stund an dem Geigenunterricht fern und widmete sich auch zu Hause nicht mehr so viel seinem geliebten Geigenspiel. Stattdessen setzte er sich auf seinen Hosenboden und lernte fleißig. Allein, unter dem Lernen fiel ihm immer wieder mal eine Melodie ein, die er dazu hernahm, um ein Liedlein zu komponieren und auch gleich den Text dazu zu dichten, und so kam es, wie es kommen musste: Er erreichte das Klassenziel nicht. Für seine Eltern war das eine herbe Enttäuschung. Sie konnten nicht verstehen, warum er gescheitert war. Er war doch ein überaus intelligenter Junge. Sie mussten unbedingt die Gründe für sein Scheitern herausfinden, und so führten sie ein Gespräch mit ihm, bei dem er ihnen erklärte, dass er überhaupt keine Lust habe, das Abitur zu machen. Für die Berufe, die er gern ausüben würde, wenn es an der Zeit sei, brauche er kein Abitur. Da er die Natur liebe und gutes Essen, vor allem Torten und anderes Feingebäck, würde er gern Gärtner, Förster, Koch oder Konditor werden. Außerdem würde er allen Leuten, die er kennen lernen würde, anbieten, auf ihren privaten Feiern Geige zu spielen. Eventuell würde es sich ergeben, dass er für so viele Leute würde spielen können, dass er das Geigespielen berufsmäßig ausüben könnte. Dann würde er seinen Brotberuf aufgeben und nur noch Geige spielen.

Als seine Eltern dies vernahmen, sahen sie ein, dass es wohl keinen Sinn hätte, ihn auf dem Gymnasium zu behalten und ihn die Klasse, die er nicht mit Erfolg hatte abschließen können, wiederholen zu lassen. Also ließen sie ihn in die Hauptschule zurückversetzen. Dort tat er sich leicht, denn den dortigen Anforderungen konnte er, ohne sich groß anstrengen zu müssen, nachkommen, so dass er sich auch wieder seinem geliebten Geigenspiel in vollem Umfang hingeben konnte.

Er ging schon längere Zeit wieder in die Hauptschule, als bei seinem Vater eine nicht zu übersehende Veränderung eintrat. Er wurde mit der Zeit immer dicker und ging immer mehr in die Breite, was ihm äußerst unliebsam war, denn bisher hatte er sich für einen schönen, stattlichen Mann halten können, der die Gewissheit haben konnte, dass er den Frauen gefiel, vor allem der eigenen Frau. Jetzt, wo er dick und unförmig geworden war, war das Gegenteil der Fall. Jetzt konnte er mit Sicherheit davon ausgehen, dass er den Frauen nicht mehr gefiel, dass sie ihn hässlich und abstoßend fanden und dass seine eigene Frau da keine Ausnahme machte. Deshalb wagte er es jetzt auch nicht mehr, sich ihr zärtlich zu nähern. Das letzte Mal hatte er vor drei Monaten mit ihr geschlafen. Da hatte er sich noch einreden können, ein stattlicher, athletisch gebauter, bärenstarker Mann zu sein. Davor hatten sie zumindest einmal im Monat den ehelichen Beischlaf vollzogen; nun konnte er ihr aber nicht mehr geben, was sie wollte. Da saß er jetzt ganz schön in der Klemme und es gab nur einen Ausweg aus der Misere: Er musste ihr reinen Wein einschenken.

Als sie am Abend beim Ehebett standen und im Begriff waren, sich zur Nachtruhe niederzulegen, sagte er zu ihr, dass er ihr etwas gestehen müsse. Sie wandte sich ihm zu und machte beim Anblick seines betrübten Gesichtes eine sorgenvolle Miene. Er begann nun zu reden und sagte zu ihr, dass er sich jetzt, wo er dick, unförmig und ungestalt geworden sei, hässlich und abstoßend finde und der Meinung sei, dass sie das auch so sehen müsse. Deshalb traue er sich auch nicht mehr, sich ihr zärtlich zu nähern, um mit ihr zu schlafen, und es tue ihm unendlich leid, dass er ihr keine Liebe mehr geben könne, so dass er ihr erlauben würde, sich einen Liebhaber zuzulegen.

Als sein letztes Wort verklungen war, blickte sie ihn treuherzig an und sagte, dass sie ihn keineswegs hässlich und abstoßend finde. Ein mildes Lächeln umspielte ihren Mund und ihre Augen leuchteten auf, als sie fortfuhr: dass er jetzt, wo er dick sei, gemütlicher auf sie wirke als vorher, wo er schlank gewesen sei, und sie wisse jetzt, dass an den Worten, dass Dicke gemütlich seien, etwas Wahres dran sei. Und es seien doch vor allem die menschlichen Wesenszüge und Eigenschaften, die einen Menschen liebenswert machten, und sie liebe alles an ihm. Was nun die körperliche Liebe betreffe, so könne sie ihm sagen, dass sie schon seit zwei Jahren gar kein Verlangen mehr danach habe. Sie habe sich ihm nur hingegeben, um ihn glücklich zu machen.

Ein leises Lächeln umspielte seinen Mund, als er diese Worte hörte. Zärtlich legte sie ihre Hand auf seine Wange.

»Liebster«, sagte sie, »ich bin dir auch weiterhin von Herzen zugetan. Wir können uns doch auch lieben, wie Bruder und Schwester sich lieben. Bei der Liebe kommt es allein auf das Herz an. Eine körperliche Vereinigung zwischen zwei Menschen ist gewiss etwas Schönes, aber doch nicht wirklich von Bedeutung.«

Da nahm er sie in seine Arme und eng umschlungen standen sie eine Weile da, bis sie sich voneinander lösten und sich beglückt zur nächtlichen Ruhe niederlegten.

Nachdem sich die Sorge um den Fortbestand ihrer Liebe praktisch in Luft aufgelöst hatte, musste sich in der Folgezeit keines der Familienmitglieder mit einem größeren, schwer zu lösenden Problem auseinandersetzen. Tag für Tag, Woche für Woche, Monat für Monat, Jahr für Jahr lebten sie in gleichmäßigem Alltagstrott dahin. Umso schlimmer war es, als sie an einem Abend bei Tisch saßen und darauf warteten, dass ihnen die Haushälterin das Abendessen brachte und das Familienoberhaupt plötzlich entsetzt die Augen aufriss und dann vornüberfiel und mit dem Kopf auf der Tischplatte aufschlug.

Zutiefst erschrocken starrten seine Frau und sein Sohn Jakob zu ihm hin und saßen wie zu Stein erstarrt da. Als sich ihre Erstarrung nach wenigen Augenblicken gelöst hatte, sprangen sie auf von ihren Stühlen und eilten zu ihm hin. Sie rüttelten und schüttelten ihm, kniffen ihn in die Wangen, zupften an seinen Haaren. Allein, er gab kein Lebenszeichen von sich. Man zog einen Arzt hinzu. Der untersuchte ihn und sagte dann mit Bedauern zu ihnen, dass er einen tödlichen Schlaganfall erlitten habe und sein Blut schon geronnen sei. Im nächsten Moment fielen sich Mutter und Sohn in die Arme und weinten hemmungslos.

Die Witwe befand sich in tiefer Trauer und war untröstlich. Sie war ihrem Mann von Herzen zugetan gewesen und hatte gern ihre Zeit mit ihm verbracht. Es fehlte ihr sehr und sie wäre sich einsam und verlassen auf der Welt vorgekommen, wenn sie nicht ihren Sohn Jakob gehabt hätte. An ihn klammerte sie sich wie an den allerletzten Strohhalm. Er sollte ihr Halt und ihre Stütze in dieser für sie so bitteren Zeit sein. Er sollte die Lücke ausfüllen, die ihr Mann hinterlassen hatte. Deshalb suchte sie vermehrt seine Nähe und Gesellschaft, dergestalt, dass sie sich mit ihm zusammensetzte und über häusliche Angelegenheiten und anstehende Anschaffungen für das Haus mit ihm redete sowie am Freitagabend gemeinsam mit ihm eine Liste mit den Mittagessen der kommenden Woche erstellte, wobei sie ihn bestimmen ließ, was jeden Tag auf den Tisch kommen sollte. Ferner besuchte sie mit ihm ab und an ein Restaurant, wo sie sich die feinsten Speisen schmecken ließen und die erlesensten Getränke dazu tranken. Hin und wieder kochten sie sich auch selbst etwas besonders Leckeres. Bis vor Kurzem hatte sie das alles noch mit ihrem Mann unternommen. Jetzt musste er ihr den Mann ersetzen, und es war tröstlich für sie, dass sie jemanden hatte, mit dem sie vertraut war und mit dem sie über alles reden konnte, und dieser Trost milderte ihre Trauer ein wenig.

So oft es ging und so lange wie möglich wollte sie mit ihm

zusammen sein. Sie hatte auch schon eine Idee, wie sich das einrichten ließe. Als sie dann bei ihrem nächsten Restaurantbesuch beisammensaßen und auf das Essen warteten, sagte sie zu ihm, dass sie vorhabe, ein Häuschen am Rande der Stadt zu erstehen, zu dem ein Garten mit Obstbäumen und Beerensträuchern gehören würde. In dem Garten wolle sie Gemüse und Erdbeeren anbauen. Das Gemüse würde sie dann verkaufen und für den eigenen Bedarf hernehmen. Aus den Erdbeeren, dem Obst und den Beeren würde sie Marmelade machen, die sie ebenfalls verkaufen und für den eigenen Bedarf hernehmen würde. Für die Bebauung des Gartens bräuchte sie aber noch einen Mitarbeiter, und da habe sie an ihn gedacht. Wenn er bei ihr im Garten mitarbeiten würde, dann bräuchte er sich bis zu seinem Hauptschulabschluss in einem dreiviertel Jahr keine Lehrstelle zu suchen. Er bräuchte sich auch nicht drei Jahre lang mit einem geringen Lohn zufriedenzugeben, den Lehrlinge erhielten und der sich erst von einem Lehrjahr zum anderen allmählich steigern würde, sondern von Anfang an den vollen Lohn erhalten. Jakob war begeistert von ihrem Vorschlag und stimmte ihm sogleich zu.

Nach einiger Zeit verkaufte sie die Apotheke und erstand ein Häuschen nebst Garten mit Obstbäumen und Beerensträuchern am Rande der Stadt und sie zogen dorthin und lebten fortan dort. Auch die Haushälterin und die Aufwartefrau waren mit umgezogen, wenngleich sie auch nicht mit in dem Häuschen lebten.

Im Frühjahr des darauffolgenden Jahres begann die Hausherrin dann mit der Bebauung des Gartens und nach erfolgreichem Hauptschulabschluss ging ihr Jakob dabei hilfreich zur Hand. Mal arbeiteten sie im Garten, mal im Haus, wo sie von dem geernteten Obst Marmelade, Kompott und Mus kochten und alles in Gläser füllten, die an interessierte Kunden verkauft werden sollten. Das Interesse der Kunden musste aber erst noch geweckt werden. Zu diesem Zweck hielt die Hausherrin die Haushälterin und die Aufwartefrau dazu an, ihren Verwandten und Bekannten zu stecken, dass sie köstliche Marmeladen herstellten, die denen in den Geschäften in nichts nachstünden und sogar noch um die Hälfte billiger seien, ebenso wie das Obst und das Gemüse, das sie bei ihnen kaufen könnten. Dass sie ihre Marmeladen um so viel billiger hergeben konnten, wie man in den Geschäften dafür verlangte, lag daran, dass alle Früchte aus dem eigenen Garten kamen.

Schon wie sie ihr neues Domizil bezogen hatten, hatte die Hausherrin der Haushälterin und der Aufwartefrau zudem gesagt, dass sie ihnen für jedes abgespülte leere Marmeladenglas etwas Kleingeld geben würde und sie das auch ihren Verwandten und Bekannten sagen sollten. Da sammelten sich dann den Herbst und den Winter über viele leere Marmeladengläser an. Außerdem beschrifteten und bemalten sie die Etiketten für ihre Marmeladen selbst und klebten sie auch selbst auf die Marmeladengläser. So mussten sie für die Herstellung ihrer Marmeladen nur für Zucker und Gewürze Geld aufwenden. Im Übrigen waren sie auf das Geld für den Verkauf ihrer Marmeladen gar nicht angewiesen, denn Geld hatten sie zur Genüge beiseite legen können, während sie und ihr Mann noch als Wunderheilerin und Apotheker gearbeitet hatten. Dazu kam noch der Erlös aus dem Verkauf der Apotheke. Geldgier war auch nicht die treibende Kraft gewesen, die sie dazu gebracht hatte, die Erträge des Gartens zu verwerten und zu verkaufen. Vielmehr hatte sie nach einer Möglichkeit gesucht, möglichst viel Zeit mit ihrem Sohn verbringen zu können, und diese Möglichkeit musste ihr natürlich auch zusagen und da war angesichts der Tatsache, dass sie die Natur liebte, die Gartenarbeit genau das Richtige für sie. Aber wenn sie nun schon mal einen Garten bewirtschaftete, dann musste sie die Erträge aus dem Garten auch verkaufen. Sitzen bleiben wollte sie auf ihren Erzeugnissen jedenfalls nicht.

Es kam auch so, wie sie es sich erhofft hatte. Mehrmals am Tag kamen interessierte Kunden zu ihrem Haus, und da sie selbst im Garten beschäftigt war, verkaufte ihnen die Haus-

hälterin die gewünschten Waren, nicht ohne sie darauf hinzu-
weisen, dass sie für jedes abgespülte leere Glas etwas Kleingeld
bekämen. Aber wenn auch viele Kunden ihre Waren kauften,
gar so viele waren es dann auch wieder nicht, dass ihre Ware
schnell vergriffen und sie deshalb dazu gezwungen gewesen
wäre, so schnell wie möglich für Nachschub zu sorgen, um der
Nachfrage der Kunden gerecht werden zu können. Es standen
immer noch mehrere Gläser von jeder Sorte ihrer Erzeugnisse
da, wenn sie dazu überging, erneut Marmelade, Kompott und
Mus herzustellen, und so konnte sie sich bei der Herstellung
ihrer Waren Zeit lassen und in aller Ruhe arbeiten.

Wer arbeitet, muss sich naturgemäß auch ausruhen und
entspannen, um neue Kraft und Frohsinn zu tanken. Bei Mutter und Sohn sah das so aus, dass sie einmal in der Woche am
Feierabend ein Restaurant aufsuchten und sich dem Genuss
feinster Delikatessen hingaben. Sie kochten sich auch selbst
zweimal pro Woche ein leckeres Abendessen. In der übrigen
Zeit las die Mutter Romane. Sobald sie einen gelesen hatte,
gab sie ihn ihrem Sohn, und wenn der ihn gelesen hatte, dann
saßen sie am nächsten Abend beisammen und redeten bei einer Flasche selbst gemachtem Apfel- oder Schlehenwein über
die gemeinsame Lektüre. Ansonsten gab sich Jakob seinem
geliebten Geigenspiel hin.

Zehn Jahre lebten sie nun schon in dem Häuschen und bewirtschafteten den Garten, als an einem Nachmittag die Haushälterin in den Garten kam und zu Jakob sagte, gerade eben sei
ein Junge dagewesen, der ihr gesagt habe, er solle einer Kundin Marmelade und Mus ins Haus liefern. Die Kundin sei den
ganzen Nachmittag unabkömmlich und habe keine Gelegenheit, die Waren selbst zu holen. Jakob war es recht und ging
mit ihr ins Haus. Dort zeigte die Haushälterin auf einige auf
dem Tisch stehende Marmeladen- und Musgläser und sagte,
sie habe die gewünschten Waren schon zusammengestellt,
und nannte ihm die Adresse der Kundin. Jakob gab die Gläser

in eine Tasche und machte sich auf den Weg.

Als er wieder in den Garten zurückkam, sagte er freudestrahlend zu seiner Mutter, dass sie Großmutter geworden sei. Sie blickte ihn verdutzt an und er sagte weiter, dass er vor zwei Jahren dieser Kundin schon einmal Waren ins Haus geliefert habe und da habe er etwas mit ihr gehabt, was zur Folge gehabt habe, dass sie schwanger geworden sei und ein Kind geboren habe. Näheres würde sie von ihm am Abend bei einer Flasche Portwein erfahren.

Als sie dann am Abend beim Portwein beisammensaßen, erzählte er ihr, dass ihm ungefähr vor zwei Jahren die Haushälterin aufgetragen habe, einer Kundin Marmelade ins Haus zu liefern und er habe ihren Auftrag ausgeführt. Die Kundin sei eine hübsche Frau und überaus freundlich gewesen, so dass er sie auf Anhieb sympathisch gefunden und sich auch sogleich an den Tisch gesetzt habe, als sie ihm Platz anbot. Sie habe dann zu ihm gesagt, dass ihr Mann auf Geschäftsreise sei und ihre Haushälterin einen Arzttermin habe und ihr deshalb kein Mittagessen kochen könne, und da sie selbst auch nicht kochen wolle, wolle sie zu Mittag einige Semmeln mit Butter und Marmelade essen und Kaffee dazu trinken, und wenn er wolle, könne er ihr dabei gern Gesellschaft leisten. Er habe ihre Einladung gern angenommen, und so hätten sie zusammengesessen und getrunken. Danach hätten sie sich zwanglos miteinander unterhalten und immer mehr habe er sich zu ihr hingezogen gefühlt und immer näher seien sie sich gekommen, bis sie schließlich im Bett gelandet seien. Er habe sie seitdem nicht mehr gesehen, bis er ihr heute wieder Waren ins Haus geliefert habe.

Da hätten sie dann bei Kaffee und Kuchen beisammengesessen und sie habe ihm erzählt, dass ihr Mann sich mehrere Kinder wünsche. Sie hätten es auch oftmals versucht. Es habe aber einfach nicht geklappt. Sie sei einfach nicht schwanger geworden, und sie sei sich sicher, dass er zeugungsunfähig sei. Sie habe ihn aber nicht darauf ansprechen und schon gar nicht von ihm verlangen wollen, dass er sich von einem Arzt wegen seiner Zeugungsunfähigkeit untersuchen lassen solle, denn sie habe befürchtet, dass er die bittere Wahrheit nicht verkraften würde und am Boden zerstört wäre. Da sei ihr die Idee gekommen, dass sie sich von einem anderen Mann schwängern lassen und ihren Mann in dem Glauben lassen könne, dass er der Vater des Kindes sei, und so habe sie sich nach einem passenden Mann umgesehen. Die seien ihr aber bei näherem Kennenlernen gar nicht so sympathisch vorgekommen, wie sie es auf den ersten Blick gewesen seien, so dass sie sich mit keinem von ihnen eingelassen habe. Bei ihm sei das anders gewesen. Ihn habe sie nicht nur beim ersten Anblick, sondern auch beim näheren Kennenlernen sympathisch gefunden, und so habe sie sich mit ihm eingelassen und er sei jetzt der Vater ihres ersten Kindes, eines Jungen.

Auf ihre Worte hin habe sie ihn forschend angeblickt und er habe eine freudig überraschte Miene gemacht. Da habe sie dann zu ihm gesagt, dass ihr Mann ja mehrere Kinder haben wolle und sie sich von ihm wünsche, dass er ihr jetzt ihr zweites Kind machen würde, und er habe ihrem Wunsch entsprochen. Also würde sie jetzt zum zweiten Mal Großmutter werden.

Als seine Worte verklungen waren, sagte seine Mutter freudestrahlend, dass sie es herrlich finde, jetzt Großmutter zu sein, und es mache ihr auch weiter nichts aus, dass sie ihre Enkel niemals zu Gesicht bekommen würde. Hauptsache, sie könne die Gewissheit haben, dass ihre Enkel in geordneten Verhältnissen aufwachsen würden. Sie nehme auch keinen Anstoß daran, dass er einer verheirateten Frau Kinder gemacht und diese Kinder ihrem Mann untergeschoben habe. Vielmehr sei sie der Meinung, dass er eine gute Tat begangen habe, da er einer klugen, weitsichtigen Frau dabei geholfen habe, bitteres Leid von ihrem bedauernswerten Ehemann abzuwenden.

Auch Jakob strahlte über das ganze Gesicht. Dermaßen

frohgelaunt, wären sie nie auf den Gedanken gekommen, das Bett aufzusuchen, sondern es war ihnen danach, noch ein wenig beieinanderzusitzen und das freudige Ereignis zu feiern, dass er Vater und sie Großmutter geworden war.

Nach zwei Jahren musste er der Mutter seiner Kinder erneut Marmelade ins Haus liefern. Als er zurückkam, sagte er seiner Mutter, dass sie jetzt zum dritten Mal Großmutter werde. Wiederum nach zwei Jahren erhielt er von der Mutter seiner Kinder erneut den Auftrag, Marmelade an sie auszuliefern, und wie schon dreimal zuvor, führte er auch diesen Auftrag aus, mit dem Erfolg, dass er seiner Mutter nach seiner Rückkehr die freudige Nachricht überbringen konnte, dass sie zum vierten Mal Großmutter werde. Danach wurde er nie mehr wieder von der Mutter seiner Kinder dazu beauftragt, ihr Marmelade ins Haus zu liefern, woraus er schloss, dass ihrem Mann vier Kinder reichten und er keine weiteren mehr haben wollte.

Die Jahre vergingen und mit ihnen wurde die vierfache Großmutter zunehmend älter, was nicht zu übersehen war, denn immer mehr Falten zerfurchten die vormals glatte und zarte Haus ihres Gesichts und immer weißer wurden ihre vormals blonden, in der Sonne wie Gold glänzenden Haare, und auch ihre Kräfte nahmen immer mehr ab, bis ihr schließlich die Arbeit zu viel wurde und sie am Vormittag nicht mehr arbeitete, sondern nurmehr vier Stunden am Nachmittag. Nach einiger Zeit wurden ihr auch die vier Stunden Arbeit am Nachmittag zu viel. Schon nach zwei Stunden Arbeit war sie müde und abgespannt, weshalb sie eine längere Pause einlegen musste, um noch mal zwei Stunden arbeiten zu können. Als sie am Abend desjenigen Tages, an dem sie zum ersten Mal unter der Arbeitszeit eine längere Pause eingelegt hatte, mit Jakob beim Abendessen beisammensaß, sagte sie ernst und wehmutsvoll zu ihm, dass mit fortschreitendem Alter ihre Kräfte immer mehr nachließen und ihr deshalb bewusst sei, dass es langsam aber sicher auf das Lebensende zugehe. Deshalb wolle sie ihm jetzt sagen, was nach ihrem Ableben mit ihr geschehen solle, und zwar wolle sie verbrannt werden und er solle dann ihre Asche rund um die Linde herum verstreuen, in der sie einst als Lindenfee gewohnt habe. Es würde ihr gefallen, all jenen Pflanzen, die um ihre Linde herumwachsen würden, als Dünger dienen zu können. So würde sie auf gewisse Weise auch weiterhin am Leben teilhaben, und sie fragte ihn, ob er zu ihrer Linde hinfinden würde. Er, sein Vater und sie hätten ja mal einen Spaziergang zu ihrer Linde unternommen.

Er sagte darauf, dass er sich nicht hundertprozentig sicher sei, dass er zu ihrer Linde hinfinden würde, worauf sie erwiderte, dass sie gleich am nächsten Samstag einen Spaziergang zu ihrer Linde unternehmen würden, und er würde wohl gut daran tun, wenn er Papier und Bleistift mitnehmen und den Weg zu ihrer Linde aufzeichnen würde. Er versprach ihr, dies zu tun, und er tat es dann auch, als sie am Samstag den Weg zu ihrer Linde zurücklegten. Bei ihr angekommen, legte sie mit leuchtenden Augen ihre Hand an den Stamm und streichelte zärtlich die Rinde. Dann blickte sie liebevoll zur Krone empor, bevor sie sich Jakob zuwandte und mit freudigem Lächeln zu ihm sagte, dass im Frühjahr rund um ihre Linde herum viele Buschwindröschen blühen und einen Teppich von weißen und grünen Farbtupfern bilden würden, weshalb er ihre Asche in einem drei Meter breiten Streifen rund um ihre Linde herum verstreuen solle.

Jakob versprach mit ernster und betrübter Miene und feucht schimmernden Augen, ihren Wunsch zu erfüllen, worauf sie sagte, dass nun alles geklärt sei und sie den Heimweg antreten könnten, und sie erinnerte sich mit leuchtenden Augen daran, wie sie sich einst in einen Menschen verwandelt hatte und voller Neugier auf das Leben unter den Menschen und voller Erlebnishunger und Erwartungen zur Stadt der Menschen aufgebrochen war.

Eine Zeitlang arbeitete sie noch, unterbrochen von einer

längeren Pause, vier Stunden am Nachmittag im Garten. Dann wurde ihr auch das zu viel, so dass sie dazu überging, nur mehr so lange zu arbeiten, wie ihre Kräfte es zuließen. Waren es zunächst zwei Stunden gewesen, so war es nach einiger Zeit nur mehr eine Stunde. Schließlich arbeitete sie im Garten gar nicht mehr, sondern nurmehr im Haus und da auch nur solche Arbeiten, die sie im Sitzen verrichten konnte. So beschriftete und bemalte sie Etiketten, klebte sie auf Marmeladengläser, putzte Erdbeeren und schnitt das von Jakob gewaschene Obst in kleine Stücke. Aber auch diese Arbeiten fielen ihr immer schwerer und schließlich konnte sie nicht mehr die Kraft aufbringen, sie zu verrichten. Da sagte sie dann beim Abendessen zu Jakob, dass er von nun an die ganze Arbeit alleine machen müsse, was über seine Kräfte gehen würde, weshalb es das Beste für ihn sei, wenn er den Garten nicht länger bewirtschaften würde. Der würde ja ohnehin nicht viel einbringen. Außerdem seien sie ohnehin nicht darauf angewiesen, da sie genügend Geld auf der Bank hätten. Dieses Geld würde aber mit der Zeit immer weniger werden, bis es schließlich ganz verbraucht sei, wenn er nichts dazuverdienen würde, weshalb er gut beraten sei, wenn er nach ihrem Tod als Straßenmusikant mit seiner Geige Geld einnehmen würde, und er würde viel Geld einnehmen, denn alle Leute, die an ihm vorüberkommen würden, würden ihm Geld in seinen Hut werfen, da er dank des Armbandes mit ihren wundertätigen Haaren besonders schön spielen würde. Sein Geigenspiel ließe sich aber noch verbessern. Dazu müsse er ihr nach dem Tod die Haare abschneiden und diese zu einem Geigenbauer bringen. Von dem müsse er dann mit ihren Haaren seinen Fiedelbogen bespannen lassen. Wenn er dann mit ihren Haaren über die Saiten seiner Geige streichen würde, dann würden die Zuhörer an den Wald erinnert werden und romantische Gefühle würden in ihnen aufsteigen, was sie dazu bewegen würde, ihm recht viel Geld in seinen Hut zu werfen.

Von da an las sie nurmehr Romane und legte sich dazwischen immer wieder mal hin und ruhte sich aus. Als Jakob eines Tages ins Wohnzimmer kam, wo sie auf einem Sessel sitzend zu lesen pflegte, lag ein Buch in ihrem Schoß. Daneben lagen ihre Hände. Ihr Kopf war zurückgelehnt und ihre Augen blickten starr ins Leere. Zweifellos war sie verstorben, weshalb sich Jakob dazu veranlasst sah, einen Arzt hinzuzuziehen, um von ihm den Totenschein ausstellen zu lassen. Als der Arzt wieder weg war, schnitt Jakob seiner Mutter die Haare ab und bewahrte sie auf.

Nachdem seine Mutter verbrannt worden war, gab er die Urne mit ihrer Asche in eine Tasche und begab sich damit zu der Linde, in der sie als Lindenfee gewohnt hatte. Dort verstreute er ihre Asche rund um den Stamm der Linde herum, wobei er streng darauf achtete, dass die ausgestreute Asche so ziemlich genau auf einem drei Meter breiten Streifen zu liegen kam, so wie es seine Mutter sich gewünscht hatte. Im darauffolgenden Frühjahr suchte er wieder die Linde auf und erblickte einen dicht an dicht mit Buschwindröschen bewachsenen Streifen rund um die Linde herum.

Nachdem er den Wunsch seiner Mutter erfüllt und ihre Asche rund um die Linde herum verstreut hatte, nahm er die Arbeiten in Angriff, die nötig waren, um sich die Voraussetzungen für seine Tätigkeit als Straßenmusikant zu schaffen. Zunächst einmal ließ er von einem Geigenbauer seinen Fiedelbogen mit den wundertätigen Haaren seiner Mutter bespannen. Danach machte er sich Gedanken darüber, wie er herausbringen könne, wie lange er seine Lebenshaltungskosten begleichen könne, wenn er zusätzlich als Straßenmusikant aufträte. Dabei kam ihm in den Sinn, dass er erst einmal wissen müsse, wie hoch sich seine Lebenshaltungskosten im Monat belaufen würden, so dass er nicht umhinkam, einen Monat lang seine ganzen Ausgaben aufzuschreiben und dann zusammenzuzählen. Nun konnte er ausrechnen, wie lange er seine Lebenshaltungskosten allein von seinem Bankguthaben begleichen könne. Zehn Jahre kam bei seiner Rechnung heraus. Dieses Ergebnis hätte aber nur dann Bedeutung gehabt, wenn er nicht als Straßenmusikant auftreten würde. Da aber das Gegenteil der Fall war und er sehr wohl als Straßenmusikant Geld einnehmen würde, musste er, um herauszubringen, wie lange er seine Lebenshaltungskosten würde begleichen können, die Geldsumme, die er als Straßenmusikant einnehmen würde, zu seinem Bankguthaben hinzuziehen. Aber wie viel käme dabei zusammen? Also beschloss er, einen Monat lang als Straßenmusikant zu arbeiten und jeden Tag das verdiente Geld aufzuschreiben und am Ende des Monats zusammenzuzählen. Nun konnte er ausrechnen, wie lange er seine Lebenshaltungskosten würde begleichen können, wenn er zusätzlich zu seinem Bankguthaben als Straßenmusikant Geld einnehmen würde. Bei dieser Rechnung erhielt er dreißig Jahre als Ergebnis. Was würde er aber nach diesen dreißig Jahren machen, wo er das Alter von sechsundsiebzig Jahren erreicht haben würde? Er sann darüber nach und er brauchte gar nicht lange, um zu wissen, was er dann machen würde. Er würde das Haus mit dem Garten verkaufen und sich in einem Hotel oder einer Pension einquartieren. Wenn dann sein Geld bis auf eine gewisse Summe zusammengeschmolzen sein würde, würde er mit dieser Summe in ein Altenheim ziehen und dort seinen Lebensabend verbringen.

Eine Zeitlang befand er sich in dem festen Glauben, dass für seine Zukunft alles bestens gerichtet sei und er dreißig Jahre lang gut über die Runden käme. Dann überfiel ihn jäh die Erkenntnis, dass seine Rechnung ungenau war und hinten und vorne nicht stimmte, denn er hatte bei all seiner Rechnerei nicht bedacht, dass er nicht alle Tage würde so lange spielen können, wie er es sich vorgenommen hatte, da es immer wieder vorkommen würde, dass ihn eine ungünstige Witterung dazu zwingen würde, sein Geigenspiel vorzeitig abzubrechen oder ihn ganz davon abhalten würde. Insbesondere im Winter würde dies wohl häufig vorkommen, da er selbst bei einigermaßen erträglichen Temperaturen über null Grad nach einer gewissen Zeit des Musizierens frieren würde und daher sein Geigenspiel würde abbrechen müssen und bei frostigen Temperaturen erst gar nicht mit dem Geigespielen würde anfangen können. Aber auch im Frühling, Sommer und Herbst könnte ihm das Wetter einen Strich durch die Rechnung machen, denn da könnte es den ganzen Tag oder sogar mehrere Tage regnen oder könnte ihn ein plötzlich einsetzendes Gewitter von seinem Platz, auf dem er als Straßenmusikant musizieren würde, vertreiben. Außerdem müsse er wohl damit rechnen, dass er mal einen Tag unpässlich oder sogar mehrere Tage krank sein würde. Demzufolge würden wohl etliche Monatseinnahmen nicht so hoch sein wie in seinem ersten Monat als Straßenmusikant, so dass er wohl keine dreißig Jahre mit seinem Geld auskäme, sondern weit weniger, womöglich nur zwanzig Jahre. Das erschien ihm aber zu wenig, um Geld für seine letzten Tage im Altenheim erübrigen zu können, weshalb er es für nötig erachtete, die ihm entstandenen Verdienstausfälle auszugleichen.

Er wusste auch sogleich, wie er das anstellen konnte. Nämlich durch mehr oder weniger einschneidende Sparmaßnahmen. Diese Sparmaßnahmen begannen damit, dass er seine Haushälterin entließ, denn die brauchte er nicht unbedingt, da er in der Kochkunst bewandert und daher imstande war, sich am Abend sein Essen selbst zu kochen. Er störte sich auch nicht daran, dass er von nun an das Geschirr selbst abspülen musste, denn ebenso wie das Kochen tat er diese Arbeit gern. Ebenso wie seine Mutter freute er sich darüber, dass ihm für das nächste Essen sauberes Geschirr zur Verfügung stand und er auf einem sauberen Tisch andere Arbeiten ausführen konnte. Ganz anders stand er den Arbeiten gegenüber, die die Aufwartefrau zu leisten hatte, denn für das Waschen der dreckigen Wäsche und das Putzen des dreckigen Fußbodens konnte er sich einfach nicht begeistern, da er bei diesen Arbeiten mit Bakterien und anderen schädlichen Keimen in Berührung kommen würde, und so beließ er die Aufwartefrau in seinen Diensten und zahlte ihr weiterhin willig ihren Lohn. Dafür sparte er bei der Ernährung, dergestalt, dass er sich an den Abenden unter der Woche nur Suppen und Eintöpfe mit billigen Lebensmitteln wie Erben, Bohnen, Linsen, Graupen, Reis, Weizen- und Maisgrieß und Gemüse aus seinem Garten kochte, den er nach wie vor bewirtschaftete, dabei aber nicht den Verkauf von Marmelade, Mus und Kompott im Sinn hatte, sondern nur den Eigenbedarf, weshalb er anstelle der Erdbeeren Kartoffeln anbaute und ansonsten Karotten, Sellerie, Lauch, Zwiebeln, Weißkohl, grüne Bohnen, Schnittlauch, Petersilie, Kerbel und Liebstöckel, eben all die Gemüsesorten und Kräuter, die man gemeinhin für das Kochen so brauchte. Seine Sparmaßnahmen gingen aber nicht so weit, dass er bei der Zubereitung seiner Suppen und Eintöpfe gänzlich auf Fleisch, Wurst und Speck verzichtet hätte, denn er war der Meinung, dass eine Suppe oder ein Eintopf ohne Fleisch, Wurst und Speck nicht kräftig und deftig war, sondern fad und leer schmeckte, und so gab er eine gewisse Menge an Fleisch, Wurst, Schinken, fettem und durchwachsenem Speck an seine Suppen und Eintöpfe, aber nur so viel, dass die gewisse Menge in etwa einer halben Portion Schweinebraten entsprach. Aber auch Speisen ganz ohne Fleisch, Wurst und Speck bereitete er sich zu, nämlich Mehlspeisen wie Omeletten mit Apfelmus, Zwetschgenknödel, Reis- und Grießbrei mit Obst- und Beerenkompott. Das Obst und die Beeren hierfür holte er aus seinem Garten, denn wenn er auch keine Marmelade, kein Mus und kein Kompott mehr verkaufte, so wollte er doch das Obst und die Beeren aus seinem Garten für den Eigenbedarf hernehmen, und so stellte er in geringen Mengen Marmelade, Mus und Kompott her und ließ die restlichen Äpfel und die Schlehen zu Wein vergären, was ihn als sparsamen Menschen in die glückliche Lage versetzte, kein Geld für Wein ausgeben zu müssen. Bei all seiner Sparsamkeit gönnte er sich aber doch auch feine Speisen wie Schweinebraten, Wiener Schnitzel, Rouladen, Zwiebelrostbraten, Gulasch oder Königsberger

Klopse, und zwar an Sonn- und Feiertagen.

Ein Tag in seinem von Sparsamkeit geprägten Leben verlief dann so, dass er um sieben Uhr aufstand, seine Morgentoilette verrichtete und sich ankleidete. Frühstück nahm er keines ein, denn da er erst spät am Abend sein Mittagessen aß, hatte er am Morgen noch keinen Hunger, und so konnte er sich sogleich auf den Weg zu dem großen Platz machen, an dem er als Straßenmusikant Geige zu spielen pflegte. Dort angekommen, stellte er seinen Zylinder vor sich hin und begann zu spielen und die vorbeigehenden Leute warfen Münzen in seinen Zylinderhut. Er spielte zwei Stunden lang. Dann sagte ihm sein knurrender Magen, dass es an der Zeit sei, etwas zu essen, und so ging er, wenn gerade Frühling, Sommer oder Herbst war, zu der nächsten Bank, ließ sich darauf nieder und aß von daheim mitgenommene Wurstbrote, während er im Winter ein Gasthaus aufsuchte, um sich dort ein Essen zu bestellen, aber kein teures Mittagessen, sondern nur eine billige Brotzeit wie Bratwürste mit Sauerkraut, Wiener mit Senf, kalten Braten, Aufschnitt oder Leberkäse mit Gewürzgurke oder eine Suppe. Nach dem Essen griff er sich eine Zeitung oder eine Zeitschrift, die neben anderen Zeitungen und Zeitschriften in dem Gasthaus auslagen, und las eine Weile darin. Dann begab er sich wieder zu seinem Platz und spielte zwei Stunden, manchmal auch drei, ganz nach Lust und Laune, und packte dann nach Beendigung seines Geigenspiels seine Geige in den Geigensack, hängte sich den um, nahm das Geld aus dem Zylinder, steckte es ein, setzte sich den Zylinder auf und begab sich nach Hause, wo er sich auf das Sofa niederlegte und sich eine Weile ausruhte, bevor er das Geschirr vom Vorabend abspülte, um sich dann sein Mittagessen zu kochen und es zu verzehren. Nach dem Essen fühlte er sich zumeist müde und abgeschlafft, so dass er sich gleich zum Schlafen niederlegte. Fühlte er sich aber noch frisch und hatte noch nicht die nötige Bettschwere, dann las er noch in einem Roman oder komponierte ein Lied und dichtete den Text dazu, bevor er sich zur

Nachtruhe begab.

An den Wochenenden und an Feiertagen sah sein Tagesablauf anders aus. Da stand er nicht pünktlich um sieben Uhr auf, sondern erst dann, wenn er zufällig wach wurde. Am Vormittag kochte er sich dann sein Mittagessen und verzehrte es. Nach dem Essen spülte er gleich das Geschirr ab und nicht erst am Abend, so wie er es unter der Woche tat. Danach legte er sich hin und hielt ein Mittagsschläfchen. Davon erwacht, begab er sich in den Garten und arbeitete dort oder verarbeitete im Haus die Erträge aus seinem Garten zu Marmelade, Mus und Kompott oder setzte Wein damit an. Nach getaner Arbeit legte er eine Ruhepause ein, die er auf dem Sofa liegend zubrachte. Nach dieser Ruhepause machte er sich sein Abendbrot und aß es. Danach gab er sich der Kurzweil hin, die bei ihm so aussah, dass er in einem Roman las oder ein Lied komponierte. Mitunter sah sie auch so aus, dass er sich an den Tisch setzte und in aller Gemütlichkeit selbst gemachten Apfel- oder Schlehenwein trank. Vom genossenen Alkohol belebt und beschwingt, stellte er dann Betrachtungen über Gott und die Welt an, schwelgte in Erinnerungen und schwärmte von Erlebtem, Gesehenem und Erfahrenem. Dieser Art der Kurzweil gab er sich am Freitag oder am Samstag hin, denn da war sein Kopf frei von dem Gedanken, am nächsten Tag schon um sieben Uhr aufstehen zu müssen, um als Straßenmusikant Geld verdienen zu können.

Seit dem Tod seiner Mutter waren sechzehn Jahre vergangen und nun trottete er in der Vorweihnachtszeit als älterer Mann im Alter von zweiundsechzig Jahren auf einem rechts von einer Straße gelegenen Gehsteig dahin, der zu dem großen Platz hinaufführte, an dem er als Straßenmusikant Geld einzunehmen pflegte. Fünfzig Meter weiter vorn gewahrte er auf dem links von der Straße gelegenen Gehsteig ein achtjähriges Mädchen mit einem Schulranzen auf dem Rücken und einen Basset, den das Mädchen hinter sich her den Berg hinaufzog, und obgleich er in einer langsamen Gangart fürbass ging, verringerte sich der Abstand zu dem Mädchen zusehends, denn immer wieder musste das Mädchen stehen bleiben und an der Leine zerren, um den Basset, der offenbar den zunehmend steiler werdenden Berg nicht hinaufgehen wollte und sich zum Zeichen seiner Weigerung auf den Gehsteig setzte, zum Weitergehen zu bewegen, was ihr auch immer wieder gelang, da es dem Basset offenbar auch nicht behagte, dass sie an der Leine zerrte, so dass er sich schließlich dazu bequemte, weiterzulaufen, um sich dann nach ein paar Metern wieder hinzusetzen.

Bisher hatte der Basset seinem Frauchen keinerlei Ärger bereitet, sondern war mit ihm, ihm willig aufs Wort folgend, durch Dick und Dünn gegangen und war ihm ein treuer Gefährte und lieber Spielkamerad gewesen, mit dem sie gern gespielt hatte. Besonders gern hatte sie Faxen und Grimassen vor ihm gemacht und ihm Witze und lustige Geschichten erzählt, und sie hatte ihre hellste Freude gehabt, wenn er sie träge und wehmütig angeblickt hatte, wie es eben nun mal die Art der Bassets war. Sie hatte ihn dann immer liebevoll gestreichelt, getätschelt und geknuddelt. Jetzt gerade machte er ihr aber keine Freude. Schon wieder hatte er sich hingesetzt und wieder musste sie an der Leine zerren. Doch mochte sie zerren, wie sie wollte, er wollte einfach nicht weiterlaufen.

Mittlerweile war Jakob auf der anderen Seite der Straße herangekommen. Eine Weile verfolgte er, wie das Mädchen, das auf dem Kopf eine rote Pudelmütze mit weißem Rand und weißem Bommel trug, unter der zwei Zöpfe von braunem Haar herabhingen, und einen beigen Mantel mit weißem Kragen und eine dicke, mehrfarbig gestreifte Strumpfhose anhatte, vergeblich versuchte, den Hund zum Weitergehen zu bewegen. Dann ging er über die Straße und sagte in warmem Tonfall zu dem Mädchen: »Na? Will er nicht weitergehen? Gib mir mal die Leine! Ich kann ihn dazu bringen, dass er weitergeht. Ich kann nämlich gut mit Hunden umgehen. Wie heißt denn dein Hund?«

Das Mädchen wandte sich ihm zu und sagte: »Er heißt Bobby.«

Sie gab ihm die Leine und er nahm sie und zog sachte an ihr und sagte mit freundlicher Stimme zu Bobby: »Komm, Bobby! Sei ein braver Hund und komm weiter. Du kannst doch nicht ewig da hocken bleiben. Je länger du da hockst, desto später bekommst du dein nächstes Fresschen. Es ist also besser für dich, wenn du weitergehst.«

Auf seine Worte hin setzte sich Bobby tatsächlich in Bewegung, was aber nicht daran lag, dass er gut mit Hunden umgehen konnte, sondern einzig und allein dem Umstand zuzuschreiben war, dass er das Armband seiner Mutter trug, in dem ihre wundertätigen Haare eingeflochten waren, denn dieses Armband bewirkte ja, dass ihm alles gelang, was immer er auch anpackte.

Das Mädchen strahlte ihn an und sagte: »Das haben Sie aber sauber hingekriegt! Schönen Dank auch dafür!«

»Aber das hab ich doch gern getan! Wie heißt du denn eigentlich?«

»Margit.«

»Ein schöner Name, der passt zu dir. Zu mir kannst du Jakob sagen«, versetzte er lächelnd. Dann wandte er sich um und ging mit Bobby das letzte ziemlich steile Stück des Weges zum großen Platz hinauf und Margit folgte ihm.

Oben angekommen, bog Jakob mit Bobby ums Eck, drehte sich nach ein paar Schritten um und sagte: »So, jetzt hat dein Bobby den Berg geschafft. Auf ebener Strecke wird er wohl nicht mehr stehen bleiben. Da kannst du ihn ja wieder führen.« Er reichte ihr die Leine und sie nahm sie. Dann fragte er, indem er auf ihren Schulranzen deutete: »Aber sag einmal, müsstest du nicht in der Schule sein?«

»Ich habe heute etwas Wichtigeres zu tun, als in die Schule zu gehen. Ich muss meinen Bobby in Sicherheit bringen. Mein Vati will ihn nämlich heute Abend an seinen Chef verkaufen.

Damit er das nicht kann, bringe ich ihn zu Tante Elfriede. Die hat schon drei Hunde. Da kann sie sich wohl auch noch um meinen Bobby kümmern. Auf einen mehr oder weniger kommt's da doch wohl nicht an. Sie darf aber Vati nichts davon sagen, dass Bobby bei ihr ist, denn sonst holt ihn Vati und verkauft ihn«, erwiderte Margit.

»So, so! Dein Vati will deinen Bobby an seinen Chef verkaufen. Wie ist es denn dazu gekommen?«, fragte Jakob.

»Ja, das war so: Vor ein paar Tagen waren sein Chef, seine Frau und seine Tochter, die Svenja, die so alt ist wie ich und mit mir in die selbe Klasse geht, bei uns zum Abendessen eingeladen. Nachdem wir gegessen hatten, haben Svenja und ich mit Bobby gespielt und Svenja hat Gefallen an Bobby gefunden und hat ihn unbedingt haben wollen. Da hat sie dann ihren Vati gebeten, ihn meinem Vati abzukaufen, und mein Vati hat zugestimmt. Wie dann der Besuch weg war, hat mein Vati zu mir gesagt, dass ihm gar nichts anderes übrig geblieben ist, als Bobby zu verkaufen, da ihn sonst sein Chef entlassen würde. Ich würde auch gleich wieder einen neuen Hund bekommen«, erklärte Margit. Sie machte ein betrübtes Gesicht. Dann stampfte sie mit dem rechten Fuß auf den Gehsteig und stieß trotzig hervor: »Ich will aber keinen anderen Hund! Ich will nur meinen Bobby!«

»Ja, aber wenn du deinen Bobby versteckst und dein Vati ihn nicht an seinen Chef verkaufen kann, dann wird dein Vati doch genauso entlassen, wie wenn er sich gleich geweigert hätte, ihn zu verkaufen«, versetzte Jakob.

»Nein, das wird er nicht! Ich habe alles so gedeichselt, dass mein Vati nicht von seinem Chef entlassen werden kann«, brachte Margit hervor.

»Das hast du gedeichselt? Da bin ich aber gespannt, wie du das gemacht hast«, sagte Jakob darauf.

»Nun, das habe ich folgendermaßen gemacht. Nach dem Frühstück habe ich zu meiner Mutti gesagt, dass es für den Schulweg noch zu früh ist und ich noch mit Bobby ein wenig

Gassi gehen möchte. Mutti hat nichts dagegen gehabt, und so bin ich mit Bobby hinausgegangen und habe ihn in einiger Entfernung von unserem Haus an einer Zaunlatte angeleint. Dann bin ich zurück ins Haus und habe Mutti vorgejammert, dass eine Katze dahergekommen ist und Bobby sich losgerissen hat und ihr hinterhergejagt ist und ich nichts mehr von ihm gesehen habe. Meine Mutti hat mich beruhigt und hat gesagt, dass ich da ganz unbesorgt sein kann. Er wird schon wiederkommen. Schließlich ist er doch schon mal einer Katze hinterhergejagt und dann nach einiger Zeit zum Haus zurückgekommen und hat vor der Haustür gebellt und er wird auch heute wiederkommen. Ich könnte jetzt getrost zur Schule gehen und brauchte mir wegen Bobby keine Sorgen zu machen. Ich bin dann zu Bobby und habe mich auf den Weg zu Tante Elfriede gemacht. Wenn Bobby ausreißt, dann kann doch mein Vati nichts dafür. Dann kann ihn doch sein Chef nicht entlassen«, setzte sie Jakob auseinander.

»Schau, schau, du bist ja ganz schön schlau für dein Alter«, sagte Jakob lächelnd. Margit freute sich über das Kompliment und strahlte über das ganze Gesicht. Jakob fuhr fort: »Nun, wenn du meinst, dass dein Vati nicht von seinem Chef entlassen wird, wenn Bobby ausgerissen ist, dann bringst du ihn halt zu deiner Tante Elfriede. Und ich begleite dich! Könnte ja sein, dass du meine Hilfe brauchst, weil dein Bobby wieder mal nicht weiter will.« Er hielt es für nötig, sie zu begleiten, denn er befürchtete, dass Margits Tante Bobby nicht aufnehmen und ihn zu Margits Eltern zurückbringen würde und Margit deshalb seinen Beistand gebrauchen konnte.

»Gut, dann gehen wir eben zusammen hin«, nickte Margit erleichtert.

»Jetzt muss ich aber erst mal für mein Mittagessen sorgen. Ich stelle mich jetzt neben ein Geschäft hin und spiele Geige. Die Leute, die in das Geschäft gehen, und die, die herauskommen, werfen mir dann Geld in meinen Zylinder. Wenn du magst, kannst du mir beim Geldverdienen behilflich sein und kannst die Weihnachtslieder singen, die ich auf meiner Geige spiele. Dafür kriegst du dann ein Mittagessen von mir. Sobald wir uns genug Geld verdient haben, gehen wir in ein Wirtshaus und essen zu Mittag«, sagte Jakob darauf.

»Au ja, da mache ich mit«, rief Margit begeistert aus.

»Na, dann nenne mir mal fünf Weihnachtslieder, die dir besonders gut gefallen und die du besonders gern singst.«

»Nun, da wäre mal ›Fröhliche Weihnacht überall‹, dann ›Lasst uns froh und munter sein‹, ›Schneeflöckchen, Weißröckchen‹, ›Oh du fröhliche‹, ›Leise rieselt der Schnee‹, ›Oh Tannenbaum‹ und schließlich noch ›Ihr Kinderlein kommet‹.«

»Das waren aber sieben, wenn ich richtig mitgezählt habe.«

»Ja, dann sind es eben sieben. Ich habe nicht mitgezählt. Ich habe nur alle Lieder aufgezählt, die mir besonders gut gefallen.«

»Gut, dann singen und spielen wir eben sieben Lieder«, sagte Jakob und nach einer kleinen Pause fügte er hinzu: »Na, dann gehen wir mal und suchen uns einen Platz für unser Standkonzert.«

Er drehte sich langsam um und setzte sich mit langsamen Schritten in Bewegung. Vor einer Bäckerei angelangt, drehte er sich zu Margit um und sagte: »So, da stellen wir uns jetzt hin und halten unser Standkonzert. Du stellst dich rechts neben mich und deinen Bobby lässt du rechts neben dir niedersitzen.«

Margit stellte sich rechts neben Jakob hin und befahl ihrem Bobby, sich rechts von ihr niederzusetzen. Jakob nahm indessen seinen Zylinder vom Kopf und stellte ihn vor sich hin. Dann sagte er zu Margit: »So, dann können wir ja mit dem Musizieren beginnen. Was willst du denn als Erstes singen?«

»Fröhliche Weihnacht überall.«

»Gut, dann fängst du jetzt auf mein Kommando hin zu singen an. Bei drei fängst du an und ich stimme dann mit meiner Geige ein. Also eins und zwei und drei.«

Margit begann zu singen und Jakob begleitete sie auf seiner Geige. Bobby dachte wohl, dass das Konzert erst dann ein voller Erfolg werden würde, wenn er sein musikalisches Können einbringen und damit der musikalischen Darbietung die Krone aufsetzen würde, denn kaum, dass Margit zu singen und Jakob zu spielen begonnen hatten, fing er an, aus voller Kehle zu jaulen und zu heulen. Die vorübergehenden Leute hatten ihre helle Freude an der musikalischen Darbietung des originellen Trios, schmunzelten amüsiert und bedachten die drei Musikanten mit warmherzigen Blicken, und keiner von ihnen ging an ihnen vorüber, ohne ein paar Münzen in den Zylinder geworfen zu haben. Einige von ihnen blieben sogar eine Zeitlang stehen und bildeten zuweilen eine Gruppe von drei und mehr Leuten, und alle blickten lächelnd und mit leuchtenden Augen zu den drei Musikanten hin. Die meisten Blicke zog Bobby auf sich, was überhaupt kein Wunder war, denn durch sein musikalisches Mitwirken war das Konzert erst zu einem einmaligen und außergewöhnlichen Ereignis geworden.

Als sie alle sieben Lieder zur Vorführung gebracht hatten, gab Jakob seine Geige und seinen Fiedelbogen in seinen Geigensack und hängte sich ihn um. Dann bückte er sich zu seinem Zylinder herab, entnahm ihm eine Handvoll Münzen, zählte sie und ließ sie in seiner Manteltasche verschwinden. Das musste er aufgrund dessen, dass die Leute reichlich Münzen in seinen Zylinder geworfen hatten, ein paarmal tun, bis er schließlich alle Münzen aus dem Zylinder genommen und gezählt hatte.

Er wandte sich lächelnd Margit zu und sagte zu ihr: »Na, da haben wir ja ganz schön was eingenommen. Das haben wir deinem Bobby zu verdanken. Die Leute haben es urkomisch und höchst unterhaltsam gefunden, dass er mitgesungen hat. Na, dann gehen wir mal ins nächstbeste Wirtshaus und essen zu Mittag.«

Er setzte seinen Zylinderhut auf und setzte sich in Bewegung und Margit ging mit ihrem Bobby hinterdrein.

Während dies geschah, saß der Schneevogel in der Nische des Domfensters und hing trüben Gedanken nach. Nach einiger Zeit begann es in seinen Flügeln zu zucken. Immer heftiger wurde das Zucken, bis er sich schließlich flügelschlagend vom Domfenster erhob, sich in die Lüfte schwang und über den Dächern der Stadt dahinflog.

Flügelschlag um Flügelschlag durchmaß er die Luft, bis er schließlich aufhörte, mit den Flügeln zu schlagen und hoch in den Lüften zu stehen kam.

Tief unten verließen indessen Jakob, Margit und Bobby ein Wirtshaus, in dem alle drei zu Mittag gegessen hatten. Jakob und Margit hatten sich Gulasch mit Nudeln und Salat schmecken lassen und für Bobby hatten sie Gulasch nur mit Nudeln und ohne Salat bringen lassen. Nun gingen sie auf die linke Breitseite des großen Platzes zu.

Der Schneevogel begann nun, weite Kreise über der Stelle zu ziehen, wo sich Jakob, Margit und Bobby befanden. Die Folgen ließen nicht lange auf sich warten. Jakobs Augen weiteten sich vor namenlosem Entsetzen und er griff mit den verkrampften Fingern seiner rechten Hand nach seinem Herzen. Seine Gesichtszüge verzerrten sich ob der heftigen Schmerzen, die er in seiner Brust verspürte. Er sackte zusammen, fiel auf die Knie, kippte zur Seite und kam auf dem Rücken zu liegen und rührte sich nicht mehr.

Margit riss entsetzt Augen und Mund weit auf und schlug die Hände vor den Mund. Geschwind ging sie zu ihm hin, beugte sich über ihn und riss wild und heftig an seinem Bart.

»Was hast du denn? Was ist mit dir? Komm doch wieder zu dir! Bitte! Bitte!«, rief sie in höchster Not und Verzweiflung.

Es nützte aber alles nichts, er gab kein Lebenszeichen mehr von sich. Da überfiel sie die schmerzliche Erkenntnis, dass er nicht mehr am Leben war, und fing hemmungslos an zu weinen.

Sie war unendlich traurig über Jakobs Tod. Genauso traurig, wie wenn ein ihr nahestehender Mensch gestorben wäre, und es verhielt sich auch tatsächlich so, dass sie Jakob zu den ihr nahestehenden Menschen zählte, denn sie hatte ihn aufgrund seiner Freundlichkeit, Herzensgüte und Hilfsbereitschaft lieb gewonnen und würde sich ihr Leben lang gern daran erinnern, wie er Bobby dazu gebracht hatte weiterzulaufen, wie sie zusammen musiziert hatten und wie sie gemütlich im Wirtshaus beisammengesessen und miteinander geplaudert und zu Mittag gegessen hatten, denn das waren allesamt schöne Erlebnisse für sie gewesen.

Unablässig rannen ihr die Tränen über die Wangen. Aber was war das? Hatte da nicht soeben Jakobs Augenlid gezuckt? Da, jetzt noch mal und jetzt zuckte auch das linke Augenlid – und jetzt schlug Jakob vollends die Augen auf. Freudiges Erstaunen zeigte sich auf Margits Gesicht.

»Du bist ja gar nicht tot! Du lebst ja!«, rief sie überglücklich aus.

»Was war denn das jetzt?«, brummte Jakob verwundert und nachdenklich, die Augen zum Himmel gerichtet. Er wandte sich Margit zu. »Ich habe einen heftigen Schmerz in der Brust verspürt. Komischerweise merke ich jetzt aber gar nichts mehr«, sagte er, indem er sie erstaunt anblickte.

»Na, dann ist ja alles bestens«, sagte Margit und klatschte freudig in die Hände.

Jakob rappelte sich hoch. »So, dann gehen wir jetzt mal zu deiner Tante Elfriede«, sagte er. Dann setzte er sich in Bewegung und Margit ging mit ihrem Bobby hinterdrein.

Zur gleichen Zeit schwebte der Schneevogel von seiner luftigen Höhe hinab in eine Gasse, die vom großen Platz abzweigte, und ließ sich dort auf der Schwelle einer Tür nieder, um sich alsbald in den Fabrikantensohn Gregor zurückzuverwandeln, was er hocherfreut zur Kenntnis nahm. Dann überlegte er, was er nun beginnen sollte, und er brauchte nicht lange, um darauf zu kommen, dass er unverzüglich die Heimreise in sein Heimatstädtchen antreten würde. Das Geld dazu hatte er, denn er hatte stets seine Geldbörse eingesteckt, wenn er mit seinen Freunden unterwegs war, damit er sich Süßigkeiten kaufen konnte, wenn sie an einem Geschäft vorüberkamen.

Während ihm diese Gedanken durch den Kopf gingen, geschah in den Leichenhallen zweier Friedhöfe der Stadt etwas höchst Merkwürdiges, das den Friedhofswärter und seine Gehilfen in größtes Erstaunen versetzte. In der einen Leichenhalle fing Florian auf einmal zu zucken an und sich zu regen und erhob sich schließlich von seinem Totenlager, um dann den Friedhofswärter und seine Gehilfen darum zu bitten, ihm seine Kleidung und seine Habseligkeiten auszuhändigen. Jene lösten sich aus der Erstarrung, in der sie sich angesichts dieser überaus merkwürdigen Begebenheit befunden hatten, und setzten sich langsam in Bewegung, um nach einiger Zeit die gewünschten Sachen herbeizubringen. Florian zog sich an und steckte seine Habseligkeiten in seine Jacken- und Hosentaschen. Dann verabschiedete er sich und wünschte noch einen schönen Tag, bevor er die Leichenhalle verließ, ein verdattert dreinblickendes Friedhofspersonal zurücklassend. So in etwa spielte es sich auch in der anderen Leichenhalle mit Michael ab.

Während all dies geschah, legten Jakob und Margit mit ihrem Bobby ein beträchtliches Stück Weges zu Margits Tante zurück und es dauerte nicht mehr lange, bis sie an ihrem Haus angelangt waren.

Dort erzählte Margit ihrer Tante alles.

Als sie geendet hatte, machte Tante Elfriede ein nachdenkliches Gesicht und sagte: »Ganz so einfach, wie du dir das vorstellst, ist das nicht. Wir könnten eine Menge Ärger kriegen, denn wenn dein Vati zu seinem Chef sagen würde, dass er Bobby nicht verkaufen könne, weil er ausgerissen sei, dann könnte sein Chef doch glatt meinen, dass das nur eine faule Ausrede ist und dein Vati in Wirklichkeit Bobby irgendwo versteckt hat, weil er es sich anders überlegt habe. Dein Vati würde dann von seinem Chef genauso entlassen, wie wenn er ihm geradeheraus ins Gesicht gesagt hätte, dass er

Bobby nicht verkaufen will. Außerdem könnte dein Vati drauf kommen, dass du Bobby zu mir gebracht hast. Er würde mich dann aufsuchen und Bobby bei mir finden. Er würde dann ganz schön böse auf mich sein, weil ich dabei mitgemacht habe, ihn zu hintergehen, und würde fortan nichts mehr mit mir zu tun haben wollen. Es wäre wohl besser, wenn wir das nicht machen würden.«

Margit blickte betroffen drein und sagte kleinmütig: »Das will ich natürlich nicht, dass Vati entlassen wird und dass er böse mit dir ist. Da bleibt mir wohl nichts anderes übrig, als Bobby wieder heimzubringen, damit er verkauft werden kann, und wenn es mir noch so schwerfällt.« Sie ließ ihrer Rede einen tiefen Seufzer folgen.

Jakob hatte damit gerechnet, dass Tante Elfriede Margits Vorschlag ablehnen würde und sich Margit niemals gegen eine erwachsene Person würde durchsetzen können und deswegen unbedingt eine erwachsene Person als Beistand brauchte; und daher hatte er auch schon über eine Lösung nachgedacht.

»Ich wüsste, wie wir es zuwege bringen könnten, dass Bobby nicht verkauft wird«, mischte er sich nun ein. »Wir müssten im Tierheim einen Basset kaufen, der Bobby ähnlich sieht. Das dürfte gar nicht so schwer sein. Alle Bassets schauen doch ziemlich gleich aus.« Er wandte sich Margit zu und sagte: »Wann müsstest du denn heute zu Hause sein?«

»Am späten Nachmittag muss ich zu Hause sein. Ich habe Mutti gesagt, dass ich nach der Schule mit zu Lea gehe. Bei ihr würden wir dann unsere Hausaufgaben machen«, erwiderte Margit.

»Das ist sehr gut«, sagte Jakob freudig. »Dann hätten wir genügend Zeit, um im Tierheim einen Basset zu kaufen.« Er wandte sich Margits Tante zu und sagte: »Wir müssten dann Bobby bei Ihnen zu Hause lassen und uns mit dem gekauften Basset zu Margits Eltern begeben. Denen müssten wir dann sagen, dass Margit nicht zur Schule gegangen ist, sondern zu Ihnen, und Sie gebeten hat, zusammen mit ihr nach Bobby zu suchen. Nach langer Suche habt ihr ihn schließlich gefunden und bringt ihn jetzt nach Hause zurück, damit er verkauft werden kann. Der Verkauf wird mit Sicherheit reibungslos über die Bühne gehen, denn der Chef von Margits Vater und dessen Tochter Svenja haben Bobby nur kurz gesehen und werden nicht merken, dass der Basset, den sie da kaufen, gar nicht Bobby ist. Wenn dann nach dem Verkauf Margits Vater zu Margit sagen wird, dass er ihr einen neuen Basset kauft, dann wird Margit ihm sagen, dass Sie ihr schon einen besorgen werden. Nach ein, zwei Tagen bringen Sie ihr dann ihren Bobby zurück. Nun, was sagen Sie dazu?«

Er blickte sie selbstsicher und erwartungsvoll an und sie blickte für einige Augenblicke nachdenklich drein. Dann umspielte ein Lächeln ihren Mund und sie sagte: »Hört sich wirklich nicht schlecht an, der Plan. So könnten wir es tatsächlich machen.«

»Au ja, so machen wir's«, rief Margit begeistert aus.

Sie führten Jakobs Plan aus und tatsächlich merkten der Chef von Margits Vater und dessen Tochter Svenja nicht, dass es sich bei dem Hund, den sie kauften, nicht um Bobby handelte. Gleich am nächsten Tag nach dem Verkauf brachte Margits Tante ihrer Nichte ihren Bobby zurück.

Für Margit war dieses Weihnachten besonders schön, was nicht nur an den vielen Geschenken lag, die sie in Form eines Kaufladens, mehrerer Mal-, Bilder- und Jugendbücher, eines Malkastens nebst einigen Tafeln Schokolade in verschiedenen Sorten, Schokoküssen und Lutschern in verschiedenen Farben bekam, sondern auch daran, dass die Geschichte mit ihrem Bobby gut für sie ausgegangen war und sie ihren Bobby behalten konnte, was für sie überhaupt das allerschönste Weihnachtsgeschenk war.

Auch Gregor verlebte schönere Weihnachten als bisher. Hatte er sich an den früheren Weihnachten darüber gefreut, dass er Sachen geschenkt bekommen hatte, die seine Freunde niemals bekommen würden, weil sie unerschwinglich für sie waren und er damit vor ihnen hatte protzen können, so kam ihm an diesem Weihnachten in den Sinn, dass er sich seinen Freunden gegenüber rücksichtsvoll verhalten sollte, anstatt sie zu kränken, und es deshalb unterlassen sollte, mit seinen Geschenken vor ihnen zu protzen. Jedes Mal, wenn er sich in einem Laden Süßigkeiten kaufen würde, würde er nun auch für seine Freunde Süßigkeiten kaufen.

Die Läuterung von einem selbstsüchtigen, habgierigen und machthungrigen Ich-Menschen zu einem selbstlosen, warmherzigen und mitfühlenden Gut-Menschen kam natürlich von den Träumen, die er als Schneevogel gehabt hatte. In ihnen hatte er erfahren, dass viele Menschen ein hartes, beschwerliches, mühseliges und entbehrungsreiches Leben führen mussten. Er hatte das mitansehen müssen, als er Michaels Werdegang verfolgt hatte und ihm das Leben im Mühlbachgrund vor Augen geführt worden war. Als Florian hatte er das auch selbst erlebt, so dass er sich in der gleichen Lage befunden hatte wie all jene unglücklichen und bedauernswerten Menschen, die Missgeschick ertragen und Not leiden mussten, und deshalb war er ebenso traurig, enttäuscht, entmutigt, unglücklich und niedergeschlagen gewesen wie sie. Das hatte ihm gar nicht gefallen, und so war er zu der Erkenntnis gelangt, dass es im gleichen Maße, wie es nicht schön war, wenn man sich selbst in einem seelischen Tief befand, nicht schön war, wenn sich die Menschen um einen herum in einem seelischen Tief befanden und man den Anblick ihrer traurigen, leidvollen Mienen ertragen musste. Und ebenso, wie man zusehen musste, dass man aus seinem eigenen seelischen Tief herauskam, sollte man dafür sorgen, dass die Menschen um einen herum aus ihrem seelischen Tief herauskamen, und zwar dadurch, dass man ihnen alle erdenkliche Hilfe angedeihen ließ, um ihre Not zu lindern.

Früher war er mit der Not und dem Elend anderer Menschen nicht konfrontiert worden und hatte auch nicht am eigenen Leib erfahren, was es hieß, in Not und Elend zu leben, da ihm als Sohn eines reichen Fabrikbesitzers jeglicher Wunsch erfüllt worden war, so dass ihm niemals in den Sinn gekommen wäre, sich mit der Not und dem Elend anderer Menschen zu befassen und solchen unglücklichen Menschen Mitgefühl entgegenzubringen.

Er hatte in seinen Träumen auch Menschen kennen gelernt, die sich dem Streben nach Macht, Ruhm und Reichtum verschlossen und stattdessen ein einfaches, bescheidenes Leben führten, mit dem Vorsatz, den anderen Menschen friedlich zu begegnen, auch um dem großen Leistungsdruck nicht ausgesetzt zu sein, den es mit sich brachte, wenn man alle Mitmenschen als Konkurrenten betrachtete. Und er sah ein, dass diese Einstellung zu vertreten war und man auf diese Menschen, die durch ihre äußere Erscheinung und ihre Lebensumstände den Eindruck erweckten, dass sie zu den armen, in Not geratenen Leuten gehörten, nicht abfällig herabsehen sollte, sondern Achtung vor ihnen haben und ihre Einstellung billigen sollte, umso mehr, wenn sie in ihrem Leben in eine Misere geraten waren und im Schlamassel steckten, sich davon aber nicht unterkriegen ließen, sondern sich in ihre Lage einfanden und gewillt waren, alle Widrigkeiten und Unannehmlichkeiten geduldig zu ertragen und mit aller Kraft ihres Geistes nach Wegen zu suchen, sich wieder in eine bessere Lage zu bringen, so wie das bei Michael der Fall gewesen war.

Im Gegensatz dazu hatte er früher nur Achtung vor den Siegern und Erfolgreichen gehabt. Auf Menschen, denen aufgrund ihrer äußeren Erscheinung auf den ersten Blick anzusehen war, dass sie nichts waren und nichts hatten, und die er für Verlierer und Versager gehalten hatte, hatte er hochmütig, abfällig und höhnisch herabgeschaut. Er wäre niemals darauf gekommen, dass es Menschen gab, die aus freien Stücken nichts werden und nur das Allernotwendigste haben wollten, weil ihnen genügend freie Zeit und Freude am Leben ungleich mehr bedeuteten als Besitztümer und Ansehen.

Auch war ihm gewärtig geworden, dass man sich nur selbst schadete, wenn man anderen Menschen Leid zufügte, da man sich darauf gefasst machen musste, dass derjenige, dem man etwas angetan hatte, dafür Rache an einem nahm, was einen in ständige Unruhe, Angst und höchste Alarmbereitschaft versetzte. Auch musste man befürchten, dass man dafür, dass man jemandem Leid zugefügt hatte, vom Gesetz oder von einer anderen höheren Instanz bestraft werden würde, so wie er vom Geist des Waldes in einen Schneevogel verwandelt worden war, als der er Schmerzen im Herzen hatte ertragen und immer in der Angst hatte leben müssen, von dem Fluch, der auf ihm lastete, dahingerafft zu werden. Aus dieser Erkenntnis heraus hatte er sich vorgenommen, niemals mehr irgend jemandem ein Leid zuzufügen.

Früher war das anders gewesen. Da hatte er sich über andere erhoben und sie niedergeworfen, um sich stärker fühlen zu können als sie, und jede Gelegenheit dazu hatte er ausgenutzt. Und so hatte er die Knaben, die sich um ihn geschart hatten, unterdrückt, geknechtet und erniedrigt, und da die Väter der Knaben als Arbeitskräfte in der Glashütte seines Vaters auf die Gunst seines Vaters angewiesen waren, hatte er sich in dem Glauben befunden, dass es keiner von den Knaben wagen würde, ihm etwas anzutun, bis er schließlich von Johannes angegriffen und dadurch eines Besseren belehrt worden war.

Als Gregor die Glashütte von seinem Vater übernahm, verwandte er all seine Kräfte dazu, um dahin zu gelangen, dass seine Glashütte genügend Gewinn abwarf. Er steckte aber nicht den ganzen Gewinn in seine eigene Tasche. Er ließ auch seine Mitmenschen daran teilhaben, denn im gleichen Maße, wie ihm sein Wohlergehen am Herzen lag, lag ihm auch das Wohlergehen seiner Arbeiter und aller in dem Städtchen, den umliegenden Dörfern und Einödhöfen lebenden Leute am Herzen. Das bewog ihn, einigen Angestellten den Auftrag zu erteilen, solche Leute aufzusuchen, von denen jeder wusste, dass sie arm und bedürftig waren, und diese Leute danach zu fragen, was sie sich leisten und was sie sich nicht leisten konnten. Alles, was sie von diesen Leuten zu hören bekamen, sollten sie auf eine Liste schreiben und ihm diese Liste bringen. Erhielt er eine solche Liste, dann errechnete er die Geldsumme, die die Leute benötigen, um sich das anschaffen zu können, woran es ihnen mangelte, und er leitete alles in die Wege, damit die Leute die erforderliche Geldsumme erhielten.

Es fiel ihm nicht weiter schwer, das Geld für die Unterstützung der Armen und Bedürftigen aufzubringen, denn er stellte keine hohen Ansprüche mehr, was Lebenshaltung und Vergnügung anbetraf, und wäre niemals auf den Gedanken gekommen, wie früher im Luxus leben zu wollen. Also verkaufte er die prunkvolle Villa seines Vaters und erstand ein weitaus kleineres Haus, in dem er zusammen mit seiner Frau und den beiden gemeinsamen Söhnen lebte. Auch trug er nicht die feinste und teuerste Kleidung, so wie es sich für ihn als Unternehmer und somit einen Mann von hohem Stand eigentlich geziemt hätte, sondern kleidete sich wie ein Bürger des Mittelstandes. Das Einzige, was er sich gönnte, war gutes Essen, und das bereitete ihm seine Frau, die leidenschaftlich gern kochte, gemeinsam mit einer Küchenhilfe zu.

Durch die finanzielle Unterstützung, die er den Armen und Bedürftigen angedeihen ließ, kam es dazu, dass alle ein erträgliches Leben führen konnten, ohne jemals wieder Not leiden zu müssen, und daher zufrieden mit ihrem Leben waren. Worüber sich Gregor ungemein freute, denn er fand es schön, dass es nicht nur ihm und seiner Familie gut ging, sondern auch allen anderen Menschen, die um ihn herum in dem Städtchen und in den umliegenden Dörfern und Einödhöfen lebten, inmitten des sich weithin erstreckenden Waldgebirges.